简·奥斯丁文集

曼斯菲尔德庄园

[英] 简·奥斯丁 著

孙致礼 译

译林出版社

图书在版编目（CIP）数据

曼斯菲尔德庄园 /（英）简·奥斯丁（Jane Austen）著；孙致礼译.—南京：译林出版社，2023.8（2024.11重印）
（简·奥斯丁文集）
ISBN 978-7-5447-9779-5

Ⅰ.①曼… Ⅱ.①简…②孙… Ⅲ.①长篇小说－英国－近代 Ⅳ.①I561.44

中国国家版本馆 CIP 数据核字（2023）第 087786 号

曼斯菲尔德庄园 ［英］简·奥斯丁／著 孙致礼／译

责任编辑　鲍迎迎
装帧设计　所以设计馆
校　　对　梅　娟
责任印制　颜　亮

原文出版　The Oxford University Press, 1988
出版发行　译林出版社
地　　址　南京市湖南路 1 号 A 楼
邮　　箱　yilin@yilin.com
网　　址　www.yilin.com
市场热线　025-86633278
排　　版　南京展望文化发展有限公司
印　　刷　中华商务联合印刷（广东）有限公司
开　　本　1150 毫米 ×840 毫米 1/32
印　　张　16.25
插　　页　6
版　　次　2023 年 8 月第 1 版
印　　次　2024 年 11 月第 3 次印刷
书　　号　ISBN 978-7-5447-9779-5
定　　价　82.00 元

版权所有 · 侵权必究

译林版图书若有印装错误可向出版社调换。质量热线：025-83658316

目录

译序　　　i

第一卷　　　1

第二卷　　　191

第三卷　　　335

译 序

奥斯丁创作《曼斯菲尔德庄园》开始于1811年2月，亦即《傲慢与偏见》出版两年之前，完成于"1813年6月之后不久"。1811年存留下的几封简·奥斯丁信件中，没有一封再提及这本书；而1812年则没有一封简·奥斯丁的信件存留下来。可是到了1813年初，简·奥斯丁曾多次在信中提及《曼斯菲尔德庄园》，从中可以看出，作者的姐姐卡桑德拉已经颇为熟悉小说的内容。作者在1814年3月2日的信中谈到，其四哥亨利已在阅读小说（手稿）。据研究者推断，大约在1813年11、12月间，或1814年1月，作者将该书的版权再次卖给了《理智与情感》和《傲慢与偏见》的出版人埃杰顿。1814年5月23日及27日，埃杰顿连续在《记事晨报》上发布出书告示。照此推断，《曼斯菲尔德庄园》应在1814年5月底面世。小说封面注明："一部三卷小说/《理智与情感》和《傲慢与偏见》作者著/1814年。"

虽然该书比《傲慢与偏见》长四分之一，但每本售价却一样：18先令。第一版的印数很少，据查普曼考查，只有1250册，而且

i

纸张、印刷都较差，标点符号不规范，语言错误也较多，质量远不及《傲慢与偏见》；但是，这1250册在六个月内即已销售一空，销售速度却快于《傲慢与偏见》。尽管如此，埃杰顿一直不肯出第二版，直至1816年，才由《爱玛》(1815)的出版人约翰·默里出版了该书的第二版。有学者考查，简·奥斯丁在《曼斯菲尔德庄园》上获得至少310英镑的酬金，这是她生前收益最高的一本书。

从出版时间来看，《曼斯菲尔德庄园》只比《理智与情感》晚三年，比《傲慢与偏见》晚一年，但是从创作时间来看，《曼斯菲尔德庄园》与其前两部作品相隔十几年，在这十几年中，奥斯丁已经从一个喜欢在小说中俏皮夸张的反讽者，变成一个严肃的社会观察者和思考者。《曼斯菲尔德庄园》虽仍然以青年男女的恋爱婚姻为题材，但是明显减少了喜剧成分，增加了说教色彩，多了几分沉闷。比较而言，本书情节更为复杂，突发性事件更加集中，社会讽刺意味也更加浓重。小说最后以范妮和埃德蒙的美满姻缘为结局，但在故事发展的过程中，作者的讽刺笔锋主要指向了以几户富足人家为代表的英国上流社会，揭示了他们的矫揉造作和荒唐可笑。托马斯·伯特伦爵士是国会议员，一家人有着"享不尽的荣华富贵"。但是，他与伯特伦夫人在教养子女的问题上采取了截然不同的态度：一个光知道"严厉"，一个一味地放纵，致使四个孩子中有三个在教养上存在严重问题，为人处世全然没有责任感，缺乏道德准则。大女儿玛丽亚是个水性杨花的姑娘，一边动心于"粗大肥胖、智力平庸"，但"一年有一万两千英镑"收入的拉什沃思，一边又跟纨绔子弟克劳福德私下调情，当发现后者对她缺乏真情时，便轻率地嫁给了拉什沃思，与此同时，还继续与克劳福德发展暧昧关系，直至跟他私奔，最后落到被遗弃的可悲下场。二小姐朱莉娅跟姐姐一样放荡不羁，差不多就在姐姐私奔的同时，也跟贵家子弟耶茨私奔了。就在两起丑闻发生之前，伯特伦家的大儿子汤姆突然染病，差一点丧命。一时间，这兄妹三人几乎使伯特伦家陷入了绝境。

奥斯丁批评父母对子女疏于教育，或教育不当，不仅是针对伯特伦爵士家而言，克劳福德家可以说情况更为严重。克劳福德兄妹都是拥有大宗财产的年轻人。他们长年寄住在叔叔克劳福德将军家里，两人一个受叔叔宠爱，一个受婶婶溺爱，因而都给娇惯坏了。特别是将军是个"行为不端"的人，甚至想在家中豢养情妇，自然给两个年轻人带来了极其不良的影响。克劳福德起初想玩弄一下范妮的感情，后来居然真心爱上了她，便苦苦地追求了起来，遭到范妮拒绝后，又跟玛丽亚私奔。克劳福德小姐起先有意于埃德蒙，但是当她获悉埃德蒙要当牧师时，热情顿时冷了下来。后来，埃德蒙的哥哥处于病危之际，她马上意识到埃德蒙可能成为伯特伦爵士的继承人，旋即对他又热了起来，不想让埃德蒙看清了她的真面目，最后也落了个竹篮打水一场空。

尽管这几家的家庭教育出了问题，致使诸多子女走上歧途，但是这些孩子也并非全部学坏了，伯特伦家毕竟还有两个可爱的青年男女，其中包括寄人篱下的女主角范妮。范妮出身于贫困人家，十岁时被伯特伦爵士夫妇收养。来到姨父姨妈家后，虽然受到二表哥埃德蒙以外的众人的冷落，但她始终"有一颗温柔亲切的心，有想要表现得体的强烈愿望"。尤其难能可贵的是，她始终能明辨是非，知人知心。大表哥汤姆等人要在家里排演有伤风化的情节剧《山盟海誓》,家里只有她一人加以反对和抵制。她早就看清了克劳福德兄妹的自私和轻浮,因而当克劳福德死死纠缠她时,她丝毫不为其所动,始终不渝地暗恋着埃德蒙;当克劳福德小姐对埃德蒙"旧情复燃"时,她告诫表哥不要上她的当。最后,她的高尚人品赢得了托马斯爵士的器重,也赢得了埃德蒙的爱,两位年轻人终于结成伉俪。

奥斯丁的六部小说虽然各具特色,但从故事模式来看,它们又一脉相承的,都是感伤小说与风尚喜剧的杂合,却又尽量保持在现实主义的限度内。例如,从范妮的形象中,我们看到了早年流行作品里"灰姑娘"和"老师教学生"的影子:

> 他则给她推荐课余时间读起来有趣的书,培养她的鉴赏能力,纠正她的错误见解。他和她谈论她读过的书,从而使她体会到读书的益处,并能通过富有见地的评价,使她越发感受到读书的魅力。表哥如此尽心,表妹爱他胜过威廉之外所有的人。她的心一半属于威廉,一半属于他。(第一卷第二章)

当然,学生也有高明的地方,比如在道义问题上,表哥经常征求她的见解,在这种情况下,表妹也从不推诿,总能诚恳地讲出自己的看法,让表哥受益匪浅。

然而,范妮虽然深爱着埃德蒙,埃德蒙也很喜爱她,但她并非很自信,觉得自己稳操胜券,她深知她还有一个不容轻视的情敌(克劳福德小姐)。因此:

她要尽量克服她对埃德蒙感情中那些过分的、接近自私的成分,她觉得自己也有义务这样做。她如果把这件事称作或看作自己的失落或受挫,那未免有些自作多情,她谦卑的天性不允许她这样做。她要是像克劳福德小姐那样期待他,那岂不是发疯。她在任何情况下都不能对他抱非分之想——他顶多只能做自己的朋友。她怎么能这样想入非非,然后再自我责备、自我禁止呢?她的头脑中根本就不该冒出这种非分之想。她要力求保持头脑清醒,要能判断克劳福德小姐的为人,并且理智地、真诚地关心埃德蒙。(第二卷第九章)

这是奥斯丁小说中屡屡出现的一种写作形式,称作"自由间接引语"。奥斯丁是第一个使用这种语言形式的英语作家,她以这种方式来描述人物的心理活动,而又省略了诸如"他心想""他纳闷"之类的引介词语。奥斯丁的这种写作技巧,起初被理解为作者使用的"全能视角",后来有学者提出,将其视为人物的心理描写更为合理。确实,把这段话理解成范妮的心理活动,更能凸显她"温柔可爱"的动人形象。

显然,《曼斯菲尔德庄园》是一部更加注重道德说教的小说,读者从范妮身上已经看不到奥斯丁早期女主角的那种欢快与活跃的个性,究其原因,这也是奥斯丁走向成熟的重要标志和必然结果。

第 一 卷

第一章

大约三十年前，亨廷登的玛丽亚·沃德小姐交了好运，仅凭七千英镑的陪嫁，就赢得了北安普敦郡曼斯菲尔德庄园托马斯·伯特伦爵士的倾心，一跃而成了准男爵夫人，既有漂亮的宅邸，又有大笔的进项，真是享不尽的荣华富贵。亨廷登的人无不惊叹这门亲事攀得好，连她那位当律师的舅舅都说，她名下至少要再加三千英镑，才配嫁给这样的人家。她富贵起来，倒有两个姊妹好跟着沾光了。亲友中但凡觉得沃德小姐和弗朗西丝小姐[1]长得像玛丽亚小姐一样漂亮的，都毫不犹豫地预言：她们两人也会嫁给同样高贵的人家。然而天下有钱的男人，肯定没有配嫁这种男人的漂亮女人来得那么多。沃德小姐蹉跎了五六年，最后只好许身于她妹夫的一位朋友，几乎没有什么财产的诺里斯牧师，而弗朗西丝小姐的情况还要糟糕。说实在的，沃德小姐的婚事还真

---

[1] 在这三姐妹中，玛丽亚·沃德为二小姐，婚后为伯特伦夫人；沃德小姐为沃德家大小姐，婚后为诺里斯太太；弗朗西丝系三小姐，婚后为普莱斯太太。

算不得寒碜，托马斯爵士欣然地让他的朋友做曼斯菲尔德的牧师，给他提供了一份俸禄，因此诺里斯夫妇每年有差不多一千英镑的进项，过上了甜蜜的伉俪生活。可是弗朗西丝小姐的婚事，用句俗话来说，却没让家里人称心，她居然看上一个一没文化，二没家产，三没门第的海军陆战队中尉，真让家里人寒心透顶。她随便嫁个什么人，都比嫁给这个人强。托马斯·伯特伦爵士出于自尊心和为人之道，本着从善而为的愿望，加上总希望与他沾亲带故的人境况体面些，因此很愿意利用自己的情面为伯特伦夫人的妹妹帮帮忙。但是，在他妹夫所干的这个行当里，他却无人可托。还没等他想出别的法子来帮助他们，那姊妹俩已经彻底决裂了。这是双方行为的必然结果，但凡轻率的婚事几乎总会带来这种后果。为了免得听些无益的劝诫，普莱斯太太在结婚之前从未给家里人写信谈论此事。伯特伦夫人是个心境沉静的女人，性情异常随和，异常懒散，心想索性不再理睬妹妹，不再去想这件事算了。可诺里斯太太却是个多事之人，这时心犹未甘，便给范妮[1]写了一封气势汹汹的长信，骂她行为愚蠢，并且威吓说这种行为可能招致种种恶果。普莱斯太太给惹火了，在回信中把两个姐姐都痛骂了一顿，并出言不逊地对托马斯爵士的虚荣也奚落了一番。诺里斯太太看了这些内容，自然不会闷在心里不说，于是他们两家与普莱斯太太家多年没再有任何交往。

他们的寓所彼此相距遥远，双方的活动圈子又大不相同，因而在以后的十一年里，他们甚至连对方是死是活几乎都无法知道，

---

[1] 弗朗西丝的昵称。

至少是托马斯爵士感到非常惊讶，诺里斯太太怎么能隔不多久就气冲冲地告诉他们一次：范妮又生了一个孩子。然而，十一年过后，普莱斯太太再也不能光顾自尊，怨恨不解，白白失去一门可能对她有所助益的亲戚。家里孩子一大帮，而且还在没完没了地生，丈夫落下了残疾，已不再能冲锋陷阵，却能照样以美酒招待宾朋，一家人吃的、穿的、用的，就靠那么一点微薄的收入。因此，她急切地想与过去轻率放弃的亲戚们恢复关系。她给伯特伦夫人写了一封信，言词凄凉，满纸悔恨，说家中除了儿女成群之外，其他东西几乎样样都缺，因此只能跟诸位亲戚重修旧好。她就要生第九胎了，在诉说了一番困境之后，就恳求他们给即将降生的孩子当教父、教母，帮助抚养这个孩子。然后她又不加掩饰地说，现有的八个孩子将来也要仰仗他们。老大是个十岁的男孩，既漂亮又活泼，一心想到海外去，可她有什么办法呢？托马斯爵士在西印度群岛上的产业将来有没有可能用得上他呢？叫他干什么都行——托马斯爵士觉得伍尔维奇陆军军官学校怎么样？还有，怎样把一个孩子送到东方去？

信没有白写。大家重归于好，又对她关心起来。托马斯爵士向她表示关切，替她出主意，伯特伦夫人给她寄钱和婴儿穿的衣服，诺里斯夫人则负责写信。

那封信当即产生了上述效果，过了不到一年，又给普莱斯太太带来一桩更大的好处。诺里斯太太常对别人说，她对她那可怜的妹妹和那帮孩子总是放心不下，虽说大家已为她们尽了不少力，她似乎觉得还想多帮点忙。后来她终于说出，她想让普莱斯太太少负担一个孩子，从那一大群孩子当中挑出一个，完全交给他们抚养。"她的大姑娘已经九岁了,她那可怜的妈妈不可能使她得到应有的关照,我们来照管她怎么样?这肯定会给我们带来些麻烦,增加些开销,但相比起行善来,这算不了什么。"伯特伦夫人当即表示赞同。"我看这样做再好不过了,"她说,"我们把那孩子叫来吧。"

托马斯爵士可没有这么痛痛快快地立即答应。他心里犹豫不决,踌躇不定。这件事可不是闹着玩的。在他们这样的家境里长大的姑娘,可得让她一辈子丰衣足食,不然的话,让她离开自家人,那不是行善,而是残酷。他想到了自己的四个孩子——想到了自己的两个儿子——想到了表兄妹之间会相爱等等。但他刚审言慎语地述说起自己的意见,诺里斯太太便打断了他,对他的理由,不管是说出的还是没说出的,都一一予以反驳。

"亲爱的托马斯爵士,我完全理解你的意思,也很赞赏你的想法,真是既慷慨又周全,完全符合你一贯的为人。总的说来,我完全同意你的看法,要是领养一个孩子,就得尽量把她抚养好。我敢说,在这件事情上,我绝不会拒不竭尽我的微薄之力。我自己没有孩子,遇到我能帮点小忙的地方,我不帮助自己妹妹的孩子,还能帮助谁呢?我看诺里斯先生真是太——不过,你知道,我这个人话不多,不爱自我表白。我们不要因为一点小小的顾虑,就吓得不敢做好事了。让一个女孩受受教育,把她体面地引进社交界,十有八九她会有办法建立一个美满的家庭,用不着别人再来负担她。我敢说,托马斯爵士,我们的外甥女,至少是你的外甥女,在这个环境里长大肯定会有许多好处。我不是说她会出落得像两位表姐一样漂亮。我敢说她不会那么漂亮。不过,在这有利的条件下，给引荐到这个地区的社交界，她完全有可能找到一个体面人家。你在顾虑你的两个儿子——可你难道不知道，他们会像兄妹一样在一起长大，而你顾虑的那种事绝不会发生吗？从道德上来说，这是不可能的事情。我从没听说有这样的事。其实，这倒是预防他们之间结亲的唯一稳妥的办法。假使她是个漂亮姑娘，七年后让汤姆或埃德蒙第一次遇见，那说不定就麻烦了。一想到居然会让她住在那么远的地方，生活在贫困和无人疼爱的环境中，那两个天性敦厚的好孩子哪个都可能爱上她。可是，如果从现在起就让她跟他们生活在一起，哪怕她美如天使，她对他们充其量不过是个妹妹而已。"

"你的话很有道理，"托马斯爵士答道，"我绝不是无端找些理由来阻挠一个非常适合双方境况的计划。我只是想说，不能轻率从事，而要妥当处理，让普莱斯太太真正有所受益，我们自己也觉得问心无愧。由于什么情况都可能出现，如果那孩子没有像你乐观期待的那样嫁到一个体面人家，那我们就必须确保，或者认为我们有义务确保，让她过有身份的女人过的生活。"

"我完全理解你，"诺里斯太太嚷道，"你真是慷慨大方，对人体贴入微，我想我们在这一点上绝不会有什么分歧。你很清楚，只要对我爱的人有好处，凡是我办得到的，我总是愿意尽力而为。虽然我对这孩子的感情达不到对你亲爱的孩子们的感情的百分之一，而且也绝没有像看待你的孩子们那样把她看作我自己的孩子，但是，我要是放手不去管她，我就会痛恨我自己。难道她不是我妹妹生的吗？只要我能给她一点面包吃，我怎么能忍心眼看着她挨饿呢？亲爱的托马斯爵士，我虽然有这样那样的缺点，但还有一副热心肠；我虽然家里穷，但宁肯自己省吃俭用，也不做那小气事。因此，如果你不反对，我明天就给我那可怜的妹妹写信，向她提出这个建议。等事情一谈妥，我就负责把那孩子接到曼斯菲尔德，你就不用操心啦。至于我自己操点心，你知道我是从不在乎的。我打发南妮[1]专程去一趟伦敦，她可以住在她堂哥的马具店里，叫那孩子去那儿找她。那孩子从朴次茅斯到伦敦并不难，只需把她送上驿车，托个信得过的同路人关照一下就行了。我想总会有个名声好的生意人的太太或别的什么人要到伦敦来。"

托马斯爵士没有发表什么反对意见，只是认为南妮的堂哥不是个可靠的人。因此，他们决定换一个较为体面，却不怎么省钱的迎接办法。就这样，一切算是安排妥当，大家已在为这大慈大悲的筹划而沾沾自喜了。严格说来，各人心满意足的程度是有所不同的，最后也就有了这样的区分：托马斯爵士完全打定了主意，要做这个挑选出来的孩子的真正而永久的抚养人，而诺里斯太太却丝毫不想为抚养孩子破费分文。就跑腿、卖嘴皮和出主意而言，她还真是大慈大悲，没人比她更会教别人大方。可是，她不光爱指挥别人，还同样爱钱；她懂得怎样花朋友的钱，也同样懂得怎样省自己的钱。她当初总盼望能找个有钱人家，不想嫁了个收入不怎么多的丈夫，因此，从一开始就觉得必须厉行节约。起初只是出于审慎的考虑，不久就成了自觉的行动，这都是为了满足一种需求，后来因为没有儿女，竟未曾出现这种需求。诺里斯太太若是有儿女要抚养，可能就攒不下钱；但是，省了这份操心之后，

---

[1] 诺里斯太太家的女管家。

她反倒可以无妨无碍地去攒钱，使那笔从未花完的收入年年有所增加，从中感受几分快慰。基于这种财迷心窍的原则，加上对妹妹没有真正的感情，她充其量只是给这么一项费用不菲的善举出出主意，做做安排，再多她是绝不会干的。不过她毫无自知之明，就在这次商谈之后，在回那牧师住宅的路上，她说不定还会沾沾自喜地认为自己是天下最宽厚的姐姐和姨妈。

等再次提起这件事时，她越发明确地表达了自己的观点。伯特伦夫人心平气和地问她："姐姐，孩子来了先住哪里，你们家还是我们家？"诺里斯太太回答说，她丝毫没有能力跟着一起照料那孩子，伯特伦爵士听了颇为惊讶。他一直以为牧师住宅特别希望有个孩子，好给膝前没有儿女的姨妈做伴，但他发现自己完全想错了。诺里斯太太抱歉地说，这个小姑娘要住她们家是根本不可能的，至少就当时的情形看是绝对不行的。可怜的诺里斯先生身体不好，因此不可能这样安排：他绝对不能忍受家里有个孩子吵吵闹闹。如果他的痛风病真能治好的话，那情况就不同了：她会高高兴兴地把孩子接到家，抚养一段时间，丝毫不在乎方便不方便。可是眼下，可怜的诺里斯先生无时无刻不要她照顾，一提这样的事，肯定会让他心烦意乱。

"那就让她来我们家吧。"伯特伦夫人极其坦然地说。过了一会儿，伯特伦爵士一本正经地说道："好的，就让她以这座房子为家吧。我们将尽力履行我们对她的义务。她在这里至少有两个有利条件：一是可以跟与她同龄的孩子做伴；二是有个正规的教师教她。"

"一点不错，"诺里斯太太嚷道，"这两条都很重要。再说李小姐教三个姑娘和教两个都一样——不会有多大差别。我真巴不得能多帮点忙,不过你知道我也是尽了最大力量了。我可不是个怕麻烦、图省事的人。我会让南妮去接她的,尽管我这位女管家一去就得三天,会给我带来不便。我想,妹妹,你可以把那孩子安置在靠近原来育儿室的那间白色的小阁楼里。那对她来说是个最好不过的地方,离李小姐那么近,离两个姑娘也不远,还靠近两个女仆,她们随便哪个都可以帮助她梳妆打扮,照料她的穿戴。我想你不会让埃丽丝除了伺候两个姑娘,还去伺候她吧。说真的,我看你不可能把她安置在别的地方。"

伯特伦夫人没有表示反对。

"我希望这姑娘性子好一些,"诺里斯太太接着说,"能为有这样的亲友而感到万分幸运。"

"要是她的性情实在不好的话,"托马斯爵士说道,"为我们自己的孩子着想,我们就不能让她继续住在家里。不过我们没有理由料定会有这么严重的问题。也许她身上会有不少我们希望她改掉的东西,我们必须事先想到她什么都不懂,有些狭隘的想法,举止粗俗得让人受不了。不过,这些缺点都不是不可克服的——而且我想,对她的玩伴来说也不会有什么危险。假如我女儿比她还小,我就会觉得让她来和我们的孩子生活在一起,可是一件非同小可的事情。可实际上,让她们三个在一起,我想对她们俩来说没什么好担心的,对她来说只会有好处。"

"我就是这么想的,"诺里斯太太嚷道,"今天早上我对我丈夫就是这么说的。我说,只要和两个表姐在一起,那孩子就会受到教育;就是李小姐什么都不教她,她也能跟表姐学好,学聪明。"

"我希望她不会去逗我那可怜的哈巴狗，"伯特伦夫人说，"我才说服了朱莉娅不去逗它。"

"诺里斯太太，"托马斯爵士说道，"随着三个姑娘一天天长大，怎样在她们之间画个适当的界线，我们还会遇到些困难：怎样使我女儿既能始终意识到自己的身份，又不至于过分看不起自己的表妹；怎样能让表妹记住她不是伯特伦家的小姐，而又不使她情绪太低沉。我希望她们成为很好的朋友，绝不允许我女儿对自己的亲戚有半点傲气。不过，她们还不能完全是同等人。她们的身份、财产、权利和前程，永远是不同的。这是一个非常棘手的问题，你得帮助我们尽力选择一个不偏不倚的正确处理方式。"

诺里斯太太很乐意为他效力。尽管她完全同意他的看法，认为这是件十分棘手的事，但她还是让他觉得这件事由他们俩操办，不会有多大的困难。

诸位不难料想，诺里斯太太给妹妹的信没有白写。普莱斯太太似乎甚为惊讶，她明明有那么多漂亮男孩，他们却偏偏选中一个女孩。不过，她还是千恩万谢地接受了这番好意，向他们担保说：她女儿性情、脾气都很好，相信他们绝没有理由不要她。接着，她又说这孩子有点单薄瘦小，却乐观地认为，只要换个环境，孩子会大大改观。可怜的女人啊！她大概觉得她的好多孩子都该换换环境吧。

第二章

小姑娘一路平安地完成了长途旅行,到了北安普敦受到诺里斯太太的迎接。这位太太觉得自己既有最先来欢迎她的功劳,又有领着她去见众人,让众人关照她的脸面,心里不禁乐滋滋的。

范妮·普莱斯这时才刚刚十岁,初来乍到虽然看不出多少媚人之处,但至少没有什么地方令亲戚们生厌。她人比实际年龄显得小了些,脸上没有光泽,也没有其他引人注目的丽质;极其胆怯羞涩,不愿引人注意;不过,她的仪态虽说有些笨拙,却并不粗俗,声音还挺动听,一说起话来,小脸还挺好看。托马斯爵士夫妇非常热情地接待了她。托马斯爵士见她需要鼓励,便尽量和和气气的,不过他生就一副不苟言笑的样子,要做到这一点并不容易——而伯特伦夫人用不着费他那一半的力气,用不着说他十分之一的话,只要和颜悦色地笑一笑,便马上能让那孩子觉得她没有托马斯爵士那么可畏。

几个孩子都在家,见面的时候始终表现得十分得体,一个个高高兴兴,毫不拘谨,至少两个男孩是这样,他们一个十七,一个十六，个子比一般同龄的人要高，在小表妹的眼里，都俨然已是大人了。两个姑娘由于年纪小，加上当时父亲对她们过于严厉，心里难免有些畏怯，因而不像两个哥哥那样泰然自若。不过，她们常和客人应酬，也听惯了表扬，已不可能再有那种天生的羞怯。眼见表妹毫无自信，她们反倒越来越有信心，很快就能从容地、若无其事地把她的面庞和上衣仔细打量了一番。

这是些极棒的孩子，两个儿子非常英俊，两个女儿也十分漂亮，四个人个个发育良好，比实际年龄要早熟一些。如果说所受教育使他们与表妹在谈吐上形成了显著差别的话，以上特征则使他们与表妹在外观上形成了显著的差别。谁也猜想不到，表姐表妹之间年龄相距如此之近。实际上，二表姐比范妮只不过大两岁。朱莉娅·伯特伦才十二岁，玛丽亚仅仅比朱莉娅大一岁。小客人这时候要多难受有多难受。她人人都怕，自惭形秽，怀念自己刚刚离开的家，她不敢抬头看人，不敢大声说话，一说话就要流眼泪。从北安普敦到曼斯菲尔德的路上，诺里斯太太一直在开导她，说她真是红运当头，她应该万分感激，好好表现才是。于是，那孩子便觉得自己不快活乃是以怨报德的行径，不由得心里越发悲伤。漫长旅途的劳顿也很快成了非同小可的弊端。托马斯爵士屈尊地好心关怀她，无济于事；诺里斯太太苦心孤诣地一再预言她会做个乖孩子，也无济于事；伯特伦夫人笑容可掬，让她跟自己和哈巴狗一起坐在沙发上，还是无济于事；就连看到草莓馅饼，也仍然没能让她开心。她还没吃两口，就泪汪汪地再也吃不下去了，这时睡眠似乎成了她最需要的朋友，于是她给送到床上去排解忧伤。

伯特伦夫人笑容可掬,让她跟自己和哈巴狗一起坐在沙发上,还是无济于事。

"一开始就这样,可不是个好苗头啊,"范妮走出屋之后,诺里斯太太说道,"我一路上跟她说了那么多,满以为她会表现得好一些。我跟她说过,一开始就表现好有多重要。我但愿她不要有小脾气——她那可怜的妈妈脾气可不小啊。不过,我们要体谅这样的孩子——依我看,这孩子因为离开家而伤心也没有什么不好的,她的家虽然不怎么样,但总还是她的家呀,她现在还闹不清楚她的境况比在家时好了多少。不过,以后一切都会有所好转的。"

然而,范妮适应曼斯菲尔德庄园的新奇环境,适应与所有亲友的分离,用的时间比诺里斯太太预想的要长。她的情绪太低沉了,别人无法理解,因而也难以好生关照。谁也不想亏待她,可是谁也不想特意去安慰她。

第二天,伯特伦家给两位小姐放了假,好给她们闲暇跟小表妹相熟,陪她玩耍,可结果并不怎么融洽。两人发现她只有两条彩带,而且从来没有学过法语,不禁有些瞧不起她。她们把拿手的二重奏表演给她听,见她没有什么反应,便只好把自己最不想要的玩具慨然送给了她,由她自己玩去,而她们却去玩当时最时兴的假日游戏:做假花,或者说糟蹋金纸。

范妮不管是在表姐身旁还是不在表姐身旁,不管是在课堂、客厅还是灌木林,都同样孤苦伶仃,见到什么人、什么地方,都觉得有点惧怕。伯特伦夫人的沉默不语使她气馁,托马斯爵士的正颜厉色使她敬畏,诺里斯太太的谆谆告诫使她惶恐。两个表姐议论她的身材使她觉得羞愧,说她羞羞答答使她为之窘迫。李小姐奇怪她怎么什么都不知道,女仆讥笑她衣服寒酸。面对着这些伤心事，再联想到以前和兄弟妹妹们在一起的时候，她作为玩伴、老师和保姆，总是被大家所看重，她那小小的心灵便越发感到沮丧。

房屋的富丽堂皇使她为之惊愕，却不能给她带来安慰。一个个房间都太大，她待在里面很不自在，每碰到一样东西，都觉得会碰坏似的，走动起来蹑手蹑脚，总是生怕出点什么事，常常回到自己房里去哭泣。这小姑娘夜晚离开客厅时，大家就说她好像正如大家希望的那样，认识到自己交了好运，岂料她是啜泣着进入梦乡，以此来结束自己一天的悲哀。一个星期就这样过去了，从她那文静随顺的仪态中，谁也看不出她在伤心。然而，有一天早晨，她的二表哥埃德蒙发现她坐在阁楼的楼梯上哭泣。

"亲爱的小表妹，"他出于善良的天性，温存备至地说，"你怎么啦？"说着在她身边坐下，苦口婆心地安慰她，让她不要因为被人发现哭鼻子而感到难为情，还劝她痛痛快快地把心里话都说出来。"你是否生病了？有人对你发火了吗？跟玛丽亚、朱莉娅吵嘴了吗？功课中有没有什么搞不懂，我可以为你解释的？总而言之，你是否需要什么东西我可以帮你弄来，是否有什么事我可以帮你办？"问了许久，得到的答复只是："没，没——绝对没有——没，谢谢你。"可是表哥依然问个不停，他刚一提到她原先的家，表妹越发泣不成声了，于是他明白了她伤心的缘由，便尽量安慰她。

"亲爱的小范妮，你离开妈妈感到难过，"他说道，"这说明你是个好孩子。不过，你要记住，你和亲戚朋友们在一起，他们都爱你，都想使你快活。我们到庄园里散散步吧，把你兄弟妹妹们的情况讲给我听听。"

经过追问,他发现表妹虽说跟她所有的兄弟妹妹都很亲密,但其中有一个最让她思念。她谈得最多、最想见到的是威廉。威廉是家中最大的孩子,比她大一岁,是她形影不离的伙伴和朋友。他还是妈妈的宠儿,她每逢闯了什么祸,他总是护着她。"威廉不愿让我离开家——他跟我说他真的会非常想我。""不过,我想威廉会给你写信的。""是的,他答应过给我写信,不过他叫我先写。""那你什么时候写呢?"表妹低下头来,迟迟疑疑地说:"我也不知道。我没有信纸。"

"如果你就是为这犯难,我来给你提供纸什么的好啦,你想什么时候写就什么时候写吧。给威廉写信能使你快乐吗?"

"是的,非常快乐。"

"那就说写就写吧。跟我到早餐厅去,那里笔墨纸张什么都有,而且肯定不会有什么人。"

"不过,表哥——能送到邮局吗?"

"是的,肯定能,和别的信一起送到。你姨父盖上免费邮递的戳记,威廉就不用再交费了。"

"我姨父!"范妮满面惶恐地重复了一声。

"是呀,你把信写好了,我拿到我父亲那里盖免费戳。"

范妮觉得这样做有点冒昧,不过并没再表示反对。于是,两人来到了早餐室,埃德蒙给她备好了纸,打上了横格,那副热心肠并不亚于她哥哥,而那一丝不苟的劲头或许还要胜过她哥哥。表妹写信的时候,他一直守在旁边,要削笔时就帮她削笔,遇到不会拼写的字就教她如何拼写。这些关照已经让表妹颇为感动了,而他对她哥哥的一番好意,使她越发高兴得不得了。他亲笔附言向威廉表弟问好，并随信寄给他半个几尼。范妮当时心情激动得无以言表。不过，她的神情和几句质朴无华的言语充分表达了她的喜幸和感激之情，表哥从而看出她是个讨人喜欢的姑娘。表哥跟她又谈了谈，从她的话里可以断定，她有一颗温柔亲切的心，有想要表现得体的强烈愿望。他发觉她对自己的处境非常敏感，总是非常羞怯，因而更应得到大家的关照。他从来不曾有意地惹她痛苦过，但他现在意识到她需要的是更多的正面爱护，因此便首先设法减少她对众人的惧怕，特别是不厌其烦地劝她跟玛丽亚和朱莉娅一起玩，尽可能地快活起来。

从这天起，范妮就感到比较自在了。她觉得自己有了一个朋友，表哥埃德蒙对她那么关心，她跟别人在一起时心情也好起来了。这地方不再那么陌生了，这里的人们也不再那么可怕了。即便有些人还没法让她不害怕，她至少开始了解他们的脾性，知道如何顺应他们。她起初惹得众人忐忑不安，特别是惹得自己忐忑不安的那些小小的无知、笨拙之处，都自然而然地消失了，她已不再非常怕见二姨父，听到大姨妈的声音也不再胆战心惊。两个表姐有时也愿意和她一起玩了。虽然由于年幼体弱，她还不能跟她们形影相伴，但她们玩的娱乐游戏有时必须有个第三者参加，尤其需要一个和和气气、百依百顺的第三者。当大姨妈查问她有什么缺点，或二哥埃德蒙要她们好好照顾她的时候，她们不得不承认："范妮倒是个好性子。"

埃德蒙总是待她很好，汤姆也没给她气受，大不了拿她逗逗趣，而一个十七岁青年对一个十岁孩子做这样的事，总觉得不为过。他刚刚踏入社会，生气勃勃，具有长子常有的那种洒脱大度，以为自己生来就是为了花钱和享受。他对小表妹的关切倒也符合他的身份和权利，一边给她送些漂亮的小礼物，一边又取笑她。

随着范妮情绪好转，眉开颜展，托马斯爵士和诺里斯太太对自己的慈善计划越发感到得意。两人很快得出一致看法：这孩子虽然谈不上聪明，但是性情温顺，看来不会给他们增添多少麻烦。而觉得她天资愚钝的还不只是他们俩。范妮能读书、做活、写字，但别的事就没有教给她。两个表姐发现，有许多东西她们早就熟悉了，范妮却一无所知，觉得她真是愚不可及，头两三个星期，她们不停地把这方面的新发现带到客厅里去汇报。"亲爱的妈妈，你想想看，表妹连欧洲地图都拼不到一起——她说不出来俄国有哪些主要河流——她从没听说过小亚细亚——她分不清蜡笔画和水彩画！多奇怪呀！你听说过有这么蠢的吗？"

"亲爱的，"能体谅人的大姨妈会说，"这是很糟糕，不过你们不能指望人人都像你们那样早懂事，那样聪明呀。"

"可是，姨妈，她真是什么都不懂呀！你知道吗，昨天晚上我们问她，她要是去爱尔兰，愿意走哪条路。她说，她渡海到怀特岛。她心里只有一个怀特岛，把它称作'岛子'，好像世界上再没有别的岛子似的。我敢说，我远远没有她这么大的时候就比她知道得多，不然我会觉得害臊。我不记得从什么时候起，她现在还一无所知的东西，我已经知道许许多多了。姨妈，我们按照先后次序背诵英国国王的名字，他们登基的日期，以及他们在位期间发生的主要事件，那是多久以前的事情啊！"

"是呀，"另一个姑娘接着说，"还背诵古罗马皇帝的名字，一直背到塞维鲁[1]。此外,还记了许多异教的神话故事,还会背诵所有的金属名称、半金属名称、行星的名字以及杰出哲学家的名字。"

"千真万确呀,亲爱的,不过你们有极好的记忆力,你们可怜的表妹可能什么都记不住。记忆力也像其他各种事情一样,人与人之间的差别可大了,因此你们应该体谅你们的表妹,对她的缺陷要包涵。你们要记住,就算你们懂事早,又那么聪明,你们还得始终注意谦虚。你们尽管已经懂得许多事情,还有许多事情需要学习。"

"是的,我知道在我长到十七岁以前还有许多事情要学习。不过我还得告诉你一件有关范妮的事,那么奇怪,那么愚蠢。你知道吗,她说她既不想学音乐,也不想学绘画。"

"毫无疑问,亲爱的,这确实很愚蠢,表明她太没有天赋,太缺乏上进心。不过全面考虑起来,我看她不学也好。虽说你们知道(多亏了我)你们的爸爸妈妈收养了她,但完全没有必要让她和你们一样多才多艺。相反,倒是应该有些差别。"

诺里斯太太就是这样来教育两个外甥女的。尽管她们天禀聪颖,小小年纪就懂得很多事情,但在诸如自知之明、宽宏大量、谦虚谨慎等不怎么寻常的资质方面,却十分欠缺,也就算不得十分奇怪了。她们在各方面都受到了上好的教育,唯独心性气质方面例外。托马斯爵士也不清楚她们缺少什么,虽说他热切地盼望她们样样都好,但表面上并不显得亲热,正是在他拘谨举止的压

---

[1] 塞维鲁(146—211),古罗马皇帝(193—211)。

抑下，她们在他面前压根儿活跃不起来。

对于两个女儿的教育，伯特伦夫人更是不闻不问。她没有工夫关心这些事情。她整天穿得整整齐齐地坐在沙发上，做些冗长的针线活，既没用处又不漂亮，对孩子还没有对哈巴狗关心，只要不给她带来不便，她就由着她们，大事听托马斯爵士的，小事听她姐姐的。即使她有更多的闲暇关照两个姑娘，她也会认为没有这个必要。她们有保姆照管，还有正规的老师教授，用不着别人再去操心了。谈到范妮学习愚笨："我只能说这真是不幸，不过有些人就是笨拙，范妮必须多下苦功，我不知道还有什么别的办法。我还要补充一句：这可怜的小东西除了笨拙之外，我看倒没有什么不好的——我发现，叫她送个信、取个东西什么的，她总是非常灵便，非常麻利。"

范妮尽管存在愚昧、胆怯等缺陷，还是在曼斯菲尔德庄园住下来了，渐渐把对老家的依恋之情转向了这里，和两个表姐一起长大成人，日子过得还不算不快活。玛丽亚和朱莉娅并非真有什么坏心眼，虽说她们经常搞得她没面子，但她觉得自己不配有过高的要求，因而并不觉得伤心。

本来，伯特伦夫人每到春天就要到伦敦的宅邸里去住上一阵。大约从范妮到来的时候起，她由于身体有点欠佳，加上人过于懒惰，便放弃了城里的那座宅邸，完全住到了乡下，让托马斯爵士履行他在议会的职责，在她不在身边的情况下，爵士究竟过得好些还是差些，她就不管了。于是，两位伯特伦小姐继续在乡下学习功课，练习二重唱，长大成人。她们的父亲眼看着她们出落得姿容秀美，举止得体，多才多艺，样样都令他称心如意。他的大儿子是个无所用心、挥霍无度的人，使他甚为忧虑，不过其他三个孩子看来还是挺有出息的。他觉得，他的两个女儿出嫁前势必给伯特伦家增添光彩，出嫁时必定会给伯特伦家赢得体面的姻亲；而埃德蒙凭着他的人品、他的是非分明和襟怀坦荡，必然会有所作为，给他自己和家族带来荣誉和欢乐。他将成为一位牧师。

托马斯爵士在为自己的儿女操心并为他们感到欣慰的同时，也没有忘记为普莱斯太太的儿女们尽力帮帮忙。他慷慨资助她的男孩子们上学读书，等他们长到适当年龄的时候，又帮助他们安排职业。范妮虽然已与家人几乎完全分离，但是一听说亲戚给他们家帮了什么忙，或者听说家人的处境有了什么好转，品行有了什么上进，都会感到由衷的喜悦。多年来，她和威廉只有幸相会过一次，而且只有那一次。至于家里的其他人，她连影儿也没见到。看来谁都觉得她再也不会回到他们中间，甚至连回去看看都不会，家里人似乎谁也不想她。不过，在她离家后不久，威廉决定去当水手，就在他去海上之前，应邀到北安普敦郡跟妹妹聚会了一个星期。两人相逢时的骨肉深情，无比喜悦，无尽欢乐，真挚交谈，都可想而知。同样可以想象得到，男孩一直兴致勃勃，十分乐观，而女孩在分手时自有一番离愁别绪。幸好这次相聚是在圣诞节假日期间，她可以直接从埃德蒙表哥那里得到安慰。埃德蒙向她述说威廉选上了这个职业之后要做什么事，今后会有什么发展，表妹听了这些喜事美景之后，也渐渐承认他们的离别也许是有好处的。埃德蒙一直对她很好。他离开伊顿公学到牛津大学读书，并未因此改变他体贴人的天性，反倒有了更多的机会显示他对人的体贴。他从不炫耀自己比别人更加尽心，也不担忧自己会尽心过头，总是一心一意地关照她，体谅她的情绪，尽量宣扬她的优秀品质，克服她的羞怯，使她的优秀品质展现得更加明显，给她出主意，给她安慰，给她鼓励。

由于受到众人的压抑，单靠埃德蒙一人还很难把她激励起来，但是他的这番情义却另有其重大作用：帮助改善了她的心智，增加了她心灵的乐趣。他知道她聪颖、敏锐、头脑清晰、喜爱读书，只要引导得法，定会自行长进。李小姐教她法语，听她每天读一段历史，他则给她推荐课余时间读起来有趣的书，培养她的鉴赏能力，纠正她的错误见解。他和她谈论她读过的书，从而使她体会到读书的益处，并能通过富有见地的评价，使她越发感受到读书的魅力。表哥如此尽心，表妹爱他胜过威廉之外所有的人。她的心一半属于威廉，一半属于他。

第三章

这个家族所出的第一个较大的事件是诺里斯先生的去世。事情发生在范妮大约十五岁那年,不可避免地引起了一些变化和新鲜事。诺里斯太太离开了牧师住宅,先是搬到了曼斯菲尔德庄园,后来又搬到托马斯爵士在村里的一座小屋。她为失去丈夫安慰自己,心想没有他照样能过得挺好,也为收入减少安慰自己,明摆着应该更加节俭些。

这个牧师职位本应由埃德蒙接任的,如果姨父早死几年,埃德蒙还不到接受圣职的年龄,就由哪个亲友暂干几年,到时候再交给他。但是,姨父去世之前,汤姆即已挥霍无度,职位的下一任人选只好另找他人,做弟弟的必须为哥哥的寻欢作乐付出代价。其实,他家还有另一个牧师职位给埃德蒙留着,尽管这一情况使得托马斯爵士在良心上多少好受一些,但他总觉得事情做得不够公平,便极力想让大儿子也认识到这一点,希望这一努力能产生比他以前的任何言行都要好的效果。

"汤姆,我为你感到害臊,"他以极其庄重的神态说道,"我为我被迫采取这个应急措施感到害臊。我想我要可怜你在这件事上所感到的为兄的惭愧之情。你把本该属于埃德蒙的一半以上的进项剥夺了十年、二十年、三十年，说不定是一辈子。也许我今后有能力，或者你今后有能力（但愿如此），给他谋到一个更好的职位。不过，我们绝不能忘记，即使做出这样的好事，也没有超出我们做父兄的对他应尽的义务。事实上，由于急于给你偿还债务，他现在不得不放弃的那份明摆着的好处，这是什么也补偿不了的。"

汤姆听着这席话倒也感到几分惭愧，几分难受。不过，为了尽快摆脱这种心情，他很快便带着乐滋滋的自私心理琢磨道：第一，他欠的债还不及某些朋友欠的一半多；第二，他父亲对这件事唠叨得够烦人了；第三，下一任牧师不管由谁来担任，十有八九会很快死去。

诺里斯先生死后，继任圣职的权利落到了一位格兰特博士身上，因而他就来到曼斯菲尔德住了下来。没想到他竟是个四十五岁的健壮汉子，看来伯特伦先生的如意算盘是要落空了。可是，"不，这人是个短脖子，容易中风的那种人，加上贪吃贪喝，很快就会死去。"

新任牧师的妻子比他小十五岁左右，两人无儿无女。他们来到这里，像以往的牧师初来乍到时一样，人们都传说他们是非常体面、和蔼可亲的人。

时至如今，托马斯爵士觉得他的大姨子应该履行她对外甥女的那份义务了。诺里斯太太的处境变了，范妮的年龄也渐渐大了，诺里斯太太原先反对范妮住她家的理由似乎已不复存在，反倒显得两人住在一起是最妥当不过了。再说托马斯爵士的西印度种植场近来遭受了一些损失,加上大儿子挥霍无度,境况已不如从前,因此他也并非不想摆脱掉抚养范妮的负担,以及将来供养她的义务。他深信必须这样做,便向妻子说起了这种可能性。伯特伦夫人再次想到这件事的时候,碰巧范妮也在场,她便平静地对她说:"这样看来,范妮,你就要离开我们住到我姐姐那里去了。你觉得怎么样?"

范妮大为惊愕,只是重复了一声姨妈的话:"就要离开你们了?"

"是的,亲爱的,你为什么感到惊讶呢?你在我们这里住了五年了,诺里斯先生去世以后,我姐姐总想让你过去。不过,你还得照样过来给我缝图案呀。"

这消息不仅使范妮为之惊讶,而且令她感觉不快。她从未领受过诺里斯姨妈的好处,因此也不可能爱她。

"我离开这里会很伤心的。"她声音颤抖地说。

"是啊,我想你是会伤心的,这也是很自然的。我想,自从你来到这个家之后,还不曾有过什么事情让你烦恼吧。"

"姨妈,我想我没有忘恩负义吧?"范妮腼腆地说。

"是的,亲爱的,我想你没有。我一直觉得你是个很好的姑娘。"

"我以后再也不能住到这里了吗?"

"再也不能了,亲爱的。不过,你肯定会有一个舒适的家。不管你是住在这座宅子里,还是住在别的宅子里,对你来说都不会有多大差别。"

范妮心情沉重地走出屋去。她无法把这差异看得很小,她无法想象和大姨妈住在一起会有什么称心如意的事情。她一碰到埃德蒙,便把自己的伤心事告诉了他。

"表哥,"她说,"就要出一件让我很不高兴的事。过去我遇到不高兴的事,往往经你开导就想通了,可这一次你就开导不通我了。我要住到诺里斯姨妈家去了。"

"真的呀!"

"是的,伯特伦姨妈刚刚这么对我说的。事情已经定下来了。我得离开曼斯菲尔德庄园,我想一等诺里斯姨妈搬到白房子,我就搬到那里去。"

"哦,范妮,要不是因为你不喜欢这个安排,我还真会觉得好得很呢。"

"噢!表哥!"

"这个安排从各个方面来看都不错。大姨妈既然希望你去,表明她挺通情达理的。她选择了你做朋友和伙伴是再恰当不过了,我很高兴她没有因为贪财而不选你。你做她的朋友和伙伴也是应该的。我希望,范妮,你不要为这件事感到太难过。"

"我真的很难过。我不可能为之高兴。我喜欢这座房子,喜欢这里的每样东西,而那里的一切我都不会喜欢。你知道我跟她在一起多不自在。"

"她把你当孩子看待时对你的态度,我没有什么好讲的。不过,她对我们大家的态度也和对你一样,或者说差不多一样。她从不懂得怎样对孩子和蔼可亲。不过,你现在到了这个年龄,需要别人待你好些。我看她现在待你是好些了。等你成了她唯一的伙伴,她一定会看重你的。"

"我永远不会被任何人看重的。"

"有什么事情妨碍你呢?"

"样样事情——我的处境——我的愚蠢,我的笨拙。"

"至于说你愚蠢、笨拙,亲爱的范妮,请相信我,你一丝一毫也没有这样的缺陷,这两个字眼用得太不恰当。不管在什么地方,只要人们了解了你,你绝不会不被人看重。你通情达理,性情温柔,我敢说还有一颗感恩图报之心,受到别人的好处总想报答人家的恩情。照我看,作为朋友和伙伴,没有什么比这更好的品质了。"

"你太好了,"范妮说,听到表哥的赞扬,不由得脸红了,"你把我看得这么好,我怎么感谢你才好啊?噢!表哥,我要是离开这里,将永远记住你的好处,直至我生命的最后一刻。"

"哦,范妮,不过是白房子那么一点距离,我倒真希望你能记住我。听你的口气,你好像是要到两百英里以外去,而不仅仅是庄园的那一边。不过,你差不多和以往一样,还是我们中间的一员。两家人一年到头天天见面。唯一的区别是,你跟大姨妈住在一起,必然会理所当然地促使你早点成熟。在这儿嘛,人太多了,你可以躲在后边。可是跟大姨妈在一起,你就不得不替自己说话。"

"噢!不要这么说嘛。"

"我必须这么说,而且乐意这么说。现在由诺里斯姨妈来照管你,比我妈妈合适得多。诺里斯姨妈有这样的脾气,对于她真正关心的人,能照顾得非常周到,还能促使你充分发挥你的能力。"

范妮叹息了一声,说道:"我的看法和你不一样。不过,我应该相信你是对的,而不是相信我自己,你想帮助我对避免不了的事情想开些,我非常感激。如果我能够设想大姨妈真正关心我,我会因为感到还有人看重我而高兴啊!在这儿,我知道我是无足轻重的,可我非常喜欢这个地方。"

"范妮,你要离开的是这座房子,可不是这个地方。这个庄园及里面的花园你还可以一如既往地自由享受。对于这样一个名义上的变化,即使你那小小的心灵也不必为之惊骇。你还可以照样在原来的小路上散步,照样从原来的图书室里挑选图书,照样看到原来的人,照样骑原来那匹马。"

"一点不错。是啊,亲爱的老灰马。啊!表哥,我还记得当初我多么害怕骑马,一听人说骑马会对我有好处就吓得不得了。噢!每次谈到马的时候,一看到姨父要张嘴说话,我就浑身发抖。再想想你好心好意费尽心思地劝导我不要害怕,让我相信只要骑一会儿就会喜欢的,现在觉得你的话说得多么正确,我倒希望你每次的预言能同样正确。"

"我完全相信,你和诺里斯太太在一起会对你的智力有好处,正如骑马对你的身体有好处一样——也对你的最终幸福有好处。"

他们的这番谈话就这样结束了,不管对范妮有没有好处,其实是多此一举,因为诺里斯太太丝毫没有接纳她的意思。目前,她只想小心翼翼地回避这件事。为了防止别人打她的主意,她挑选了曼斯菲尔德教区可以维持上流社会体面的最小的住宅。这所白房子只容得下她自己和她的仆人,还有一个备用房间是专为一个朋友准备的,而且要不厌其烦地强调这一点。以前她们住在牧师住宅里从未需要什么备用房间,现在却念念不忘要给朋友保留一个备用房间。然而，不管她怎么处心积虑地防范，还是免不了别人把她往好里猜想。她反复强调需要有个备用房间，也可能使托马斯爵士误以为真是为范妮准备的。伯特伦夫人不久便把这件事明确地提了出来，漫不经心地对诺里斯太太说：

"姐姐，等范妮跟你一起生活之后，我想我们就不再需要雇用李小姐了吧？"

诺里斯太太几乎吓了一跳。"跟我一起生活，亲爱的伯特伦夫人，你这是什么意思？"

"她不是要跟你一起生活吗？我还以为你跟托马斯爵士早就谈妥了呢？"

"我！从来没有。我一个字也没跟托马斯爵士说起过，他也只字没跟我说起过。范妮跟我住在一起！这是我绝不会考虑的事，凡是真正了解我们俩的人，谁也不会这么设想。天哪！我把范妮领去怎么办呀？我！一个孤苦伶仃的穷寡妇，什么事情都干不了，精神都崩溃了，叫我对这样年龄的一个姑娘，一个十五岁的姑娘怎么办呀！这么大的孩子正是最需要关心和爱护的时候，连精力最旺盛的人也未必承受得了呀。托马斯爵士绝不会当真指望我做这样的事情吧！托马斯爵士是我的至亲好友。我相信，凡是希望我好的人，都不会提议这样的事情。托马斯爵士怎么会跟你说起这件事的？"

"我还真不知道。我想他觉得这样做最合适。"

"可他是怎么说的呢？他总不会说他希望我把范妮接走吧。我想他内心里肯定不会希望我这样做。"

"是的，他只是说他认为这很可能——我也是这么认为的。我们俩都觉得这对你会是个安慰。不过,你要是不想这样做,那就什么也不用再说了。她在这儿也不是什么累赘。"

"亲爱的妹妹!你要是考虑一下我的悲惨情况,她怎么会给我带来什么安慰呢?如今我是个可怜巴巴的穷寡妇,失去了世界上最好的丈夫,为了伺候他我的身体也弄垮了,我的精神状态更加糟糕,我在人世间的宁静全被摧毁了,只能勉强维持一个有身份女人的生活,不至于辱没我那已故的亲爱的丈夫——再叫我担负起照管范妮的责任,我会得到什么安慰呀!即使我为了自己想要这样做,我也不能对那可怜的孩子做出这么不公道的事情。她现在受到高贵人家的养育,肯定前程似锦。我却得在艰难困苦中拼命挣扎。"

"那你不在乎孤零零地一个人生活啦?"

"亲爱的伯特伦夫人!我除了孤苦伶仃还配怎么样呢?我希望偶尔能有个朋友住到我那小房舍里(我要永远为朋友留个床位),但我将来的绝大部分岁月要在与世隔绝中度过。我要是能勉强维持生活,就别无所求了。"

"姐姐,我想你的情况也不至于那么坏——通盘考虑起来。托马斯爵士说你每年会有六百英镑的收入。"

"伯特伦夫人,我不是叫苦。我明白我不能像过去那样生活了,而要尽可能地节省开支,学会做个更好的当家人。我以前一直是个大手大脚的当家人,现在要省吃俭用也不怕人笑话。我的处境像我的收入一样发生了变化。许多事情都是可怜的诺里斯先生当牧师时招来的,现在不能指望我也去那样做。素不相识的人来来往往,不知道吃掉了我们厨房里多少东西。到了白房子里,事情就得照料得好一些。我一定得量入为出，不然就要受苦了。坦白地说，要是能做得更好一些——到了年底能有一点积蓄，我会感到非常高兴的。"

"我想你会的。你不是一直在积蓄吗？"

"伯特伦夫人，我的目标是给下一代人留些好处。我是为了你的孩子们，才希望能多有点钱。我没有别人需要关照的，就想将来能给他们每人留下一份稍微像样的财产。"

"你真好，不过不要为他们操心。他们将来肯定什么都不会缺的。托马斯爵士会处理好这件事的。"

"嗨，你要知道，要是安提瓜[1]种植园还这么收益不好的话，托马斯爵士的手头就会很紧了。"

"噢！这很快会解决的。我知道，托马斯爵士正在为此起草什么东西。"

"好吧，伯特伦夫人，"诺里斯太太一边说，一边动身要走，"我只能说，我唯一的愿望是对你的孩子们有些好处——因此，要是托马斯爵士再提起要我把范妮领去的话，你可以对他说，我的身体和精神都不允许我那样做——再说，我还真没有给她睡觉的地方，我得为朋友保留一个备用房间。"

伯特伦夫人把这次谈话转告了丈夫，使他意识到他完全领会错了大姨子的心思。从此之后，诺里斯太太再也不用担心他对她还会有什么指望，也不必担心他会就这件事再提只言片语。托马斯爵士感到奇怪的是，当初她是那样起劲地撺掇他们领养这个外

---

1 西印度岛屿，英国殖民地之一。

甥女，如今却对她一点义务都不肯尽。不过，由于她提前告诉他和伯特伦夫人，她的所有财产都要留给他们的子女，这对他们既有好处，也是好大的面子，因此很快便想通了，进而也能更好地为范妮未来的生活做安排了。

范妮很快便得知，她起先有关要搬走的担忧是完全没有必要的。埃德蒙本来在为他觉得对范妮大有好处的一件事没能办成而感到失望，不料范妮获悉后却喜不自禁，这也给他带来了几分安慰。诺里斯太太住进了白房子，格兰特夫妇来到了牧师住宅，这两件事情过后，曼斯菲尔德一切如常地持续了一段时间。

格兰特夫妇性情和蔼可亲，喜欢交际，使新结识的人大体上颇为满意。两人也有缺点，很快就让诺里斯太太发现了。博士非常好吃，每天都要美餐一顿；而格兰特太太不是尽量节省以满足他的需求，反而给厨子很高的工钱，简直跟曼斯菲尔德庄园给的一样高，而且很少见她亲临厨房和贮藏室。诺里斯太太一说起这种令人愤懑的事情，或者一说起那家人每天耗费那么多的黄油和鸡蛋，就不免要动气。"谁也不像我那样喜欢大方和好客——谁也不像我那样讨厌小家子气——我相信，牧师住宅在我当家的时候，该享受的东西从没缺过一样，也从没落得过什么坏名声，但是像他们现在这样胡闹法，我可不能理解。想在乡下牧师住宅里摆阔太太的架子，实在不相称。我原来的那间贮藏室够不错的了，我看格兰特太太进去一趟不会降低她的身份。我到处打听，从没听说格兰特太太的财产超出过五千英镑。"

伯特伦夫人没有多大兴致去听这种指责。她不愿过问持家人的过失，但她觉得格兰特太太人不漂亮却也能过上这么好的日子，这简直是对漂亮人们的侮辱，于是她经常对此表示惊讶，就像诺里斯太太经常谈论持家之道一样，只是不像诺里斯太太那样喋喋不休。

这些看法谈论了还不到一年，家里又发生了一件事，这件事关系重大，自然要在太太小姐们的心事言谈中占有一定位置。托马斯爵士觉得，他应当亲自跑到安提瓜，以便更好地安排那里的事务，并顺便把大儿子也带了去，想借此使他摆脱在家里结交的一些坏人。他们离开了英国，可能要在外面待上将近一年。

托马斯爵士本不愿离开一家老小，把正处于妙龄时期的两个女儿交给别人指导，只是从钱财角度来看必须这样做，而且这样做可能对儿子有好处，这才打定了主意。他觉得伯特伦夫人不能完全接替他来指导两个女儿，她甚至连她自己应尽的职责都难以完成。但他非常相信诺里斯太太的谨慎小心和埃德蒙的审慎明断，这足以让他放心离去，不再为女儿们担心。

伯特伦夫人压根儿不想让丈夫离开她，不过她之所以感到不安，既不是出于对他安全的担心，也不是出于对他安适的关心。她属于这样一种人，只知道自己会有危险、困难和劳顿，而别人全然不会遇上这类事情。

在这次离别中，让人深为可怜的还是两位伯特伦小姐。这倒不是因为她们为之伤心，而是因为她们并不伤心。她们并不爱她们的父亲，凡是她们喜欢的事情，他似乎从来没有赞成过，因而令人遗憾的是，父亲出门远去，她们反倒大为高兴。这样一来，她们就从种种约束中解脱出来。她们不会想做什么乐事而遭到父亲的禁止，顿时感到可以一切由着自己了，完全可以恣意放纵了。

范妮的解脱、欣慰之感丝毫不亚于两位表姐，不过她心肠比她们软，觉得自己这种心情是忘恩负义，真为自己没能伤心而感到伤心。"托马斯爵士对我和哥哥弟弟有那么多的恩情，这次一去也许永远回不来啦！我看着他走居然连一滴眼泪也不曾流下！简直是无情无义到可耻的地步。"况且，就在临别的那天早晨，他还对她说，他希望在即将到来的冬天她能再次见到威廉，并嘱咐她一听到威廉所属的中队回到英国，就写信邀请他来曼斯菲尔德。"他对我多么体贴，多么好啊！"他说那些话的时候，只需对她笑一笑，叫一声"亲爱的范妮"，她就会忘掉以往他对她总是皱着眉头，言语冷漠。不过，他在那席话的最后加了几句，使她感到不胜屈辱："如果威廉来到曼斯菲尔德，我希望你能让他相信，你们分别多年，你并非毫无长进——不过我担心，他一定会发现，他的妹妹虽然已经十六岁，但在某些方面还像十岁时一样。"姨父走后，她这样想来想去，痛哭了一场。两位表姐看见她两眼通红，以为她在装模作样。

第四章

汤姆·伯特伦临走前本来就很少待在家里，因此家里人只是在名义上觉得缺了他。伯特伦夫人很快便惊奇地发现，即使缺了那做父亲的，大家过得也挺好，埃德蒙可以代父亲切肉，跟管家商量事情，给代理人写信，向仆人发工钱，像他父亲一样，一切烦人劳累之事，样样都替她做好了，只不过她自己的信还得由她自己来写。

两位出门人一路平安地抵达安提瓜的消息收到了。可在这之前，诺里斯太太一直担心会出什么非常可怕的事情，而且只要旁边没有人，就让埃德蒙分享她的担忧。她相信，不管发生什么大灾大难，她肯定是最先得到消息，因此她早就想好了如何向众人宣布这噩耗。恰在这时，托马斯爵士来信了，宣告父子俩平安无事。于是，诺里斯太太只得暂时收起她的激动心情和准备宣布噩耗时充满深情的开场白。

冬天来而复去，家里并不需要那父子俩。他们在海外的消息也依然很好。诺里斯太太除了料理自己的家务，过问妹妹的家务，关注格兰特太太的浪费行为，还要出出主意叫外甥女玩得更加开心，帮助她们梳妆打扮，展示她们的才能，给她们物色女婿，忙得她没有心思再为两个远行的人担忧了。

现在，两位伯伦小姐已被公认属于当地的美女之列。她们不仅模样俊俏，才华出众，而且举止落落大方，刻意表现得彬彬有礼，和蔼可亲，因此深受人们的喜爱和仰慕。她们虽然也爱慕虚荣，但表现得体，好像毫无虚荣之感，也没有装腔作势的架子。她们这般表现所赢得的夸奖，大姨妈听到后又转告给她们，使她们越发相信自己完美无缺。

伯特伦夫人不跟女儿们一起出入社交场合。她过于懒散，甚至都不愿牺牲一点个人利益，感受一下做母亲的喜悦，亲自去看看自己的女儿们在社交场合如何荣耀，如何快活，因此每次都把这事托付给姐姐。做姐姐的真是求之不得，以这么体面的身份带着外甥女出入社交场合，也不用自己租马车，可以尽情享用妹妹家提供的一切方便。

社交季节的各种活动并没有范妮的份儿，不过等其他人都出门赴约之后，就剩她陪伴二姨妈，她公然成了有用之人，心里感到乐滋滋的。加上李小姐已离开曼斯菲尔德，每逢举行舞会或宴会的夜晚，她自然就成为伯特伦夫人须臾难离的伙伴。她陪夫人聊天，听她说话，读书给她听，在这静静的夜晚，进行这样的促膝谈心，丝毫不用担心听到什么逆耳的声音，这对于一颗一向吃尽了惶恐不安之苦的心灵来说，真有说不出的喜悦。至于表姐们的娱乐活动，她倒喜欢听她们回来讲述，特别喜欢听她们讲述舞会的情况，讲述埃德蒙和谁跳的舞。不过她认为自己地位低微，不敢奢望自己也能参加那样的舞会,因而听的时候并不怎么太往心里去。总的说来,她觉得这个冬天过得还不错,虽说威廉没在这期间回到英国,可她心里一直期望他会回来,这种期望也是非常可贵的。

随之而来的春天夺去了她心爱的朋友老灰马,一时间,她不仅遭受到情感上的失落,而且感到身体上也要蒙受损失。尽管姨妈她们都承认骑马对她有好处,却没有采取什么措施让她再有马骑。两位姨妈说:"表姐不骑马的时候,不管是她们谁的马,你随时都可以骑。"然而,两位伯特伦小姐尽管一副热心助人的样子,可每逢天气晴朗总要骑马出去,并不想牺牲任何实质性的乐趣而去关照范妮。四月、五月风和日丽的上午,她们欢天喜地地骑马游玩,而范妮不是整天陪这个姨妈坐在家里,就是受那个姨妈怂恿到外边走得筋疲力尽。伯特伦夫人自己不喜欢活动,便认为谁都没有必要出去活动,可诺里斯太太整天在外面东跑西颠,也就认为谁都应该天天走那么多路。这期间埃德蒙偏偏不在家,否则这一不良现象也会早一点得到纠正。等他回来了解了范妮的处境,意识到由此而来的不良后果,他觉得只有一个办法,那就是:"范妮必须有一匹马。"他不顾懒散成性的妈妈和精打细算的姨妈会怎么反对,斩钉截铁地这样宣布。诺里斯太太不由得想到,也许能从庄园的马匹中挑出一匹稳当的老马来,这就蛮不错了,或者可以向管家借一匹,或者说不定格兰特博士会把他派往驿站取邮件的那匹矮种马偶尔借给他们。她坚持认为,让范妮像两位表姐一样气派,也有一匹自己专用的马,那绝对没有必要,甚至也不妥当。她断定,托马斯爵士从没有过这样的打算。她必须说明,趁他不在家时给范妮买马，眼见他的大部分进项尚未妥善解决，却要进一步增加家里养马的巨大开支，她觉得很不合理。埃德蒙只是回答说："范妮必须有一匹马。"诺里斯太太无法接受这样的看法。伯特伦夫人倒能接受，她完全赞成儿子的看法，认为范妮必须有一匹马，并且认为伯特伦爵士也会觉得有这个必要。她只是要求不要性急，只要儿子等托马斯爵士回来，由托马斯爵士亲自定夺这件事。托马斯爵士九月份就要回到家，只不过等到九月又有何妨呢？

埃德蒙生妈妈的气，更生大姨妈的气，怪她太不关心外甥女。不过，他对她的话却不能不有所顾忌，最后决定采取一个办法，既不至于使父亲认为他做得太过分，又可以使范妮有条件立即开始运动。他不能眼看着她没有马骑。他自己有三匹马，但没有一匹是供女士骑的。其中两匹是狩猎用的，另外一匹是拉车用的，他决定用这另外一匹马换一匹表妹可以骑的马。他知道在哪里能找到这样的马，等主意一定，便很快办妥了这件事。新换来的母马还真是难得，稍加调驯，便服服帖帖地很好驾驭了，于是差不多完全归范妮使唤了。她以前从未想到，还有什么会比那匹老灰马更让她称心如意的，可现在骑上埃德蒙的这匹母马，真比过去骑老灰马还要快活得多。再一想这快活是表哥的深情厚谊给她带来的，心里就越发快活，简直无法用言语来形容。她认为表哥是世界上最善良、最伟大的典范，他的高尚品质只有她最能感受，她对他的感激之情是世界上任何感情都无法比拟的。她对他的感情集万般尊敬、不胜感激、无限信任、满腔柔情于一体。

这匹马不论在名义上还是在事实上都仍然归埃德蒙所有，因而诺里斯太太也能容忍范妮骑下去。至于伯特伦夫人，即使她想起原先曾反对过，也不会怪罪埃德蒙没等到托马斯爵士九月份回来，因为到了九月份，托马斯爵士仍在海外，而且近期内还不可能办完事情。就在他刚开始考虑回国的时候，突然遇到了不利的情况，因为各种事情很难预料，他便决定打发儿子先回家，自己留下做最后的安排。汤姆平安地回来了，告诉大家说父亲在外身体很好，可是诺里斯太太听后并不放心。她觉得托马斯爵士可能预感自己灾难临头，出于父爱的考虑，把儿子送回了家，因此她心里不禁冒出了种种可怕的预感。秋天的黄昏越来越长，在她那寂寞凄凉的小屋里，这些可怕的念头搅得她胆战心惊，只得每天跑到庄园的餐厅里来避难。然而，冬天又有了约会、应酬之后，对她倒不无作用。在约会、应酬的过程中，她满心欢喜地替大外甥女筹划未来，心神也就平静了许多。"假如可怜的托马斯爵士命中注定永远回不来，能看到亲爱的玛丽亚嫁给一个富贵人家，倒也是莫大的安慰。"她经常这样想。而当她们和有钱的男人在一起的时候，尤其是经人介绍认识了一位刚在乡下继承了一份最大地产、一个最佳职位的年轻人的时候，她更是总会这样想。

拉什沃思先生一见面就被伯特伦小姐的美貌所吸引，加之一心想要成家，很快便认为自己坠入了情网。他是个粗大肥胖、智力平庸的年轻人，不过，由于在身姿体态、言谈举止上并不讨人嫌，伯特伦小姐觉得能博得他的欢心，倒也非常得意。玛丽亚·伯特伦现年二十一岁，开始觉得自己应该结婚了。她若是能嫁给拉什沃思先生，就能享有一笔比她父亲还高的收入，还能确保在伦敦城里有一处宅邸，而这在眼下恰恰是她最为看重的目标。

因此，本着同样的道义原则，她显然应该尽可能嫁给拉什沃思先生。诺里斯太太满腔热情地撮合这门亲事，用尽花言巧语，耍尽种种伎俩，想让双方认清彼此是多么般配。她使出了各种招数，其中包括跟拉什沃思先生的母亲套近乎。拉什沃思太太目前就和儿子住在一起，诺里斯太太甚至硬逼着伯特伦夫人一早赶了十英里坎坷的道路去拜访她。没过多久，她和这位太太便情投意合了。拉什沃思太太承认，她盼望儿子能早日结婚，并且宣称，伯特伦小姐和颜悦色，多才多艺，在她见过的年轻小姐中，似乎最为合适，能使她儿子幸福。诺里斯太太接受了这番夸奖，赞许拉什沃思太太真有眼力，对别人的优点能看得这么准。玛丽亚确实是他们大家的骄傲与欢乐——她白玉无瑕——是个天使。当然，追求她的人很多，她难免挑花了眼。不过，要是让她诺里斯太太经过这么短时间的相识就做决定的话，她认为拉什沃思先生恰恰是最配得上她，也最能使她中意的年轻人。

经过几番舞会结伴跳舞之后，两位年轻人果然像两位太太料想的那样投缘。在照例禀报了远在海外的托马斯爵士之后，双方便订婚了，男女两家都非常满意，附近的局外人也都十分高兴，好多个星期以来，他们就觉得拉什沃思先生娶伯特伦小姐还是挺合适的。

托马斯爵士的答复几个月后才能收到。然而，在此期间，由于大家都认定他会满心喜欢这门亲事，两家人便毫无约束地来往起来，谁也无意保密，只不过诺里斯太太在逢人便讲的时候，最后总要告诫人家现在还不宜张扬。

伯特伦家一家人中，只有埃德蒙看得出这门亲事还有缺陷，不管姨妈再怎么称赞，他都不觉得拉什沃思先生是个理想的伴侣。他承认，妹妹的幸福只有妹妹自己最有数，可他并不赞成她把幸福都押在大笔的收入上。他跟拉什沃思先生在一起的时候，心里情不自禁地在想："这个人若不是一年有一万两千英镑的收入，说不定是个很蠢的家伙。"

然而，托马斯爵士对于这桩亲事却感到由衷的高兴，因为这门亲事对他家无疑是有利的，再说他从信上获悉的全是好的一面，令人满意的一面。这是一门再合适不过的亲事，两家同在一个地方，又门当户对，于是他以尽可能快的速度，向家里表示竭诚的赞同。他只提出了一个条件，婚礼要等他回来后再举行，因此便再次急巴巴地盼望回归。他是四月份写的信，满心指望能在夏季结束之前将一切事情办妥，离开安提瓜回国。

七月份正当事情发展到这个地步，范妮刚满十八岁的时候，村里的交际场上又增添了格兰特太太的弟弟和妹妹——克劳福德先生和克劳福德小姐，他们是格兰特太太的母亲第二次结婚后生下的两个孩子。两人都是拥有大宗财产的年轻人，儿子在诺福克有许多地产，女儿有两万英镑。他们小时候，姐姐总是非常疼爱他们，但是姐姐出嫁不久，母亲又接着去世了，便把他们交给一个叔叔照管。格兰特太太也不认识这位叔叔，因此后来很少见到弟弟妹妹。他们两人在叔叔家感受到了家庭的温暖。克劳福德将军和克劳福德太太尽管在别的事情上总是意见不相吻合，但在疼爱两个孩子上却是一致的，如果说还有什么不一致的地方，那就是两人各宠爱一个。将军喜欢男孩，克劳福德太太溺爱姑娘。克劳福德太太这一去世，她的被保护人在叔叔家又住了几个月之后，不得不另投一个去处。克劳福德将军是个行为不端的人，他想把情妇带到家里来住，而把侄女赶走。正是由于这个原因，格兰特太太的妹妹才提出要投奔姐姐。此举不仅方便了一方，而且也正合另一方的心意。原来，格兰特太太跟住在乡下无儿无女的太太们已经来往够了，她那心爱的客厅早已摆满了漂亮的家具，还养了不少奇花异草、良种家禽，现在很想家里变个什么花样。因此，妹妹的到来使她非常高兴，她一向喜欢这个妹妹，眼下正希望把妹妹留在身边，直至她嫁人为止。她主要担心的是，一个在伦敦待惯了的年轻女士到曼斯菲尔德会过不惯。

克劳福德小姐并非完全没有类似的顾虑，不过她所顾虑的，主要是拿不准姐姐的生活派头和社交格调。她先是劝说哥哥和她一起住到他乡下的宅邸里，哥哥不答应，她才决定硬着头皮去投奔别的亲戚。遗憾的是，亨利·克劳福德非常讨厌始终居住在一个地方，局限于一个社交圈子。他不能为了照顾妹妹而做出这么重大的牺牲，不过他还是极其关切地陪她来到北安普敦，而且痛痛快快地答应，一旦她对这个地方感到厌倦，只要告诉他一声，他半个钟头内就把她带走。

这次会面令双方都很满意。克劳福德小姐看到姐姐既不刻板，也不土气——姐夫看上去也还体面，住宅宽敞，陈设齐全。格兰特太太看到她越发疼爱的两位年轻人，仪表着实讨人喜欢。玛丽·克劳福德长得异常俏丽，亨利虽然算不上英俊，却挺有风度，富于表情。两人的仪态活泼有趣，格兰特太太顿时觉得他们样样都好。她对两人都喜欢，尤其喜欢玛丽。她从来没能为自己的美貌而自豪，现在却能为妹妹的美貌而骄傲，真让她打心底里高兴。

还没等妹妹到来,她就给她物色对象了。她看中了汤姆·伯特伦。一个姑娘拥有两万英镑,而且照格兰特太太看来又那么文雅、那么多才多艺,完全配得上一个男爵的大公子。格兰特太太是个心直口快的热心肠人,玛丽来了还不到三个小时,她就把她的打算告诉了她。

克劳福德小姐听说有这么高贵的一家人家离他们这么近,感到甚为高兴,而她姐姐这么早就为她操心,还给她选择了这么个对象,也都丝毫没有引起她的不快。结婚是她的目标,只要能嫁个称心的人家就行。她在伦敦见过伯特伦先生,知道他的相貌和家庭条件一样,都没有什么可挑剔的。因此,尽管她把姐姐的话当笑话来听,但她还是记住要认真考虑一番。没过多久,格兰特太太又把这个主意告诉了亨利。

"我想到了一个主意,"格兰特太太进一步说道,"能使这件事十全十美。我真想把你们两个都安置在这一带,因此,亨利,我要你娶伯特伦家的二小姐,这姑娘可爱、漂亮、脾气好、有才艺,准能使你非常幸福。"

亨利鞠了个躬,向她道谢。

"亲爱的姐姐,"玛丽说,"你要是能劝说他做出这样的事,使我能与这么聪明的人结成姑嫂,那对我来说可是一件从未有过的快事,不过唯一遗憾的是,你手里没有五六个闺女供你差遣呀。你要想说服亨利结婚,非得有法国女人的口才不可。英国人的全部能耐都已试过了。我有三个眼光很高的朋友先后都迷上了他,她们几个,她们的母亲(都是非常聪明的女人),加上我亲爱的婶婶和我本人,都在煞费苦心地劝他、哄他、诱他结婚,究竟费了多大的劲,你想都想不到啊!你尽可以想象他是个最可怕的调情能手。要是伯特伦家的两位小姐不愿意肠断心碎,就让她们躲开亨利。"

"亲爱的弟弟,我不相信你会这样。"

"是呀,我想你肯定不会相信。你比玛丽来得厚道。你能体谅缺乏经验的年轻人遇事顾虑重重。我生性谨慎,不愿匆匆忙忙地拿自己的幸福冒险。谁也不像我这样看重婚姻。我认为,能有个妻子的福气,正如诗人措辞谨慎的诗句所描写的那样:'上天最后赐予的最好的礼物。'[1]"

"你瞧,格兰特太太,你瞧他多会玩弄字眼,只要看看他嬉皮笑脸的样子。我跟你说吧,他真令人可憎——将军的教育把他宠坏了。"

"年轻人在婚姻问题上怎么说,"格兰特太太说,"我才不当回事儿呢。如果他们扬言不愿意结婚,我只是权当他们没找到合适的对象。"

格兰特博士笑哈哈地赞赏克劳福德小姐自己没有立意不结婚。

"噢!是呀,我丝毫不觉得结婚有什么不好意思的。我愿意让每个人都结婚,只要办得妥当。我不喜欢人们草率从事,不管什么人,什么时候结婚好,就什么时候结婚。"

---

[1] 引自弥尔顿《失乐园》第五部第十九行。

第五章

这些年轻人从一开始便相互产生了好感。双方都有不少吸引对方的地方，结识之后，就在规矩许可的限度内，早早地亲热起来。克劳福德小姐的美貌并未引起伯特伦家两位小姐的不快。她们自己就很漂亮，自然不会嫉恨别的女人长得漂亮。一见到她那活脱的黑眼睛，光洁的褐色皮肤，以及整个灵秀模样，她们几乎像两位哥哥一样着迷。她若是人长得高，身姿丰腴，容貌美丽，双方就会更有一番较量。可事实上，她没法与她们相比，她充其量算得上一个可爱的漂亮姑娘，而她们却是当地最秀丽的女郎。

她哥哥可不英俊。她们第一次见到他的时候，觉得他真丑，又黑又难看，不过仍不失为一个有教养的人，言谈挺讨人喜欢。第二次见面时，又发现他不那么难看了。当然，他确实不好看，不过他表情丰富，加上长着一口好牙，身材又那么匀称，大家很快便忘记了他其貌不扬。等到第三次相会，在牧师住宅一道吃过饭之后，谁也不再说他长得不好看了。事实上，他是两姊妹所见过的最讨人喜欢的年轻人，两人都同样喜欢他。伯特伦小姐订婚以后,他便天公地道地应归朱莉娅所有。对于这一点,朱莉娅心中十分清楚,小伙子来到曼斯菲尔德还不到一个星期,她就准备跟他坠入爱河了。

玛丽亚对这个问题思想比较混乱,观点也不明确。她也不想去正视,不想搞明确。"我喜欢一个讨人喜欢的人不会有什么妨碍——谁都知道我的情况——克劳福德先生可得把握住自己。"克劳福德先生并非有意铤而走险。两位伯特伦小姐值得他去讨好,也准备接受他的讨好。他起初只有一个目标,就是让她们喜欢他。他并不想让她们爱得太深。他虽说有着清醒的头脑,平静的心境,本可以看得清楚一些,心里好受一些,但他却在这两方面给了自己很大的回旋余地。

"姐姐,我非常喜欢两位伯特伦小姐,"那次宴席结束,他把她们送上马车回来时说道,"这两个姑娘很文雅、很可爱。"

"当然是很文雅、很可爱啦。我很高兴听到你这么说。不过你更喜欢朱莉娅。"

"噢!是的,我更喜欢朱莉娅。"

"可你真的更喜欢她吗?一般人都认为伯特伦小姐长得更漂亮。"

"我也这么认为。她五官秀丽,我欣赏她的容貌——不过我更喜欢朱莉娅。伯特伦小姐当然更漂亮,我也觉得她更可爱,不过我总会更喜欢朱莉娅,因为你吩咐我这样做的。"

"我不会劝你的,亨利,不过我知道你最后必将更喜欢她。"

"难道我没对你说过,我一开始就更喜欢她吗?"

"况且,伯特伦小姐已经订婚。别忘了这一点,亲爱的弟弟。

他把她们送上马车

她已经有主了。"

"是的，我为此而更喜欢她。订了婚的女子总是比没订婚的更可爱。她已经了却了一桩心事，不用再操心了，觉得自己可以无所顾忌地施展全部本事讨得别人的欢心。一个订了婚的小姐是绝对保险的，不会有什么害处。"

"哦，就此而言——拉什沃思先生是个非常好的年轻人，配她绰绰有余。"

"可是伯特伦小姐压根儿不把他放在心上。你就是这样看你这位好朋友的。我可不这样看。我敢说，伯特伦小姐对拉什沃思先生是十分痴情的。谁一提到他的时候，我从她的眼神里看得出来。我觉得伯特伦小姐人很好，既然答应了别人的求婚，就不会是虚情假意的。"

"玛丽，我们该怎么整治他呀？"

"我看还是不要去管他。说也没有用。他最后会上当的。"

"可我不愿意让他上当，我不愿意让他受骗。我要把事情搞得清清白白、堂堂正正。"

"噢！天啊——由他自己去，让他上当去吧。上上当也好。我们人人都会上当，只不过是早晚而已。"

"并不总是在婚姻问题上，亲爱的玛丽。"

"尤其是在婚姻问题上。就现今有幸结婚的人们而言，亲爱的格兰特太太，不管是男方还是女方，结婚时不上当的，一百个人中连一个也没有。我不管往哪儿瞧，发现都是如此。我觉得必然是如此，因为照我看来，在各种交易中，唯有这种交易，要求于对方的最多，而自己却最不诚实。"

"啊！你在希尔街住久了，在婚姻这个问题上没受过什么好的影响吧。"

"我可怜的婶婶肯定没有什么理由喜欢自己婚后的状况。不过，根据我的观察，婚姻生活是要使心计、耍花招的。我知道有许多人婚前满怀期望，相信和某人结婚会有某种好处，或者相信对方有德或有才，到头来发现自己完全受骗了，不得不忍受适得其反的结果！这不是上当是什么呢？"

"亲爱的姑娘，你的话肯定有点不符合事实的地方。请原谅，我不大能相信。我敢说，你只看到了事情的一半。你看到了坏处，却没有看到婚姻带来的欣慰。到处都有细小的摩擦和不如意，我们一般容易要求过高。不过，如果追求幸福的一招失败了，人们自然会另打主意。如果第一招不灵，就把第二招搞好一些。我们总会找到安慰的——最亲爱的玛丽，那些居心不良的人就会小题大做，要说上当受骗，他们比当事人自己有过之而无不及。"

"说得好，姐姐！我敬佩你这种精诚团结的精神。我要是结了婚，也要这样忠贞不渝。我希望我的朋友们都能如此。这样一来，我就不会一次次的伤心。"

"玛丽，你和你哥哥一样坏。不过，我们要把你们俩挽救过来。曼斯菲尔德能把你们俩挽救过来——而且绝不让你们上当。住到我们这里，我们会把你们挽救过来。"

克劳福德兄妹虽然不想让别人来挽救他们，却非常愿意在这里住下。玛丽乐意目前以牧师住宅为家，亨利同样愿意继续客居下去。他刚来的时候，打算只住几天就走，但他发现曼斯菲尔德可能有利可图，再说别处也没有什么事非要他去不可。格兰特太太能把他们两个留在身边,心里自然很高兴,而格兰特博士对此也感到非常满意。对于一个懒散成性、不愿出门的男人来说,能有克劳福德小姐这样伶牙俐齿的年轻美貌女子做伴,总会感到很愉快,而有克劳福德先生在家做客,就可以有理由天天喝红葡萄酒。

两位伯特伦小姐爱慕克劳福德先生,这是克劳福德小姐感到比什么都高兴的事。不过她也承认,两位伯特伦先生都是很出色的青年,像这样的青年人,即使在伦敦,也很少能在一处碰到两个,况且两人颇有风度,而老大更是风度翩翩。他在伦敦住过很久,比埃德蒙活泼、风流,因此要挑就最好挑他。当然,他身为长子构成了另一个有利条件。克劳福德小姐早就预感到,她理应更喜欢老大。她知道她该这样做。

不管怎样,她还真该觉得汤姆·伯特伦挺可爱。他属于人人喜欢的那种年轻人,他的讨人喜欢比某些更高一级的天赋更易于被人们赏识,因为他举止潇洒,兴致勃勃,交际广泛,还很健谈。他对曼斯菲尔德庄园和准男爵爵位的继承权,绝不会有损于这一切。克劳福德小姐不久便意识到,他这个人及条件足够了。经过通盘考虑,她觉得他的条件几乎样样都不错——一座庄园,一座方圆五英里的名副其实的庄园,一幢宽敞的现代修建的房子,位置适宜,林木深掩,完全可以选入王国乡绅宅邸的画集,唯一不足的是家具需要全部更新——两个可爱的妹妹,一个安详的母亲,他自己又那么讨人喜欢——再加上两个有利条件,一是他曾向父亲保证过,眼下不能多赌博;二是他以后将成为托马斯爵士。这都是很理想的,她认为她应该接受他。于是,她便对他那匹将要参加B地赛马会的马感起兴趣来。

他们结识后不久,汤姆就得去参加赛马会。家里人根据他平常的行为判断,他一去就得好几个星期才能回来,因此,他是否倾心于克劳福德小姐,很快就能表露出来。他大谈赛马会,引诱她去参加,而且带着悠然神往的热切心情,准备策划一大帮人一起去,不过到头来都是口头说说而已。

再说范妮,在此期间她在干些什么,想些什么呢?她对两个新来的人是怎么看的呢?天下十八岁的姑娘当中,很少有像范妮这样的,没有人肯来征求她的意见。她平平静静地、不引人注意地赞赏起克劳福德小姐的美貌来。至于克劳福德先生,虽然两位表姐一再夸赞他相貌堂堂,但她依然觉得他其貌不扬,因此对他绝口不提。她自己引起人们对她的注意,可以从下面的议论中看出个大概。"我现在开始了解你们每个人了,就是不了解普莱斯小姐,"克劳福德小姐和两位伯特伦先生一起散步时说,"请问,她进入社交界了,还是没有进入?我捉摸不透。她和你们一起到牧师住宅来赴宴,似乎是在参加社交活动,然而又那么少言寡语,我觉得又不像。"

这番话主要是讲给埃德蒙听的,于是埃德蒙答道:"我想我明白你的意思——可是我不想由我来回答这个问题。我表妹已经不再是孩子了。她在年龄和见识上,都已经是大人了,至于社交不社交,我可回答不了。"

"不过总的说来,这比什么都容易判断。两者之间的差别非常明显。人的外貌及言谈举止,一般说来是截然不同的。直到如今,我一直认为对于一个姑娘是否进入社交界,是不可能判断错误的。

一个没有进入社交界的姑娘,总是那身打扮,比如说,戴着一顶贴发无边小圆软帽,样子非常娴静,总是一声不响。你尽管笑好了——不过我向你担保,事实就是如此——她们这样做有时未免有点过分,但总的来说是非常恰当的。姑娘就应该文静庄重。最让人看不惯的是,刚被引进社交界就换个派头,这往往太突然了。时常在极短的时间里从拘谨沉默一下来个一百八十度大转弯——变得无所顾忌!这可是眼下风气中的缺陷所在。人们不愿意看到一个十八九岁的姑娘一下子就无所不能了——也许你去年见到她时,她简直都不会说话。伯特伦先生,你有时大概见过这样的变化吧。"

"我想我见过。不过你这样说不见得公正。我知道你的用心何在。你是在拿我和安德森小姐开玩笑。"

"才不是呢。安德森小姐!我不知道你指的是谁,说的是什么意思。我一点也不明白。不过,你要是肯告诉我是怎么回事,我倒要非常高兴地和你开开玩笑。"

"啊!你还真会应对呀,不过我才不会上那个当呢。你刚才说一个姑娘变了,一定是指安德森小姐。你形容得分毫不差,一听就知道是她。一点不错。贝克街的安德森那家人。你知道吗,我们几天前还谈起他们呢。埃德蒙,你听我跟你说起过查尔斯·安德森。事情的确像这位小姐所说的那样。大约两年前,安德森把我介绍给他一家人的时候,他妹妹还没有进入社交界,我都没法让她开口。一天上午我在他们家等安德森,坐了一个钟头,屋里只有安德森小姐和一两个小姑娘——家庭女教师病了或是逃走了,那做母亲的拿着联系事务的信件不断地进进出出。我简直没法让那位小姐跟我说一句话,看我一眼——没有一点客气的表示——她紧绷着嘴,神气地背对着我!后来,我有一年没有再见到她。那期间她进入了社交界。我在霍尔福德太太家又遇见了她——可是记不起她了。她走到我跟前,说是认识我,两眼盯着我把我看得直发窘,还边说边笑,弄得我两眼不知道往哪里看是好。我觉得,当时我一定成了满屋子人的笑柄——显然,克劳福德小姐听说过这件事。"

"这确实是个很有趣的故事,我敢说,这种事情绝非只是发生在安德森小姐一个人身上。这种不正常的现象太普遍了。做母亲的对女儿的管教肯定不得法。我说不准错在哪里。我不敢妄自尊大去纠正别人,不过我的确发现她们往往做得不对。"

"那些以身作则向人们表明女性应该怎样待人接物的人,"伯特伦先生阿谀逢迎地说,"对于纠正她们的错误起着巨大的作用。"

"错在哪里是显而易见的,"不那么会逢迎的埃德蒙说,"这些女孩子没有受过良好的教育。她们从一开始就给灌输了错误的观念。她们的一举一动都是出于虚荣心——她们行为中真正羞涩忸怩的成分,在公开场合抛头露面之前并不比抛头露面之后来得多些。"

"这我可拿不准,"克劳福德小姐犹豫不决地答道,"不,我不能同意你的这种说法。那当然是最羞涩忸怩的表现啦。要是女孩子没有进入社交界之前,就让她们像已经进入社交界那样神气,那样随随便便,那就要糟糕得多。我就见过这种现象。这比什么都糟糕——实在令人厌恶!"

"不错,这的确会带来麻烦,"伯特伦先生说,"这会让人误入歧途,不知所措。你形容得一点不差的贴发无边小圆软帽和忸怩的神态(形容得再恰当不过了),让你一见就知道该怎么办。去年,有个姑娘就因为缺少你所形容的这两个特征,我被搞得非常尴尬。去年九月——我刚从西印度群岛回来——我和一位朋友到拉姆斯盖特[1]去了一个星期。我的这位朋友姓斯尼德——你曾听我说起过斯尼德,埃德蒙。他父亲、母亲和姐姐妹妹都在那里,我跟他们都是初次见面。我到达他们的住地阿尔比恩时,他们都不在家,我便出去寻找,在码头上找到了他们。斯尼德太太,两位斯尼德小姐,还有她们的几个熟人。我按照礼仪鞠了个躬,由于斯尼德太太身边围满了男人,我只好凑到她的一个女儿跟前,回去的路上一直走在她身旁,尽可能地讨得她的好感。这位小姐态度非常随和,既爱听我说话,也爱自己说话。我丝毫不觉得我有什么做得不妥当的地方。两位小姐看上去没什么差别,穿着都很讲究,像别的姑娘一样戴着面纱,拿把阳伞。可后来我才发现,我一直在向小女儿献殷勤,她还没有进入社交界,惹得大女儿极为恼火。奥古斯塔小姐还要等六个月才能接受男人的青睐,我想斯尼德小姐至今还不肯原谅我。"

"这的确很糟糕。可怜的斯尼德小姐!我虽说没有妹妹,但是能体谅她的心情。年纪轻轻就让人看不上眼,一定十分懊丧。不过,这完全是她妈妈的过错。奥古斯塔小姐应该由家庭女教师陪着。这种不加区别一视同仁的做法绝对不行。不过,我现在想知道的是普莱斯小姐的情况。她参加舞会吗?她除了到我姐姐家赴

---

[1] 英国海滨游憩胜地。

宴以外,还到别处赴宴吗?"

"没有,"埃德蒙答道,"我想她从未参加过舞会。我母亲自己就不好热闹,除了去格兰特太太家以外,从不去别处吃饭,范妮便待在家里陪她。"

"噢!这么说,问题就清楚了。普莱斯小姐还没进入社交界。"

第六章

伯特伦先生出发到某地去了,克劳福德小姐这可要觉得她们的社交圈子残缺不全了,在两家人近来几乎天天碰面的聚会中,肯定会由于他的缺席而黯然神伤。汤姆走后不久,大家在庄园里一起吃饭的时候,她仍然坐在桌子下首她最喜欢的位置上,做好充分准备去感受由于换了男主人而引起的令人惆怅的变化。她相信,这肯定是一场十分乏味的宴会。与哥哥相比,埃德蒙不会有什么话好说。沿桌分汤的时候,他会无精打采,喝起酒来笑也不笑,连句逗趣的话都不会说,切鹿肉时也不讲起以前一条鹿腿的轶事趣闻,也不会说一个"我的朋友某某人"的逗人故事。她只好通过注视桌子上首的情景,以及观察拉什沃思先生的举动,来寻找乐趣。自从克劳福德家兄妹俩到来之后,拉什沃思先生还是第一次在曼斯菲尔德露面。他刚去邻郡看望过一个朋友,他这位朋友不久前请一位改建专家改建了庭园,拉什沃思先生回来后满脑子都在琢磨这个问题,一心想把自己的庭园也如法炮制一番。虽然他说话总是不得要领,却开口闭口离不开这件事。本来在客厅里已经谈过了,到了餐厅里又端了出来。显然,他的主要目的是想引起伯特伦小姐的注意,听听她的意见。而从伯特伦小姐的神情举止看,虽说她有些优越感,对他毫无曲意逢迎之意,但是一听他提起索瑟顿庄园,加之由此引起的种种遐想,她心头不由得涌现出一股扬扬得意之感,使她没有表现得过于无礼。

"我希望你们能去看看康普顿,"拉什沃思先生说,"真是完美极啦!我一辈子都没见过哪个庭园变化如此之大。我对史密斯说,变得我一点都认不出来了。如今,通往庭园的路可是乡间最讲究的一条路了。你看那房子令人无比惊奇。我敢说,我昨天回到索瑟顿的时候,它那样子看上去就像一座监狱——俨然一座阴森可怖的旧监狱。"

"噢!胡说八道!"诺里斯太太嚷道,"一座监狱,怎么会呀!索瑟顿庄园是世界上最壮观的古宅了。"

"这座庄园先得加以改造,太太。我这辈子还没见过哪个地方这样需要改造。那副破败不堪的样子,我真不知道怎样改造才好。"

"难怪拉什沃思先生现在会有这个念头,"格兰特太太笑盈盈地对诺里斯太太说,"不过放心好了,索瑟顿会及时地做出拉什沃思先生所希望的种种改造。"

"我就想尝试一下,"拉什沃思先生说,"可又不知道怎么下手。我希望能有个好朋友帮帮我。"

"我想,"伯特伦小姐平静地说,"你在这方面的最好朋友应该是雷普顿先生[1]。"

---

1 雷普顿(Humphry Repton, 1752—1818),英国园林设计师。

"我也是这么想的。他给史密斯干得那么好,我想我最好马上就把他请来。他的条件是每天五几尼。"

"哎,哪怕一天十几尼,"诺里斯太太嚷道,"我看你也不必介意。费用不该成为问题。我要是你的话,就不去考虑花钱多少。我要样样都按最好的样式来做,尽量搞得考究些。像索瑟顿这样的庄园,什么高雅的东西都应该有,需要多少钱都应该花。你在那儿有充足的空间可以改造,还有能给你带来丰厚报酬的庭园。就我来说,假如我有索瑟顿五十分之一的那么一块地方,我就会不停地种花植树,不停地改建美化,因为我天生就酷爱这么做。我现在住的地方只有微不足道的半英亩,如果想在那里有所作为,那未免太可笑了。那样做也太滑稽了。不过,要是地盘大一些,我会兴致勃勃地加以改造,种花植树。我们住在牧师住宅的时候,就做过不少这样的事情,使它跟我们刚住进去时相比,完全变了个样。你们年轻人恐怕不大记得它原来的样子。要是亲爱的托马斯爵士在场的话,他会告诉你们我们都做了哪些改进。要不是因为可怜的诺里斯先生身体不好,我们还会再做些大量的改进。他真可怜,都不能走出房门欣赏外边的风光。这样一来,有几件事托马斯爵士和我本来说过要干的,我也心灰意冷地不去干了。要不是由于这个缘故,我们会把花园的墙继续砌下去,在教堂墓地周围种满树木,就像格兰特博士那样。实际上,我们总在不停地做点改进。就在诺里斯先生去世一年前的那个春天,我们挨近马厩墙种下了那棵杏树,现在长成了一棵大树,越来越枝繁叶茂了,先生。"诺里斯太太这时是对着格兰特博士说的。

"那棵树的确长得很茂盛,太太。"格兰特博士答道,"土质好。只是那杏子不值得去采摘,我每次从树旁走过时都为此感到遗憾。"

"这是一棵摩尔庄园杏,我们是当作摩尔庄园杏买的,花了——就是说,这棵树是托马斯爵士送我们的礼物,不过我看到了账单,知道是用七先令买来的,也就是一棵摩尔庄园杏的价钱。"

"你们上当了,太太,"格兰特博士答道,"那棵树上结的果子所含有的摩尔庄园杏的味道,跟这些土豆所含有的摩尔庄园杏的味道差不多。说它没味道还是往好里说呢。好杏子是能吃的,可我园子里的杏子没一个是可以吃的。"

"其实呀,太太,"格兰特太太隔着桌子对诺里斯太太装作窃窃私语地说,"格兰特博士也不大知道我们的杏子是个什么味道。他简直连尝都没尝过一个,因为这种杏子稍微一加工,就成了非常贵重的果品,而我们的杏子长得又大又漂亮,还没等长熟,我们的厨子就全给摘下来做了果馅饼和果饯。"

诺里斯太太本来脸都红起来了,一听这话心里觉得好受了些。就这样,索瑟顿的改造被别的话题打断了一阵。格兰特博士和诺里斯太太素来不和,两人刚一认识就发生龃龉,而且习惯又截然不同。

原先的话题给打断了一阵之后,拉什沃思先生又重新拾了起来。"史密斯的庄园在当地是人人羡慕的对象。在雷普顿没有接手改造之前,那地方一点都不起眼。我看我要把雷普顿请来。"

"拉什沃思先生,"伯特伦夫人说,"我要是你的话,就种一片漂亮的灌木林。风和日暖的时候,人们都喜欢到灌木林里去走走。"

拉什沃思先生很想向夫人表白愿意听从她的意见,并且趁势对她说点恭维话。但他心里却颇为矛盾,既想表示愿意接受夫人的意见,又想说他自己一直就想这么做,此外还想向所有的太太小姐卖乖讨好,同时表明他一心想博得其中一个人的欢心,因此他不知如何是好。埃德蒙建议喝一杯,想以此打断他的话。然而,拉什沃思先生虽说平时话不多,现在谈起这个他最热衷的话题,倒是还有话要说。"史密斯的庄园总共不过一百英亩多一点,算是够小的了,可令人越发吃惊的是,他居然把它改造得这么好。而在索瑟顿,我们足足有七百英亩地,还不包括那些水甸。因此我在想,既然康普顿[1]能做出这样的成绩,我们就用不着灰心。有两三棵繁茂的老树离房子太近,就给砍掉了,景色大为开阔。于是我就想,雷普顿或他这行的随便哪个人,肯定要把索瑟顿林荫道两边的树木砍去,就是从房子西面通到山顶的那条林荫道,这你是知道的。"他说这话时,特意把脸转向伯特伦小姐。可伯特伦小姐觉得,最好还是这样回答他:

"那条林荫道!噢!我记不得了。我对索瑟顿还真不怎么了解。"

范妮坐在埃德蒙的另一边,恰好和克劳福德小姐相对。她一直在专心听人讲话,这时眼望着埃德蒙,低声说道:

"把林荫道旁的树砍去!多可惜啊!这难道不会使你想起考珀[2]的诗句吗?'你们倒下的这些林荫道大树啊,我又一次为你们

---

[1] 拉什沃思的朋友史密斯家的庄园。
[2] 考珀(William Cowper, 1731—1800),英国诗人。

无辜的命运悲伤。'"

埃德蒙含笑答道:"这条林荫道恐怕要遭殃了,范妮。"

"我想在树木没有砍掉之前看看索瑟顿,看看那地方现在的样子,看看它的旧貌。不过,看来我是看不成了。"

"你从没去过索瑟顿吗?是的,你不可能去过。遗憾的是,那地方太远了,又不可能骑马去。希望能想出个办法来。"

"噢!没关系。我以后不管什么时候见到了,你给我讲讲哪些地方变了样就行了。"

"我记得听人说,"克劳福德小姐说,"索瑟顿是座古老的宅子,很有些气派。是属于哪种特别式样的建筑呢?"

"那座房子是在伊丽莎白时代建造的,是一座高大周正的砖砌建筑——厚实而壮观,有许多舒适的房间。地点选得不大好,盖在庄园地势最低的地方。这样一来,就不利于改造了。不过,树林倒挺美,还有一条小河,这条小河倒可以很好地利用。拉什沃思先生想把它装扮得富有现代气息,我想是很有道理的,而且毫不怀疑一切会搞得非常好。"

克劳福德小姐恭恭敬敬地听着,心想:"他倒是个很有教养的人,这番话说得真好。"

"我并不想让拉什沃思先生受我的影响,"埃德蒙接着说,"不过,假如我有一座庄园要改建的话,我就不会听任改建师一手包办。我宁愿改建得不那么华丽,也要自己做主,一步一步地改进。我宁愿自己做错了,也不愿让改建师给我搞糟了。"

"你当然知道该怎么办——可我就不行了。我对这种事既没有眼力,又没有主意,除非现成的东西放在我眼前。假如我在乡下有一座庄园，我还真巴不得有个雷普顿先生能揽过去，收了我多少钱就能给它增加多少美，在没有完工之前，我看都不看它一眼。"

"我倒乐意看到整个工程的进展情况。"范妮说。

"啊——你有这方面的素养，我却没受过这方面的教育。我唯一的一次经历，不是最红的设计师经办的，有了这个经历之后，我就把亲自参加改造看作最讨厌不过的事情。三年前，那位海军将军，也就是我那位受人尊敬的叔叔，在特威克纳姆[1]买了一座乡舍，让我们都去那里度夏。我和婶婶欢天喜地地去了，那地方真是美丽极了，可是我们马上就发现必须加以改造。于是接连三个月，周围到处是尘土，到处乱七八糟，没有一条沙砾路可走，没有一张椅子可坐。我希望乡下样样东西应有尽有，什么灌木林啦，花园啦，还有不计其数的粗木椅。不过，建造这一切的时候，必须不用我操心。亨利与我不同，他喜欢亲自动手。"

埃德蒙本来对克劳福德小姐颇有几分倾慕之情，现在听她如此随便地议论她叔叔，心里不免有些不高兴。他觉得她这样做不懂礼数，于是便沉闷不语，直至对方再度露出融融笑脸和勃勃生气，他才把这事暂时搁置一边。

"伯特伦先生，"克劳福德小姐又说，"我终于得到有关我那架竖琴的消息了。我听说它完好无损地放在北安普敦。可能在那里已经放了十天了，尽管常常听人一本正经地说是还没到。"埃德蒙表示既高兴又惊讶。"其实呀，我们打听得太直截了当了。先派仆人去，然后我们又亲自去。离伦敦七十英里，那样做是不行的——可今天早

---

[1] 位于伦敦郊区。

上，我们通过正常的途径打听到了。是一个农民看见的，他告诉了磨坊主，磨坊主又告诉了屠户，屠户的女婿传到了那家商店。"

"不管通过什么途径，你总算得到消息了，我感到很高兴。希望别再耽搁下去了。"

"我明天就能收到。不过，你觉得怎么运来好呢？大小马车都不行。噢！不行，村子里雇不到这类的车。我还不如雇搬运夫和手推车呢。"

"今年的草收割得晚，眼下正是大忙的时候，你恐怕很难雇到马和车。"

"我感到惊讶，这件事给搞得多么难啊！要说乡下缺少马和马车，这似乎是不可能的，因此我吩咐女仆马上去雇一辆。我每次从梳妆室里往外看，总会看到一个农家场院，每次在灌木林里散步，都会经过另一个农家场院，所以我心想这马车是一下就能雇到的，只为不能让家家捞到这份好处而感到难过。当我发现我想要的居然是世界上最不合理、最要不到的东西，而且惹得所有的农场主、所有的劳工、所有的教民生气的时候，你猜猜我感到多么意外。至于格兰特博士家的那位管家，我想我最好离他远远的。而我姐夫那个人，虽然平常对谁都挺和蔼的，但一听说我要雇马车，便对我板起脸来。"

"你以前不可能考虑过这个问题，不过你要是真考虑了，你会感到收草多么要紧。不管什么时候雇马车，都不会像你想的那么容易。我们的农民没有把马车租出去的习惯。而到了收割的时候，更是一匹马也腾不出来。"

"我会逐渐了解你们的风俗习惯的。可我刚来的时候，心里有一条人人信奉的伦敦格言：有钱没有办不成的事。而你们乡下的风俗是那样独断独行，我有点迷惑不解。不过，我明天要把我的竖琴取来。亨利乐于助人，提出驾着他的四轮马车去取。这样运来不是很体面吗？"

埃德蒙说他最喜欢竖琴，希望不久能让他一饱耳福。范妮从未听过竖琴演奏，也非常想听。

"我将不胜荣幸地弹给你们两人听，"克劳福德小姐说，"至少你们愿听多长时间我就弹多长时间，也许弹得比你们愿听的时间长得多，因为我非常喜欢音乐，而且一旦遇到知音，弹琴的人总能进入最佳状态，因为她不止在一个意义上为之得意。伯特伦先生，你给你哥哥写信的时候，请转告他我的竖琴已经运到，他听我为竖琴的事诉了不少的苦。如果可以的话，还请你告诉他，我会为他归来准备好最悲伤的曲子，以表示对他的同情，因为我料定他的马要输掉。"

"如果我写信的话，我定会悉数照你的意愿来写，不过我眼下还看不出有写信的必要。"

"是呀，我看有这个可能。即使他离家外出一年，要是做得到的话，你会一直不给他写信，他也不给你写信。永远看不出有写信的必要。兄弟俩是多怪的人啊！除非到了万分紧急的时候，你们是谁也不给谁写信。等到了不得不提笔告诉对方哪匹马病了，或者哪个亲戚死了，写起来也是寥寥数语，短得不能再短。你们这些人全是一个风格，我再清楚不过了。亨利在其他各方面完全像个哥哥，他爱我，有事跟我商量，能对我推心置腹，跟我一谈就是一个小时，可是写起信来从来写不满一张信纸，往往只是这么点内容：'亲爱的玛丽，我刚刚到达。巴思似乎到处都是人，一切如常。你真挚的。'这就是不折不扣的男子汉的风格,这就是做哥哥的写给妹妹的一封完完整整的信。"

"他们远离家人的时候,"范妮说,因为想为威廉辩护,不由得脸红了,"就会写很长的信。"

"普莱斯小姐的哥哥在海上,"埃德蒙说,"他就很善于写信,因此普莱斯小姐觉得你对我们过于尖刻了。"

"她哥哥在海上?当然是在皇家海军啦。"

范妮本想让埃德蒙来介绍哥哥的情况,但是见他决意沉默不语,只好自己来述说。她说到哥哥的职业以及他到过的外国军港时,声音有些兴奋,但是说到哥哥已经离家多年时,禁不住两眼泪汪汪的。克劳福德小姐彬彬有礼地祝他早日晋升。

"你了解我表弟的舰长吗?"埃德蒙说,"马歇尔舰长?我想你在海军里有很多熟人吧?"

"在海军将官中,是有不少熟人。可是嘛,"克劳福德小姐摆出一副卓然不凡的气派,"级别低一些的军官,我们就不怎么了解了。战舰的舰长可能是很好的人,但是跟我们没什么来往。至于海军的将官,我倒能给你介绍很多情况:关于他们本人,他们的旗舰,他们的薪水等级,他们之间的纠葛与猜忌。不过,总的说来,我可以告诉你,那些人都不受重视,常受虐待。我住在叔叔家里,自然结识了一帮海军将官。少讲(将)呀,中奖(将)呀,我都见得够多的了。啊,我求你别怀疑我在用双关语[1]。"

---

[1] 在英语中,rear admiral 是海军少将,vice admiral 是海军中将,克劳福德小姐故意用 rears 和 vices 来指称"海军少将"和"海军中将",而这两个词又分别有"尾部"和"罪恶"的意思,故沾沾自喜地称为"双关语"。

埃德蒙心情又低沉下来,只回答了一句:"这是个高尚的职业。"

"是的,这一行业在两个情况下是不错的:一是发财,二是不乱花钱。不过,一句话说到底,我不喜欢这一行。我对这行从未产生过好感。"

埃德蒙又把话题扯回到竖琴上,又一次说他非常高兴,即将听克劳福德小姐弹琴。

与此同时,其他人还在谈论改造庭园的事。格兰特太太禁不住还要跟弟弟说话,虽然这样做转移了弟弟对朱莉娅·伯特伦小姐的注意力:"亲爱的亨利,你就没什么话要说吗?你就改造过自己的庭园,从我听到的情况来看,埃弗灵厄姆可以与英国的任何庄园媲美。我敢说,它的自然景色非常优美。在我看来,埃弗灵厄姆过去一直都很美。那么一大片错落有致的土地,那么漂亮的树林!我多想再去看看啊!"

"听到你有这样的看法,我感到无比高兴,"亨利回答道,"不过,我担心你会感到失望。你会发现它不是你现在想象的那样。就面积而言,它真是不起眼——你会奇怪它怎么这样微不足道。说到改造,我能做的事情太少了,真是太少了——我倒希望有更多的事情让我干。"

"你喜欢干这类事情吗?"朱莉娅问道。

"非常喜欢。不过,由于那地方天然条件好,就连小孩子也能看出,只需做出一些小小的改造,加上我后来确实做了些改进,我成年后还不到三个月,埃弗灵厄姆就变成现在这个样子了。我的计划是在威斯敏斯特制订的——或许在剑桥读书时做了点修改,动工是在我二十一岁的时候。我真羡慕拉什沃思先生还有那么多的乐趣,我可把自己的乐趣一口吞光了。"

"眼光敏锐的人,决心下得快,动作来得快,"朱莉娅说,"你是绝不会没事干的。你用不着羡慕拉什沃思先生,而应该帮他出出主意。"

格兰特太太听见了这段话的后半截,竭力表示支持,并且说谁也比不上她弟弟的眼力。伯特伦小姐对这个主意同样很感兴趣,也全力给予支持,还说在她看来,找朋友和不带偏见的人商量商量,要比把事情立即交到一个专业人员手里不知强多少。拉什沃思先生非常乐意请克劳福德先生帮忙,克劳福德先生对自己的才能恰如其分地谦虚了一番之后,表示一定尽力效劳。于是拉什沃思先生提出,请克劳福德先生赏光到索瑟顿来,在那里住下来。这时,诺里斯太太仿佛看出两个外甥女不大情愿让人把克劳福德先生从她们身边拉走,因而便提出了一个修正方案。"克劳福德先生肯定会乐意去,可是我们为什么不多去一些人呢?我们为什么不组织一个小型聚会呢?亲爱的拉什沃思先生,这里有许多人对你的改造工程感兴趣,他们想到现场听听克劳福德先生的高见,也可以谈谈他们的看法,说不定对你多少有些帮助。就我个人来说,我早就想再次看望你妈妈,只是因为我没有马,才一直没有去成。现在我可以去跟你妈妈坐上几个钟头,你们就四处察看,商定怎么办,然后我们大家一起回来,吃一顿晚点的正餐,要不就在索瑟顿吃饭,你妈妈也许最喜欢大家在那里进餐。吃完饭后,我们再驱车赶回,做一次愉快的月夜旅行。我敢说,克劳福德先生会让我的两个外甥女和我坐他的四轮马车。妹妹,你知道吧,埃德蒙可以骑马去,范妮就留在家里陪你。"

伯特伦夫人未加反对,每一个想去的人都争相表示欣然同意,只有埃德蒙例外,他从头听到尾,却一言未发。

第七章

"喂,范妮,你现在觉得克劳福德小姐怎么样?"第二天,埃德蒙对这个问题思索了一番之后问道,"你昨天对她喜欢不喜欢?"

"很好啊——很喜欢。我喜欢听她说话。她使我感到快乐。她漂亮极了,我非常喜欢看她。"

"她的容貌是很招人喜欢,面部表情也很妩媚动人!不过,范妮,她说的话有没有让你觉得不大妥当的?"

"噢!是呀,她不该那样说她的叔叔。我当时大为惊讶。她跟她叔叔一起生活了那么多年,这位叔叔不管有什么过错,却非常喜欢她的哥哥,据说待她哥哥就像亲生儿子一样。我不敢相信她会那样说她叔叔!"

"我早知道你会听不惯的。她这样做很不合适——很不得体。"

"而且,我还觉得是忘恩负义。"

"说忘恩负义是重了些。我不知道她叔叔是否有恩于她,她婶婶肯定有恩于她。她对婶婶强烈的敬重之情把她误引到了这一步。她的处境颇为尴尬。她有这样热烈的感情,加上朝气蓬勃,也就很难在满怀深情地对待克劳福德太太的同时，难免不使将军相形见绌。我不想妄论他们夫妇俩不和主要应该怪谁，不过将军近来的行为可能会让人偏向他妻子一边。克劳福德小姐宣称她婶婶一点过错都没有，这既合乎情理，又让人爱听。我不指责她的观点，但是她把这观点公之于众，无疑是不妥当的。"

"克劳福德小姐完全是克劳福德太太带大的，"范妮想了一想说，"出了这么不妥当的事，难道你不觉得克劳福德太太难辞其咎吗？应该如何对待这位将军，克劳福德太太不可能给侄女灌输什么正确的观念。"

"这话说得有道理。是的，我们必须把侄女的过错视为婶婶的过错。这样一来，人们就更能看清克劳福德小姐处于多么不利的环境。不过我认为，她现在这个家定会给她带来好处。格兰特太太待人接物十分得体。克劳福德小姐讲到她哥哥时所流露出的情意真有意思。"

"是的，只是抱怨他写信短时要除外。她的话逗得我差一点笑出声来。不过，一个做哥哥的和妹妹分别之后，都懒得给她写一封值得一读的信，我可不敢恭维他的爱心和好性子。我相信，不管在什么情况下，威廉绝不会这样对待我。克劳福德小姐凭什么说，你要是出门在外，写起信来也不会长？"

"凭她心性活泼，范妮，不管什么东西只要能使她高兴，或者能使别人高兴，她就会抓住不放。只要没染上坏脾气和粗暴无礼，心性活泼点倒也没有什么不好的。从克劳福德小姐的仪容和言谈举止来看，她脾气一点也不坏，也不粗暴无礼，为人一点不尖刻，也不粗声粗气。除了我们刚才讲的那件事以外，她表现出了不折不扣的女人气质。而在那件事情上，她怎么说都是不对的。我很高兴你跟我的看法是一致的。"

埃德蒙一直在向范妮灌输自己的想法，并且赢得了她的好感，因此范妮很可能跟他有一致的看法。不过在这期间，在这个问题上，却开始出现了看法不同的危险，因为他有点倾慕克劳福德小姐，照此发展下去，范妮就不会听他的了。克劳福德小姐的魅力未减。竖琴运来了，越发给她平添了几分气质、聪颖与和悦，因为她满腔热情地为他们弹奏，从神情到格调都恰到好处，每支曲子弹完之后，总有几句巧言妙语好说。埃德蒙每天都到牧师住宅去欣赏他心爱的乐器，今天上午听完又被邀请明天再来，因为小姐还就愿意有人爱听，于是事情很快就有了苗头。

一个漂亮活泼的年轻小姐，依偎着一架和她一样雅致的竖琴，临窗而坐，窗户是落地大窗，面向一小块草地，四周是夏季枝繁叶茂的灌木林，此情此景足以令任何男人为之心醉魂迷。这季节，这景致，这空气，都会使人变得温柔多情。格兰特太太在一旁做刺绣也不无点缀作用，一切都显得那么协调。人一旦萌发了爱情，什么东西都觉得有意思，就连那只放三明治的盘子，以及正在尽主人之谊的格兰特博士，也都值得一看。然而，埃德蒙既未认真考虑，也不明白自己在干什么，就这么来往了一个星期之后，便深深地坠入了情网。那位小姐令人赞许的是，尽管小伙子不谙世故，不是长子，不懂恭维的诀窍，也没有闲聊的风趣，可她还是喜欢上了他。她感觉是这样的，虽说她事先未曾料到，现在也难以理解。因为按平常标准来看，埃德蒙并不讨人喜欢，不会说废话，不会恭维人，他的意见总是坚定不移，他献殷勤总是心平气和，言语不多。也许在他的真挚、坚定和诚实中有一种魅力，这种魅力，克劳福德小姐虽然不能进行分析，却能感觉得到。不过，她并不多去想它。现在，他能使她开心，她喜欢让他跟自己在一起，这就足够了。

埃德蒙天天上午都跑到牧师住宅，范妮对此并不感到诧异。假如她能不经邀请，神不知鬼不觉地进去听琴的话，她又何尝不想进去呢。她同样不感到诧异的是，晚上散完了步，两家人再次分别的时候，埃德蒙总觉得该由他送格兰特太太和她妹妹回家，而克劳福德先生则陪伴庄园里的太太小姐们。不过，她觉得这样的交换很不好。如果埃德蒙不在场给她掺和酒水，她宁肯不喝。她有点惊奇的是，埃德蒙天天和克劳福德小姐在一起那么长时间，却再没有在她身上发现他过去曾看到过的缺点，而她自己每逢和她在一起的时候，那位小姐身上总有一种同样性质的东西使她想起那些缺点。不过，实际情况就是如此。埃德蒙喜欢跟她谈克劳福德小姐，他似乎觉得克劳福德小姐再也没有抱怨过将军，这已经蛮不错了。范妮没敢向他指出克劳福德小姐都说了些什么，免得让他认为自己不够厚道。克劳福德小姐第一次给她带来的真正痛苦，是由她想学骑马而引起的。克劳福德小姐来到曼斯菲尔德不久，看到庄园里的年轻小姐都会骑马，自己也想学骑马。埃德蒙和她熟悉后，便鼓励她有这样的想法，并主动提出让她在初学期间骑他那匹性情温和的母马，说什么两个马厩中就数这匹马最适合刚学骑马的人骑。他提这个建议的时候，并不想惹表妹难过，更不想惹表妹伤心：表妹还可照常骑，一天也不受影响。那匹马只是在表妹开始骑之前，牵到牧师住宅用上半个小时。这个建议刚提出的时候，范妮丝毫没有受轻慢之感，而表哥居然征求她的意见，她简直有点受宠若惊了。

克劳福德小姐第一次学骑马很讲信用，没有耽误范妮的时间。埃德蒙把马送过去，并且为之负责到底。他非常守时间，范妮和表姐不在时总跟随着她骑马的那个稳妥可靠的老车夫还没做好出发的准备，他就把马牵来了。第二天的情况就不那么无可指摘了。克劳福德小姐骑马骑到了兴头上，欲罢不能了。她人又活跃，又胆大，虽然个子很小，长得倒挺结实，好像天生就适于骑马。除了骑马本身所具有的纯真乐趣之外，也许还有埃德蒙陪伴指导的缘故，再加上她一开始就进步很快，因而觉得自己大大胜过其他女性。这样一来，她骑在马上就不想下来了。范妮已装束停当，等在那里，诺里斯太太责怪她怎么还不去骑马。可是仍然没有传报马的到来，也不见埃德蒙归来。范妮走了出去，一是想避开姨妈，二是去找表哥。

这两家的住宅虽然相距不足半英里，却彼此不能相望。不过，从前厅门口往前走五十码，她可以顺着庄园往下看去，牧师住宅及其园地尽收眼底，就在村子里大路那边，地势微微隆起。她一眼看到那些人就在格兰特博士的草地上——埃德蒙和克劳福德小姐两人都骑在马上，并辔而行，格兰特博士夫妇、克劳福德先生，带着两三个马夫，站在那里观看。范妮觉得这些人在一起很高兴——他们的兴趣都集中在一个人身上——毫无疑问都很开心，她甚至都能听到他们的嬉笑之声。这嬉笑声却没法让她开心，她奇怪埃德蒙居然忘记了自己，心里不禁一阵酸楚。她目不转睛地望着那片草地，不由自主地瞅着那边的情景。起初，克劳福德小姐和她的骑伴徐步绕场而行,那一圈可真不小。后来,显然是经小姐提议,两人催马小跑起来。范妮天生胆小,眼看克劳福德小姐骑得这么好,感到非常吃惊。过了一会儿,两匹马全停下来了,埃德蒙离小姐很近,他在对她说话,显然是在教她怎样控制马缰,并且抓住了她的手。范妮看见了这一幕,或者说并非视力所及,而是凭想象捕捉到的。对于这一切,她不必感到奇怪。埃德蒙对谁都肯帮忙,对谁都很和善,这难道不是再自然不过的事情吗?她只是觉得,克劳福德先生完全可以让他省了这份麻烦。他身为做哥哥的,本该由他自己来帮妹妹的忙,这是再合适、再恰当不过了。可是,克劳福德先生虽然给吹得为人敦厚,虽然那么会骑马赶车,却不大懂得这个道理,和埃德蒙比起来,毫无助人为乐的热忱。范妮开始觉得,让这匹马承受这样的双重负担,未免有些残酷。她自己被人遗忘也就罢了,这匹可怜的马还得有人牵挂才行。

她对这一位和另一位所浮起的纷纭思绪很快平静了一些,因为她看到草地上的人群散了,克劳福德小姐仍然骑在马上,埃德蒙步行跟着。两人穿过一道门上了小路,于是就进了庄园,向她站的地方走来。这时她便担起心来,唯恐自己显得鲁莽无礼,没有耐心。因此,她急不可待地迎上前去,以免他们疑心。

"亲爱的普莱斯小姐,"克劳福德小姐一走到彼此可以听得见的地方便说,"我来向你表示歉意,让你久等了——我没有理由为自己辩解——我知道时间很晚了,知道我表现得很不好。因此,请你务必要原谅我。你知道,自私应该永远受到原谅,因为这是无法医治的。"

范妮回答得极其客气，埃德蒙随即补充说，他相信范妮是不会着急的。"我表妹即使想比平时骑得远一倍，时间也绰绰有余，"他说，"你叫她晚动身半个小时，她倒因此更舒服了。云彩现在出来了，她骑起来就不会像先前那样热得不好受了。但愿你骑了这么久没把你累着。你还得走回家，你要是不用走回去就好了。"

"跟你说实话，骑在马上一点也不累，"克劳福德小姐一边说，一边由埃德蒙扶着跳下马背，"我很结实。只要不是做我不爱做的事，无论做什么我都没累过。普莱斯小姐，真不好意思让你久等了，我衷心希望你骑得快快活活的，也希望这匹心爱的、漂亮的、讨人喜欢的马样样令你满意。"

老车夫一直牵着他那匹马在一旁等着，这时走过来，扶范妮上了她自己的马，随即几个人便动身朝庄园的另一边走去。范妮回过头来，看见那两个人一起下山往村里走去，她那忐忑不安的心情并未得到缓解。她的随从夸奖克劳福德小姐骑马多么机灵，自然也不会让她心里好受。克劳福德小姐骑马的时候，他一直在旁边观看，那兴趣和她范妮的兴趣几乎不相上下。

"看到一位小姐这么喜欢骑马，真是一桩赏心乐事啊！"他说，"我从未见过哪个小姐骑马骑得这么好。她好像心里一点也不害怕。跟你大不一样啊，小姐，你从开始学骑马到下一个复活节，整整六年了。上帝保佑！托马斯爵士第一次把你放在马背上的时候，你抖得多厉害啊！"

到了客厅，克劳福德小姐也备受赞扬。两位伯特伦小姐十分赏识她那天生的力量和勇气。她像她们俩一样喜欢骑马，一开始就骑得这么好，这一点也像她们俩，两人兴致勃勃地夸赞她。

"我早就知道她肯定会骑得很好，"朱莉娅说，"她有这样的素质。她的体型像她哥哥一样匀称。"

"是的，"玛丽亚接着说，"她也像她哥哥一样兴致勃勃，像她哥哥一样充满活力。我认为，骑马好不好跟一个人的精神有很大关系。"

晚上道别时，埃德蒙问范妮第二天是否想骑马。

"不，我不知道。如果你要用马，我就不骑了。"范妮答道。

"我自己倒是不会用的，"埃德蒙说，"不过，你下次想待在家里的时候，克劳福德小姐可能想要多骑一些时间——说白了，她可以骑一上午。她很想一直骑到曼斯菲尔德共用牧场那儿，格兰特太太总跟她说那儿风景好，我毫不怀疑她完全可以骑到那儿。不过，随便哪天上午都行。要是妨碍了你，她会非常过意不去。妨碍你是很不应该的。她骑马只是为了好玩，而你是为了锻炼身体。"

"我明天真的不骑，"范妮说，"最近我常出去，因此宁愿待在家里。你知道我现在身体很好，挺能走路的。"

埃德蒙喜形于色，范妮也感到宽慰，于是去曼斯菲尔德共用牧场之事，第二天上午便付诸行动了。一行人中包括所有的年轻人，就是没有范妮。大家玩得非常高兴，晚上议论的时候更是加倍的高兴。这类计划完成一项，往往会引出第二项。那些人去过曼斯菲尔德共用牧场之后，都想在第二天去个别的什么地方。还有许多风景可以观赏，虽然天气炎热，但是走到哪里都有阴凉小道。一群年轻人总会找到一条阴凉小道的。一连四个晴朗的上午就是这样度过的：带着克劳福德兄妹游览这个地区，观赏这一带最美的景点。事事如意,个个兴高采烈、喜笑颜开,就连天气炎热也只当笑料来谈——直到第四天,有一个人的快乐心情被蒙上了一层浓重的阴影。此人就是伯特伦小姐。埃德蒙和朱莉娅接到邀请去牧师府上吃饭,而她却被排除在外。这是格兰特太太的意思,是她安排的,不过她倒完全是一片好心,是为拉什沃思先生着想,因为估计这天他可能到庄园来。然而,伯特伦小姐的自尊心受到了严重的损害,她要极力靠文雅的举止来掩饰内心的苦恼和愤怒,直至回到家中。由于拉什沃思先生根本没来,那损害就越发沉重,她甚至都不能向拉什沃思先生施展一下她的威力,以求得一点慰藉。她只能给母亲、姨妈和表妹脸色看,搅得她们在吃正餐和甜点时,一个个全都忧郁不已。

在十到十一点时,埃德蒙和朱莉娅走进了客厅,夜晚的空气使得他们面色滋润,容光焕发,心情畅快,与坐在屋里的三位女士样子截然不同。玛丽亚在埋头看书,眼都不抬一下,伯特伦夫人半睡不睡,就连诺里斯太太也让外甥女闹情绪搅得心绪不宁,问了一两声有关宴会的问题,见无人搭理,似乎也打定主意不再作声。那兄妹俩一心在称赞这个夜晚,赞美天上的星光,有一阵子心里没有想到别人。可是,等话头第一次断下来的时候,埃德蒙环顾了一下四周,问道:"范妮呢?她睡觉了吗?"

"没有,我想没有吧,"诺里斯太太答道,"她刚才还在这儿。"

从长长的房间的另一端传来范妮轻柔的声音,大家这才知道她在沙发上。诺里斯太太便骂起来了。

"范妮,一个人待在沙发上消磨一个晚上,你这是犯傻呀。你就不能坐到这儿,像我们一样找点事儿干?你要是没有活干,这教堂济贫筐里有的是活给你干。我们上星期买的印花布还都在这儿，动也没动。我剪裁花布差一点把背都累折了。你应该学会想到别人。说实在的，一个年轻人总是懒洋洋地躺在沙发上，这也太不像话了。"

她的话还没说到一半，范妮已回到她桌边的座位上，又做起活来。朱莉娅快活了一天，心情非常好，便为她主持公道，大声叫道："姨妈，我要说，范妮在沙发上待的时间比这屋里的哪个人都短。"

"范妮，"埃德蒙关切地看了看她之后说，"我想你一定是犯头痛病了吧？"

范妮无可否认，不过说不严重。

"我不大相信你的话，"埃德蒙说，"我一看你的脸色就知道了。你痛了多长时间啦？"

"饭前不久开始的。没什么，是热的。"

"你大热天的跑出去啦？"

"跑出去！她当然跑出去啦，"诺里斯太太说，"这么好的天气，你想让她待在家里？我们不是都出去了吗？连你母亲都在外边待了一个多小时。"

"的确是这样，埃德蒙，"伯特伦夫人加了一句，诺里斯太太对范妮的厉声斥责把她彻底吵醒了，"我出去了一个多小时。我在花园里坐了三刻钟，范妮在那儿剪玫瑰，确实是很惬意，不过也很热。凉亭里倒挺阴凉的，可是说实话，我真害怕再走回家。"

"范妮一直在剪玫瑰，是吗？"

"是的，恐怕这是今年最后的一茬花了。可怜的人儿！她也觉得天热，不过花都盛开了，不能再等了。"

"这实在是没有办法呀，"诺里斯太太轻声细语地说，"不过，妹妹，我怀疑她是不是就是那时候得的头痛。站在大太阳底下，一会儿直腰、一会儿弯腰地剪花，最容易让人头痛。不过我敢说，明天就会好的。你把你的香醋给她喝点，我总是忘记把我的香醋装满。"

"她喝过啦，"伯特伦夫人说，"她第二次从你家回来，就给她喝过了。"

"什么！"埃德蒙嚷道，"她是又剪花又跑路，在大太阳底下穿过庄园跑到你家，而且跑了两次，是吧，姨妈？怪不得她头痛呢。"

诺里斯太太在和朱莉娅说话，没理会埃德蒙的话。

"当时我怕她受不了，"伯特伦夫人说，"可是等玫瑰花剪完之后，你姨妈想要，于是，你知道，必须把花送到她家去。"

"可是有那么多玫瑰吗，非要叫她跑两趟？"

"没那么多。可是要放在那个空房间里去晾，范妮不巧忘了锁房门，还忘了把钥匙带来，因此她不得不再跑一趟。"

埃德蒙站了起来，在屋里走来走去，说道："除了范妮，再派不出人干这个差事了吗？说实在话，妈妈，这件事办得非常糟糕。"

"我真不知道怎样办才算好，"诺里斯太太不能再装聋了，便大声叫道，"除非让我自己跑。可我又不能把自己劈成两半呀。当时我正和格林先生谈你母亲牛奶房女工的事，是你母亲让我谈的。我还答应过约翰·格鲁姆替他给杰弗里斯太太写封信，讲讲他儿子的情况，这可怜的家伙已等了我半个钟头。我想谁也没有理由指责我什么时候偷过懒，但我的确不能同时做几件事。至于让范妮替我到我家里去一趟，那也不过是四分之一英里多一点，我想我要她去没有什么不合理的。我常常不分早晚，日晒雨淋，一天跑三趟，可我一句怨言也没发过。"

"范妮的气力能顶上你一半就好了，姨妈。"

"范妮如果能经常坚持锻炼，也不会跑这么两趟就垮掉。她这么久没有去骑马了，我认为她不骑马的时候就该走一走。她要是天天骑马的话，我就不会要她跑那一趟。不过我当时心想，她在玫瑰丛中弯那么长时间的腰，走一走反而会对她有好处，因为那种活干累了，走走路最能提精神。再说当时虽然烈日当头，但天气并不很热。咱俩私下里说句话，埃德蒙，"诺里斯太太意味深长地向伯特伦夫人那边点了点头，"她是因为剪玫瑰和在花园里跑来跑去才引起头痛的。"

"恐怕真是这样引起的，"伯特伦夫人比较坦率，她无意中听到了诺里斯太太的话，"我真怕她的头痛病是剪玫瑰时得的，那儿当时能热死人。我自己也是勉强挨得住的。我坐在那儿，叫住哈巴狗，不让它往花坛里钻，就连这也让我差一点受不了。"

埃德蒙不再搭理两位太太，闷声不响地走向另一张桌子，桌上的餐盘还没有撤走。他给范妮端了一杯马德拉白葡萄酒，劝她喝下大半杯。范妮本想推辞，怎奈百感交集，热泪盈眶，饮酒下肚比张口说话来得容易。

埃德蒙虽然对母亲和姨妈不满，但他对自己更加气愤。他没把范妮放在心上，这比两位太太的所作所为更为糟糕。如果他适当地考虑到范妮,这种事情就绝不会发生。可他却让她一连四天没有选择伙伴的余地,也没有锻炼身体的机会,两个没有理智的姨妈不论叫她做什么事,她都无法推托。一想到接连四天使她失去了骑马的权利,他感到很是惭愧,因此十分郑重地下定决心:尽管他不愿意扫克劳福德小姐的兴,这样的事情再也不能发生。

范妮像她来到庄园的第一个晚上那样心事重重地上床了。她的精神状态可能是她生病的原因之一。几天来,她觉得自己受人冷落,一直在压抑自己的不满和妒忌。她躲在沙发上是为了不让人看见,就在她靠在沙发上的时候,她心头的痛苦远远超过了她的头痛。埃德蒙的关心所带来的突然变化,使她几乎不知道如何支撑自己。

第八章

就在第二天，范妮又开始骑马了。这是个清新宜人的早晨，天气没有前几天那么热，因此埃德蒙心想，表妹在锻炼和玩乐方面的损失很快便会得到补偿。范妮走后，拉什沃思先生陪着他母亲来了。他母亲是为礼貌而来的，是来特别显示一下她多么讲究礼貌的。本来，两个星期前就提出了去索瑟顿游玩的计划，可后来由于她不在家，计划一直搁置到现在。她这次来就是催促大家执行计划。诺里斯太太和她的两位外甥女听到重新提出这项计划，心里不胜欢喜，于是大家都同意早日动身，并且确定了日期，就看克劳福德先生能否抽出身来。姑娘们并没有忘记这个前提。虽然诺里斯太太很想说克劳福德先生抽得出身来，但她们既不想让她随便做主，自己也不愿冒昧乱说。最后，经伯特伦小姐提示，拉什沃思先生发现，最妥当的办法是由他直接到牧师府上去面见克劳福德先生，问一问礼拜三对他是否合适。

拉什沃思先生还没回来，格兰特太太和克劳福德小姐便进来了。她们俩出去了一阵，回来时跟拉什沃思先生走的不是一条路，因而没有遇见他。不过她们安慰众人说，拉什沃思先生会在牧师府上见到克劳福德先生的。当然，大家又谈起了索瑟顿之行。实际上，别的话题也很难插进来，因为诺里斯太太对索瑟顿之行兴致勃勃，而拉什沃思太太又是个心肠好、懂礼貌、套话多、讲排场的女人，只要是与她自己和她儿子有关的事情，她都很看重，因而一直在不懈地劝说伯特伦夫人，要她和大家一起去。伯特伦夫人一再表示不想去，但她拒绝起来样子比较平和，拉什沃思太太依然认为她想去，后来还是诺里斯太太提高嗓门讲的一席话，才使她相信伯特伦夫人讲的是实话。

"我妹妹受不了那份劳累，请相信我，亲爱的拉什沃思太太，她一点也受不了。你知道，一去十英里，回来又是十英里。这一次你就不要勉强我妹妹了，就让两个姑娘和我自己去，她就免了吧。索瑟顿是唯一能激起她的欲望，肯跑那么远去看一看的地方，可她实在去不了呀。你知道，她有范妮·普莱斯和她做伴，因此丝毫不会有什么问题。至于埃德蒙，他人不在没法表达自己的意见，我可以担保他非常乐意和大家一起去。你知道，他可以骑马去。"

拉什沃思太太只能感到遗憾，不得不同意伯特伦夫人留在家里。"伯特伦夫人不能跟着一起去，这是莫大的欠缺。普莱斯小姐要是也能去的话，我会感到无比高兴，她还从来没有去过索瑟顿，这次又不能去看看那地方，真遗憾。"

"你心肠真好，好极了，亲爱的太太，"诺里斯太太嚷道，"不过说到范妮，她有的是机会去索瑟顿。她来日方长，只是这次不能去。伯特伦夫人离不开她。"

"噢！是呀——我还真离不开范妮。"

拉什沃思太太满心以为人人都想去索瑟顿看看，于是下一步便想把克劳福德小姐加入被邀请之列。格兰特太太虽然在拉什沃思太太来到这一带之后，还一直没有去拜访过她，但她还是客客气气地谢绝了对她本人的邀请，不过她倒乐于为妹妹赢得快乐的机会。经过一番劝说和鼓动，玛丽没过多久便接受了邀请。拉什沃思先生从牧师府上满意归来。埃德蒙回来得正是时候，恰好获悉礼拜三之行已经谈妥，同时可以把拉什沃思太太送到车前，然后陪格兰特太太姐妹二人走了庄园的一半路程。

埃德蒙回到早餐厅时，诺里斯太太正在琢磨克劳福德小姐跟着一块去好还是不好，她哥哥的四轮马车再加上她是否坐得下。两位伯特伦小姐笑她多虑了，对她安慰说，四轮马车不算赶车人的座位，可以宽宽余余地坐四个人，而赶车人的座位上，还可以坐一个人。

"不过，"埃德蒙说，"为什么要用克劳福德的车，为什么只用他的车？为什么不用我母亲的车？几天前第一次提到这个计划时，我就不明白自家人外出为什么不坐自家的车？"

"什么！"朱莉娅嚷道，"这么热的天，四轮马车里有空位不坐，却叫我们三人挤在驿车里！不，亲爱的埃德蒙，那可不成。"

"再说，"玛丽亚说，"我知道，克劳福德先生一心想让我们坐他的车。根据当初商量的结果，他会认为这已是说定的事情。"

"亲爱的埃德蒙，"诺里斯太太补充说，"一辆车坐得下却要用两辆车，真是多此一举。咱们私下里说句话，车夫不喜欢这儿与索瑟顿之间的路，他总是气呼呼地抱怨那些狭窄的乡间小道两边的篱笆刮坏了他的车。你知道，谁也不愿意亲爱的托马斯爵士回来发现车上的漆都刮掉了。"

"这不是要用克劳福德先生的马车的正当理由，"玛丽亚说，"其实呀，威尔科克斯是个笨头笨脑的老家伙，根本不会赶车。我敢担保，礼拜三我们不会因为路窄遇到什么麻烦。"

"我想，坐在赶车人的座位上，"埃德蒙说，"也没有什么苦的，没有什么不舒服的。"

"不舒服！"玛丽亚嚷道，"噢！我相信人人都认为那是最好的座位。要看乡间风景，哪个座位都比不上它。很可能克劳福德小姐自己就挑那个座位。"

"那就没有理由不让范妮跟你们一起去。车上不会没有范妮的位子。"

"范妮！"诺里斯太太重复了一声，"亲爱的埃德蒙，我们压根儿没考虑她跟我们去。她留下来陪二姨妈。我对拉什沃思太太说过了，都知道她不去。"

"妈妈，"埃德蒙对他母亲说道，"你除了为你自己，为你自己的舒适以外，我想不出还会有什么理由不愿让范妮和我们一起去。如果你离得开她的话，就不会想要把她留在家里吧？"

"当然不会，可我真离不开她。"

"如果我留在家里陪你的话，你就离得开她了。我打算留下来。"

众人一听都发出一声惊叫。"是的，"埃德蒙接着说，"我没有必要去，我打算留在家里。范妮很想去索瑟顿看看。我知道她非常想去。她并不常有这样的快乐，我相信，妈妈，你一定会乐意让她享受这次的乐趣吧?"

"噢!是的,非常乐意,只要你大姨妈没意见就行。"

诺里斯太太马上就端出了她仅剩的一条反对理由,即她们已向拉什沃思太太说定范妮不能去,如果再带范妮去会让人感到不可思议,她觉得事情很难办。这会让人感到再奇怪不过啦!这样做太唐突无礼,简直是对拉什沃思太太的不敬,而拉什沃思太太是富有教养和讲究礼貌的典范,她确实难以接受这样的做法。诺里斯太太并不喜欢范妮,什么时候都不想为她寻求快乐,不过这次她之所以反对埃德蒙的意见,主要因为事情是她安排的,她可偏爱她自己安排的计划啦。她觉得她把一切安排得十分妥帖,任何改变都会把事情搞糟。埃德蒙趁姨妈愿意听他讲话的机会告诉她,她无须担心拉什沃思太太会有什么意见,他送拉什沃思太太走过前厅时,曾趁机向她提出普莱斯小姐可能跟大家一起去,并当即替表妹接到了正式邀请。这时,诺里斯太太大为气恼,不肯好声好气地认输,只是说:"挺好,挺好,你想怎么着就怎么着,由你看着办吧,我也就无所谓啦。"

"我觉得很奇怪,"玛丽亚说,"不让范妮留在家里,你却要留在家里。"

"我想她一定非常感激你。"朱莉娅加了一句,说着匆匆走出屋去,因为她意识到她自己应主动提出要待在家里。

"范妮需要感激的时候自然会感激的。"埃德蒙只回答了这么一句,这件事便撂下不提了。

范妮听了这一安排之后,其实心里的感激之情要大大超过喜悦之情。埃德蒙的这番好意使她万分感动,埃德蒙因为没有察觉她对他的依恋之情，便也体会不到她会如此铭感之深。不过，埃德蒙为了她而放弃自己的游乐，又使她感到痛苦。埃德蒙不跟着一起去，她去索瑟顿也不会有什么意思。

曼斯菲尔德这两户人家下次碰面的时候，对原来的计划又做了一次更动，这次更动得到了大家的一致赞同。格兰特太太主动提出，到那天由她代替埃德蒙来陪伴伯特伦夫人，格兰特先生来和她们共进晚餐。伯特伦夫人对这一安排非常满意，姑娘们又兴高采烈起来。就连埃德蒙也甚感庆幸，因为这样一来，他又可以和大家一起去了。诺里斯太太说，她认为这是个极好的计划，她本来话都溜到嘴边了，刚要提议的时候，格兰特太太先说出来了。

星期三这天天气晴朗，早饭后不久四轮马车就到了，克劳福德先生赶着车，车里坐着他的两个姐妹。人人都已准备停当，再没有什么要办的事情，只等格兰特太太下车，大家就座。那个最好的位置，那个人人眼红的座位，那个雅座，还没定下谁坐。谁会有幸坐上这个位置呢？两位伯特伦小姐表面上装得很谦让，而心里却在揣摩怎样把它捞到手。恰在这时，这个问题让格兰特太太解决了，她下车时说："你们一共五个人，最好有一个人和亨利坐在一起。朱莉娅，你最近说过希望自己会赶车，我想这是你学习的好机会。"

好快活的朱莉娅！好可怜的玛丽亚！前者转眼间已坐上驾驶座，后者则垂头丧气、满腹委屈地坐进了车里。随着不去的两位太太的告别声和女主人怀里哈巴狗的汪汪吠声，马车驶走了。

这一路经过一片令人心旷神怡的乡野。范妮骑马从未往远处跑过，因此没过多久，车子已来到她认不出的地方，看着种种新

这一路经过一片令人心旷神怡的乡野

奇的景色，欣赏着种种旖旎的风光，心里不胜高兴。别人讲话也不怎么邀她参加，她也不愿意参加。她自己的心思和想法往往是她最好的伴侣。她在观察乡野风貌、道路状况、土质差异、收割情形、村舍、牲畜、孩子们时，感到兴味盎然，假如埃德蒙坐在身旁，听她说说心里的感受，那可真要快乐到极点。这是她和邻座的那位小姐唯一相像的地方。除了敬重埃德蒙之外，克劳福德小姐处处都与她不同。她没有范妮那种高雅的情趣、敏锐的心性、细腻的情感。她眼看着自然，无生命的自然，而无所察觉。她关注的是男人和女人，她的天资表现在轻松活泼的生活上。然而，每当埃德蒙落在她们后面一段距离，或每当埃德蒙驱车爬长坡快要追上她们的时候，她们就会拧成一股绳，异口同声地喊叫"他在那儿"，而且不止一次。

在头七英里的旅程中，伯特伦小姐心里并不舒服，她的视线总是落在克劳福德先生和其妹妹身上，他俩并排坐着不断地说说笑笑。一看到克劳福德先生笑盈盈地转向朱莉娅时那富于表情的半边脸，或是一听到朱莉娅放声大笑，她总要感到恼火，只是害怕有失体统，才勉强没有形诸声色。朱莉娅每次回过头来，总是喜形于色；每次说起话来，总是兴高采烈。"我这儿看到的风光真是迷人，我多么希望你们都能看见呀。"如此等等。可她只提出过一次跟别人换座位，那是马车爬上一个长坡顶上的时候，她向克劳福德小姐提出的，而且只是一番客套话："这儿突然出现一片美丽的景色。你要是坐在我的位置上就好了，不过我敢说你不会想要我这个位置，我还是劝你快换吧。"克劳福德小姐还没来得及回答，马车又飞快地往前走了。

等马车驶入索瑟顿的范围之后，伯特伦小姐的心情比先前好些了，可以说，她是一把弓上拉着两根弦。她的情肠一半属于拉什沃思先生，一半属于克劳福德先生，来到索瑟顿的地域之后，前一种情肠产生了更大的效应。拉什沃思先生的势力就是她的势力。她时而对克劳福德小姐说："这些树林是索瑟顿的。"时而又漫不经心地来一句："我相信，这路两边的一切都是拉什沃思先生的财产。"说话的时候，她心里总是得意扬扬。越是接近那座可终身保有的庄园大宅，那座拥有庄园民事法庭和庄园刑事法庭权力的家族宅第，她就越发喜不自胜。

"现在，克劳福德小姐，不会再有高低不平的路了，艰难的路途结束了，剩下的路都挺好。拉什沃思先生继承了这份房地产以后，把路修好了。村子从这里开始。那些村舍实在寒碜。人们都觉得教堂的那个尖顶很漂亮。令人高兴的是，一般在古老的庄园里，教堂往往紧挨着宅第，可这座教堂离大宅不是很近。教堂的钟声搅得人实在心烦。那儿是牧师住宅，房子显得很整洁，据我所知，牧师和他的妻子都是正派人。那是救济院，是这个家族的什么人建造的。右边是管家的住宅，这位管家是个非常体面的人。我们就快到庄园的大门了，不过还得走将近一英里才能穿过庄园。你瞧，这里的风景还不错，这片树林挺漂亮，不过大宅的位置很糟糕。我们下坡走半英里才能到，真可惜呀，要是这条路好一些，这地方倒不难看。"

克劳福德小姐也很会夸奖。她猜透了伯特伦小姐的心思，觉得从颜面上讲自己有责任促使她高兴到极点。诺里斯太太满心欢喜，说个不停，就连范妮也称赞几句，听上去让人飘飘然。她以热切的目光欣赏着所能看到的一切,并在好不容易看到了大宅之后,说道:"这样的房子我一看见就会肃然起敬。"接着又说:"林荫道呢?我看得出来,这房子向东。因此,林荫道一定是在房子后面。拉什沃思先生说过在西边。"

"是的,林荫道确实在房子后面。从房后不远的地方开始,沿坡往上走半英里到达庭园的尽头。你从这里可以看到一点——看到远处的树。全是橡树。"

伯特伦小姐现在讲起来对情况比较了解,不像当初拉什沃思先生征求她的意见时,她还是了无所知。当马车驶到正门前的宽阔石阶时,她的心情由于受虚荣和傲慢的驱使,已经高兴得飘飘欲飞了。

第九章

拉什沃思先生站在门口迎接他的漂亮姑娘,并礼仪周到地欢迎了其他人。到了客厅里,拉什沃思太太同样热诚地接待了大家。这母子俩对伯特伦小姐青眼有加,正合小姐心意。宾主见面一应事宜结束之后,首先需要吃饭,于是门霍地开了,客人们穿过一两个居间的房间进入指定的餐厅,那里已备好了丰盛而讲究的茶点。说了不少应酬话,也吃了不少茶点,一切都很称心。接着讨论当天特意要办的那件事。克劳福德先生想要怎样察看庭园,准备怎么去?拉什沃思先生提出坐他的双轮轻便马车。克劳福德先生提议,最好乘一辆能坐两个人以上的马车。"只有我们两人去,而不让其他人去看看,听听他们的意见,那可能比失去现在的乐趣还要令人遗憾。"

拉什沃思太太建议把那辆轻便马车也驾去,可是这个办法不怎么受欢迎,姑娘们既无笑容,也不作声。她的下一个建议,是让没来过的人参观一下大宅,这倒比较受欢迎,因为伯特伦小姐就喜欢显示一下大宅有多么宏伟,其他人也都高兴有点事干。

于是众人都立起身来,在拉什沃思太太的引导下,参观了不少房间。这些房间全都是高屋子,许多是大房间,都按五十年前的风尚加以装饰,铺着亮光光的地板,布置着坚实的红木家具,有的罩着富丽的织花台布,有的是大理石面,有的镀金,有的刻花,各有各的妙处。有许许多多的画像,其中颇有一些好作品,不过大多是家族的画像,除了拉什沃思太太之外,谁也不知道画的是谁了。拉什沃思太太可是下了一番功夫,才把女管家了解的情况全都学了过来,现在几乎能像女管家一样称职地领人参观大宅。眼下,她主要是在向克劳福德小姐和范妮做介绍。不过,这两人听介绍的专注劲儿是大相径庭的。克劳福德小姐见过不计其数的高楼大厦,从不把哪一个放在心上,现在只是出于礼貌,装出用心听的样子,而范妮则觉得样样东西既新奇又有趣,便真挚而热切地倾听拉什沃思太太讲解这个家族的过去,它的兴起,它的荣耀,哪些君主驾临过,多少人为王室立过功。她乐滋滋地把一件件事与学过的历史联系起来,或者用过去的场面来活跃自己的想象。

这幢房子由于环境位置的问题,从哪个房间都看不到多少景色,因此,就在范妮等人跟着拉什沃思太太参观,听她讲解介绍的时候,亨利·克劳福德板着副面孔,冲着一个个窗口直摇头。从西部正面的每一个房间望出去,都是一片草地,再往前去是高高的铁栏杆和大门,大门外边是林荫道的起点。

众人又看了许多房间,这些房间你想象不出有什么用场,只不过是多贡献些窗户税[1],让女仆们有活可干罢了。这时,拉什沃

---

[1] 英国在1851年以前,曾对城镇房屋的窗户或透光孔征过税。

思太太说道:"我们来到了礼拜堂,按规矩我们应该从上边往里进,由上往下看。不过我们都是自己人,你们要是不见怪,我就从这里带你们进去。"

大家走了进去。范妮原来想象这该是个宏伟庄严的去处,不料却只是一个长方形的大房间,根据做礼拜的需要做了些布置——除了到处都是红木摆设,楼上廊台家族的座位上铺着深红色的天鹅绒垫子,再也没有什么比较惹眼、比较庄严的东西了。"我感到失望,"她悄悄地对埃德蒙说。"我想象中的礼拜堂不是这样的。这儿没有什么令人望而生畏的,没有什么令人忧从中来的,没有什么庄严的感觉。没有过道,没有拱形结构,没有碑文,没有旗帜。表哥,没有旗帜让'天国的夜风吹动'。没有迹象表明一位'苏格兰国君安息在下边'。[1]"

"你忘记了,范妮,这都是近代建造的,与城堡、寺院里的古老礼拜堂相比,用途又非常有限。这只是供这个家族私人使用的。我想,那些先人都葬在教区的教堂墓地。你要看他们的旗号,了解他们的业绩,应该到那儿去找。"

"我真傻,没考虑到这些情况,不过我还是感到失望。"

拉什沃思太太开始介绍了。"这个礼拜堂是詹姆斯二世[2]时期布置成现在这个样子的。据我所知,在那之前,只是用壁板当座位,而且有理由设想,讲台和家族座位的衬里和垫子都不过是紫布,不过这还不是很有把握。这是一座很美观的礼拜堂,以前总

---

[1] 两行诗均引自英国诗人司各特(1771—1832)的长诗《最后一个吟游诗人之歌》。
[2] 詹姆斯二世(1633—1701),英国国王(1685—1688),被"光荣革命"所推翻。

是早上晚上不停地使用。许多人都还记得,家庭牧师常在里面念祷文。但是,已故的拉什沃思先生把它给废除了。"

"每一代都有所改进。"克劳福德小姐笑吟吟地对埃德蒙说。

拉什沃思太太去向克劳福德先生把她刚才那番话再说一遍,埃德蒙、范妮和克劳福德小姐还仍然待在一起。

"真可惜,"范妮嚷道,"这一风习居然中断了。这是过去很可贵的一个习俗。有一个礼拜堂,有一个牧师,这对于一座大宅来说,对于人们想象中这种人家应有的气派来说,是多么的协调啊!一家人按时聚在一起祈祷,这有多好啊!"

"的确很好啊!"克劳福德小姐笑着说道,"这对主人们大有好处,他们可以强迫可怜的男仆女佣全都丢下活计和娱乐,一天到这儿做两次祈祷,而他们自己却可以找借口不来。"

"范妮所说的一家人聚在一起祈祷可不是这个意思,"埃德蒙说,"如果男女主人自己不参加,这样的做法只能是弊大于利。"

"不管怎么说,在这种事情上,还是让人们自行其是为好。谁都喜欢独自行动——自己选择表达虔诚的时间和方式。被迫参加,拘泥形式,局促刻板,每次又花那么长时间——总之是件可怕的事情,谁都反感的事情。过去那些跪在廊台上打呵欠的虔诚的人,要是能预见终究会有这么一天,男男女女们头昏脑涨地醒来后还可以在床上躺上十分钟,也不会因为没有去礼拜堂而受人责备,他们会又高兴、又嫉妒地跳起来。拉什沃思世家从前的美人们如何一次次不情愿地来到这座礼拜堂,你难道想象不出来吗?年轻的埃丽诺太太们和布里杰特太太们——一本正经地装出虔诚笃信的样子,但脑子里却尽是别的念头——尤其是可怜的牧师不值一瞧的时候——我想，在那个年代，牧师甚至远不如今天的牧师有地位。"

这番话说过之后，好久没有人搭理。范妮脸红了，两眼盯着埃德蒙，气得说不出话来。埃德蒙稍微镇静了一下，才说："你的头脑真活跃，即使谈论严肃的问题也严肃不起来。你给我们描绘了一幅有趣的图画，就人之常情而言，这幅画不能说是不真实。我们每个人有时候都会感到难以像我们希望的那样集中思想，但你若是认为这种现象时常发生，也就是说，由于疏忽的缘故，这种弱点变成了习惯，那么这些人独自做祈祷时又会怎么样呢？难道你认为一个放任自流的人，在礼拜堂里可以胡思乱想，到了私人祈祷室里就会集中思想吗？"

"是的，很有可能。至少有两个有利条件：一是来自外面的分散注意力的事情比较少，二是不会把祈祷的时间拖得那么长。"

"依我看，一个人在一种环境下不能约束自己，在另一种环境下也会分散注意力。由于环境的感染，别人虔诚祷告的感染，你往往会产生比一开始更虔诚的情感。不过我承认，做礼拜的时间拖得越长，人的注意力有时越难以集中。人们都希望不要这样——不过我离开牛津还不算久，还记得礼拜堂做祷告的情形。"

就在这当儿，其余的人分散到了礼拜堂各处，朱莉娅便让克劳福德先生注意她姐姐，对他说："快看拉什沃思先生和玛丽亚，两人肩并肩地站在那儿，好像就要举行婚礼似的。难道不是不折不扣地像是要举行婚礼的样子吗？"

克劳福德先生一边笑了笑表示默认，一边走到玛丽亚跟前，说了一声:"我不愿意看见伯特伦小姐离圣坛这么近。"[1] 说话声只有她一个人可以听到。

这位小姐吓了一跳,本能地挪开了一两步,不过马上又镇静下来,强作笑颜地问:"要是你愿意把我交给新郎呢?"[2] 说话声比克劳福德先生的大不了多少。

"让我来交,我恐怕会搞得很尴尬的。"克劳福德先生答道,脸上露出意味深长的神情。

这时朱莉娅来到他们跟前,把这个玩笑继续开下去。

"说实话,不能马上举行婚礼实在遗憾。要是有一张正式的结婚证就好了,因为我们大家都在这儿,真是再恰当、再有趣不过了。"朱莉娅毫无顾忌地又说又笑,拉什沃思先生和他母亲也听出了她话里的意思,拉什沃思先生便悄声对她姐姐讲起了温情细语,拉什沃思太太面带恰到好处的微笑和得体的尊严说,不管什么时候举行,她都觉得这是一件极其快乐的事情。

"要是埃德蒙当上牧师就好了!"朱莉娅一边大声说道,一边朝埃德蒙、克劳福德小姐和范妮站的地方跑去,"亲爱的埃德蒙,假如你现在就是牧师,你可以马上主持婚礼了。真遗憾,你还没有接受圣职,拉什沃思先生和玛丽亚已经万事俱备了。"

朱莉娅说话的时候,在一个没有利害关系的旁观者看来,克劳福德小姐的神情还蛮有意思的。她听到这从未想到过的事情后,差不多给吓呆了。范妮对她怜悯起来,心想:"她听到朱莉娅刚才

---

[1] 这是一句双关语。按西方风俗,婚礼是在教堂圣坛前举行的。
[2] 按西方风俗,在婚礼上,新娘由其亲人将其手放在新郎手里,意思是把新娘交给新郎照管。

说的话,心里该有多难受啊!"

"接受圣职!"克劳福德小姐说,"怎么,你要当牧师?"

"是的,等我父亲回来,我很快就会担任圣职——可能在圣诞节。"

克劳福德小姐镇定了一番,恢复了平常的神态,只回答了一句:"我要是早点知道这件事,刚才讲到牧师的时候会更尊敬一些。"随即便转入别的话题。

过了不久,大家都出来了,礼拜堂又恢复了它那长年很少受人打扰的一片寂静。伯特伦小姐生她妹妹的气,最先走开了,其余的人似乎觉得在那里待得够久了。

大宅的第一层全让客人看过了,拉什沃思太太做起这件事来从来不会厌倦,要不是她儿子怕时间来不及,中途阻止了,她还要奔向主楼梯,领客人参观楼上的所有房间。拉什沃思先生提议说:"我们看房子用的时间太长了,就没有时间去户外参观了。现在已经两点多了,五点钟要吃饭。"这是明摆着的事,凡是头脑比较清醒的人,免不了都会提出来。

拉什沃思太太接受了儿子的意见。关于参观庭园的问题,包括怎样去,哪些人去,可能引起更激烈的争论。诺里斯太太已开始筹划用什么马套什么车最好,这时候,年轻人已来到通向户外的门口,门外下了台阶便是草地和灌木林,以及富有种种乐趣的游乐场,而且门开着在引诱他们,大家好像心里一冲动,都想换换空气,自由活动一番,便一起走了出去。

"我们就从这儿下去吧,"拉什沃思太太说道,颇为客气地顺从了众人的意思,跟着走了出去,"我们的大多数花木都在这儿,这儿有珍奇的野鸡。"

"请问,"克劳福德先生环顾左右说,"我们是否可以看看这儿有没有什么地方需要改造,然后再往前走?我看这些墙上便可大做文章。拉什沃思先生,我们就在这块草地上开个会怎么样?"

"詹姆斯,"拉什沃思太太对儿子说,"我想那片荒地会让大家觉得很新鲜。两位伯特伦小姐还没看过那片荒野呢。"

没有人提出异议,可是有好一阵子,大家似乎既不想按什么计划行动,也不想往什么地方去。一个个从一开始就被花木或野鸡吸引住了,喜气洋洋而又独立自主地四处分散走了。克劳福德先生第一个向前走去,想看看房子这头可以有什么作为。草地的四周有高墙围着,第一块花木区过去是草地滚木球场,过了滚木球场是一条长长的阶径,再过去是铁栅栏,越过栅栏可以看到毗邻的荒野上的树梢。这是个给庭园找缺陷的好地方。克劳福德先生刚到不久,伯特伦小姐和拉什沃思先生便跟上来了,随后其他人也聚在一起。这当儿,埃德蒙、克劳福德小姐和范妮走在一起似乎是很自然的事,他们来到阶径的时候,只见那三个人在那里热烈地讨论着,听他们表示了一番惋惜、列举了种种困难之后,便离开他们,继续往前走。其余三个人,拉什沃思太太、诺里斯太太和朱莉娅,还远远地落在后面。朱莉娅不再吉星高照了,不得不寸步不离地走在拉什沃思太太身边,极力抑制住自己急不可待的脚步,来适应这位太太慢吞吞的步伐。而她姨妈又碰到女管家出来喂野鸡,也慢吞吞地走在后面跟她聊天。可怜的朱莉娅,九个人中只有她一个人不大满意自己的境遇,眼下完全处于一种赎罪状态,与先前坐在驾驶座上的朱莉娅简直判若两人。她从小受到对人要讲礼貌的教育,因此她又不能逃走。而她又缺乏更高的涵养,缺乏公正地为别人着想的胸怀,缺乏对自己心灵的自知之明,缺乏明辨是非的原则,这在她过去所受的教育中没有占过重要的位置,因而让她陪着拉什沃思太太,她心里又觉得委屈。

"热得让人受不了,"当众人在阶径上踱了一个来回,第二次走近通向荒野的中门时,克劳福德小姐说,"我们中间不会有人反对舒适一下吧?这片小树林真不错,我们要是能进去就好了。要是门没上锁该有多快活呀!不过,门当然是锁上了,因为在这样的大庄园里,只有园丁可以随意四处走动。"

然而,其实那门并没有锁,大家一齐兴高采烈地出了门,避开了那炽热的阳光,下了一段长长的台阶,来到了荒野上。这是一片两英亩左右的人工培植的树林,虽然种的主要是落叶松和月桂树,山毛榉已被砍倒,虽然布局过于齐整,但与滚木球场及阶径相比,这里一片阴凉,呈现一种自然美。大家都感到一阵爽快,便一边漫步,一边欣赏。过了一会儿,克劳福德小姐开口问道:"这么说你要当牧师了,伯特伦先生。这让我感到意外。"

"怎么会让你感到意外呢?你应该想到我总该有个职业,而且可能已经看出我既不是律师,也不是军人,又不是水手。"

"一点不错。不过,总而言之,我没想到你要当牧师。你要知道,做叔伯的或做爷爷的往往会给第二个儿子留下一笔财产。"

"这种做法很值得赞赏,"埃德蒙说,"却不是很普遍。我就是一个例外,正因为我是个例外,我就得为自己做点事儿。"

"可你为什么要当牧师呢?我原以为那只是小儿子所走的路子,前面有好多哥哥把路子都挑完了。"

"那你认为从来没有人选择教会这条路啦？"

"说从来没有未免有些绝对。不过也可以这么说吧，人们常说的从来没有往往是不常有的意思，就此而言，我的确认为从来没有人选择过。到教会里能干出什么名堂呢？男人都喜欢出人头地，干其他任何哪一行都可能出人头地，但在教会里就做不到。牧师是无足轻重的。"

"我想，人们常说的无足轻重也和从来没有一样有程度上的区别。牧师不可能威风凛凛，衣着华丽。他不能做群众的领袖，也不能带头穿时装。但是，我不能把这种职位称作无足轻重，因为这种职位所担负的责任，对人类来说，不管是从个人来考虑还是从整体来考虑，不管是从眼前来看还是从长远来看，都有极其重要的意义——这一职位负责维护宗教和道德，并因此也维护受宗教和道德影响而产生的言行规范。谁也不会把这一职务说成无足轻重。如果一个担任这一职务的人真的无足轻重，那是由于他玩忽职守，忽略了这一职务的重要意义，背弃自己的身份，不像一个真正的牧师。"

"你可把牧师的作用看得过重了，谁也没听说过牧师这么重要，我也不大能理解。人们在社会上不大看到这种影响和重要性，既然牧师都难得见到，又怎么会产生影响和重要性呢？一个牧师一星期布道两次，即使他讲的值得一听，即使他头脑清醒，觉得自己比得上布莱尔[1]的布道，那他的两次布道就能像你说的那样起

---

1 布莱尔（1718—1800），苏格兰修辞学教授，以善于布道而闻名于世，著有五卷布道集。

作用？能在本周其余的几天里管得住广大教徒的行为，使他们的言谈举止合乎规范吗？牧师只是在布道坛上布道，人们很少在别的场合看见他。"

"你说的是伦敦，我说的是全国的整个情况。"

"我想，大都市理应是全国各地的样板。"

"我想，就善与恶的比例而言，大都市并不能代表全国。我们并不到大都市里去寻找最高的道德风尚。不管是哪个教派中德高望重的人士，他们的大德大善都不是在大都市里行施的；牧师们的影响也不是在大都市里最能察觉得到。优秀的牧师受到人们的拥护和爱戴。但是，一个好的牧师之所以能在他的教区和邻近一带起到有益的作用，并不仅仅因为他讲道讲得好，还因为他的教区和邻近一带范围有限，人们能了解他的个人品德，看得到他的日常行为，而在伦敦就很少有这种情况。在伦敦，牧师给淹没在不计其数的教民之中。大多数人只知道他们是牧师而已。至于说牧师可以影响公众的言谈举止，克劳福德小姐不要误解我的意思，不要以为我把他们称作良好教养的裁决人，谦恭文雅的规定者，精通生活礼仪的大师。我所说的言谈举止，更确切地说，也许可以叫作行为，是正当原则的产物，简而言之，是他们的职责应该传授宣扬的那些信条产生的效果。我相信，你走到哪里都会发现牧师有恪尽职守或不恪尽职守的，全国其他地方的情况也都一样。"

"当然是这样的。"范妮温和而郑重地说。

"瞧，"克劳福德小姐嚷道，"你已经把普莱斯小姐说得心服口服了。"

"但愿我也能把克劳福德小姐说服了。"

"我看你永远也说服不了我,"克劳福德小姐面带调皮的笑容说,"我还和刚听说时一样,对你想当牧师感到意外。你还真适合干个好一点的差事。得啦,改变主意吧。现在还不算太晚。去搞法律吧。"

"去搞法律!你说得好轻巧啊,就像是劝我来到这片荒野一样。"

"你是想说法律比这荒野还要荒芜,不过我替你先说出来了。记住,我替你先说出来了。"

"你只不过是怕我说出俏皮话,那就不必着急,因为我丝毫没有说俏皮话的天赋。我是个一是一二是二、实话实说的人,想做个巧妙的回答,但搜肠刮肚半个小时也搜刮不出来。"

接着是一阵沉默。人人都在思索。范妮首先打破了沉默,说道:"真奇怪,只是在这清爽宜人的树林里走走,居然会感觉累。再碰到座位的时候,你们要是不反对的话,我倒想坐一会儿。"

"亲爱的范妮,"埃德蒙立即挽住她的胳臂,说道,"我多不会体谅人啦!希望你不是很累。也许,"说着转向克劳福德小姐,"我的另一个伙伴会给我点面子,让我挽着她。"

"谢谢,不过我一点也不累。"克劳福德小姐嘴里这么说,手却挽住了他的胳膊。埃德蒙见她照他的意思做了,并第一次感受到与她这样接触,心里一高兴,便有点忘记了范妮。"你没怎么抓住我呀,"他说,"你根本没让我派上用场。女人胳膊的分量和男人的是多么不同啊!我在牛津上学的时候,经常让一个小伙子靠在身上行走,一走就是一条街那么远。比较起来,你就像只飞蝇那么轻。"

"我真的不累，我也觉得有点奇怪。我们在这个林子里至少走了一英里。难道你不认为有这么远吗？"

"半英里都不到。"埃德蒙果决地答道。他还没有爱得晕头转向，衡量起距离或时间来，倒不会像女人那样漫无边际。

"噢！你没考虑我们转了多少弯儿。我们走的这条路弯弯曲曲的，这片林子从这边到那边的直线距离肯定有半英里，我们离开第一条大路到现在，还望不见树林的尽头。"

"可是你该记得，我们离开那第一条大路之前，就能一眼看到林子的尽头。我们顺着那狭长的空地望过去，看到了林子尽头的铁门，至多也不过一浪[1]地远。"

"噢！我不懂你说的一浪有多远，不过我敢肯定这片树林非常长，而且我们走进林子以后一直转来转去，因此我说我们已经走了一英里，肯定没有言过其实。"

"我们来这儿刚好一刻钟，"埃德蒙取出表来，说道，"你认为我们一小时能走四英里吗？"

"噢！不要拿你的表来压我。表往往不是快就是慢。我可不能让表来支配我。"

大家又往前走了几步，出了树林来到他们刚才说的小道的尽头。路边的树荫下有一条宽大的长凳，从那里可以越过隐篱[2]观看庄园。于是，他们便都坐了下来。

---

[1] 长度单位，等于八分之一英里，或201.17米。
[2] 造在沟堑中不阻挡视线的篱、墙等建筑，也称暗墙。

"恐怕你很累了吧,范妮,"埃德蒙一边打量她一边说,"你为什么不早点说呢?要是把你累坏了,那你今天的游玩就没有意义了。克劳福德小姐,她除了骑马以外,不论做什么活动,很快就会疲劳的。"

"那你上星期让我把她的马整整占用了一个星期,这有多可恶呀!我替你害臊,也为自己害臊,不过以后再也不会出这种事儿了。"

"你对她这么关心体贴,使我越发感到自己照顾不周。由你来关照范妮,看来比我要稳妥些。"

"不过,她现在感到劳累,我觉得不足为奇。我们今天上午搞的这些活动比干什么都累人——参观了一座大宅,从这个房间磨蹭到另一个房间——看得眼困神乏——听一些自己听不懂的事——赞赏一些自己并不喜欢的东西。人们普遍认为,这是世界上最令人厌倦的事情,普莱斯小姐也有同感,只是她过去没有经历过。"

"我很快就缓过劲儿来了,"范妮说,"大晴天里坐在树荫下,观赏这一片葱葱郁郁的草地,真让人心旷神怡。"

坐了一会儿之后,克劳福德小姐又站了起来。"我必须活动活动,"她说,"我越休息越累。隔着这堵隐篱往那边看,都把我看厌倦了。我要去隔着铁门看那片景色,想能好好地看一看。"

埃德蒙也离开了座位。"克劳福德小姐,你要是顺着这条小路望去,就会觉得这条路不会有半英里长,也不会有半个半英里长。"

"这条路可是长得很哪,"克劳福德小姐说,"我一眼就看出长得很。"

埃德蒙还在与她争论，但是无济于事。她不肯计算，也不肯比较。她光是笑，光是固执己见。这种行径倒比坚持以理服人还要迷人，因此两人谈得非常愉快。最后双方说定，再在林子里走一走，好确定它究竟有多大。他们想沿着正在走的路线（因为在隐篱的一边，顺着树林还有一条直直的绿荫小道），向林子的一头走去，如果需要的话，也许朝别的方向稍微拐一拐，过一阵就回来。范妮说她休息好了，也想活动活动，但是没得到许可。埃德蒙恳切地劝她不要动，这番好意她难以违拗，便一个人坐在凳子上，想到表哥这样关心自己，心里感到乐滋滋的，但又为自己身体不够强健而深感遗憾。她望着他们，直到他们转过弯去。她听着他们边走边谈，直到听不见为止。

第十章

十五分钟过去了，二十分钟过去了，范妮仍然在想着埃德蒙、克劳福德小姐和她自己，没有一个人来打断她的思绪。她开始感到奇怪，她怎么会给撂下这么长时间，于是便侧耳倾听，急于想再听到他们的脚步声和说话声。她听了又听，终于听见了，听见说话声和脚步声越来越近。但是，她刚意识到来的并不是她所盼的人，伯特伦小姐、拉什沃思先生和克劳福德先生便从她走过的那条路上走出来，来到了她面前。

几个人一看见她，迎头而来的是这样的话："普莱斯小姐孤零零一个人啊！""亲爱的范妮，这是怎么回事呀？"范妮把事情的原委告诉了他们。"可怜的小范妮，"她表姐嚷道，"他们竟然这样怠慢你呀！你早该和我们待在一起的。"

然后，这位表姐便坐了下来，两位先生分坐在她两边。她又捡起了他们刚才谈论的话题，兴致勃勃地讨论如何改造庄园。没有得出任何结论——不过，亨利·克劳福德满脑子的主意和方案，而且一般说来，不论他提出什么建议，都会立即得到赞同，先是伯特伦小姐，接着是拉什沃思先生。拉什沃思先生的主要任务，似乎就是听别人出主意，自己不敢贸然提出任何主见，只是遗憾大家没见过他的朋友史密斯的庄园。

这样过了一阵，伯特伦小姐眼望着铁门，说是想穿过铁门到庄园里看看，以便他们的想法和计划能够更加周全。这正中其他几个人的心意。在亨利·克劳福德看来，这再好不过了，是唯一有益的行动方案。他当即发现，不到半英里以外有座小山丘，站在上面恰好可以俯瞰大宅。因此，他们必须到那山丘上，而且就打这铁门出去。可是门却锁着。拉什沃思先生后悔没带钥匙。他出来的时候，曾隐约想过是否要带钥匙，现在下定了决心，今后再来这里绝不能不带钥匙。可是，这仍然不能解决眼下的问题。他们出不了铁门。由于伯特伦小姐要出铁门的愿望丝毫未减，最后拉什沃思先生毅然宣布，他要去取钥匙。于是，他就走了。

"我们离大宅这么远，这无疑是我们所能采取的最好办法。"拉什沃思先生走后，克劳福德先生说。

"是的，没有别的办法。不过说实话，难道你不觉得这座庄园总的来说比你预想的要差吗？"

"那倒没有，事实恰恰相反。我觉得比我预想的更好、更气派，就其风格来说更趋完美，虽说这种风格可能算不上是最好的。跟你说实话，"克劳福德先生声音压得低低地说，"我想，我要是再看到索瑟顿的话，就绝不会像这次这样兴高采烈了。一到了明年夏天，我也不会觉得它比现在有所改进。"

伯特伦小姐不知说什么是好，过了一会儿才答道："你是个深通世故的人，自然会用世俗的眼光看问题。要是别人觉得索瑟顿变得更好了，我相信你也会那样看的。"

"我恐怕还不是个那么深通世故的人，因此不会去顾及在某些方面于己是否有利。我的感情不像老于世故的人那样说变就变；我对往事的记忆也不像老于世故的人那样容易受别人的影响。"

接着是一阵短暂的沉默。伯特伦小姐又开口了："今天上午你赶车来这里的时候，好像赶得很开心。我看到你那样快乐感到很高兴。你和朱莉娅笑了一路。"

"是吗？不错，我想我们是笑了一路，不过我丝毫记不得为什么而笑。噢！我想我给她讲了我叔叔的爱尔兰老马夫的一些滑稽故事。你妹妹就爱笑。"

"你觉得她比我开朗吧。"

"更容易被逗乐，"克劳福德先生答道，"因而，你知道，"说着笑了笑，"更好相处。我想，在十英里的旅途中，我很难拿一些爱尔兰的奇闻逗你开心。"

"我想，我天性和朱莉娅一样快活，不过我现在的心事比她多。"

"你的心事肯定比她多——在有些处境下，情绪高涨会意味着麻木不仁。不过你前程似锦，不该情绪低落。你的前面是一片明媚的景色。"

"你说的是字面意思还是比喻意义？我想是字面意思吧。景色的确不错，阳光灿烂，庄园令人赏心悦目。但遗憾的是，这座铁门、这道隐篱，给我一种监禁受难的感觉。正如椋鸟说的那样：'我无法飞出牢笼。'[1]"伯特伦小姐一边神气活现地说着，一边向

---

[1] 引自英国小说家劳伦斯·斯特恩（1713—1768）所著《感伤的旅行》。

铁门走去,克劳福德先生跟在她后面。"拉什沃思先生取钥匙去了这么长时间!"

"没有钥匙,没有拉什沃思先生的许可和保护,你无论如何也是出不去的。不然的话,我想在我的帮助下,你可以毫不费力地从门上边翻过去。如果你真的想要自由,并且认为这不犯禁,我想还是可以这样做的。"

"犯禁!什么话呀!我当然可以那样出去,而且就要那样出去。你知道,拉什沃思先生一会儿就会回来——他不会看不见我们的。"

"即使他看不见我们,还可以请普莱斯小姐告诉他,让他到山丘附近,到山丘上的橡树林里找我们。"

范妮觉得这样做不妥,忍不住想要加以阻止。"你会受伤的,伯特伦小姐,"她嚷道,"那些尖头肯定会把你刺伤——会撕破你的衣服——你会掉到隐篱里去。你最好不要过去。"

话音未落,她表姐已平安无事地翻到了那边,脸上挂着扬扬得意的微笑,说道:"谢谢你,亲爱的范妮,我和我的衣服都安然无恙,再见。"

范妮又一次被孤零零地扔在那里,心情并不比原来好受。她几乎为她耳闻目睹的一切感到难过,对伯特伦小姐感到惊讶,对克劳福德先生感到气恼。他们俩采取一条迂回路线,一条在她看来很不合理的路线,朝小山丘走去,很快就走没影了。就这样又过了一会儿,她既见不到人,也听不到什么动静。整个小树林里似乎就她一个人。她几乎感到,埃德蒙和克劳福德小姐已经离开了树林,可是埃德蒙不会把她忘得这么彻底。

突然传来一阵脚步声,又一次把她从懊恼的沉思中惊醒,有人脚步匆匆地顺着主径走来。她以为是拉什沃思先生,不料却是朱莉娅,只见她又热又气喘吁吁,满脸失望的样子,一见到范妮便嚷嚷道:"啊!别人都哪儿去了?我还以为玛丽亚和克劳福德先生和你在一起呢。"

范妮说明了事情的原委。

"我敢说,他们在捣鬼!我哪儿也看不到他们,"朱莉娅一边说一边用急切的目光往庄园里寻视,"不过他们不会离这儿很远,我想玛丽亚能做到的事我也能做到,甚至不用别人搀扶。"

"不过,朱莉娅,拉什沃思先生马上就会拿来钥匙。你还是等等他吧。"

"我才不等呢。我一个上午都在陪这家人,够腻烦的了。听着,姑娘,我是刚刚摆脱他那令人讨厌透顶的妈妈。你安安静静、快快活活地坐在这里,我却一直在活受罪呀!也许当初可以让你来干我这份差事,可你总是设法避开这种尴尬局面。"

对范妮的这番责难极不公正,不过范妮倒能宽容,不予计较。朱莉娅心里有气,性子又急,不过范妮觉得持续不了多久,因而未予理会,只是问她有没有见到拉什沃思先生。

"见到了,见到了。他风风火火地跑开了,好像性命攸关似的,只是仓促地对我们说了声他去干什么,你们都在哪儿。"

"可惜他白辛苦了一场。"

"那是玛丽亚小姐的事。我犯不着因为她的过失而跟自己过不去。讨厌的大姨妈拉着管家婆东游西逛,弄得我甩不开拉什沃思太太,不过她儿子我却能甩掉。"

朱莉娅立即爬过栅栏走开了,也不理会范妮问的最后一个问题:她有没有看见克劳福德小姐和埃德蒙。不过,范妮坐在那里,由于担心看到拉什沃思先生,不再一味地去琢磨他们久去不归。她觉得他们太对不住拉什沃思先生,而刚才的事还得由她来告诉拉什沃思先生,她感到非常难受。朱莉娅跳出栅栏不到五分钟,拉什沃思先生便赶来了。范妮尽管把事情讲得十分婉转,但看得出来,拉什沃思先生感到非同一般的屈辱和气愤。起初他几乎什么都不说,只是脸上表现出极度的惊讶和恼怒,随即便走到铁门跟前,站在那里,仿佛不知如何是好。

"他们要我待在这儿——玛丽亚表姐叫我转告你,你可以在那座山丘或附近一带找到他们。"

"我想我一步也不想往前走了,"拉什沃思先生气呼呼地说,"我连他们的影子都看不见。等我赶到山丘那儿,他们也许又到别的地方了。我走路已经走得够多了。"

他在范妮身旁坐下,脸色异常阴郁。

"我感到很抱歉,"范妮说,"真令人遗憾。"她很想再说点妥帖的安慰话。

沉默了一阵之后,拉什沃思先生说:"我想他们完全可以在这儿等我。"

"伯特伦小姐认为你会去找她的。"

"她要是待在这儿,我就不用去找她了。"

这话是毋庸置疑的,因此范妮沉默不语。又停了一阵之后,拉什沃思先生继续说道:"请问,普莱斯小姐,你是不是像有些人那样,非常倾慕这位克劳福德先生?我却看不出他有什么了不起的。"

"我觉得他一点也不漂亮。"

"漂亮！谁也不会说这么一个矮小的男人漂亮。他还不到五英尺九英寸。我看他可能还不到五英尺八英寸。我觉得这家伙不好看。依我看，克劳福德家这兄妹俩完全是多余的，没有他们我们照样过得挺好。"

范妮一听这话，不由得轻轻叹息了一声，她不知道如何反驳他。

"我对取钥匙若是有丝毫勉强的话，他们不等我倒也情有可原，可是伯特伦小姐一说要钥匙，我就赶忙去取了。"

"我敢说，你当时表现得再爽快不过了，我敢说你是以最快的速度走去的。不过你知道，从这儿到大宅，再进到大宅里面，总还有一段距离。而人在等待的时候，对时间就把握不准了，每过半分钟就像是过了五分钟。"

拉什沃思先生站起身来，又走到铁门跟前，嘴里说："我当时身上带钥匙就好了。"范妮见他站在那儿，觉得他态度有所缓和，由此受到鼓励，想再劝说一次，于是便说道："真遗憾，你没跟他们一起去。他们认为从庄园的那个地方可以更好地察看大宅，可以琢磨如何加以改进。可你要知道，你不在场，这种事什么也定不下来。"

范妮发现，把一个伙伴打发走比把他留在身边还要顺当些。拉什沃思先生被说动了。"好吧，"他说，"如果你真认为我还是去的好，我也不该白去取了一趟钥匙。"他开门走了出去，也没再打个招呼便走开了。

这时候，范妮的心思完全回到了离她已久的那两个人身上，实在耐不住了，便决定去找他们。她顺着林边小路，朝他们去的方向走去，刚转到另一条小路上，便又一次听到了克劳福德小姐的说话声和笑声。声音越来越近，又转了几个弯，那两个人便出现在她面前。据他们说，他们是刚从庄园回到荒野上来的。他们离开她没走多久，便遇到一个边门没锁，于是情不自禁地走了进去。他们在庄园里走了一阵，终于走上了范妮一上午都盼着要去的那条林荫大道，在一棵树下坐了下来。原来他们是这样玩的。显然，他们玩得非常快活，忘记了已离开她有多久。埃德蒙对范妮说，他多么希望她也和他们在一起，当时若不是因为她已经走不动了，他肯定会回来叫她一块去的。这些话是对范妮的莫大安慰，但还不足以消除她内心的委屈，表哥本来说过一会儿就回来，却把她撂下了整整一个小时；也不足以驱除她的好奇心，她想知道他们在此期间一直在谈些什么。到头来，她只能感到失望和伤心，因为他们一致表示，要回大宅去了。

拉什沃思太太和诺里斯太太走到阶径的台阶跟前，来到了顶部，准备往荒野走去，这时她们离开大宅已足有一个半小时了。诺里斯太太分心的事情太多，因而无法走快。尽管外甥女都遇到了不顺心的事，心里快活不起来，她却觉得一上午十分开心——女管家先是客客气气地就野鸡问题向她介绍了许多情况，接着把她领到奶牛场，又把奶牛的情况做了详细的介绍，给了她一张领单，让她去领一包有名的奶酪。朱莉娅离开她们之后，她们又遇到了园丁。诺里斯太太极其高兴能与园丁相识，因为她为园丁判明了他孙子的病症，告诉他说他孙子得的是疟疾，答应给他一个治疟疾的符咒。为了报答她，园丁领她参观了他所有的奇花异草，还把一株非常稀罕的石楠送给了她。

相遇之后，大家一起回到大宅，坐在沙发上聊天，看《评论季刊》，借以消磨时间，等待其他人回来，等候开饭。两位伯特伦小姐和两位男士回来时天色已晚，他们的出游看来并不怎么愉快，也丝毫无助于这天原来的计划。照他们的说法，他们一直在你找我我找你，最后虽然终于碰到了一起，但是照范妮看来，似乎为时过晚，难以恢复原来的和谐气氛，而且正如他们所说的，也来不及做出改造庄园的任何决定。她看了看朱莉娅和拉什沃思先生，觉得心中不快的并不止她一个人，他们两人都是满脸阴沉沉的。克劳福德先生和伯特伦小姐要快活得多，她觉得吃饭的时候，克劳福德先生煞费苦心地想要消除那两个人对他的怨恨，使席间个个都喜笑颜开。

饭后不久，送来了茶和咖啡，由于坐车回家还要走十英里，不允许耽搁很多时间，因而从就座入席开始，到马车来到门前为止，一连串无关紧要的客套应酬进行得紧紧张张，诺里斯太太先是坐立不安地折腾了一番，接着从女管家那里弄到几只野鸡蛋和一包奶酪，又对拉什沃思太太说了一大堆客气话，便准备带头动身了。与此同时，克劳福德先生走到朱莉娅跟前，说道："我来时的伙伴如果不怕在夜色中坐在一个无遮无挡的位置上，我希望她回去时还能和我坐在一起。"朱莉娅没有料到他会提出这一请求，却和颜悦色地接受了，她这一天的结局很可能像开始一样愉快。伯特伦小姐本来心里另有打算，现在却有点失望——不过，她深信克劳福德先生真正的意中人是她，这使她足可聊以自慰，并能得体地接受拉什沃思先生临别时的殷勤。毫无疑问，比起把她扶上驾驶座来，拉什沃思先生倒更乐意把她扶进马车——这样的安排越发使他自鸣得意。

"范妮，我敢说你这一天过得不错呀！"马车打庄园里驶过时，诺里斯太太说，"自始至终好开心啊！我想你应该非常感激伯特伦姨妈和我，是我们安排让你来的。你这一天玩得多快活呀！"

玛丽亚心中不满，直言不讳地说："我想，姨妈，你真是大获丰收啊。你怀里好像抱满了好东西，我们之间有一只篮子，里面装着什么东西，一直在碰我的胳膊肘，碰得我好痛。"

"亲爱的，那只不过是一小株漂亮的石楠，那个好心的老园丁非要叫我带上。不过要是妨碍了你，我这就把它抱在腿上。喂，范妮，你给我拿着那个包——要十分当心——不要掉下来。里面是奶酪，就是我们吃饭时吃的那种高级奶酪。那位惠特克太太真好，非让我拿一包不行。我一直不肯拿，后来见她都快急哭了才拿了一包。我知道我妹妹就喜欢这东西。那个惠特克太太真是个难得的好管家呀！我问她仆人在饭桌上是否允许喝酒时，她都吓了一跳。有两个女仆因为穿白裙子被她辞退了。小心奶酪，范妮。现在，我能照顾好另一个包裹和篮子了。"

"你还白捞来了些什么？"玛丽亚说，听了对方以这样的话恭维索瑟顿，颇有几分得意。

"亲爱的，怎么是白捞！只不过是四只漂亮的野鸡蛋，惠特克太太非要逼着我拿，我不拿她就不答应。她说她知道我孤零零一个人过日子，能养那么几个小生灵，一定会给我带来乐趣。我想肯定会很好玩。我打算把它们交给牛奶房女工，一有母鸡抱窝，就塞进去。要是能抱出来,我就把它们弄回家,借个鸡笼。我寂寞的时候摆弄摆弄它们,倒会很有意思。我要是养得好,还会给你母亲几只。"

当晚夜色很美,又温和又宁静,在如此静谧的大自然中坐车旅行,真是再惬意不过了。不过,诺里斯太太一不说话,车里的人便静悄悄了。他们都已疲惫不堪——几乎所有的人都在琢磨,这一天给他们带来的是愉快还是痛苦。

第十一章

在索瑟顿度过的这一天,尽管有这样那样的不尽如人意之处,但对两位伯特伦小姐来说,比起此后不久从安提瓜寄回曼斯菲尔德的那些信件来,却使她们心里觉得愉快得多。想念亨利·克劳福德比想念她们的父亲有意思得多。信上告诉她们,她们的父亲过一阵就要回到英国,这是让她们想起来最头痛的一件事。

十一月是个令人沮丧的月份,做父亲的决定在这个月回到家。托马斯爵士对此写得毫不含糊,只有老练而又归心似箭的人才会有这样的写法。他的事情眼看就要办完了,提出乘坐九月份的邮船回国是有正当理由的。因此,他也就盼着十一月初能和亲爱的妻子儿女重新团聚。

玛丽亚比朱莉娅更为可怜,因为父亲一回来她就得嫁人。父亲最关心她的幸福,回来后就会要她嫁给她原来为了她的幸福而选定的意中人。前景是暗淡的,她只能给它蒙上一层迷雾,希望迷雾消散之后,能出现另一番景象。父亲不大会是十一月初回来,凡事总会有个耽搁,比如航行不顺利或是出点什么事。凡是不敢正视现实、不敢接受现实的人，都会幻想出点什么事来寻求慰藉。可能至少要到十一月中旬，离现在还有三个月。三个月就有十三个星期。十三个星期可能发生很多事情。

托马斯爵士要是知道一点点他的两个女儿对他回家一事的想法，定会伤透了心。他要是知道他回来的事在另一位小姐心里引起的关注，也不会感到安慰。克劳福德小姐和她哥哥晚上到曼斯菲尔德庄园来玩，听到了这个好消息。她虽说出于礼貌地问了问，并不显得多么关心，只是心平气和地表示一番祝贺，却聚精会神一字不漏地听别人讲这件事。诺里斯太太把信的内容详详细细地告诉了大家，然后便抛开了这个话题。但是喝过茶以后，当克劳福德小姐和埃德蒙、范妮一起站在敞开的窗口观看黄昏景色，而两位伯特伦小姐、拉什沃思先生和亨利·克劳福德在钢琴旁边忙着点蜡烛的时候，她突然朝他们转过身来，重新捡起了这个话题，说道："拉什沃思先生看样子多高兴啊！他在想十一月份呢。"

埃德蒙也转过头来望着拉什沃思先生，不过没说什么。

"你父亲回来可是件大喜事。"

"还真是件大喜事呢，都离家这么久了。不仅时间久，而且还担了那么多风险。"

"这件喜事还会引出别的喜事来：你妹妹出嫁，你接受圣职。"

"是的。"

"说出来你可不要生气，"克劳福德小姐笑着说，"这件事真让我想起了一些异教英雄，他们在国外立了大功，平安回来后就要付出点牺牲来祭神。"

"这件事上没有什么牺牲可言，"埃德蒙虽然一边一本正经但仍然面带笑容地答道,一边又向钢琴那边瞥了一眼,"那完全是她自己愿意。"

"噢!是的,我知道她自己愿意。我只不过是开个玩笑。她没有超出一般年轻女子做事的分寸。我毫不怀疑她极其乐意。我说的另一桩牺牲你当然不理解。"

"我可以向你保证,我去当牧师和玛丽亚要结婚一样,完全是出于自愿。"

"幸好你的意愿和你父亲的需要恰好一致。我听说,这附近给你保留了一个收入很高的牧师职位。"

"你认为我是因此才愿意当牧师的?"

"我知道你绝不是为了这个原因。"范妮嚷道。

"谢谢你的美言,范妮,不过我自己可不敢这么说。恰好相反,很可能正是因为我知道我会有这样一份生活保障,我才愿意当牧师的。我觉得这也不算错。再说也不存在什么天生的抵触情绪。如果说一个人由于知道自己早年会有一份不错的收入,从而就做不成一个好牧师,我看这是没有什么根据的。我掌握在可靠的人的手中。我想我并没有受到不良的影响,我认为我父亲非常认真负责,也不会让我受到不良的影响。我毫不怀疑我在这件事上是有个人考虑的,可我认为这是无可指摘的。"

"这就像是,"稍顿了一会儿后,范妮说道,"海军将领的儿子要参加海军,陆军将领的儿子要参加陆军,谁也不能说这种事情有什么错的。他们想要选择亲朋最能帮得上忙的那一行,谁也不会对此感到奇怪,也不会认为他们干上这一行之后,并不像表面上装得那么认真。"

"是的，亲爱的普莱斯小姐，从道理上说的确如此。就职业本身而言，不论是海军还是陆军，这样做是有道理的。这样的职业，从各方面看都受人敬仰：它需要大无畏的精神，要冒送命的危险，充满惊天动地的场面，还有威武雄壮的打扮。陆军和海军总是受到上流社会的欢迎。男子汉参加陆军和海军，谁也不会感到奇怪。"

"可是一个男子汉由于明知要得到一份俸禄而去当牧师，他的动机就要受到怀疑，你是这样想的吧？"埃德蒙说，"在你看来，他要证明自己动机纯正，就必须在事前丝毫不知道是否有俸禄的情况下去当牧师。"

"什么！没有俸禄去当牧师！不，那真是发疯，不折不扣的发疯！"

"我是否可以问你一句：如果有俸禄不去当牧师，没俸禄也不去当牧师，那教会的牧师从哪里来呢？我还是不问为好，因为你肯定无法回答。不过，我想从你的论点来为牧师们做点辩护。由于牧师不受你所欣赏的那些引诱人们去参加海军、陆军的种种思想的影响；由于大无畏精神、惊天动地、威武雄壮都与他们无缘，他们在选择自己的职业时，其真诚与好意更不应该受到怀疑。"

"噢！他们的确很真诚，宁愿要一份现成的收入，而不肯靠干活去挣一份收入。他们的确也是一片好意，今后一生就能无所事事，只要吃吃喝喝，长得肥肥胖胖。这实在是懒惰呀，伯特伦先生。懒惰，贪图安逸——没有雄心壮志，不喜欢结交上等人，不愿意尽力讨人喜欢，正是这些毛病使一些人当上了牧师。牧师无事可做，只会邋里邋遢，自私自利——读读报，看看天气，和妻子拌嘴吵架。所有的事务都由助理牧师来做，他自己的日常事务就是应邀赴宴。"

"这样的牧师肯定有，可我认为不是很普遍，克劳福德小姐把这种现象视为牧师的通病是不恰当的。你这种广泛的、（是否可以说是）陈腐的指责，我想不是你自己的看法，而是和抱有偏见的人在一起，听惯了他们的意见。你凭着自己的观察，不可能对牧师有多少了解。你这么无情地指责的这类人中，你直接认识的没有几个。你讲的这些话是在你叔叔的饭桌上听来的。"

"我所说的话，我认为是大家的普遍看法，而大家的普遍看法通常是正确的。虽然我没怎么亲眼见识过牧师们的家庭生活，但很多人都亲眼见识过了，因此那些话不会毫无根据。"

"任何一个有文化的人组成的团体，不管它属于哪个派别，如果有人不分青红皂白地认为它的每个人都很糟，他的话肯定有不可靠的地方，或者（笑了笑）有什么别的成分。你叔叔和他的将军同事们除随军牧师外，对牧师们的情况也许并不了解，而对随军牧师，不论是好是坏，概不欢迎。"

"可怜的威廉！他可受到'安特卫普号'上的随军牧师的多方关照。"范妮深情地说，虽然与所谈话题无关，却是她真情的流露。

"我才不喜欢听信我叔叔的意见呢，"克劳福德小姐说，"这叫我难以想象。既然你逼人太甚，我不得不说，我并非丝毫没有办法了解牧师是什么样的人，我眼下就在我姐夫格兰特博士家做客。虽然格兰特博士待我非常好，对我关怀备至，虽然他是个真正有教养的人，而且我敢说还是个知识渊博的学者，是个聪明人，布道往往很受欢迎，为人也很体面，可在我看来，他就是个懒惰、自私、养尊处优的人，凡事以吃喝为重，不肯帮别人一点点忙，而且，要是厨子没把饭做好，他就冲他那好得不得了的妻子发脾气。对你们实说了吧，亨利和我今晚在一定意义上是被逼出来的，因为一只鹅做嫩了，不合他的意，他就气个没完。我那可怜的姐姐不得不待在家里受气。"

"说实话，我对你的不满并不感到奇怪。他在性情上有很大的缺陷，而自我放纵的不良习惯又使他的性情变得更坏。像你这种心地的人，眼见着姐姐受这样的气，心里一定不是滋味。范妮，我们不赞成这种行为。我们可不能为格兰特博士辩护。"

"是不能，"范妮答道，"不过，我们不能因此就否定他这个职业。格兰特博士不管干哪一行，都会把他那——那不好的脾气带到那一行去。他要是参加海军或陆军的话，他手下指挥的人肯定比现在多得多。我想，他当海军军官或陆军军官，会比他当牧师给更多的人带来不幸。再说，我只觉得，不论我们希望格兰特博士干的是别的哪一行，他在那紧张的世俗的行业里很有可能比现在还糟糕，因为那样一来，他就没有那么多时间和义务来反省自己——他就会逃避自我反省，至少会减少自我反省的次数，而现在他却逃避不掉。一个人——一个像格兰特博士这样有头脑的人，每个星期都在教育别人怎样做人，每个星期天都要做两次礼拜，和颜悦色地讲道，而且讲得那么好，他本人岂能不因此变得好一些。这肯定会让他有所思考。我深信，他当牧师比干哪一行都能多做些自我约束。"

"当然我们无法证明相反的情况——不过我祝愿你的命运好一

些,普莱斯小姐,不要嫁给一个靠讲道才能变得和蔼一些的男人。这样的人虽然每个星期天可以借助讲道使自己和和气气,但从星期一上午到星期六晚上因为鹅肉做嫩了跟你争争吵吵,也就够糟糕的了。"

"我想能常和范妮吵架的人,"埃德蒙亲切地说,"任凭什么讲道也感化不了。"

范妮转过脸去,探身窗外。克劳福德小姐带着快活的神态说道:"我想普莱斯小姐往往是值得受人称赞,却又很少听到这种称赞。"她刚说完,两位伯特伦小姐便恳切地邀请她去参加三重唱,她轻快地向钢琴那儿走去。埃德蒙望着她的背影,揣摩着她的种种好处,从谦恭和悦的仪态到轻盈优雅的步履,都让他心醉神迷。

"我相信她一定是个好脾气,"埃德蒙随即说,"这样的脾气永远不会给人带来痛苦!她走起路来多优雅呀!她接受别人的意愿多爽快呀!一叫她就过去了。真可惜,"他想了想又说,"她居然落在这样一些人的手里!"

范妮同意他的说法。她感到高兴的是,他继续和她待在窗前,不去理会就要开始的三重唱,并且马上像她一样把目光转向窗外的景色。在清澈灿烂的夜空中,在浓暗的林荫的衬托下,一切都显得肃穆宜人,令人心旷神怡。范妮不由得发起感慨来。"这景色多么和谐呀!"她说,"多么恬静啊!比什么图画、什么音乐都美,就连诗歌也难尽言其妙。它能让你忘掉人间的一切烦恼,使你的心乐不可支!每当这样的夜晚我临窗外眺的时候,我就觉得好像世界上既没有邪恶也没有忧伤。如果人们多留神大自然的崇高壮丽,多看看这样的景色而忘掉自我,邪恶和忧伤一定会减少。"

"我喜欢听你抒发自己的激情,范妮。这是个令人心旷神怡的夜晚,那些没有像你那样受过一定熏陶的人——至少是那些在早年没有受过爱好自然的培育的人,是非常可怜的。他们失去了许多东西。"

"表哥,是你培养了我这方面的思想情感。"

"我教的这个学生非常聪明。那儿是大角星,非常明亮。"

"是的,还有大熊星。要是能看见仙后星就好了。"

"那得到草坪上才能看到。你怕不怕?"

"一点也不怕。我们好久没有观看星星了。"

"是的,我也不知道是怎么回事。"三重唱开始了。"我们等她们唱完了再出去吧,范妮。"埃德蒙一边说,一边转过脸,背向窗户。范妮见他随着歌声在一点一点地朝钢琴那儿移动,心里感到一阵屈辱。等歌声停下时,埃德蒙已走到歌手跟前,跟大家一起热烈地要求她们再唱一遍。

范妮一个人站在窗前叹息,直至诺里斯太太责备她当心着凉,她才离开。

第十二章

托马斯爵士本定于十一月回国,他的大儿子因为有事要提前赶回。快到九月时,伯特伦先生发来了消息,先是猎场看守人收到他的来信,接着埃德蒙也收到一封。到八月底,他人就回来了,可能是审时度势的缘故,也可能是为了顺应克劳福德小姐的心意,他欢欢喜喜,一味地讨好献殷勤,谈赛马和韦茅斯,谈他参加过的舞会和结交的朋友。要是在六个星期以前,克劳福德小姐也许还会感到几分兴趣,现在经过实际比较,她毫不含糊地意识到她更喜欢他弟弟。

这是很苦恼的事,她为此深感愧疚,不过事已如此。她现在已不想嫁给老大了,甚至不想取悦于他,只不过觉得自己姿色美丽,稍微向他施展几分就行了。伯特伦先生离开曼斯菲尔德这么久,只知道寻欢作乐,遇事从不和她商量,这一清二楚地表明,他根本没有把她放在心上。她的态度比他的还要冷漠,她相信,即使他这就当上他迟早要当的曼斯菲尔德庄园主,成为不折不扣的托马斯爵士,她也不愿嫁给他。

伯特伦先生为了赶上这个时令的活动回到了曼斯菲尔德，而克劳福德先生为了赶这个时令的活动去了诺福克。到了九月初，埃弗灵厄姆是缺不了克劳福德先生的。他一去就是两个星期。对于两位伯特伦小姐来说，这两个星期真是百无聊赖，她们俩本该因此而有所警觉，朱莉娅虽说在跟姐姐争风吃醋，却意识到他的甜言蜜语完全不可轻信，并且希望他不要回来。在这两个星期中，除了打猎、睡觉之外，克劳福德先生还有充足的闲暇，如果他善于反省自己的动机，考虑一下自己一味无聊地图慕虚荣究竟为的哪一桩，他就会幡然醒悟过来，意识到不该急着回去。但是，由于受优裕生活和坏榜样的影响，他变得又愚钝又自私，只顾眼前利益，没有长远打算。那姊妹俩聪明美丽，对他情意绵绵，给他那颗厌腻的心带来一点欢愉。他觉得在诺福克一点也没有在曼斯菲尔德和姑娘们厮混快活，因此便在说定的时间满心欢喜地回来了，而他再来与之厮混的对象们也同样满心欢喜地迎候他的到来。

克劳福德先生没回来之前，玛丽亚身边只有拉什沃思先生一人围着她转，耳边听到的尽是他翻来覆去地絮叨他白天打猎的事情——什么尽兴还是扫兴啦，他的猎犬有多棒啦，妒忌他的邻居啦，怀疑他们的人品啦，追踪偷猎者啦——谈这样的话题，除非说话人巧于辞令，听话人有几分情意，否则是拨不动小姐心弦的。因此，玛丽亚非常想念克劳福德先生。而朱莉娅既没订婚又无事可干，觉得更有权利想念他。姐妹俩都认为自己才是他的意中人。朱莉娅的想法可以从格兰特太太的话音里找到依据，该太太对此事的看法正合小姐的心意。玛丽亚的依据则是克劳福德先生自己露出的口风。一切又都回到了他离开以前的轨道上，他对她们两人都兴致勃勃、和颜悦色,没有失去任何一个的欢心,不过倒能把握分寸,既没有锲而不舍、频繁来往,也没有关怀备至、难舍难分,免得引起众人的注意。

在这些人中,只有范妮觉得有点看不惯。自从去索瑟顿那天以来,她每逢见到克劳福德先生和两姐妹中的哪一个在一起,都会不由自主地留心观察,常常感到迷惑不解,或是觉得不对头。如果她对自己的判断像在别的问题上那样充满自信,如果她能断定自己看得清楚,判断公正,也许她早就郑重其事地告诉了她通常无话不谈的那个人。可事实上,她只鼓起勇气暗示了一下,而对方又没领会她的暗示。"我感到很奇怪,"她说,"克劳福德先生在这儿住了这么久,足足有七个礼拜,怎么这么快又回来了。我早就听说他很喜欢变换环境,喜欢四处游逛,于是便以为他一离开这儿,肯定会有什么事儿把他吸引到别处去。他习惯于比曼斯菲尔德热闹得多的地方。"

"他能按时回来还是好的,"埃德蒙答道,"我敢说这会使他妹妹感到高兴。他妹妹不喜欢他东游西荡的习性。"

"我的两个表姐多么喜欢他呀!"

"不错,他对女士们礼貌周到,肯定会讨人欢喜。我认为,格兰特太太料想他看中了朱莉娅。我还没有看到多少迹象,不过我但愿如此。他只要真心爱上一个人,他的那些毛病是会改掉的。"

"假如伯特伦小姐还没订婚的话,"范妮小心谨慎地说,"我有时几乎觉得他爱慕她胜过爱慕朱莉娅。"

"这也许更能说明他更喜欢朱莉娅,只是你范妮没意识到罢了。我想往往有这样的情况:男人在打定主意爱一个女人之前，对她的姐妹或密友，比对她本人还要好。克劳福德是个聪明人，如果他觉得自己有爱上玛丽亚的危险，他就不会待在这儿。从玛丽亚迄今的表现来看，我也不用为她担心，她的感情并不很热烈。"

范妮心想一定是自己搞错了，决定以后改变看法。但是，尽管她力求接受埃德蒙的看法，尽管她时而从别人的神情和话音里去察觉——他们也认为克劳福德先生中意的是朱莉娅，她却始终不知道怎样看才对。一天晚上，她听到了诺里斯姨妈在这个问题上私下表示的心愿和想法，也听到了拉什沃思太太私下对类似问题表示的想法。她一边听，一边不由得感到惊奇。她并不希望坐在那里听她们讲话，可这时候其他年轻人都在跳舞，而她却极不情愿地陪几位年长的太太坐在炉边，巴望大表哥再进来，大表哥是她唯一能指望的舞伴。这是范妮的第一次舞会，可并不像许多小姐的第一次舞会那样准备充分，华丽壮观。舞会是当天下午才想起要举行的，支撑场面的是仆从室新来的一位提琴手，以及包括格兰特太太和刚到来的伯特伦先生新结交的密友在内的五对舞伴。然而，这场舞会还是让范妮感到很高兴，她一连跳了四场舞，甚至轮空一刻钟都感到很遗憾。就在等候企盼、时而瞧瞧跳舞者、时而瞅瞅门口的当儿，她无意间听到了上述两位太太的对话。

"我想，太太，"诺里斯太太说——目光注视着拉什沃思先生和玛丽亚，他们在第二次结伴跳舞——"现在我们又可以看到幸福的笑脸了。"

"是的，太太，一点不错，"拉什沃思太太答道，一边持重地假笑一下，"现在坐在一边看才让人高兴呢，刚才眼见他们被拆开了，我心里真不是滋味。处在他们这种境况的年轻人，没有必要死守那些老规矩。我不明白我儿子为什么不邀请她。"

"我敢说他邀请了。拉什沃思先生是绝不会怠慢人的。不过，拉什沃思太太，亲爱的玛丽亚严守规矩，如今很少有人像她那样端庄稳重，可不想对舞伴挑挑拣拣啊！亲爱的太太，你只要看看此时此刻她那张面孔——与刚才和别人跳那两场舞时是多么不同啊！"

伯特伦小姐的确是满面春风，两眼喜形于色，说起话来兴致勃勃，因为朱莉娅和她的舞伴克劳福德先生离她很近，大家都挤在一块。朱莉娅先前脸上是个什么表情，范妮也没有印象，因为她当时在和埃德蒙跳舞，对她不曾留意。

诺里斯太太接着说道："太太，看到年轻人这么快活，这么般配，这么投缘，真令人高兴啊！我不由得想起托马斯爵士的快活心情。你觉得会不会再来一对，太太？拉什沃思先生已经做出了好榜样，这种事情是很有感染力的。"

拉什沃思太太心里只有她儿子，因此压根儿不明白对方在问什么。"上面那一对，太太。你没看出他们之间的征兆吗？"

"噢！天哪——朱莉娅小姐和克劳福德先生。不错，的确是非常般配的一对。克劳福德先生有多少财产？"

"一年四千英镑。"

"挺好嘛。没有更多财产的人，只能有多少满足于多少。一年四千英镑是一笔数目可观的财产，加上他看上去又是个很有教养、很稳重的青年，我想朱莉娅小姐会非常幸福。"

"太太，这件事儿还没定下来。我们只是朋友间私下说说而已。不过，我毫不怀疑这件事儿会定下来的。他的献殷勤真是再专注不过了。"

范妮无法再听下去了。不仅听不下去，还中断了思索，因为伯特伦先生又来到了屋里。虽然她觉得他能请她跳舞将是莫大的面子，她心想他一定会请她。他朝他们一小伙人走来，却没有请她跳舞，而是拉了把椅子坐到她跟前，向她述说了一匹病马目前的病情，以及他刚从马夫那里来时听到的马夫的看法。范妮意识到他不会邀请自己跳舞了，但她生性谦恭，立即觉得自己不该那样指望。伯特伦先生讲完马的事情之后，从桌上拿起一张报纸，从报纸上方望着她，慢吞吞地说："范妮，你要是想跳舞的话，我陪你跳。"范妮谢绝了他，话说得比他还要客气。她不想跳舞。"我为此感到高兴，"伯特伦先生以比刚才活跃得多的口气说，随即把报纸又摺到桌上，"我都快累死了。我真不明白，这些人怎么能跳这么久。他们一定是全都坠入了情网，不然不会对这种蠢事感兴趣——我想他们就是坠入了情网。你要是仔细瞧一瞧，就会发觉他们是一对一对的情人——除耶茨和格兰特太太以外都是——咱俩私下里说说，格兰特太太好可怜啊！她一定像其他人一样需要有个情人。她跟博士在一起，生活一定极端乏味。"伯特伦先生一边说，一边朝格兰特博士的座椅做了个鬼脸，不料博士就坐在他旁边，他不得不立即改变了口气，换了个话题，范妮尽管有好多不如意的事，还是禁不住要笑出来。"美洲的事情真怪，格兰特博士！你认为怎么样？我总是向你请教如何看待国家大事。"

"亲爱的汤姆，"不久他姨妈叫道，"你既然现在不跳舞，我想和我们一起打一局牌没问题吧?"随即离开了座位,走到伯特伦先生跟前进一步鼓动,对他悄悄说道:"你要知道,我们想给拉什沃思太太凑够一桌。你母亲倒是很想打,可她在织围巾,没有工夫参加。现在有了你、我和格兰特博士,刚好凑齐一桌。尽管我们只玩半克朗[1],你和格兰特博士可以赌半几尼。"

"我非常乐意,"伯特伦先生大声答道,霍地跳了起来,"我感到万分高兴——不过现在我要去跳舞。来,范妮,"说着抓住了她的手——"别再闲坐着,舞会就要结束了。"

范妮心甘情愿地给领走了,但她对大表哥并没有多少感激之情,也弄不清楚究竟是大表哥自私还是大姨妈自私,而大表哥对此却是十分清楚的。

"真给我分派了一个好差事呀!"两人走开时,伯特伦先生愤然说道,"想把我捆在牌桌上陪伴她、格兰特博士和那爱管闲事的老太婆,她和格兰特博士一直争吵不休,而那老太婆根本不会打惠斯特。我希望我姨妈稍微安静一点!居然这样要求我!当着众人的面,一点都不客气,让我根本无法拒绝!我最痛恨的就是这一套。表面上装作在求你,给你个选择余地,实际上是非叫你照她的意思去办不可——不管是做什么事吧,这让我比什么都气愤!要不是我幸好想起和你跳舞,我就逃脱不掉。这太糟糕了。不过,我姨妈一旦起了什么念头,她不达目的是绝不肯罢休的。"

---

[1] 英币,值二先令六便士。

第十三章

约翰·耶茨公子哥是我们初次见面的新朋友,此人衣着讲究,出手大方,是一位勋爵的二儿子,有一笔尚可独立生活的财产,除此之外,并没有多少可取之处。托马斯爵士若是在家的话,很可能不会欢迎把此人引到曼斯菲尔德。伯特伦先生和他是在韦茅斯结识的,两人在那里一起参加了十天的社交活动。伯特伦先生邀请他方便时到曼斯菲尔德做客,他又答应要来,他们之间的友谊——如果可以称作友谊的话——便得以确立与发展。后来他从韦茅斯赶到另一个朋友家参加一场大型娱乐活动,不想与会者突然散去,他便提前来到了曼斯菲尔德。他是扫兴而来的,满脑子全是演戏的事,因为大家是为了演戏而聚在一起的,还给他安排了角色,两天内就要登台演出了,突然间这家的一个近亲去世,打乱了原先的计划,演戏的人也都散去。眼看一场欢乐就要到来,眼看就要大出一番风头,眼看康沃尔郡雷文肖勋爵大人埃克尔斯福德府上的这场业余演出就要见诸报端,被记者们大加吹捧,至少名噪一年!眼看就要到手的东西,一下子全泡汤了,这种事真是令人痛心,耶茨先生讲起话来总离不开这个话题,一张口便是埃克尔斯福德及其剧场,演出的安排,演员的服装,怎样预演彩排,开些什么玩笑,夸耀这已过去的事成了他唯一的安慰。

算他走运,这里的年轻人都很喜欢戏剧,都巴不得能有个演出的机会,所以尽管他说个没完,他的听众却百听不厌。从最初选派角色,到最后的收场白,样样都令人着迷,谁都巴望一试身手,扮演其中的某个角色。剧名为《山盟海誓》[1],耶茨先生原本要扮演卡斯尔伯爵。"一个不起眼的角色,"他说,"压根儿不合我的口味,今后我肯定不会再同意演这样的角色,可当时我不想让人家犯难。剧中只有两个角色值得扮演,可还没等我来到埃克尔斯福德,那两个角色就被雷文肖勋爵和公爵挑走了。虽然雷文肖勋爵提出把他的角色让给我演,可你知道,我是不能接受的。我替他感到难过,他居然自不量力,他根本不配演男爵这个角色!个子那么小,声音那么低,每次演练说不上十分钟嗓子就哑了!这出戏让他来演,肯定会大煞风景,可是我就不想让人家犯难。亨利爵士认为公爵演不好弗雷德里克,可那是因为亨利爵士自己想演这个角色,不过就他们两人而言,这个角色由公爵来演肯定更好一些。我万万没有想到亨利爵士的演技那么蹩脚。幸好这出戏并不靠他来撑场面。我们的阿加莎演得妙不可言,许多人认为公爵演得非常出色。总的说来,这出戏要是正式演出,一定十分精彩。"

---

[1] 《山盟海誓》是德国戏剧家科泽毕于1791年发表的一个诗体剧本,由因奇博尔德夫人译成英文,1798年在英国出版后深受欢迎,曾多次再版,频繁上演。

"说实话,没演成真是不幸。""很为你感到惋惜。"这都是听的人深表同情的安慰话。

"这件事没有什么好怨天尤人的,不过那个可怜的老寡妇死得实在不是时候。你不由得会想,要是她去世的消息照我们的心愿晚公布三天就好了。只需要三天。她不过是这家的外婆,又死在二百英里以外,我觉得把死讯压三天也没有什么大不了的。据我所知,还真有人提出了这个建议。可雷文肖勋爵就是不同意,我想他是全英国最讲究规矩的一个人。"

"没演成喜剧倒来了场悲剧,"伯特伦先生说,"《山盟海誓》结束了,雷文肖勋爵夫妇只能独自去演《我的外婆》[1]。外婆的遗产或许会给他带来安慰,不过我们朋友之间私下说一句,他也许因为要扮演男爵,怕演不好而丢面子,怕他的肺受不了,就想撤销原来的计划。耶茨,为了弥补你的损失,我想我们应该在曼斯菲尔德建个小戏院,由你来主管。"

这虽说是一时的意念,却并未了于一时。经他这么一提,大家又冒出了演戏的欲望,其中最想演的就是他本人。眼下他成了一家之主,有的是闲暇,几乎什么新鲜事都能让他玩个痛快,加上头脑灵活,富有喜剧素养,因而也就十分适合演戏。他的这一想法翻来覆去地总有人提出。"啊!要是能用埃克尔斯福德的戏院和布景演演戏该有多好。"他的两个妹妹也有同感。亨利·克劳福德虽然经历过种种寻欢作乐的事情,却没有尝试过这种欢乐,因此一听到这一想法,便大为活跃起来。"我倒真以为,"他说,"我

---

[1] 《我的外婆》是霍尔王子发表于1794年的一个闹剧。

此时此刻会不知天高地厚,敢于扮演任何剧本里的任何角色,从夏洛克、理查德三世,到滑稽剧里身穿红色外衣、头戴三角帽演唱的主人公。我觉得我什么都能演,英语里的任何悲剧或喜剧,无论是慷慨激昂、大发雷霆、唉声叹气还是活蹦乱跳,我似乎都行。我们选个剧目演一演吧。哪怕是半个剧——一幕——一场。有什么能难住我们呢?我想总不会是我们这些人长相不行吧,"说着把目光投向两位伯特伦小姐,"至于说戏院,要戏院干什么?我们只是自娱自乐。这座大宅里的哪间屋子都够用了。"

"我们得有个幕,"汤姆·伯特伦说,"买上几码绿绒布做个幕,这也许就够了。"

"噢!完全够了,"耶茨嚷道,"只需要布置一两个侧景,几个房间的门,三四场布景就行了,演这么点戏再不需要什么了。只不过是自娱自乐,这就足够了。"

"我认为我们还应该再简单一些,"玛丽亚说,"时间不多,还会遇到别的困难。我们还得采纳克劳福德先生的意见,我们的目标是演戏,而不是搞舞台布景。最优秀戏剧的许多内容都不是依靠布景。"

"不,"埃德蒙听到这里感到惊讶了,便说,"我们做事可不要马虎。我们真要演戏的话,那就找个戏院去演,正厅、包厢、楼座一应俱全,从头到尾完完整整地演上一出戏,不管演哪出德国戏,在幕与幕之间都要有幽默滑稽的表演,有花样舞蹈,有号笛,有歌声。如果我们演得还不如埃克尔斯福德,那就索性不要演了。"

"得啦,埃德蒙,不要讲泄气话啦,"朱莉娅说,"你比谁都爱看戏,为了看戏,你比别人多跑多少路都不在乎。"

"不错,那是看真正的演出,看演技娴熟的真正演出。但是要让我看一群从未受过训练的少爷小姐们的蹩脚表演,即使在隔壁房间演我也不会过去看。这些人在所受教育和礼仪规矩上存在种种不利因素,演起来势必步步维艰。"

过了不久,又谈起了这个话题,而且热情丝毫不减,个个都是越谈越想干,加之听到别人愿意,自己也就越发愿意。不过,谈来谈去什么事也没谈妥,只知道汤姆·伯特伦要演喜剧,他的两个妹妹和亨利·克劳福德要演悲剧,想找一个人人喜欢的剧本比什么都难。尽管如此,要演戏的决心却是坚定不移的,埃德蒙为此感到十分不安。他打定主意,只要可能,就要阻止他们,然而他母亲同样听到了饭桌边的这番谈话,却丝毫没有不赞成的表示。

当天晚上,他找到一个机会,想试试他有没有能力阻止。玛丽亚、朱莉娅、亨利·克劳福德以及耶茨先生都在弹子房里。汤姆从他们那里回到了客厅,这时埃德蒙正若有所思地站在炉火跟前,伯特伦夫人坐在不远的沙发上,范妮紧挨着她在料理针线活。汤姆进来的时候说:"像我们这样糟糕透顶的弹子台,我相信天底下再找不到第二个!我再也不能容忍它了,我想我可以这样说:没有什么能诱使我再来打弹子。不过,我刚刚给它想出了一个好用场。这间屋子演戏正合适,形状和长度都正好,屋那头的几扇门,只需把父亲房里的书橱挪一挪,五分钟内就能互相连通。如果我们决定演戏,这正符合我们的需要。父亲的房间可以成为很棒的演员休息室。它与弹子房相通,好像有意满足我们的需要似的。"

"汤姆,你说要演戏,不会当真吧?"汤姆来到炉旁的时候,埃德蒙低声说道。

"不会当真!告诉你吧,再当真不过了。你有什么好奇怪的?"

"我认为这样做很不妥当。一般说来,私人演戏容易受人指责,而考虑我们的家庭境况,我认为我们去演戏尤其不慎重,而且还不仅仅是不慎重。父亲不在家,时时刻刻都处在危险之中,我们演戏会让人觉得我们太不把父亲放在心上。再说玛丽亚的情况也很值得我们操心,把各种因素都考虑进去,让人极不放心,眼看她处于这般境况,我们再去演戏,也太欠考虑。"

"你把事情看得这么严重啊!好像我们在父亲没回来之前每星期都要演三次,还要邀请全国的人都来看似的。可我们不是要搞这样的演出。我们只不过是来点自娱自乐,调剂调剂生活,尝试来点新花样。我们不要观众,也不宣扬。我想,应该相信我们会挑选一个无可指摘的剧目来演。我认为,我们用某个令人敬重的作家写出的优美文字对话,比用我们自己的话闲聊,不会有更多的害处和危险。我毫不担心,毫无顾虑。至于父亲还在海外,这绝不应该成为反对演戏的理由,我倒认为这正是我们演戏的动机所在。母亲在此期间盼望父亲归来,心里焦灼不安,如果我们能在这几个星期里使母亲化忧为乐,提起精神,我觉得我们的时光就会过得很有意义,而且我相信父亲也会这样想的。这是母亲最焦灼不安的一段时期。"

他说这话时,两人都朝他们的母亲望去。伯特伦夫人正靠在沙发的一角,安然入睡了,那样子既健康,又富贵;既恬静,又

伯特伦夫人正靠在沙发的一角,安然入睡了

无忧无虑。范妮正在替她做那几件颇费工夫的针线活。

埃德蒙微微一笑,摇了摇头。

"啊!这可不算个理由,"汤姆一边嚷道,一边扑地坐到一把椅子上,纵声大笑起来,"亲爱的妈妈,我说你焦灼不安——算我说错了。"

"怎么啦?"伯特伦夫人以半睡半醒的沉重语调问道,"我没有睡着呀。"

"噢!是没有,妈妈——没有人怀疑你睡着了——喂,埃德蒙,"一见伯特伦夫人又打起盹来,汤姆又以原来的姿态和腔调,谈起了原来的话题,"不过我还要坚持这一点——我们演戏并没有什么害处。"

"我不同意你的看法——我相信父亲是肯定不会同意这样做的。"

"我认为恰恰相反。父亲比谁都更加喜欢发挥年轻人的才干,并且提倡这样做。至于演戏、高谈阔论、背诵台词等,我想他一向是很喜欢的。我们小时候,他还真鼓励我们培养这方面的才能呢。就在这间屋子里,为了使他开心,我们多少次对朱利亚斯·恺撒的遗体表示哀悼,多少次学着哈姆雷特说'生存还是毁灭'!我记得很清楚,有一年圣诞节,我们每天晚上都要说'我叫诺弗尔'[1]。"

"那完全是另一回事。你自己肯定知道不一样。我们上小学的

---

[1] "我叫诺弗尔"引自当时广为流传的一部悲剧的开场白,剧名为《道格拉斯》,作者为约翰·霍姆,发表于1757年。

时候,父亲希望我们练练口才,但他绝不会想要他已长大成人的女儿们去演戏。他是很讲规矩的。"

"这我都知道,"汤姆怏怏不快地说,"我像你一样了解父亲,我会注意不让他的女儿们做出什么惹他生气的事。你管住你自己好了,埃德蒙,我来关照家里的其他人。"

"你要是打定主意非演不可的话,"埃德蒙坚持不懈地答道,"我希望只是在小范围里悄悄地搞一点。我看不要布置什么剧场。父亲不在家,随便用他的房子不好。"

"这类事情一概由我负责,"汤姆以果断的口气说道,"我们不会损坏他的房子。我会像你一样用心关照他的房子的。至于我刚才提出的那些小小的变动,比如挪个书橱,打开一扇门,甚至一星期不打弹子,把弹子房另作他用,如果你认为他会反对的话,那我们比他在家时在这间屋里多坐一会儿,在早餐厅里少坐一会儿,或者把妹妹的钢琴从房间的这边移到那边,你大概认为他也会表示反对吧。纯属无稽之谈!"

"这样的变动即使本身不算错,但要花钱总不对吧。"

"是呀,干这样的事是会花掉巨额资金啊!也许可以花掉整整二十英镑。毫无疑问我们好歹需要一个剧场,但我们要尽可能从简:一幅绿幕,一点木工活——仅此而已。而那点木工活完全可以在家里让克里斯托弗·杰克逊自己去做,再说花费多,那是胡说八道。只要活是让杰克逊干的,托马斯爵士什么意见都不会有。不要以为这屋里就你一个人高明。你不喜欢演戏你自己不演就是了,可你不要以为你能管得住大家。"

"我没这样以为,至于我自己演戏,"埃德蒙说,"我是绝对不会那样做的。"

汤姆没等他说完就走出屋去,埃德蒙只好坐下来,忧心忡忡地拨动炉火。

这席谈话全让范妮听到了,她始终是赞成埃德蒙的看法的,眼下很想给他点安慰,便鼓起勇气说:"也许他们找不到合适的剧本。你哥哥和你妹妹的趣味好像大不一样。"

"我不抱这种希望,范妮。他们要是打定主意要演,总会找到剧本的——我要跟两个妹妹谈谈,劝说她俩不要演。我只能这样做。"

"我想诺里斯姨妈会站在你这一边。"

"我相信她会站在我们这一边,但她对汤姆和我妹妹都起不了什么作用。我要是说服不了他们,就只能听其自然,用不着让她去说。一家人争吵是最糟糕的事情,我们说什么也不能吵架。"

第二天早晨,埃德蒙找了个机会劝说两个妹妹,没想到她们像汤姆一样丝毫不爱听他的劝告,一点也不肯接受他的意见,一心一意要寻欢作乐。母亲压根儿不反对他们的计划,他们也丝毫不怕父亲不赞成他们的行为。这么多体面的家庭,这么多的大家闺秀演了戏都没有什么,而他们只是兄弟姊妹加上亲朋好友关起门来演演戏,又不让外人知道,如果认为这也不对,那简直是太谨小慎微了。朱莉娅的确有意表明玛丽亚的情况需要特别谨慎、特别稳重——但这不能要求于她——她是不受任何约束的。而玛丽亚则显然认为,正因为她订了婚,她就更加无拘无束,不用像朱莉娅那样事事需要和父母商量。埃德蒙已不抱什么希望,但仍在继续劝说。恰在这时,亨利·克劳福德刚从牧师住宅赶来,走进屋里,叫道:"我们演戏不缺人了,伯特伦小姐。也不缺演仆从的人——我妹妹求大家赏个脸,把她吸收到戏班子里来,年老的保姆,温顺的女伴,你们不愿演的角色她都乐意演。"

玛丽亚瞥了埃德蒙一眼,意思是说:"你现在还有什么话说?玛丽·克劳福德和我们有同感,你还能说我们不对吗?"埃德蒙哑口无言,心里不得不承认演戏的魅力都会令聪明人着迷。他怀着无限深情,久久地在琢磨她那与人为善、助人为乐的精神。

计划在向前推进。反对是徒劳无益的。他原以为诺里斯姨妈会表示反对,其实他估计错了。大姨妈一向奈何不了大外甥和大外甥女,她刚提出了一点异议,不到五分钟便被他们说服了。事实上,她是非常乐意他们这样干的。根据整个安排,谁都花不了多少钱,她自己更是一个钱也不用花。办事的过程中,免不了要她张罗,显一显她的重要,一想到这里,她心里不禁乐滋滋的。另外,她还会马上沾到一点便宜:她在自己家里已经住了一个月,花的都是自己的钱,现在为了随时给他们帮忙,觉得自己不得不离开自己家,搬到他们家来住。

第十四章

看来，范妮原来的估计比埃德蒙预料的要准确。事实证明，人人满意的剧本的确不好找。木匠接受了任务，测量了尺寸，提议并解决了至少两件难办的事，显然得扩大计划，增加费用。他已经动工了，而剧本还没有确定。其他准备工作也已开始。从北安普敦买来一大卷绿绒布，已由诺里斯太太裁剪好（她精心计划，节省了整整四分之三码），并且已由女仆们做成了幕布，而剧本仍然没有找到。就这样过了两三天，埃德蒙不由得生出一线希望：也许他们永远找不到一个合适的剧本。

谈到剧本问题，要考虑那么多因素，要让那么多人个个都满意，剧中必须有那么多出色的人物，尤其棘手的是，这剧本必须既是悲剧又是喜剧。因此，看来事情是很难解决的，就像年轻气盛的人做任何事一样，总是僵持不下。

主张演悲剧的有两位伯特伦小姐、亨利·克劳福德和耶茨先生；主张演喜剧的是汤姆·伯特伦，但他并非完全孤立，因为玛丽·克劳福德虽说出于礼貌没有公开表态，但显然是想要演喜剧。不过汤姆主意已决,加上他是一家之主,因此似乎也不需要盟友。除了这个不可调和的矛盾外,他们还要求剧中的人物要少,每个人物都非常重要,而且要有三个女主角。所有的优秀剧本都考虑过了,没有一本中意的。无论是《哈姆雷特》《麦克白》《奥赛罗》,还是《道格拉斯》《赌徒》[1],连几个主张演悲剧的人都不满意;而《情敌》《造谣学校》《命运的车轮》《法定继承人》[2],以及许多其他剧本,一个一个地遭到了更加激烈的反对。谁只要提出一个剧本,总有人加以非难,不是这方便是那方总要重复这样几句话:"噢!不行,这戏绝对不能演。我们不要演那些装腔作势的悲剧。人物太多了——剧中没有一个像样的女角色——亲爱的汤姆,随便哪个戏都比这个好。我们找不到那么多人来演——谁也不会演这个角色——从头到尾只是讲粗话逗乐而已。要不是有那些下流角色,这戏也许还可以——如果一定要我发表意见,我一向认为这是一本最平淡无味的英语剧本——我可不想表示反对,倒很乐意助一臂之力,不过我还是觉得选哪个剧本都比这本好。"

范妮在一旁看着、听着,眼见他们一个个全都那么自私,却又程度不同地加以掩饰,不免感到有些好笑,心想不知他们会怎么收场。为了图自己快乐,她倒是希望他们能找到个剧本演演,因为她长这么大连半场戏都没看过,但是从更重要的方面考虑,她又不赞成演。

---

[1] 这都是当时深受欢迎的悲剧,前三部的作者是莎士比亚,《道格拉斯》的作者是约翰·霍姆,《赌徒》的作者是埃德华·莫尔。

[2] 这都是当时流行的喜剧,前两部的作者是英国喜剧家谢立丹,《命运的车轮》的作者是理查德·坎伯兰,《法定继承人》的作者是乔治·科尔曼。

"这样可不行，"汤姆·伯特伦最后说道，"我们这是浪费时间，令人厌恶至极。我们必须定下一个剧本。不管是什么剧本，只要定下来就好。我们不能那么挑剔。多几个人物用不着害怕。我们可以一个人演两个角色。我们得把标准降低一点。如果哪个角色不起眼儿，我们演得好就更显得有本事。从现在起，我可不再作梗了。你们叫我演什么我就演什么，只要是喜剧。我们就演喜剧吧，我只提这一个条件。"

接着，他差不多是第五次提出要演《法定继承人》，唯一拿不定主意的是，他自己究竟是演杜伯利勋爵好，还是演潘格劳斯博士好。他情恳意切地想让别人相信，在他挑剩的人物中，有几个出色的悲剧人物，可是谁也不信他的。

在这番无效的劝说之后，是一阵沉默，而打破沉默的，还是那同一位讲话人。他从桌上那许多剧本中拿起了一本，翻过来一看，突然叫道："《山盟海誓》！雷文肖家能演《山盟海誓》，我们为什么不能演呢？我们怎么一直没想到它呀？我觉得非常适合我们演。你觉得怎么样？两个棒极了的悲剧人物由耶茨和克劳福德演，那个爱作打油诗的男管家就由我来演——如果别人不想演的话——一个无足轻重的角色，不过我倒愿意演这种角色。我刚才说过，我已打定主意叫我演什么我就演什么，并且尽最大努力。至于其他人物，谁愿意演都可以。只有卡斯尔伯爵和安哈尔特。"

这个建议受到了众人的欢迎。事情总这么迟疑不决，大家都感到厌倦了，听到这个建议后，人人都立即意识到，先前提出的那些剧本没有一本像这本这样适合每个人。耶茨先生尤其高兴。他在埃克尔斯福德的时候，就不胜翘企地想演男爵，雷文肖勋爵每次朗诵台词都使他感到嫉妒，他不得不跑到自己房里也从头到尾朗诵一遍。通过演维尔登海姆男爵来大露一手，这是他演戏的最大愿望。他已能背下半数场次的台词，有了这一有利条件，便急不可待地想要扮演这个角色。不过，说句公道话，他并不是非演这个角色不可——他记得弗雷德里克也有一些非常出色的、慷慨激昂的台词，因此他表示同样愿意扮演这个角色。亨利·克劳福德也是哪个角色都愿意演。耶茨先生不论挑剩了哪一个，他都会心满意足地接受，接着两人互相谦让了一番。伯特伦小姐对演剧中的阿加莎甚感兴趣，便主动替他们做裁决。她对耶茨先生说，在分配角色的时候，应该考虑身高和身材的因素，鉴于耶茨先生个子最高，似乎让他演男爵特合适。众人认为她说得很对，两位先生也接受了自己的角色，她为弗雷德里克有了合适的人选而放心了。已有三人给派了角色，另有拉什沃思先生，他总是由玛丽亚做主，什么角色都可以演。朱莉娅和姐姐一样，也想演阿加莎，便以克劳福德小姐为幌子，提出了意见。

"这样做对不在场的人不公平，"她说，"这个剧里女性角色不多。阿米丽亚和阿加莎可以由玛丽亚和我来演，但是你妹妹就没有角色可演了，克劳福德先生。"

克劳福德先生希望大家不要为此事担忧。他认为他妹妹肯定不想演戏，只是希望为大家尽点力，在这出戏里她是不会让大家考虑她的。但是，汤姆·伯特伦立即对此表示反对。他毅然决然地说，阿米丽亚这个角色，如果克劳福德小姐愿意接受的话，从各方面考虑都应该非她莫属。"就像阿加莎要由我的一个妹妹来演一样，"他说，"阿米丽亚理所当然要分派给克劳福德小姐。对于我两个妹妹来说，这也没有什么吃亏的，因为这个角色带有很强的喜剧色彩。"

随即是一阵短暂的沉默。姐妹俩都神色不安，都觉得阿加莎应由自己来演，盼着别人推荐自己。这时候，亨利·克劳福德拿起了剧本，好像漫不经心地翻了翻第一幕，很快便把这件事定下来了。"我要恳请朱莉娅·伯特伦小姐，"他说，"不要演阿加莎，否则我就严肃不起来了。你不能演，的确不能演（说着转向朱莉娅）你装扮成一副悲伤惨淡的面容，我看了会承受不住的。我们在一起总是嘻嘻哈哈的，我怎么也抹不掉这个印象，弗雷德里克只能无奈地背着背包跑下台去。"

这番话说得既谦恭又风趣，但朱莉娅注重的不是说话人的态度，而是这番话的内容。她看到克劳福德先生说话时瞥了玛丽亚一眼，这就证实他们在损害她的利益。这是耍阴谋——搞诡计。她受到了冷落，受抬举的是玛丽亚。玛丽亚极力想压抑她那得意的微笑，足以证明她充分领会这番用意。没等朱莉娅镇静下来开口说话，她哥哥又给了她当头一棒，只听他说："啊！是呀，必须让玛丽亚演阿加莎。玛丽亚是阿加莎的最佳人选。虽然朱莉娅自以为喜欢演悲剧，可我不相信她能演好悲剧。她身上没有一点悲剧的气质。她那样子就不像。她的脸就不是演悲剧的脸，她走路太快，说话太快，总是忍不住笑。她最好演那乡村老太婆，那村民婆子。的确，朱莉娅，你最好演这个角色。你听我说，村民婆子是个很好的角色。这位老太太满腔热情地接替她丈夫所做的善事，非常了不起。你就演这村民婆子吧。"

"村民婆子！"耶茨大声嚷道，"你在说什么呀？那是个最卑微、最低贱、最无聊的角色,平庸至极——自始至终没有一段像样的台词。让你妹妹演这个角色!提这个建议就是一种侮辱。在埃克尔斯福德,是由家庭女教师扮演这个角色的。当时我们大家都一致认为,这个角色不能派给其他任何人。总管先生,请你公正一点。如果你对你戏班子里的人才不能妥当安排,你就不配当这个总管。"

"啊,至于这一点嘛,我的好朋友,在我的戏班子没有演出之前,谁也说不准。不过,我并非有意贬低朱莉娅。我们不能要两个阿加莎,而必须有一个村民婆子。我自己情愿演老管家,这无疑给她树立了一个遇事谦让的榜样。如果说这个角色无足轻重,她能演好就更说明她了不起。如果她坚决不要幽默的东西,那就让她说村民的台词,而不说村民婆子的台词,把角色彻底换一换。我敢说,那村民可是够忧郁、够可悲的了。这对整个戏没什么影响。至于那村民,他的台词改成他妻子的台词后,我还真愿意担当他这个角色。"

"尽管你喜爱村民婆子这个角色,"亨利·克劳福德说,"你也不可能把她说得适合你妹妹演,我们不能因为你妹妹脾气好,就把这个角色强加给她。我们不能硬让她接受这个角色。我们不能欺负她好说话。演阿米丽亚就需要她的天才。阿米丽亚这个人物甚至比阿加莎还难演。我认为整个剧本中,阿米丽亚是最难演的人物。要想把她演得既活泼纯真,而又不过分,那可需要高超的演技,准确的把握。我见过一些优秀的演员都没演好。的确,几乎所有的职业女演员都不善于展示人物的纯真。这需要细腻的情感,而她们却没有。这需要一位大家闺秀来演——需要朱莉娅·伯特伦这样一个人。我想你是愿意承担的吧？"一边带着急切恳求的神情转向朱莉娅，使她心里宽慰了一点。可是，就在她犹豫不决，不知道说什么好的时候，她哥哥又插嘴说，克劳福德小姐更适合演这个角色。

"不行，不行，朱莉娅不能演阿米丽亚。这个角色根本不适合她演。她不会喜欢这个角色。她演不好。她人太高，也太壮。阿米丽亚应该是个娇小、轻盈、带点娇气的、蹦蹦跳跳的人物。这个人物适合克劳福德小姐来演，而且只适合克劳福德小姐来演。她看上去就像这个角色，我相信她会演得惟妙惟肖。"

亨利·克劳福德没有理会这番话，仍在继续恳求朱莉娅。"你一定要帮帮这个忙，"他说，"真的，一定要帮这个忙。你研究了这个人物以后，肯定会觉得适合你演。你可能选择悲剧，不过当然实际情况是：喜剧选择了你。你将挎着一篮子吃的到监狱里来探望我。你不会拒绝到监狱里来探望我吧？我觉得我看见你挎着篮子进来了。"

他的声音产生的威力可以感受得到。朱莉娅动摇了。可他是否只是想安慰安慰她，使她不再介意刚才受到的侮辱呢？她不相信他。他刚才对她的冷落是再明显不过了。也许他是不怀好意地拿她开心。她怀疑地看了看姐姐，从玛丽亚的神情中可以找到答案，如果她感到气恼和吃惊的话——然而玛丽亚一副安详自得的样子，朱莉娅心里很清楚，在这种情况下，除非是她受到捉弄，否则玛丽亚是不会高兴的。因此，她当即勃然大怒，声音颤抖地对亨利·克劳福德说："看来，你并不怕我挎着一篮子吃的进来时你会忍不住笑——虽说别人认为你会忍不住笑的——不过我只有演阿加莎才会有那么大的威力！"她不往下说了——亨利·克劳福德露出傻呆呆的神气，好像不知道说什么是好。汤姆·伯特伦又开口说话了：

"克劳福德小姐一定要演阿米丽亚。她会演得很出色的。"

"不要担心我想演这个角色，"朱莉娅气冲冲地说，"我要是不能演阿加莎，那就肯定什么都不演。至于阿米丽亚，这是世界上我最讨厌的角色。我太厌恶她了。一个唐突无礼、矫揉造作、厚颜无耻、令人作呕的又矮又小的女子。我从来就不喜欢喜剧，而这又是最糟糕的喜剧。"说罢，便匆匆走出房去，使在座的人不止一个感到局促不安，但除了范妮外，谁也不同情她。范妮刚才一直在静静地听，眼见她被嫉妒搅得如此心烦意乱，不禁对她甚为怜悯。

朱莉娅走后，大家沉默了一阵。但是，她哥哥很快又谈起了正事和《山盟海誓》，急切地翻看剧本，在耶茨先生的帮助下，决定需要些什么样的布景。与此同时，玛丽亚和亨利·克劳福德在一起悄悄地说话，玛丽亚开口就声称："本来，我肯定会心甘情愿把这个角色让给朱莉娅的。但是，虽说我可能演不好，可我相信她会演得更糟糕。"毫无疑问，她这番话理所当然地受到了恭维。

这番情景持续了一段时间之后，几个人便散开了，汤姆·伯特伦和耶茨先生一起来到现已改叫"剧场"的那间屋子进一步商量，伯特伦小姐决定亲自到牧师府上邀请克劳福德小姐演阿米丽亚，而范妮则一个人留了下来。

她在孤寂中做的第一件事，就是拿起留在桌上的那本书，看一看他们一直谈论的那个剧本。她的好奇心被逗引起来了，她急不可耐地从头读到了尾，只在吃惊的时候才稍有停顿。她感到惊讶的是，居然选上了这么个剧本——居然有人建议民间剧场演这样的剧，而且居然有人接受！她觉得，阿加莎和阿米丽亚这两个人物完全不适合在家里演，而且各有各的原因——一个的处境，另一个的语言，都不适合稳重的女人来表演。她几乎不敢想象，她的表姐们是否知道她们要演的是什么。埃德蒙肯定会出面劝戒的，她盼望他能尽快使她们醒悟过来。

第十五章

克劳福德小姐非常爽快地接受了分给她的角色。伯特伦小姐从牧师住宅回来后不久,拉什沃思先生就来了,因此又派定了一个角色。他可以在卡斯尔伯爵和安哈尔特之间选一个,起初他不知道演哪个好,便让伯特伦小姐给他出主意。等了解到这是两个不同类型的人物,分清了谁是谁之后,他想起曾在伦敦看过这出戏,并且记得安哈尔特是个蠢货,于是便立即决定演伯爵。伯特伦小姐赞成这一决定,因为让他背的台词越少越好。他希望伯爵和阿加莎能一起出场,对此她并不赞同。他慢吞吞地一页一页翻着书,想找到这样一幕,她在一旁等着很不耐烦。不过,她却很客气地拿过他的台词,把他要讲的话尽量缩短,此外还告诉他,他必须盛装打扮,挑选衣帽领带。拉什沃思先生一听要让他穿戴华丽的服饰,不由得十分高兴,尽管表面上假装瞧不起这些东西。他只顾想着自己盛装之下会是个什么样子,没有去想别人,也没有看出什么问题,又没有感到不快,而玛丽亚对此早有了思想准备。

埃德蒙整个上午都不在家，事情安排到了这一步，而他却一无所知。等他在饭前走进客厅时，汤姆、玛丽亚和耶茨先生还在热烈地讨论。拉什沃思先生兴高采烈地走上前来向他报告这个好消息。

"我们选定了一个剧，"他说，"是《山盟海誓》。我演卡斯尔伯爵，先是穿一身蓝衣服、披一件红缎子斗篷出场，然后再换一身盛装，作为猎装。我不知道我会不会喜欢这身打扮。"

范妮两眼紧盯着埃德蒙，听到这番话，心真为他跳个不停。她看到了他的脸色，也看出了他的心情。

"《山盟海誓》！"他以惊骇万分的口气，只对拉什沃思先生回答了这一句。他转向他哥哥和两个妹妹，好像毫不怀疑会受到反驳似的。

"是的，"耶茨先生大声说道，"我们争论来争论去，最后发现《山盟海誓》最适合我们演，最无可非议。奇怪的是，先前居然没有想到它。我太傻了，我在埃克尔斯福德看到的有利条件，这里全都具备。有人先演过了对我们多有好处啊！我们差不多把所有角色都派好了。"

"小姐们的角色是怎样安排的？"埃德蒙一本正经地说，眼睛望着玛丽亚。

玛丽亚不由得脸红起来，答道："我演雷文肖夫人演的那个角色，（眼神大胆了一点）克劳福德小姐演阿米丽亚。"

"我认为这样的剧本，从我们这些人里是不大容易找到演员的。"埃德蒙答道。他转身走到他妈妈、姨妈和范妮就座的炉火跟前，满面怒容地坐了下来。

拉什沃思先生跟在他身后说:"我出场三次,说话四十二次。还算不错吧?不过我不大喜欢打扮得那么漂亮。我穿一身蓝衣服,披一件红缎子斗篷,会认不出自己来。"

埃德蒙无言以对。过了一会儿,伯特伦先生被叫出屋去,解决木匠提出的问题,耶茨先生陪他一块出去了,随后不久拉什沃思先生也跟了出去。这时埃德蒙立即抓住时机说:"我当着耶茨先生的面不便讲我对这个剧的看法,不然会有损他在埃克尔斯福德的朋友们的名誉——不过,亲爱的玛丽亚,我现在必须告诉你,我认为这个剧极不适合家庭演出,希望你不要参加。我相信,你只要仔细地读一遍,就一定会放弃。你只要把第一幕读给妈妈或姨妈听,看你还会不会赞成。我相信,用不着写信请父亲裁决。"

"我们对事情的看法大不相同,"玛丽亚大声说道,"我告诉你,我对这个剧非常熟悉——当然,只要把剧中很少的几个地方删去,我觉得没有什么不合适的。你会发现,认为这个剧适合家庭演出的年轻女子可不止我一个。"

"我为此感到遗憾,"埃德蒙答道,"不过在这件事情上,领头的应该是你。你应该树立榜样。如果别人犯了错误,你有责任帮他们改正,让他们知道怎样才算文雅端庄。在各种礼节礼仪问题上,你的行为必须对其他人起到表率作用。"

玛丽亚本来最喜欢领导别人,受到这般抬举自然会产生一定效果。于是,她的心情比刚才好多了,回答道:"我非常感谢你,埃德蒙。我知道,你完全是一片好心——不过,我还是觉得你把事情看得太严重了。在这样一件事情上,我真是无法讲大道理把众人训斥一顿。我认为那样做最不合乎礼节规矩。"

"你认为我会产生这样的念头吗?不对——用你的行动来说服他们。你就说,你研究了这个角色,觉得自己演不了。演这个角色要下很大的工夫,要有足够的信心,而你却下不了这么大工夫,也没有足够的信心。只要说得斩钉截铁就行了。头脑清楚的人一听就会明白你的意思。这个剧就会放弃不演了,你的娴雅稳重就会理所应当地受到敬重。"

"亲爱的,不要演有失体统的戏,"伯特伦夫人说,"托马斯爵士会不高兴的。范妮,摇摇铃,我要吃饭了。朱莉娅这时候肯定已经穿戴好了。"

"妈妈,我相信,"埃德蒙没让范妮摇铃,说道,"托马斯爵士会不高兴的。"

"喂,亲爱的,你听见埃德蒙的话了吗?"

"我要是不演这个角色,"玛丽亚重又来了兴头,说道,"朱莉娅肯定会演的。"

"什么!"埃德蒙嚷道,"要是知道你为什么不演了,她还会演呀!"

"噢!她会觉得我们两个不一样——我们的处境不一样——她会觉得她用不着像我一样有所顾忌。我想她一定会这样说的。不行,你得原谅我,我答应的事不能反悔。这是早就说定了的事,我反悔了,大家会大失所望的。汤姆会发怒的。我们要是这样挑剔,那就永远找不到一个能演的剧本。"

"我也正想这么说呢,"诺里斯太太说,"要是见到一个剧本反对一个,那就什么也演不成——白做了那么多准备工作,等于白扔了那么多的钱——那肯定会丢我们大家的脸。我不了解这个剧。不过，正如玛丽亚说的那样，如果剧中有什么过于粗俗的内容（大多数剧本都有点这样的内容），随便删去就行了。我们不能过于刻板，埃德蒙。拉什沃思先生也要参加演出，这就不会有什么问题。我只希望木匠们开工时，汤姆心里有个数，他们做边门可是多用了半天工呀。不过，幕布会做得很好的。女佣们干活很用心，我看可以退回去几十个幕环。没有必要搞得那么密。我想在防止浪费和保证物尽其用上，起点作用。这么多年轻人，总得有个老练沉稳的人在一旁监督。就在今天，我遇到了一件事，我忘了告诉汤姆。我在养鸡场里四下张望，正往外走的时候，你猜我看见了谁？我看见迪克·杰克逊手里拿着两块松木板朝仆人住处门口走去，肯定是送给他爸的。原来他妈碰巧有事打发他给他爸送个信，他爸就叫他给他弄两块板子来，说是非常需要。我明白这是什么意思，因为这时仆人的开饭铃正在丁零当啷响。我不喜欢爱占便宜的人，（杰克逊这家人还就爱占便宜，我常这么说，就是见东西就拿的那种人。）我直截了当地对那孩子说——（你知道，他已经十岁了，长了个傻大个儿，应该知道羞耻了。）'迪克，我把板子给你爸送去，你快点回家去吧。'我想可能是我的话说得很不客气的缘故，他一脸傻相，一句话没说扭头就走了。我敢说，他一时不敢再来大宅里偷东西了。我恨他们这样贪心不足——你们的父亲对他们这家人这么好，整年雇用那个当家的呀！"

谁也没有接她的话。其他人很快都回来了。埃德蒙觉得，他无法制止他们了，唯一可以感到自慰的是，他已经劝说过他们了。

饭桌上的气氛非常沉闷。诺里斯太太把她战胜迪克·杰克逊的事又讲了一遍，但没人提起剧本和准备演出的事。埃德蒙的反对甚至使他哥哥的情绪都受到了影响,尽管他哥哥不肯承认这一点。玛丽亚由于没有亨利·克劳福德在场积极支持她,便觉得还是避开这个话题为好。耶茨先生想尽力讨好朱莉娅,发现一谈到为她不能参加戏班子而感到遗憾,那比什么话题都让她郁郁不乐。而拉什沃思先生呢,虽然心里只想着自己的角色和服装,可是早把这两方面能说的话都唠叨完了。

不过,对演戏的议论只暂停了一两个小时。还有许多问题没有解决,晚饭喝的酒给他们增添了新的勇气,因此,汤姆、玛丽亚和耶茨先生在客厅刚一会齐,便单独围着一张桌子坐下,把剧本摊开在面前,准备深入研究一番。恰在这时,一件求之不得的事情发生了:克劳福德先生和克劳福德小姐走了进来。尽管夜色已浓,天空阴暗,道路泥泞,他们还是忍不住来了,受到了欣幸不已、兴高采烈的欢迎。

寒暄过后,接着便是如下的对话:"喂,你们进行得怎么样了?""你们解决了什么问题?""噢!你们不在我们什么也干不成。"转眼间,亨利·克劳福德和桌子边的那三个人坐在一起,他妹妹走到伯特伦夫人身边,去讨好起她来。"剧本选好了,我真得向夫人您表示祝贺,"她说,"尽管您以堪称典范的度量容忍我们,可是我们吵吵闹闹地争来争去,肯定会让您心烦。剧本定下来了,演戏的人固然会感到高兴,可旁观的人更会感到万分庆幸。夫人,我衷心祝您快乐,还有诺里斯太太,以及所有受到干扰的人。"一边半胆怯、半狡猾地越过范妮瞥了埃德蒙一眼。

伯特伦夫人客客气气地答谢了她,但是埃德蒙一句话也没说。他没有否认他只是一位旁观者。克劳福德小姐和炉子周围的人继续聊了一会儿,便回到桌子周围的那几个人那里,站在他们旁边,似乎在听他们谈论如何安排。这时,她好像突然想起什么似的,大声叫道:"诸位好友,你们在悠然自得地谈论那些农舍和酒店,里面怎么样,外面怎么样——请你们也让我了解一下我的命运吧。谁演安哈尔特?我将有幸和你们哪位先生谈情说爱呀?"

一时没人说话。接着,众人异口同声地告诉她一个可悲的事实:没有人演安哈尔特。"拉什沃思先生演卡斯尔伯爵,还没有人来演安哈尔特。"

"我对角色是有选择余地的,"拉什沃思先生说,"可我觉得我还是更喜欢伯爵——虽说我不大喜欢我要穿的华丽衣服。"

"我认为你的选择非常明智,"克劳福德小姐笑逐颜开地答道,"安哈尔特是个很有分量的角色。"

"伯爵有四十二段台词,"拉什沃思先生回答道,"这可不轻松啊。"

"没有人演安哈尔特,"稍顿了顿之后,克劳福德小姐说道,"我一点也不感到奇怪。阿米丽亚也是命该如此。这么放浪的姑娘,真能把男人都吓跑了。"

"如果可能的话,我很愿意演这个角色,"汤姆嚷道,"可遗憾的是,男管家和安哈尔特是同时出场的。不过,我也不愿意彻底放弃这个角色——我看看有没有什么办法——我再看一看剧本。"

"应该让你弟弟演这个角色,"耶茨低声说道,"你认为他会不肯演吗?"

"我才不去求他呢。"汤姆冷漠而坚决地说。

克劳福德小姐讲了点别的事情,过了不久,她又回到炉边的那些人那里。"他们根本不希望我待在他们那边,"她说着,坐了下来,"我只会让他们迷惑不解,他们还不得不客客气气地应酬我。埃德蒙·伯特伦先生,你自己不参加演出,你的意见会是公正的。因此,我要向你求教。我们怎么处理安哈尔特这个角色?能不能让哪个人同时兼演这个角色呢?你的意见怎么样?"

"我的意见是,"埃德蒙冷静地说,"你们换个剧本。"

"我并不反对,"克劳福德小姐答道,"如果角色配得好——也就是说,如果一切进展顺利的话,我对演阿米丽亚并不特别反感——尽管如此,我还是不愿意给人带来不便——不过,坐在那张桌边的人(回头看了看)他们是不会听你的话的——你的意见是肯定不会被采纳的。"

埃德蒙没有应声。

"如果有哪个角色能让你想演的话,我想就应该是安哈尔特,"稍顿了顿之后,克劳福德小姐调皮地说,"因为你知道,他是个牧师。"

"我绝不会因此而想演这个角色,"埃德蒙答道,"我不愿意因为自己演技不好而把他演成一个可笑的人物。要想把安哈尔特演好,使他不至于成为一个拘谨刻板的布道者,那肯定很不容易。一个人选择了牧师职业,也许最不愿意到台上去演牧师。"

克劳福德小姐哑口无言了。她心头泛起几分愤恨和羞耻感,将椅子使劲向茶桌那边移了移,把注意力全都转向了坐在那里张罗的诺里斯太太。

"范妮,"汤姆从另一张桌边叫道,他们还在那边热烈地开着小会,说话声一直没断,"我们需要你帮忙。"

范妮以为要叫她做什么事，立即站了起来。尽管埃德蒙一再劝告，人们还是没有改掉这样支使范妮的习惯。

"噢！我们不是要你离开座位做什么事，不是要你现在就帮忙。我们只想要你参加演出。你要当村民婆子。"

"我！"范妮叫了一声，满脸惊恐地又坐下了，"你们真的不要强求我。不管怎么说，我是什么都不会演的。不行，我真的不能演。"

"可你真的一定得演，我们不能免了你。你用不着吓成那个样子，这是个无关紧要的角色，一个微不足道的人物，总共才五六段台词，你说的话，即使观众连一句也没听见，都没多大关系。因此你的声音小得像耗子也行，但一定要让你出场。"

"要是五六段台词你都害怕，"拉什沃思先生嚷嚷道，"那叫你演我的角色你该怎么办？我要背四十二段台词。"

"我并不是怕背台词。"范妮说。她惊愕地发现，这时屋里只有她一个人在说话，觉得几乎每双眼睛都在盯着她。"可我真的不会演。"

"会的，会的，你会给我们演好的。你只要记住台词，其他的事情我们教你。你只有两场戏，村民由我演，该上场的时候我领着你上，该往哪里走听我指挥。我保证你会演得很好。"

"真的不行，伯特伦先生，你一定得免了我。你是不了解。我绝对演不了。我要是真去演的话，只会让你们失望。"

"得啦！得啦！别那么忸忸怩怩的。你会演得很好的。我们会充分体谅你的，并不要求你演得十全十美。你要穿一件褐色长裙，扎一条白围裙，戴一顶头巾式女帽，我们给你画几条皱纹，眼角上画一点鱼尾纹，这样一来，你就会很像一个小老太婆了。"

"你们得免了我，真得免了我。"范妮大声说道。她由于过于激动，脸越来越红，苦涩地望着埃德蒙。埃德蒙亲切地看着她，但又怕哥哥生气而不愿介入，只能笑吟吟地鼓励她。范妮的恳求对汤姆丝毫不起作用，他只是把先前说过的话又说一遍。要她演戏的还不只是汤姆一人，玛丽亚、克劳福德先生和耶茨先生都跟着帮腔。他们都在逼迫她，只不过稍微温和一点，稍微客气一点，可是几个人一起逼迫，范妮都快顶不住了。她还没来得及缓过气来，诺里斯太太又加上了最后一棒，她恶狠狠地以故意让人听得见的低语对她说道："屁大的事要费这么大周折。为了这么一件小事，你竟然这样为难你表哥表姐，而他们却待你这么好，我真为你害臊啊！我求你，痛痛快快地接受下来，不要让我们再听着大家絮叨这件事啦。"

"别逼她了，姨妈，"埃德蒙说，"这样逼她是不公平的。你看得出她不喜欢演戏。让她像我们大家一样自己拿主意。我们可以完全相信她是懂得好坏的。不要再逼她了。"

"我不会逼她，"诺里斯太太厉声答道，"不过，她要是不肯做她姨妈、表哥、表姐希望她做的事，我就认为她是个非常倔强、忘恩负义的姑娘——想一想她是个什么人，就知道她真是忘恩负义到了极点。"

埃德蒙气得说不出话来。不过，克劳福德小姐以惊讶的目光看了看诺里斯太太，接着又看了看范妮，只见她两眼泪汪汪的，便立即带刺地说："我不喜欢我这个位置。这地方太热了，我受不了。"说着把椅子搬到桌子对面靠近范妮的地方，一边坐下，一边亲切地低声对她说道:"不要在意,亲爱的普莱斯小姐——这是一个容易动气的晚上,人人都在发脾气,捉弄人——不过,咱们不要去理会他们。"并且十分关切地继续陪她说话,想使她打起精神,尽管她自己情绪低落。她向哥哥递了个眼神,不让那些要演戏的人再勉强范妮了。埃德蒙看到她这样一片好心,很快又恢复了对她已经失去的那点好感。

范妮并不喜欢克劳福德小姐,但克劳福德小姐眼下对她这么好,她又非常感激。克劳福德小姐先是看她的刺绣,说她也能绣这么好就好了,并向她要刺绣的花样。她还猜测说,范妮这是在为进入社交界做准备,因为表姐结婚后,她当然要开始社交活动。接着,克劳福德小姐问她当海军的哥哥最近来信没有,说她很想见见他,并且猜想他是个非常漂亮的青年。她还劝范妮,在她哥哥再次出海之前,找人给他画张像。虽说这都是恭维之词,但范妮又不得不承认,听起来却很悦耳,于是她便不由自主地听着、回答着,而且那样来劲,她真没想到。

演戏的事还在商量之中。还是汤姆·伯特伦先把克劳福德小姐的注意力从范妮身上转移开,他不胜遗憾地告诉她说:他觉得他不可能既演男管家又演安哈尔特;他曾煞费苦心地想同时演这两个角色,但是演不成,只好作罢。"不过,要补这个角色丝毫没有困难,"汤姆补充说,"只要说一声,就有的是人让我们挑选。此时此刻,我可以至少说出六个离我们不出六英里的年轻人,他们会巴不得参加我们的戏班子,其中有一两个是不会辱没我们的。我想奥利弗弟兄俩和查尔斯·马多克斯三个人,随便哪个都可以放心让他去演。汤姆·奥利弗人很聪明,查尔斯·马多克斯很有绅士派头。明天一早我骑马到斯托克一趟,和他们哪个人商定。"

汤姆说这番话的时候,玛丽亚不安地回头看了看埃德蒙。她唯恐埃德蒙会反对把外边的人也拉进来——这违背了他们的初衷。可是埃德蒙没有吭声。克劳福德小姐想了想,冷静地答道:"就我来说,你们大家认为合适的事,我都不会反对。这几个年轻人中有没有我认识的?对啦,查尔斯·马多克斯有一天就曾在我姐姐家吃过饭,是吧,亨利?一个看上去挺沉静的年轻人。我还记得他。如果你愿意,就请他吧。对我来说,总比请一个完全不认识的陌生人要好些。"

于是就决定请查尔斯·马多克斯了。汤姆又说了一遍他决计第二天一早就动身。不过,一直没怎么开口的朱莉娅这时说话了。她先瞥了玛丽亚一眼,又看了埃德蒙一眼,挖苦道:"曼斯菲尔德的戏剧演出要把这整个地区搞得轰轰烈烈啦!"埃德蒙仍然一言不发,只以铁板的面孔来表明他的想法。

"我对我们的戏不抱多大希望,"克劳福德小姐思索了一番之后,低声对范妮说,"我要告诉马多克斯先生,在我们一起排演之前,我要缩短他的一些台词,并且把我的许多台词也缩短。这会很没有意思,完全不符合我原来的期望。"

第十六章

克劳福德小姐的劝慰并不能使范妮真正忘掉所发生的事。到了夜里就寝的时候,她满脑子还在想着晚上的情景:大表哥汤姆在众人面前如此一个劲地逼迫她,这场发难依然使她心有余悸;而大姨妈那顿无情的指责和辱骂依然使她情绪低沉。让人如此颐指气使,说是糟糕透顶的事情还在后头,非要逼着她去演戏,做她做不了的事,接着又骂她固执、忘恩负义,还要影射她寄人篱下,当时真让她感到痛苦不堪;现在只身一人想起这些事的时候,心里不可能好受到哪儿去——她尤其还要担心明天又会重提这件事。克劳福德小姐只是当时保护了她。如果他们再次胁迫她,逼她接受角色(这是汤姆和玛丽亚完全做得出来的),而埃德蒙可能又不在场——她该怎么办呢?她还没找到答案就睡着了,第二天早晨醒来,依然觉得这是个无法解决的难题。她来到姨妈家以后一直住在白色小阁楼里,这里无法使她想出答案。于是她一穿好衣服,便跑去求助于另外一间屋子。这间屋子比较宽敞,更适合踱步与思考,许久以来差不多同样归她所有。这原来是孩子们的教室，后来两位伯特伦小姐不让再把它称作教室，不过做此用场还是又持续了一段时间。先是李小姐住在这里，小姐们在这里读书、写字、聊天、嬉笑，直至三年前李小姐离开她们。随后，这间屋子就没有了用场，有一段时间除了范妮谁也不去。她那个小阁楼地方狭小，没有书架，她把她的花草养在这里，书也放在这里，有时来这里看看花草，取本书。她越来越觉得这里的条件好些，便不断地增添花草和书籍，在里面度过了更多的时光。她就这么自然而然地占用了这间屋子，加上于谁也无碍，如今大家都公认这间屋子是属于她的。从玛丽亚十六岁那年起，这间屋子一直叫作东屋，现在，这间东屋几乎像那间白阁楼一样被明确地视为范妮的房间。鉴于一间屋子太小，再用一间分明是合理的，两位伯特伦小姐出于自身的优越感，住的屋子各方面条件都很优越，因而完全赞成范妮使用那间屋子。诺里斯太太早就发话，这间屋里绝不能为范妮生火，有了这一规定，她倒能听任范妮使用这间谁也不需要的屋子。不过，她有时说起范妮受到的这般优待，听那口气好像是说，这是大宅里最好的一间屋子。

这间屋子的朝向很有利，即使不生炉火，在早春和晚秋季节，对于范妮这样一个容易满足的女孩来说，仍然有许多个上午可以待在这里。但凡有一线阳光射入，即使到了冬天，她也不希望完全离开这间屋子。在她空闲的时候，这间屋子给她带来莫大的安慰。每逢她在楼下遇到不称心的事情，她就可以到这里找点事干，想想心事，当即便能感到慰藉。她养的花草，她买的书——自从她可以支配一个先令的那刻起，她就一直在买书——她的写字台，她为慈善事业做的活，她绣的花，全都伸手可及。如果没有心思做活，只想沉思默想一番，那她在屋中看到的一事一物，没有一样不给她带来愉快的回忆。每一样东西都是她的朋友，或者让她联想到某个朋友。虽然有时候她遭受巨大的痛苦——虽然她的动机常常遭人误解，她的情感别人不加理会，她的见解别人不予重视；虽然她饱尝了专横、嘲笑、冷落给她带来的痛苦，但是每次受到诸如此类的委屈，总有人给她带来安慰。伯特伦姨妈为她说过情，李小姐鼓励过她，而更加常见、更加可贵的是，埃德蒙总替她打抱不平，与她交好。他支持她做的事，解释她的用意，劝她不要哭，或者向她表明他疼爱她，使她破涕为笑——这一切由于时间久远而和谐地交融在一起，致使每一桩痛苦的往事都带上迷人的色彩。这间屋子对她来说无比珍贵。屋里的家具原本就平平常常，后来又受尽了孩子们的糟蹋，但即使用大宅里最精致的家具来换，她也不肯换。屋里主要有这样几件艺术品和装饰：朱莉娅画的一幅已经褪色的脚凳，由于画得不好，不适合挂在客厅；在时兴雕花玻璃的时候为窗子下方三个窗格制作的三块雕花玻璃，中间一块雕的是廷特恩寺，两边一块是意大利的一个洞穴，另一边是坎伯兰的湖上月色；一组家族人物的侧面像，由于挂到哪里都不合适，才挂在这间屋子的壁炉架上方；侧面像旁边的墙上，钉着一张素描，画的是一艘轮船，是四年前威廉从地中海寄来的，画的下方写着H.M.S. Antwerp[1]几个字，字母之大像主桅一样高。

现在范妮就来到了这个安乐窝，试一试它对她那激动不安的心情能否起到抚慰作用——看看埃德蒙的侧面像能否给她一点启

---

[1] （英国）皇家海军舰艇"安特卫普号"。

示,或者给她的天竺葵透透气,看看自己是否也能吸取一点精神力量。但是,她不光为自己的执意不从担起心来,对自己应该怎么办开始感到犹豫不决。她在屋里踱来踱去,越来越感到怀疑。这本是她该对之百依百顺的几个人,如此强烈地要求她、热切地盼望她做一件事,而这件事对他们热衷的计划又是那么至关重要,她居然不肯答应,这样做合适吗?这是不是说明自己心地不善——自私自利——怕自己出丑?埃德蒙不赞成演戏,并说托马斯爵士会反对演戏,这难道能证明她不顾别人的愿望而断然拒绝是正确的吗?她把参加演出看得这么可怕,她有点怀疑自己的顾虑是否正确,是否不夹杂私心杂念。她环顾四周,看到表哥表姐送给自己的一件又一件礼物,越发觉得自己应该感恩图报。两个窗子间的桌子上放满了针线盒和编织盒,主要是汤姆一次次送给她的。她心里在纳闷:收了人家这么多纪念品,该欠下了多少人情。就在她闷头思索该怎样偿还人情时,一阵敲门声把她惊醒了。她轻柔地说了声"请进",应声走进来一个人,就是她遇到疑难问题总要向他请教的那个人。她一见是埃德蒙,眼睛顿时一亮。

"可以和你谈几分钟吗,范妮?"埃德蒙说。

"当然可以。"

"我想向人求教,想听听你的意见。"

"我的意见!"范妮受宠若惊,不由得往后一缩,叫道。

"是的,听听你的意见和建议。我不知道如何是好。你知道,这次的演出计划搞得越来越糟。他们选的剧本已经够糟的了,现在为了凑够角色,又要请一个我们谁都不怎么认识的年轻人来帮忙。这样一来,我们起初所说的家庭演出和合乎规矩全都落空了。我没听说查尔斯·马多克斯有什么不好的，但是让他和我们一起演戏势必引起过分亲密的关系，这是很不合适的。不仅仅是亲密——还会导致亲近随便。我想到这一点就无法容忍——我觉得这件事危害极大，如有可能，必须加以制止。难道你不这样看吗？"

"我也这样看，但是有什么办法呢？你哥哥那么坚决。"

"只有一个办法，范妮。我必须自己来演安哈尔特。我很清楚，别的办法是平息不了汤姆的。"

范妮无言以对。

"我并不喜欢这样做，"埃德蒙接着说，"谁也不喜欢被逼得做出这种反复无常的姿态。大家都知道我从一开始就反对这件事，现在他们在各方面都越出了最初的方案，我却要加入进去，看起来真是荒唐可笑。可是我想不出别的办法。你能想出办法吗，范妮？"

"想不出，"范妮慢吞吞地说，"一下子想不出——不过——"

"不过什么？我知道你的看法和我不一样。仔细想一想吧。以这种方式接受一个年轻人——像一家人一样和我们待在一起——随时有权走进我们的家门——突然间和我们建立了无拘无束的关系，对于这样的关系可能带来的危害以及必然带来的不快，你也许没有我了解得清楚。你只要想一想，每排演一次他就会放肆一次。这有多糟糕啊！你设身处地地替克劳福德小姐想一想，范妮。想一想跟着一个陌生人去演阿米丽亚会是个什么滋味。她有权得到别人的同情，因为她显然觉得大家应该同情她。我听见了她昨天晚上对你讲的话，能理解她不愿意和陌生人一起演戏。她答应演这个角色的时候,很可能另有期望——也许她没有认真考虑这个问题,不知道会出现什么情况。我们在这种情况下让她去活受罪,那也太不义,太不应该了。她的心情应该受到尊重,难道你不这样认为吗,范妮?你在犹豫。"

"我替克劳福德小姐难过。但是,我更替你难过,因为我眼见你给卷了进去,做你原来不肯做的事,而且大家都知道,那也是你认为姨父会反对的事。别人会如何扬扬得意啊!"

"如果他们看到我演得多么糟糕,就不会有多少理由扬扬得意了。不过,肯定会有人扬扬得意,可我就不管谁得意不得意了。如果我能使这件事不要张扬出去,只在有限的范围内丢人现眼,不要搞到放荡不羁的地步,我就觉得很值得了。像我现在这样,什么作用也起不了,什么事也办不成,因为我得罪了他们,他们不肯听我的。但是我这一让步,使他们高兴起来,就有希望说服他们缩小演出的范围,比他们眼下谋求的范围小得多。这个收获就大了。我的目标是把演出限制在拉什沃思太太和格兰特一家人。这样的目标不值得争取吗?"

"是的,这一点是很重要。"

"可你还没表示同意呢。你能不能提出个别的办法,也能让我同样起点作用?"

"提不出,我想不出别的办法。"

"那就赞同我吧,范妮。没有你的赞同,我心里不踏实。"

"噢!表哥。"

"你要是不同意我的意见,我就该怀疑自己的看法了——不过——不过,绝不能让汤姆这样干:骑着马四处去拉人来演戏——不管是谁,只要样子像个绅士,只要愿意来就行。我原以为你会更能体谅克劳福德小姐的心情。"

"她无疑会很高兴。这肯定会让她大大舒一口气。"范妮说道,想表现得更热情一些。

"她昨天晚上对你那么亲切,这是以前从未有过的。因此,我就非得好好地待她。"

"她的确是很亲切。我很高兴能让她别和陌生人……"

范妮没有说完这句宽怀大度的话。她的良心阻止了她,但是埃德蒙已经满足了。

"早饭后我立即去找她,"他说,"肯定会让她很高兴。好啦,亲爱的范妮,我不再打扰你了。你还要读书。可我不对你说说,不拿定主意,心里是不会踏实的。整整一夜,不管是睡着还是醒着,脑子里尽想着这件事。这是件坏事——但是我这样做肯定能减少它的危害。汤姆要是起床了,我就直接去找他,把事情定下来。等到一起吃早饭的时候,我们大家会因为能共同做蠢事而兴高采烈。我想,一会儿你要启程去中国了吧?马戛尔尼勋爵[1]旅途顺利吗?(说着打开桌上的一卷书,接着又拿起了几本。)要是你读大部头巨著读倦了,这里有克雷布的《故事集》[2],还有《懒汉》[3],可以供你消遣。我非常羡慕你这个小小的书库,等我一走,

---

[1] 马戛尔尼勋爵(1737—1806)亦译"马嘎尔尼"。英国外交官,英国首任驻华使节,著有《使华旅行记》,对开本于1796年出版。此处想必是指范妮正在阅读这本书。

[2] 乔治·克雷布(1754—1832),英国诗人,其《故事集》出版于1812年。

[3] 《懒汉》系英国作家、文学评论家、辞书编纂家约翰逊博士(1709—1784)所著的散文集。

你就会忘掉演戏这件无聊的事，舒舒服服地坐在桌边看书。不过，不要在这里待得太久，免得着凉。"

埃德蒙走了。但是，范妮并没有看书，没有去中国，没有平静下来。埃德蒙给她带来了最离奇、最不可思议、最坏的消息，她毫无心思去想别的事情。要去演戏啦！先前还一个劲儿地反对——那样理直气壮，那样尽人皆知！她亲耳听到过他是怎么说的，亲眼看到过他当时的神情，知道他是出自真心。这可能吗？埃德蒙会这样反复无常。他是不是自欺欺人？是不是判断错了？唉！这都怪克劳福德小姐。她发觉克劳福德小姐的每句话对他都有影响，因而感到很苦恼。埃德蒙没来之前，她对自己的行为产生了疑虑和恐惧，刚才听他说话时，这些疑虑和恐惧全给抛到了脑后，现在已变得无足轻重了。更大的烦恼把它们淹没了。事情自会有它的结果，最后怎么样，她已经不在乎了。表哥表姐可以逼她，但总不能缠住她不放。他们拿她没办法。如果最后不得不屈服——没关系——现在已经是凄怆不堪了。

第十七章

对伯特伦先生和玛丽亚来说,这真是大获全胜的一天。能一举战胜埃德蒙的审慎,这超出了他们的期望,使他们万分高兴。再不会有什么事情来干扰他们心爱的计划了。他们感到满意极了,私下喜不自禁地相互祝贺,把这一变化归结为嫉妒心所致。埃德蒙尽可以继续板着脸,说他一般说来不喜欢演戏,特别反对演这出戏,但是他们已经达到了目的。埃德蒙将参加演出,而且完全是受自私的动机所驱使。他从他原先坚守的崇高道德观上跌落下来,他的跌落使他们两个不仅更加快活,而且更加自命不凡。

不过,他们当面对埃德蒙还很客气,除了嘴角上露出几丝微笑外,脸上丝毫没有显出得意的神气,似乎能把查尔斯·马多克斯拒之门外,他们也认为是万幸,好像当初他们并非有意要他来,而是迫不得已。"完全控制在自家人的圈子里来演,这正是我们所希望的。让一个陌生人夹在我们中间,那只会败坏我们的意兴。"埃德蒙趁势表示希望对看戏的人加以限制,他们由于一时得意,对提出的什么要求都满口应承。真是皆大欢喜,令人鼓舞。诺里斯太太主动提出帮他设计服装，耶茨先生向他保证安哈尔特和男爵的最后一场戏要增加场面和分量，拉什沃思先生答应给他查一查他有多少段台词。

"也许，"汤姆说，"范妮现在比较愿意给我们帮忙了。也许你能说服她。"

"不，她非常坚决。她肯定不会演。"

"啊！好呀。"汤姆再没说什么。不过，范妮感到自己又有危险了。她原来将这危险置之度外，现在又为之担起心来。

埃德蒙改变态度之后，牧师府像庄园一样一片欢笑。克劳福德小姐笑得非常迷人，又立即兴高采烈地参加到这件事情中来，这对埃德蒙只能产生一个效果。"我尊重这样的情感无疑是正确的，我很高兴做出了这样的决定。"这天上午是在快活中度过的，这快活虽然不是十分酣畅，却也颇为甜蜜。这也给范妮带来一个好处。应克劳福德小姐的恳求，素来好性子的格兰特太太答应扮演他们要范妮扮演的角色——这一天中，只有这一件事能让她范妮开心。即使是这件事，等埃德蒙传达给她的时候，也给她带来了痛苦，因为这件事还多亏了克劳福德小姐，她得感谢克劳福德小姐好心相助，埃德蒙对她这份功劳赞赏不已。她平安无事了，但是平安无事并未使她心情平静。她的心情从未这样不平静。她觉得自己并没做错事，但是除此之外，她对什么都感到不安。她从理智到情感，都反对埃德蒙所做的决定。她不能原谅他说变就变，他这一变倒高兴了，却害得她不好受。她心里充满了嫉妒和不安。克劳福德小姐满面春风地走来，她觉得这是对她的侮辱；克劳福德小姐亲切地跟她说话，她却不能平心静气地回答她。她周围的人，个个又高兴又忙碌，又顺心又神气，人人都有自己关注的目标，自己的角色，自己的服装，自己心爱的场面，自己的朋友和盟友，人人都在议论，都在商讨，或者从嬉戏调笑中寻求开心。只有她一人闷闷不乐，无足轻重。什么事情都没有她的份儿，她可以走开也可以留下，可以置身于喧闹之中，也可以回到寂静的东屋，没人会注意她，也没人会牵挂她。她觉得，简直没有比这更糟糕的境况了。格兰特太太成了显要人物：大家称赞她为人和蔼可亲——尊重她的情趣喜好和审时度势——凡事需要她到场——大家向她求教，围着她转，夸奖她。刚一开始，范妮几乎要嫉妒她所承担的角色，但经过仔细考虑，她心里好受了一些，觉得格兰特太太是值得受人尊敬的，而她自己是绝不会受到这样的尊敬的。她即使受到最大程度的尊敬，也绝不会心安理得地参加演出，因为只要想到她姨父，她就会觉得这戏根本不该演。

在众人当中，心头沉重的绝非范妮一人，范妮本人很快也意识到了这一点。朱莉娅也在伤心，不过她不是无辜地伤心。

亨利·克劳福德玩弄了她的感情，但她为了和姐姐争风吃醋，曾长期容许，甚至逗引他向她献殷勤。这种争风吃醋本是可以理解的，她们也应该因此抑制自己的感情。现在她总算看清楚了，克劳福德先生看上的是玛丽亚。她接受了这一现实，既没有对玛丽亚的境遇感到惊愕，也没有努力靠理智使自己平静下来。她不是阴沉沉地坐在那里一言不发，始终板着面孔，什么也无法让她开心，什么也不想打听，对什么俏皮话都无动于衷，便是听任耶茨先生向她献殷勤，对他一个人强颜欢笑，讥笑别人的表演。

亨利·克劳福德得罪了朱莉娅后的一两天，他力求消除隔阂，照常讨好朱莉娅,向她献殷勤。不过,他也没有太在意这件事,碰了几次钉子便也不再坚持。过了不久,他就忙着演戏,没有工夫再去调情了。他慢慢把这次争吵置之度外,甚至认为这是一桩好事,于是很快便悄然终止了人们可能产生的一种期待;而可能产生这种期待的,还不仅仅是格兰特太太一个人。格兰特太太看到朱莉娅被排除在剧组之外,无人理会地坐在一边,她心里感到不快。不过,这件事与她的幸福没有什么关系,应该由亨利自己做主,而亨利带着至诚可信的微笑对她说过,他和朱莉娅谁对谁都不曾认真动过心思。因此,她只是把朱莉娅的姐姐已经订婚的事向他重提一遍,求他不要过分倾心于她,以免自寻烦恼。接着,她便高高兴兴地去参加能给诸位年轻人,特别是能给她特别亲近的两位年轻人带来快乐的各种活动。

"我感到很奇怪,朱莉娅怎么没有爱上亨利。"她对玛丽说。

"我敢说她爱上亨利了,"玛丽冷冷地答道,"我认为姐妹俩都爱他。"

"姐妹俩都爱!不,不,可不能出这样的事。可别给他露这个口风。要为拉什沃思先生着想。"

"你最好叫伯特伦小姐为拉什沃思先生着想。这样做会对她有好处。我经常琢磨拉什沃思先生的那份财产、那笔充裕的收入,心想换一个主人该有多好——可我从没往他身上想。一个人有这么多的资产就可以做一个郡的代表,不用从事任何职业就可以代表一个郡。"

"我想他很快就会进入国会。托马斯爵士回来后,我敢说他会当上某个市镇的代表,不过现在还没有人支持他。"

"托马斯爵士回来后会做成一桩桩大事的,"顿了一会儿之后,玛丽说道,"你记得霍金斯·布朗[1]模仿蒲柏写的《烟草歌》吗?

　　神圣的树叶啊!你芬芳的气息能使
　　圣殿的骑士彬彬有礼,教区的牧师头脑清晰。

我来个戏仿:

　　神圣的爵士啊!你那威严的神情能使
　　儿女们个个丰衣足食,拉什沃思头脑清晰。

难道不合适吗,格兰特太太?好像什么事情都要取决于托马斯爵士回来。"

"告诉你吧,你要是看见他和家人在一起,就会意识到他的威望完全是正当的、合理的。我认为,我们要是没有他,情况就不会这么好。他举止优雅庄重,适合做这种人家的户主,让家人个个规规矩矩。现在比起他在家的时候,伯特伦夫人说话更没人听了,除了托马斯爵士,谁也管不住诺里斯太太。不过,玛丽,不要以为玛丽亚·伯特伦喜欢亨利。我知道朱莉娅没有看上他,不然的话,她昨天晚上就不会和耶茨先生调情。虽然玛丽亚和亨利是很好的朋友,但我觉得她非常喜欢索瑟顿,因此不会变心的。"

"在没有正式订婚之前,如果让亨利插在中间,我看拉什沃思

---

[1] 艾萨克·霍金斯·布朗(1705—1760),英国诗人,以妙语连珠著称。

先生就不会有多大希望。"

"既然你有这样的猜疑,那就得采取点措施,等演完戏以后,我们就和亨利正经地谈一谈,问问他到底是怎么想的。如果他根本无意,我们即使舍不得放他走,也要打发他上别处住上一段时间。"

不过,朱莉娅的心里的确是痛苦的,只不过格兰特太太没有看出来,家里的其他人也没察觉罢了。她爱上了亨利·克劳福德,现在依然爱着他。她那热切而又失去理性的希望破灭后,她深感自己受尽虐待,只是由于脾气暴烈,性情高傲,才能强忍下这百般痛苦。她心里悲愤交加,只能靠发泄愤怒寻求安慰。姐姐本来和她处得挺好,现在却成了她最大的敌人。两人已经彼此疏远了。朱莉娅希望还在谈情说爱的两个人没有个好下场,希望玛丽亚这种对自己、对拉什沃思先生都极为可耻的行为受到应有的惩罚。这姐妹俩在没有利害冲突的时候,倒还能不闹意气,没有意见分歧,因而彼此还非常要好。现在遇到了这样的考验,却都把感情抛到了一边,也忘了为人之道,彼此狠起心来,不讲道理,连脸面和情面都不要了。玛丽亚得意扬扬,继续追逐她的目标,全然不把朱莉娅放在心上。朱莉娅一看到亨利·克劳福德对玛丽亚献殷勤,就巴不得他们会引起嫉妒,最后酿成一场轩然大波。

朱莉娅的这种心理,范妮大体上能理解,也予以同情。不过,她们两人表面上没有什么交情。朱莉娅不主动搭理,范妮也不敢冒昧。她们各有各自的辛酸,只是范妮心里把两人联在了一起。

两位哥哥和大姨妈对朱莉娅的烦恼不闻不问,对那烦恼的真正原因视而不见,那是因为他们已经心无余力。他们都在全神贯注于别的事情。汤姆一心扑在演戏上,与此无关的事一概看不见。埃德蒙既要琢磨他所扮演的角色,又要盘算他真正的角色;既要考虑克劳福德小姐的要求,又要顾及他自己的行为;既要谈情说爱,又要遵循行为准则,因此同样注意不到身边的一切。诺里斯太太忙着为剧组筹划,指导种种细小事务,本着节俭的原则监督各种服装的制作,尽管没人因此感激她,她还是为远在海外的托马斯爵士这里省半克朗,那里省半克朗,觉得自己为人清廉而沾沾自喜。她自然没有闲暇去注意他那两个女儿的行为,关心她们的幸福。

第十八章

现在,一切都进展顺利:剧场在布置,演员在练习,服装在赶制。但是,虽然没有遇到什么大问题,范妮没过多久就发现,班子里的人并不是一直都高高兴兴。她起初看到他们全都兴高采烈的,简直有些受不了,可这种局面没有持续下去。他们一个个都有了自己的烦恼。埃德蒙就有许多烦心事。他们根本不听从他的意见,就从伦敦请来一个绘景师,已经开始工作,这就大大增加了开支,而且更糟糕的是,事情闹得沸沸扬扬。他哥哥没有遵照他的意见私下排演,反倒向与他有来往的每家人都发出了邀请。汤姆还为绘景师进度慢而感到焦躁,等得很不耐烦。他早就背熟了他的角色的台词——应该说他所有角色的台词——因为他把能与男管家合并的小角色全都承担了下来,因此,他迫不及待地想演出了。这样无所事事地每过一天,他会越发觉得他所担任的角色全都没有意思,后悔怎么没选个别的戏。

范妮总是谦恭有礼地听别人讲话,加上那些人身边往往只有她一个听他们说话,因此他们差不多都要向她抱怨诉苦。她就听说：大家都认为耶茨先生大声嚷嚷起来非常可怕；耶茨先生对亨利·克劳福德感到失望；汤姆·伯特伦说话太快，台下会听不懂；格兰特太太爱笑，煞尽了风景；埃德蒙还没有背会他的台词；拉什沃思先生处处让人为难，每次开口都得给他提台词。她还听说，可怜的拉什沃思先生很难找到人和他一起排练；而他呢，也会向她诉苦，向其他人诉苦。她两眼看得分明，表姐玛丽亚在躲避他，并且没有必要地常和克劳福德先生一起排演他俩共演的第一场，因此她马上又担心拉什沃思先生会有别的抱怨。她发现，那群人远不是人人满意、个个高兴，而都想得到点自己没有的东西，并给别人带来不快。每个人不是嫌自己的戏长就是嫌自己的戏短，谁都不能按时到场，谁都不去记自己从哪边出场——一个个只知埋怨别人，谁也不肯服从指导。

范妮虽然不参加演出，却觉得自己从中获得了同样的乐趣。亨利·克劳福德演得很好，范妮悄悄走进剧场观看排练第一幕，尽管她对玛丽亚的某些台词有些反感，她还是感到很愉快。她觉得玛丽亚也演得很好——太好了。经过一两次排练之后，观众席上只剩下范妮一个人，有时给演员提词，有时在一边旁观——常常很有用处。在她看来，克劳福德先生绝对是最好的演员：他比埃德蒙有信心，比汤姆有判断力，比耶茨先生有天赋和鉴赏力。她不喜欢他这个人，但不得不承认他是最好的演员。在这一点上，没有多少人跟她看法不同。不错，耶茨先生对他有看法，说他演得枯燥乏味——终于有一天，拉什沃思先生满脸阴沉地转过身对她说："你觉得他有哪点演得好的？说实话，我不欣赏他。咱俩私下说句话，这样一个又矮又小、其貌不扬的人被捧成好演员，我觉得实在令人好笑。"

从这时起,他以前的嫉妒心又复发了。玛丽亚由于比以前更想得到克劳福德,也就不去管他嫉妒不嫉妒。这样一来,拉什沃思先生那四十二段台词就更难背熟了。除了他妈妈以外,谁也不指望他能把台词背得像个样——而他那个妈妈,甚至认为她儿子应该演个更重要的角色。她要等多排练一阵之后才来到曼斯菲尔德,好把她儿子要演的每一场都看一看。但其他人都只希望他能记住上场的接头语,记住他每段台词的头一句,其余的话能提一句说一句。范妮心肠软,怜悯他,花了很大力气教他背,尽可能从各方面帮助他,启发他,想变着法子帮他记忆,结果她把他的每句台词都背会了,而他却没有多大长进。

她心里的确有许多不安、焦灼、忧心的想法。但是有这么多事,而且还有其他事要她操心,要她花工夫,她觉得自己在他们中间绝不是无事可干,没有用处,绝不是一个人坐立不安,也绝不是没有人要占用她的闲暇,求得她的怜悯。她原先担心自己会在忧郁中度日,结果发现并非如此。她偶尔对大家都有用处,她心里也许和大家一样平静。

而且,有许多针线活需要她帮忙。诺里斯太太觉得她跟大家一样过得挺快活,这从她的话里可以听得出来。"来,范妮,"她叫道,"这些天你倒挺快活的。不过,你不要总是这样自由自在地从这间屋子走到那间屋子,尽在一旁看热闹。我这儿需要你。我一直在累死累活地干,人都快站不住了,就想用这点缎子给拉什沃思先生做个斗篷,我看你可以给我帮个忙拼凑拼凑。只有三条缝,你一下子就能缝好。我要是光管管事,那就算运气了。我可以告诉你，你是最快活不过了。要是人人都像你这么清闲，我们的进展不会很快。"

范妮也不想为自己辩护，一声不响地把活接了过来，不过她那位比较心善的伯特伦姨妈替她说话了。

"姐姐，范妮应该觉得快活，这也没什么好奇怪的。你知道，她从没见过这样的场面。你和我以前都喜欢看演戏——我现在还喜欢看。一等到稍微闲一点，我也要进去看看他们排练。范妮，这出戏是讲什么的？你可从没给我说过呀。"

"噢！妹妹，请你现在不要问她。范妮可不是那种嘴里说话手里还能干活的人。那戏讲的是情人的誓言。"

"我想，"范妮对伯特伦姨妈说，"明天晚上要排练三幕，你可以一下子看到所有的演员。"

"你最好等幕布挂上以后再去，"诺里斯太太插嘴说，"再过一两天幕布就挂好了。演戏没有幕布没有看头——我敢肯定，幕布一拉就会呈现非常漂亮的褶子。"

伯特伦夫人似乎很愿意等待。范妮可不像姨妈那样处之泰然。她很关切明天的排练。如果明天排练三幕，埃德蒙和克劳福德小姐就要第一次同台演出。第三幕有一场是他们两人的戏，范妮特别关注这场戏，既想看又怕看他们两人是怎么演的。整个主题就是谈情说爱——男的大讲建立在爱情基础上的婚姻，女的差不多在倾诉爱情。

范妮满怀苦涩、满怀惶惑的心情，把这一场读了一遍又一遍，揪心地想着这件事，就等着看他们演出，忍不住要看个究竟。她相信他们还没有排练过，也没在私下排练过。

第二天来到了，晚上的计划持续不变。范妮一想到晚上的排练，心里依然焦躁不安。在大姨妈的指挥下，她勤勤勉勉地做着活，但是勤勉不语掩饰了她的心神不安和心不在焉。快到中午的时候，她拿着针线活逃回了东屋，因为她听到亨利·克劳福德提出要排练第一幕，而她对此不感兴趣，觉得完全没有必要再去排练这一幕，她只想一个人清静清静，同时也避免看到拉什沃思先生。她经过门厅的时候，看到两位女士从牧师住宅走来，这时她仍然没有改变要回房躲避的念头。她在东屋一边做活，一边沉思，周围没有任何干扰，就这样过了一刻钟，只听有人轻轻敲门，随即克劳福德小姐进来了。

"我没走错门吧？没错，这就是东屋。亲爱的普莱斯小姐，请你原谅，我是特意来求你帮忙的。"

范妮大为惊讶，不过为了显示自己是屋主人，还是客气了一番，随即又不好意思地望望空炉栅上发亮的铁条。

"谢谢你——我觉得挺暖和，挺暖和。请允许我在这儿待一会儿，给我帮帮忙，听我背第三幕台词。我把剧本带来了，你要是愿意和我一起排练，我会不胜感激！我今天到这儿来，本想和埃德蒙一起排练的——我们自己先练练——为晚上做个准备，可我没碰到他。即使碰到他，我恐怕也不好意思和他一起练，直等到我把脸皮练厚一点，因为那里面真有一两段——你会帮助我的，对吧？"

范妮非常客气地答应了，不过语气不是很坚定。

"你有没有看过我所说的那一段？"克劳福德小姐一边接着说，一边打开剧本，"就在这儿。起初我觉得没什么了不起的——可是，说实在话——瞧，你看看这段话，还有这段，还有这段。我怎么能两眼瞅着他说出这样的话来？你说得出吗？不过他是你表哥，这就大不一样了。你一定要和我练一练，我好把你想象成他，慢慢习惯起来。你的神情有时候真像他。"

"我像吗？我非常乐意尽力而为——不过我只能念，很少有能背出来的。"

"我想全都背不出来吧。当然要给你剧本。现在就开始吧。我们身边要有两把椅子，你好往台子前面拿。那儿有——用来上课倒挺好，可能不大适合演戏。比较适合小姑娘坐在上边踢腾着脚学习功课。你们的家庭女教师和你姨父要是看到我们用这椅子来演戏，不知道会说什么？托马斯爵士要是这当儿看见了我们，一定会为之愕然，我们把他家到处变成了排练场。耶茨在餐厅里大喊大叫。我是上楼时听见的，占着剧场的肯定是那两个不知疲倦的排练者：阿加莎和弗雷德里克。他们要是演不好，那才怪呢。顺便告诉你，我五分钟前进去看他们，恰好他们在克制自己不要拥抱，拉什沃思先生就在我身边。我觉得他脸色不对，就想尽量把事情岔开，低声对他说：'我们将有一个很棒的阿加莎，她的一举一动很有几分母性的韵味，她的声音和神情更是母性韵味十足。'我表现得不错吧？他一下子高兴起来。现在练我的独白吧。"

克劳福德小姐开始了。范妮帮她练的时候，一想到自己代表埃德蒙，便不禁变得稳重起来，但她的神情、声音完全是女性的，因而不是个很好的男人形象。不过，面对这样一个安哈尔特，克劳福德小姐倒也挺有勇气，两人刚练完半场，听到有人敲门，便停了下来。转眼间，埃德蒙进来了，排练完全停止了。

这次不期而遇使得三人个个又惊又喜,还有些拘谨。埃德蒙来这里的目的和克劳福德小姐完全一样,因此他们俩的喜悦和拘谨是不会转瞬即逝的。他也带着剧本来找范妮,要她陪他先演练一下,帮他为晚上的排练做准备,却没想到克劳福德小姐就在大宅里。两人就这样碰到了一起——互相介绍了自己的计划——同声赞扬范妮好心帮忙,真是高兴之至,兴奋不已。

范妮可没有他们那样的兴致。在他们兴高采烈之际,她的情绪却低落下来。她觉得对他们俩来说,她变得近乎微不足道了,尽管他们都是来找她的,她并不因此感到安慰。他们现在要一起排练了。埃德蒙先提出来,又敦促,又恳求——小姐起初并非很不愿意,后来也就不再拒绝——范妮的用处只是给他们提提词,看他们排练。那两人还真给她赋予了在一旁评判、提意见的使命,恳切地希望她行使职权,给他们指出每一个缺点。但她对此抱有一种畏怯心理,还不能、不愿,也不敢这样做。即使她有资格提意见,她的良心也不让她贸然提出批评。她觉得这件事整个让她心里不是滋味,具体的意见不会客观可靠。给他们提提词已经够她干的了,有时候她还未必能干得好,因为她不能时时刻刻都把心用在剧本上。她看他们排练的时候会走神。眼见埃德蒙越来越起劲,她感到焦灼不安,有一次正当他需要提词的时候,她却把剧本合了起来,转过身去。她解释说是疲倦的缘故,这倒是个很正当的理由。他们感谢她,怜悯她。但是,他们怎么也猜不到她该得到他们多大的怜悯。这一场终于练完了,那两人互相夸奖,范妮也强打精神把两人都称赞了一番。等那两人走后,她把前后的情景想了想,觉得他们演得情真意切,肯定会博得好评,但会给她带来巨大的痛苦。不论结果如何,那一天她还得再忍受一次这沉重的打击。

晚上肯定要进行前三幕的第一次正规排练。格兰特太太、克劳福德兄妹已经约定吃过晚饭就尽快来参加,其他有关的人也急切地盼着晚上到来。这期间,人们似乎个个喜笑颜开。汤姆为大功即将告成而高兴,埃德蒙因为上午的那场练习而兴高采烈,人们心里的小小烦恼似乎一扫而光。人人都急不可待,女士们马上就起身了,男士们也立即跟上去,除了伯特伦夫人、诺里斯太太和朱莉娅以外,都提前来到了剧场。这时蜡烛点燃了,照亮了尚未竣工的舞台,就等格兰特太太和克劳福德兄妹到来,排练就要开始。

没等多久克劳福德兄妹就来了,但格兰特太太却没露面。她来不成了。格兰特博士说他不舒服,不放他太太来,可他那漂亮的小姨子不相信他有什么病。

"格兰特博士病了,"克劳福德小姐装出一副一本正经的样子说道,"他一直不舒服,今天的野鸡一点也没吃。他说没烧烂——把盘子推到了一边——一直不舒服。"

真煞风景啊!格兰特太太来不了真令人遗憾。她那讨人喜欢的仪态与随和快乐的性情一向使她深受众人欢迎——今天更是绝对离不开她。她不来,大家就演不好,排练不好。整个晚上的乐趣会丧失殆尽。怎么办呢?汤姆是演村民的,一筹莫展。惶惑了一阵之后,有几双眼睛转向范妮,有一两个人说:"不知道普莱斯小姐肯不肯给念念她那个角色的台词。"顿时,恳求声从四面八方袭来,人人都在求她,连埃德蒙都说:"来吧,范妮,如果你不觉得很反感的话。"

但范妮仍然踌躇不前。她不敢想象这样的事。他们为什么不去求克劳福德小姐呢?她明知自己房里最安全,为什么不早点回房去,却要来看排练?她早就知道来这里看排练会上火生气——早就知道自己不该来。她现在是活该受惩罚。

"你只要念念台词就行了。"亨利·克劳福德又一次恳求说。

"我相信她会背每一句话,"玛丽亚补充说,"那天她纠正了格兰特太太二十处错误。范妮,我想你肯定背得出这个角色的台词。"

范妮不敢说她背不出——大家都在执意恳求——埃德蒙又求了她一次,而且带着亲切依赖的神情,相信她会玉成此事。这时她不得不服从,只好尽力而为。大家都满意了,一个个都在准备开始,而她那颗心还在惶恐地急剧跳动。

排练正式开始了。大家只顾得闹哄哄地演戏,没注意从大宅的另一端传来一阵不寻常的嘈杂声。接着,门豁地开了,朱莉娅立在门口,大惊失色地嚷道:"父亲回来了!眼下就在门厅里。"

父亲回来了!

第 二 卷

第一章

该如何描述这群人惊恐失措的狼狈相呢?对大多数人来说,这是个惊骇万分的时刻。托马斯爵士已回到了家里!大家立即对此深信不疑。谁也不会认为这是讹诈或误传。从朱莉娅的表情可以看出,这是无可辩驳的事实。经过最初的张皇惊叫之后,有半分钟光景大家都一声不响,个个吓得脸蛋变了样,直瞪瞪地盯着别人,几乎人人都觉得这次打击真是太糟糕,太可怕,来得太不是时候!耶茨先生也许认为只不过是晚上的排练给令人恼火地打断了,拉什沃思先生或许认为这是幸事,但是其他人却个个沮丧,都有几分自咎之感,或莫名的惊恐。这些人都在盘算:"我们会落个什么下场呢?现在该怎么办?"一阵可怕的沉默。与此同时,每个人都听到了开门声和脚步声,足以证明大事不好,越发感到心惊胆战。

朱莉娅是第一个挪动脚步,第一个开口说话的。嫉妒和愤懑之情暂时搁置起来,共患难中又收起了自私之心。但是,就在她来到门口的时候,弗雷德里克正在情意绵绵地倾听阿加莎的告白,把她的手压在他的心口。朱莉娅一见到这个场面，见到尽管她已宣布了这可怕的消息，弗雷德里克仍然保持原来的姿势，抓着她姐姐的手不放，她那颗受到伤害的心又给刺痛了，刚才吓白了的脸又气得通红，她转身走出房去，嘴里说："我才用不着害怕见他呢。"

她这一走，众人如梦方醒。那兄弟俩同时走上前来，觉得得做点什么。他们之间只需几句话就足够了。这件事不容再有什么分歧：他们必须马上到客厅里去。玛丽亚抱着同样的想法跟他们一起去，而且此刻三人中数她最有勇气。原来，刚才把朱莉娅气走的那个场面，现在对她倒是最惬意的支持。在这样一个时刻，一个面对特殊考验的重要时刻，亨利·克劳福德依然握着她的手不放，足以打消她长期以来的怀疑和忧虑。她觉得这是忠贞不渝的证明，不由得心花怒放，连父亲也不怕去见了。他们只顾往外走，拉什沃思先生反复问他们："我也去吗？我是不是最好也去？我也去是否合适？"他们理也不理。不过，他们刚走出门去，亨利·克劳福德便来回答他急迫的发问，鼓动他一定要赶紧去向托马斯爵士表示敬意，于是他便喜滋滋、急匆匆地跟着出了门。

这时，剧场里只剩下了范妮，还有克劳福德兄妹和耶茨先生。表哥、表姐全然不管她，她自己也不敢奢望托马斯爵士对她会像对自己的孩子们一样疼爱，因此她也乐于留在后面，定一定心。尽管事情全不怪她，但她禀性耿直，比其他人还要忐忑不安，提心吊胆。她快要昏过去了。她过去对姨父一贯的畏惧感又复原了；与此同时，让他眼见着这般局面，她又同情他，也同情几乎所有这些人——而对埃德蒙的忧虑更是无法形容。她找了个座位，心里尽转着这些可怕的念头，浑身直打哆嗦。而那三人此时已无所顾忌，发起牢骚来，埋怨托马斯爵士这么早就不期而归，真是一件倒霉透顶的事。他们毫不怜悯这可怜的人，恨不得他在路上多花一倍时间，或者还没离开安提瓜。

克劳福德兄妹俩比耶茨先生更了解这家人，更清楚爵士这一归来会造成什么危害，因此一谈起这件事来，也就更加激愤。他们知道戏是肯定演不成了，觉得他们的计划马上就会彻底告吹。而耶茨先生却认为这只是暂时中断，只是晚上的一场灾难而已。他甚至觉得等喝完了茶，迎接托马斯爵士的忙乱场面结束后，他可以悠闲自得地观赏时，还可以继续排练。克劳福德兄妹俩听了不禁大笑。两人很快就商定，现在最好悄悄走掉，让这家人自己去折腾。他们还建议耶茨先生随他们一起回家，在牧师住宅消磨一个晚上。可是耶茨先生过去交往的人中，没有一个把听父母的话或家人之间要赤诚当作一回事，因而也就看不出有溜之大吉的必要。于是，他谢了他们，说道："我还是不走为好，既然老先生回来了，我要大大方方地向他表示敬意。再说，我们都溜走了也是对人家的失礼。"

范妮刚刚镇定了一些，觉得继续待在这里似乎有些失敬。这时，她把这个问题想清楚了。那兄妹俩又托她代为表示歉意，她便在他们准备离去之际走出房去，去履行面见姨父的可怕使命。

好像一眨眼工夫，她就来到了客厅门口。她在门外停了停，想给自己鼓鼓勇气，但她知道勇气是来不了的。她硬着头皮开了门，客厅里的灯火以及那一家人，豁然出现在她眼前。她走进屋来，听见有人提到自己的名字。这时，托马斯爵士正在四下环顾，问道:"范妮呢?我怎么没看见我的小范妮?"等一看到她,便朝她走去,那个亲切劲儿,真叫她受宠若惊、刻骨铭心。他管她叫亲爱的范妮,亲切地吻她,喜不自禁地说她长了好高啊!范妮说不清自己心里是什么滋味,眼也不知道往哪里看是好。她真是百感交集。托马斯爵士从没这么亲切过,从没对她这样亲切过。他的态度好像变了,由于欣喜激动的缘故,说起话来也不慢声慢气了,过去那可怕的威严似乎不见了,变得慈祥起来了。他把范妮领到灯光跟前,又一次端详她——特意问了问她身体可好,接着又自我纠正说,他实在没有必要问,因为她的外表可以充分说明问题。范妮先前那张苍白的脸上这时泛起了艳丽的红晕,托马斯爵士的看法一点也不错,她不仅益发健康,而且出落得越来越美了。接着爵士又问起她家人的情况,特别问起威廉的情况。姨父这么和蔼可亲,范妮责备自己以前为什么不爱他,还把他从海外归来视为不幸。她鼓起勇气抬眼望着他的脸,发现他比以前瘦了,由于劳累和热带气候的缘故,人变黑了,也憔悴了。这时,她心里更是怜惜不已,并且想起来真替他难过:还不知道有多少意想不到的烦心事要冲他扑来。

一家人按照托马斯爵士的吩咐围着炉火坐下,托马斯爵士还真成了大家活力的源泉。他最有权利滔滔不绝。久离家园,现在又回到家中,回到妻子儿女中间,心里一兴奋,也就特别爱说话。他想把自己漂洋过海的一桩桩见闻都讲给大家听,乐于回答两个儿子提出的每个问题,几乎是不等提问就回答。他在安提瓜的事情后来办得顺利快当,他没等着坐班轮,而是趁机搭乘一条私人轮船去了利物浦,然后直接从利物浦回到家。他坐在伯特伦夫人身边，怀着由衷的喜悦，环视着周围的一张张面庞，一股脑儿讲述了他办的大大小小的事情，他来来去去的行踪——不过，在讲述的过程中，他不止一次地夹上两句：尽管他事先没有通知，但回来后看到一家人都在这里，真是感到幸运——他在路上虽然盼望如此，但又不敢抱这样的希望。他也没有忘记拉什沃思先生，先是非常友好地接待他，跟他热情地握手，现在又对他特意关照，把他看作是与曼斯菲尔德关系最密切的亲朋之一。拉什沃思先生的外表没有令人生厌的地方，托马斯爵士已经喜欢上他了。

这一圈人里，没有一个人像伯特伦夫人那样自始至终带着不折不扣的喜悦，倾听丈夫讲述他的经历。她看到丈夫回来真是高兴至极。丈夫的突然归来使她心花怒放，二十年来都几乎不曾这样激动过。头几分钟，她激动得几乎不知如何是好，随后依然十分兴奋，但能清醒地收起针线活，推开身边的叭儿狗，把沙发上余下的地方全腾给丈夫，并把注意力也全集中到丈夫身上。她不为任何人担忧，不会给她的愉快心情投下阴影。丈夫在海外期间，她自己过着无可指摘的生活，织了不少毛毯，还织了许多花边。她不仅能坦然地为自己的行为担保，而且可以坦然地为所有的年轻人担保，保证他们个个都是行为端正，干的都是有益的事情。她现在又见到丈夫，听他谈笑风生，又悦耳又赏心，感到十分惬意。因此，她开始意识到，假如丈夫推迟归期的话，那朝思暮想的日子该有多么可怕，她怎么能忍受得了。

诺里斯太太绝对不如她妹妹来得快乐。她倒并非担心家里弄成这个样子，托马斯爵士知道后会责备。她已经失去了理智，刚才她妹夫进来的时候，她只是出于本能的谨慎，赶紧收起了拉什沃思先生的红缎子斗篷，此外几乎再无其他惊慌的表现。不过，托马斯爵士回来的方式却令她气恼。她被撇在一边，没起任何作用。托马斯爵士没有先请她走出房来，第一个跟他相见，然后由她把这喜讯传遍全家，他大概比较相信妻子儿女的神经受得起这场惊喜，回来后不找亲友却找管家，几乎是跟管家同时进入客厅。诺里斯太太一向相信，托马斯爵士不管回到家来还是死在外面，消息总得由她来公布于众，可她觉得自己给剥夺了这一职权。现在她想张罗一番，但又没有什么事需要她张罗。她想显示一下她的作用，但眼下什么也不需要，只需要安静和沉默。托马斯爵士要是同意吃饭，她就会去找女管家，令人讨厌地吩咐这吩咐那，并给男仆下达任务，责令他们东奔西跑。但是托马斯爵士坚决不吃晚饭，他什么都不要吃，等到喝茶时再说——等着用点茶点。可诺里斯太太还是不时地劝他来点什么，就在他正讲到他回归英国途中最精彩的一段，他们的船得到警报可能遇到一艘法国武装民船的时候，她突然插嘴要他喝汤。"亲爱的托马斯爵士，你喝碗汤肯定要比喝茶好得多。你就喝碗汤吧。"

托马斯爵士仍然不为之所动。"还是那样关心大家的安适，亲爱的诺里斯太太，"他答道，"不过我真的只等着用茶点，别的什么都不要。"

"那好吧，伯特伦夫人，你这就叫上茶点吧，催一催巴德利，他今天晚上好像拖拖拉拉的。"伯特伦夫人照着她的意思办了，托马斯爵士继续讲他的故事。

最后，终于停顿了下来。托马斯爵士把一时能想到的话讲完了，便乐滋滋地环顾四周的亲人，时而看看这个，时而瞧瞧那个，似乎够他满足的了。然而沉默的时间不长。伯特伦夫人由于过于兴奋，不由得话就多起来了。她也不顾孩子们听了心里会是什么滋味，便说："托马斯爵士，你知道这些年轻人近来在搞什么娱乐活动吗？他们在演戏。我们大家都在为演戏的事忙活。"

"真的啊！你们在演什么戏呀？"

"噢！他们会全都告诉你的。"

"很快会全都告诉你的，"汤姆急忙叫道，一边装出一副满不在乎的样子，"不过，用不着现在就向父亲唠叨这件事。我们明天再向你细说吧，爸爸。我们只是在上个星期由于没事可干，想给母亲逗逗趣，排练了几场，实在算不了什么。从十月以来，几乎一直在下雨，我们差不多给连日闷在家里。从三号到今天，我简直就没动过一支枪。头三天还多少打了些猎物，但随后就什么也搞不成了。头一天我去了曼斯菲尔德树林，埃德蒙去了伊斯顿那边的矮树丛，总共打回了六对野鸡。其实，我们一个人就能打六倍这么多。不过，你放心好了，我们尽量遵照你的心意，爱护你的野鸡。我想，你会发现你林子里的野鸡绝不比以往少。我呀，长了这么大，还从没见过曼斯菲尔德树林里的野鸡像今年这么多。我希望你能亲自去打一天猎，爸爸。"

危险暂时过去了，范妮多少松了一口气。但是，不久茶点上来之后，托马斯爵士站起来，说他回来了还得去看看自己的房间，顿时人人又紧张起来。还没来得及跟他说一声房里有些变化，让他有个思想准备，他已经走了。他出去以后，客厅里的人都吓得闷声不响。埃德蒙第一个开口。

"必须想个办法。"他说。

"该想想我们的客人。"玛丽亚说。她仍然觉得自己的手被按在亨利·克劳福德的心口,对别的事情都不在乎。"范妮,你把克劳福德小姐留在哪儿了?"

范妮说他们走了,并把他们的话转告了一下。

"那只剩下可怜的耶茨一个人了,"汤姆嚷道,"我去把他领来。等事情败露以后,他还能帮我们解解围呢。"

汤姆向剧场走去,到了那里刚好看到他父亲和他朋友初次见面的情景。托马斯爵士看到自己房里烛光通明,再往四下一看,发现有近来被人占用的迹象,家具呈现一片杂乱无章的景象,不由得大吃一惊。尤其引他注目的,是弹子房门前的书橱给搬走了。他对这一切惊悸未定,又听到弹子房里有动静,越发感到惊异。有人在那里大声说话——他听不出是谁的声音——还不仅是说话——几乎是吆喝。他朝门口走去,当时还觉得挺高兴,反正有门相通。他一开门,发现自己竟然站在剧场的舞台上,迎面站着一个年轻人,在扯着嗓子念台词,那架势好像要把他打翻在地。就在耶茨看清了托马斯爵士,并表现出比哪次排练表演得都出色的猛地一惊时,汤姆·伯特伦从房间的另一头进来了。有生以来,他从未觉得这样忍俊不禁过。他父亲破例第一遭上戏台,愕然板着一副面孔,慷慨激昂的维尔登海姆男爵渐渐变成了彬彬有礼、笑容可掬的耶茨先生,向托马斯·伯特伦爵士又鞠躬又道歉,那样子活像真的在演戏,他说什么也不愿错过。这将是最后一幕——十有八九是这个舞台上的最后一幕,不过他相信这是精彩无比的一幕,全场会爆发出雷鸣般的掌声。

不过,他没有闲暇沉湎于惬意的想象。他必须走上前去,帮助介绍一下。尽管心里狼狈不堪，他还是尽力而为了。托马斯爵士出于他的为人之道，热情洋溢地欢迎耶茨先生，但是非要结识这样一个人，而且以这样的方式来结识，还真让他心里大为不快。其实，爵士倒也很了解耶茨先生的家人及其亲友，因此，当儿子把耶茨先生介绍成自己"特别要好的朋友"（他上百个"特别要好的朋友"中的又一个）时，他心里反感至极。他在自己家里受到这样的捉弄，在乌七八糟的舞台上上演了这样可笑的一幕，在这样不幸的时刻被迫去认识一个他不喜欢的年轻人，而在最初五分钟里，这家伙却从容不迫、满不在乎，说起话来滔滔不绝，似乎比托马斯爵士更像待在自己家里一样怡然自得，托马斯爵士只是因为刚回到家正在兴头上，对什么事都能忍让三分，才没有发作。

汤姆明白父亲是怎么想的，真心希望他始终能保持良好的心情，不要彻底发作。他现在比什么时候看得都清楚：父亲确有理由生气——他注视天花板和墙上的泥灰并非没有缘故；他也算是出于好奇，一本正经地询问弹子台到哪里去了。双方都有些不愉快，不过只持续了几分钟。耶茨先生热切地请求他对布置是否合适发表意见，他勉强地说了几句不冷不热表示赞同的话，于是三个人一起回到客厅。这时托马斯爵士板起脸来，这一点人人都注意到了。

"我是从你们的剧场回来的，"他坐下时平静地说道，"我没有料到会闯进剧场。紧挨着我的房间——不过真是完全出乎我的意料，我丝毫没有想到你们演得这么郑重其事。就烛光下见到的情况看来，好像布置得很漂亮，我的朋友克里斯托弗·杰克逊给你们干得不错。"随后，他本想换个话题，平心静气地边喝咖啡边聊些不会动气的家庭事务。但是,耶茨先生没有洞察力,闹不明白托马斯爵士的意思。他身为外人毫无冒昧唐突之感,一点也不畏首畏尾,不懂谦虚谨慎,不会体念别人,非要引着托马斯爵士继续谈演戏的事,拿这方面的问题和言词纠缠他,最后还把他在埃克尔斯福德遇到的扫兴的事原原本本地讲给他听。托马斯爵士客客气气地听着,但觉得耶茨先生很不懂规矩,越听越加深对他的不良印象。听完之后,他只是微微鞠了个躬,没做别的表示。

"其实,我们的演戏就是由此引起的,"汤姆经过一番思索,说道,"我的朋友耶茨从埃克尔斯福德带来了这'传染病',你知道,这类事情总是要到处感染的,因而也就感染了我们——你以前经常鼓励我们开展这种活动,所以对我们的感染就更快,就像轻车走熟路一样。"

耶茨先生迫不及待地从他朋友那里抢过这个话题,立即向托马斯爵士述说了他们已经做过和正在进行的事情,对他讲起了他们的计划是怎样逐步扩充的,他们起初遇到的困难是怎样圆满解决的,目前的局面如何一片大好。他讲得兴致勃勃,全然没有意识到在座的许多朋友已经坐立不安,脸上红一阵白一阵,身子动来动去,嘴里不住地咳嗽!可他对这一切全都视而不见,连他目不转睛地望着的那张面孔上的表情都看不清楚——看不见托马斯爵士在紧蹙着眉头以急切的探询的目光瞅着他的两个女儿和埃德蒙,尤其是瞅着埃德蒙,这目光像是会说话似的,形成一种责备,一种训斥,埃德蒙倒能心领神会。范妮也有同样痛切的感受,便把自己的椅子移到了姨妈的沙发后面,避开了人们的注意,却看见了面前发生的一切。她从没料到会眼见着姨父用这种责备的目光来看埃德蒙。她觉得根本不应该这样对待他，真为他受到这样的责备而窝火。托马斯爵士的目光是在说："埃德蒙，我本来指望你是有主见的。你在干什么来着？"范妮打心里想向姨父跪下，把憋在心里的话说出来："姨父噢！别这样对待他。拿这种目光去看其他所有的人，但不要这样看他！"

耶茨先生还在滔滔不绝。"托马斯爵士，说实话，今天晚上你到家的时候，我们正在排练。我们先排练前三幕，总的说来，还不算不成功。克劳福德兄妹已经回家去了，我们的班子现在凑不齐了，今天晚上演不成了。不过明天晚上你要是肯赏光的话，我想不会有问题。你知道，我们都是年轻人演戏，请求你的包涵。我们请求你的包涵。"

"我会包涵的，先生，"托马斯爵士板着脸答道，"不过，不要再排练了。"接着温和地笑了笑，补充说道："我回到家来就是想要快活，想要包涵。"随即转过脸去，像是朝着某人，又像是朝着众人，平静地说道："你们从曼斯菲尔德写给我的最后几封信中，都提到了克劳福德先生和克劳福德小姐。你们觉得和他们交往愉快吗？"

在场的只有汤姆一个人能爽快地回答这个问题，但他并不特别关注这两个人，无论在情场上还是在演戏上对他们都不嫉妒，因此尽可以宽怀大度地夸赞两人。"克劳福德先生举止非常文雅，很有绅士气派。他妹妹是个温柔漂亮、文雅活泼的姑娘。"

拉什沃思先生再也不能沉默了。"总的说来，我倒并不觉得他没有绅士气派。不过，你应该告诉你父亲，他的身高不超过五英尺八英寸，不然的话，你父亲会以为他仪表堂堂呢。"

托马斯爵士不大明白这番话的意思，带着几分莫名其妙的神情望着说话人。

"如果要我实话实说的话，"拉什沃思先生继续说道，"我觉得总是排练是很讨厌的。好东西吃多了也倒胃口。我不像一开始那样喜欢演戏了。我认为大家舒舒服服地坐在这里，什么事情也不做，要比演戏好得多。"

托马斯爵士又看了看他，然后赞许地笑着答道："我很高兴发现我们在这个问题上的看法大为一致，这使我由衷地感到高兴。我应该谨慎，目光敏锐，考虑到我的孩子考虑不到的许多问题，这是理所当然的。同样理所当然的是，我应该远比他们更重视家庭的安静，重视家中不搞吵吵闹闹的娱乐。不过，你这样的年龄就有这样的想法，这对你个人，对每一个与你有关系的人来说，都是很值得称道的事。能有这样一个志同道合的人，我觉得真是难能可贵。"

托马斯爵士本想用更漂亮的字眼赞扬一下拉什沃思先生的见解，只可惜找不到这样的字眼。他知道他不能指望拉什沃思先生是什么天才，但觉得他是个明白是非、踏实稳重的青年，虽然不善言辞，头脑却很清楚，因此他很器重他。在座的许多人听了忍不住想笑。拉什沃思先生面对这种局面简直不知如何是好。不过，托马斯爵士的好评使他喜不自禁，他喜形于色，几乎一言不发，想尽情多玩味一下这番好评。

第二章

埃德蒙第二天早晨的第一件事是单独面见父亲，向他诚实地谈谈整个演戏计划，在他头脑冷静的时候，只是从动机的角度出发，为自己在里面所起的作用进行辩护，同时坦率地承认由于他的让步并没有带来什么好的结果，这就使他原来的看法变得十分可疑。他为自己辩护的时候，又不想说别人的坏话。不过，这些人中只有一个人，其所作所为既不需要他辩护，也不需要他掩饰。"我们大家或多或少都有过失，"他说，"我们个个都有，但范妮除外。只有范妮一个人始终没错，一直坚持正确意见。她可是自始至终反对演戏的。她从没忘记应该尊重你。你会发现范妮样样都让你满意。"

托马斯爵士认为这样一伙人，在这样一个时候排演这样一出戏，是完全不成体统的事情，他正像他儿子料想的那样对此反感至极，气得都说不出话来。他和埃德蒙握了握手，心想等房子里能勾起这般记忆的样样物品被清除，原有的秩序得到恢复后，他要尽量抹去这不愉快的印象，尽量忘掉他不在期间他们如何把他置之度外。他没有去责怪他那另外三个孩子：他情愿相信他们认识到了自己的错误，而不想贸然对他们的错误刨根问底。让他们立即终止这一切，把准备演戏用的一切物品统统清理掉，对他们也是足够的惩罚了。

然而，这大宅里有一个人，他还不能让她仅仅通过他的行动来领会他的观点。他不能不用言语向诺里斯太太表明，他原指望她能出面阻止她明知不对的事情。那些年轻人制订计划时有欠考虑，他们本应自己做出恰当一点的决定。但是他们都很年轻，而且他觉得除了埃德蒙之外，其他人都是不稳重的人。因此，他对年轻人要搞这样的活动、这样的娱乐固然感到惊讶，但他对做姨妈的默许他们去做这样的错事，支持他们去搞这种招惹是非的娱乐活动，自然更为惊讶。诺里斯太太有点心慌意乱，给说得几乎哑口无言。托马斯爵士分明觉得不成体统的事，她也不好意思说她看不出有什么不成体统的。她也不愿说她没有那么大的影响，她即使劝阻也没有人听。她唯一的办法是尽快岔开这个话题，把托马斯爵士的思路引向一个比较愉快的渠道。她可以举出大量的事例来表扬自己，例如处处关心他家人的利益和安乐，大冬天不在炉边烤火却天天跑出来为他们家奔忙，费尽了力气，吃尽了苦头，向伯特伦夫人和埃德蒙提过许多极好的建议，叫他们提防仆人，注意节约开支，结果他们已经节省了大量的钱，查出了不止一个仆人手脚不干净的问题。不过，她的主要资本还是在索瑟顿。她的最大功劳和荣耀是帮他们跟拉什沃思家攀上了亲。她的这个功劳是抹杀不了的。她把拉什沃思先生看上玛丽亚全都记在她的功劳簿上。"要不是我积极主动，"她说，"非要去结识他母亲，然后又说服妹妹先去拜访人家,我敢百分之百地断定,就绝不会有这样的结果——要知道,拉什沃思先生属于那种又和蔼又腼腆的年轻人,需要女方大加鼓励才行。我们要是不采取主动的话,有的是姑娘在打他的主意。不过,我可是不遗余力了。我是竭尽全力劝说妹妹,最后终于把她说服了。你知道去索瑟顿有多远。正是隆冬季节,路几乎都不通,不过我还真把她说服了。"

"我知道伯特伦夫人及其子女非常听你的话,也该听你的,因而我更为不安,为什么你的影响没有用到——"

"亲爱的托马斯爵士,你要是看到那天路上是什么样子就好啦!我当时心想,尽管我们理所当然地用上四匹马拉车,也无法把我们拉到那里。可怜的老马车夫出于一片忠心和善心,一定要给我们赶车。只不过他有关节炎,从米迦勒节[1]起我一直在给他治疗,他几乎都不能坐驾驶座。我最后给他治好了,可他整个冬天都犯得厉害——那天就是这样的,出发前我身不由己地到他房里去了一趟,劝他不要冒这个风险。他当时正往头上戴假发——于是我就说:'马车夫,你最好不要去,夫人和我不会出什么问题的。你知道斯蒂芬很稳当,查尔斯近来也常骑领头马,我认为用不着担心。'可是我发现不行,他说什么也要去。我不喜欢瞎操心、多管闲事,便不再说什么了。但是,每次车子一颠,我就为他心痛。当车子走上斯托克附近坎坷不平的小路时,石头路面上又是霜又是雪,你想象不到有多糟糕,我真是心疼他呀。还有那些可怜的马哪!眼看着它们拼命往前拉呀!你知道我一向爱惜马。我们到

---

[1] 9月29日,英国四大结账日之一。

了桑德克罗夫特山脚下的时候，你猜我怎么着啦？你准会笑话我——我下了车徒步往山上走。我真是走上去的。我这样做也许减轻不了多少负担，但总会减轻一点吧。我不忍心安然自得地坐在车上，让那些高贵的牲口吃力地往山上拉。我得了重感冒，可是我才不在乎这呢。我达到了这次走访的目的。"

"我希望我们会永远认为这家人值得费这么大力气去结交。拉什沃思先生的仪态没有什么很出众的地方，不过我昨天晚上倒很欣赏他的一个观点——他明确表示宁愿一家人安安静静地聚在一起，而不愿吵吵嚷嚷地演戏。难得他能有这样的看法。"

"是呀，一点不错，你越了解他，就会越喜欢他。他不是个光芒四射的人物，但有上千条的优良品质！他好敬仰你，大家为此都笑我，认为是我教他的。'我敢担保，诺里斯太太，'格兰特太太那天说，'即使拉什沃思先生是你的亲生儿子，他也不可能比现在更敬仰托马斯爵士。'"

托马斯爵士既被她那避凶就吉的表白忽悠住了，又被她的甜言蜜语灌得消了气，于是便放弃了自己的看法，反倒觉得虽说大姨子不该纵容她喜爱的年轻人搞这样的娱乐活动，可那是因为她对孩子太溺爱，有时候不能明辨是非。

这天上午他很忙。不管跟谁谈话，都只占去很短一点时间。他要重新开始料理曼斯菲尔德的日常事务，得去见见管家和代理人——查一查，算一算——趁办事的间隙，去看看马厩、花园以及距离最近的种植园。他是个勤快人，办事又得法，还没等到又坐在一家之主的位子上吃晚饭的时候，他不仅办完了所有这一切，还让木匠拆去了弹子房里新近搭起来的舞台，而且早已解雇打发走了绘景师，现在那人至少到了北安普敦。绘景师走了，他只糟蹋了一个房间的地板，毁掉了马车夫的所有海绵，带坏了五个干粗活的仆人——一个个变得懒懒散散，心怀不满。托马斯爵士希望再有一两天，就能全部清除演戏留下的一切痕迹，甚至毁掉家中所有尚未装订的《山盟海誓》剧本，他现在是看见一本烧一本。

耶茨先生现在开始明白托马斯爵士的用心了，但依然不理解这是出于什么缘故。他和朋友背着枪出去了大半个上午，汤姆利用这个机会对他父亲的为人苛刻表示了歉意，并解释了可能会出现什么情况。耶茨先生的愤懑之情是可想而知的。连续两次遇到同样扫兴的事真是太不幸了。他极为恼火，若不是替朋友及其小妹妹着想，他定会攻击男爵做事荒唐，跟他理论一番，让他懂点道理。他在曼斯菲尔德树林里，以及回来的路上，一直坚定不移地抱着这样的想法。但是，等到大家围着同一张桌子吃饭的时候，托马斯爵士身上有一种力量使他觉得还是不问为好，让他自行其是，自识其愚。他认识过许多令人讨厌的做父亲的人，常常为他们对儿女们横遮竖拦而吃惊，但他有生以来，还从没见过哪个人像托马斯爵士这样蛮横无理，这样暴虐无道。要不是看在他儿女们的面上，他这样的人是令人无法容忍的。耶茨先生之所以还愿在他家多住几天，还得感谢他的漂亮女儿朱莉娅。

这天晚上，表面上看来过得平平静静，但几乎人人都心烦意乱。托马斯爵士叫两个女儿弹琴，这琴声帮助掩盖了事实上的不和谐。玛丽亚很是焦躁不安。对她来说至关重要的是，克劳福德应该立即向她表露爱慕之情。哪怕是一天白白过去了，事情仍然没有进展，她也感到惶恐。她整个上午都在盼他来——整个晚上仍在盼他。拉什沃思先生带着这里的重大新闻一早就回索瑟顿了。她天真地希望克劳福德先生立即表明心迹，这样一来，拉什沃思先生也用不着再回来了。然而，就是不见牧师住宅有人来——连个人影都见不到，也听不到那里有什么消息，只收到格兰特太太写给伯特伦夫人的一封便笺，是向她表示祝贺和问候的。这是多少个星期以来，两家人第一天彻底没有来往。自八月初起，没有哪一天他们不以某种方式聚集在一起。这是令人忧心如煎的一天。第二天带来的不幸虽然有所不同，但程度上丝毫不亚于第一天：欣喜若狂了一阵之后，紧接着是几个小时的心如刀割。亨利·克劳福德又来到了大宅。他是跟格兰特博士一起来的，格兰特博士一心想来拜望托马斯爵士，早早地就给领进了早餐厅，一家人大多都在那里。转眼间，托马斯爵士出来了，玛丽亚眼见着自己的心上人被介绍给父亲，心里又高兴又激动。她的心情真是无以言表，过了一阵之后仍然如此。当时，亨利·克劳福德坐在她和汤姆之间的一把椅子上，只听他低声问汤姆，在他们的演戏计划被眼下的喜事冲断之后（颇有礼貌地瞥了托马斯爵士一眼），是否还打算继续排演。如果继续排演，不管什么时候需要他，他都会赶回曼斯菲尔德。他马上要走了，赶紧去巴思会见他叔父。不过，如果还可能再演《山盟海誓》，他要坚定不移地参加，要摆脱任何别的事情，要跟他叔叔明明白白地谈定，什么时候需要他，他就来参加演出。这戏绝不能因为他不在就半途而废。

"从巴思、诺福克、伦敦、约克——不管我在哪儿，"他说，"我只要接到通知，一个钟头内就会动身，从英国的任何地方赶来参加你们的演出。"

好在当时要由汤姆来回话，而不是他妹妹。汤姆当即流利自如地说道："很遗憾你要走了——至于我们的戏，那已经完了——彻底完了（意味深长地望望他父亲）。绘景师昨天给打发走了，剧场明天差不多就拆光了。我从一开始就知道会是这样的。现在去巴思还早，去了见不到人。"

"我叔叔常在这个时候去。"

"你想什么时候走？"

"我也许今天能赶到班伯里。"

"你在巴思用谁的马厩？"汤姆接着问道。两人正讨论着这个问题，这时玛丽亚出于自尊，横下心来，准备比较冷静地加入他们的讨论。

不久，亨利·克劳福德朝她转过脸来，把刚才对汤姆说过的好多话又重说了一遍，只不过神态比较柔和，脸上挂着更加遗憾的表情而已。但是神态和表情又有什么用呢？反正他要走了——虽然不是自愿要走，却也愿意离开这里。这里面也可能有他叔叔的意思，但他的一切约会应酬都是由他自己做主的。他嘴里尽可以说是迫不得已，但她知道他并不受制于人。把她的手压在他心口的那只手啊！那只手和那颗心现在都变僵硬了，冷冰冰了！她强打精神，但内心却十分痛苦。她一方面要忍受着听他言行不一地表白的痛苦，另一方面又要在礼仪的约束下抑制住自己翻腾着的心潮，好在这都没有持续多久，因为他还要应酬在座的众人，很快便把她撇在了一边。随即，他又公开表明他是来告别的，因而这场告别式的造访很快便结束了。他走了——最后一次触了触她的手,向她行了个临别鞠躬礼,她只能从孤独中寻求安慰。亨利·克劳福德走了——走出了这座大宅,再过两个小时还要离开这个教区。他基于自私的虚荣心在玛丽亚·伯特伦和朱莉娅·伯特伦心里激起的希望,就这样统统化为了泡影。

朱莉娅为他的离去而庆幸。她已经开始讨厌见到他了。既然玛丽亚没有得到他,她现在也冷静下来了,不想再去报复玛丽亚。她不想在人家遭到遗弃之后,还要揭人家的伤疤。亨利·克劳福德走了,她甚至可怜起姐姐了。

范妮得知这一消息后,以更纯洁的心情感到高兴。她是在吃晚饭时听说的,觉得这是件好事。别人提起这事都感到遗憾,还程度不同地夸赞克劳福德先生的好处,从埃德蒙出于偏爱诚心诚意的称赞,到他妈妈漫不经心的人云亦云。诺里斯太太环顾左右,奇怪克劳福德先生和朱莉娅谈恋爱怎么没谈成。她担心是自己没尽心促成这件事。但是,她有那么多事要操心,即使她再怎么卖力,哪能什么都心想事成呀?

又过了一两天,耶茨先生也走了。对于他的辞别,托马斯爵士尤感称心。他就喜欢自己一家人关起门来过日子,即使是一个比耶茨先生强的客人住在家里,也会让他感到厌烦。何况耶茨先生轻薄自负、好逸恶劳、挥霍无度,真是让人厌烦透顶。他本来就是个令人厌倦的人,但是作为汤姆的朋友和朱莉娅的心上人,他更让托马斯爵士反感。克劳福德先生是去是留,托马斯爵士毫不在乎——但是他把耶茨先生送到门口,祝他一路平安的时候,心里着实高兴。耶茨先生亲眼看到了曼斯菲尔德取消了演戏的一切准备工作,清除了演戏用的每一样东西,他走的时候,大宅里已经恢复了清清静静的平常面貌。托马斯爵士把他送出门的时候,希望家里清除了与演戏有关的最恶劣的一个人,也是势必使他联想到在此演过戏的最后一个家伙。

诺里斯太太把一样可能会惹他生气的东西搬走了,没让他看见。她把她大显其能做得那么精致的幕布给拿回农舍了,她碰巧特别需要绿色绒布。

第三章

托马斯爵士回来后,不仅《山盟海誓》停演了,而且家里的风气也发生了显著的变化。在他的掌管下,曼斯菲尔德完全变了样。他们这个小团体中,有的人被打发走了,另外有不少人情绪低落,与过去相比,到处千篇一律,一片沉闷。一家人在一起总是板着面孔,很少有喜笑颜开的时候。跟牧师住宅的人已不怎么来往。托马斯爵士一般不愿跟人保持密切关系,眼下尤其不愿跟任何人交往,但有一个例外。他只想让他的家人跟拉什沃思一家人来往。

埃德蒙对父亲的这种情绪并不感到奇怪,他也没有什么可遗憾的,只是觉得不该把格兰特一家人排斥在外。他对范妮说:"他们是有权利跟我们来往的。他们好像是我们自己的人——好像是我们的一部分。但愿父亲能意识到他不在家期间他们对母亲和妹妹们如何关怀备至。我担心他们会觉得自己受到了冷落。其实,父亲不怎么了解他们。他们来这儿还不到一年,父亲就离开了英国。他要是对他们多了解一些,就会赞成和他们来往的,因为他们正是他所喜欢的那种人。我们一家人之间有时缺乏点生气，两个妹妹似乎无精打采，汤姆当然也心神不定。格兰特博士和格兰特太太会给我们带来生气，使我们晚上的时光过得更加愉快，甚至让父亲也感到愉快。"

"你这样想吗？"范妮说，"依我看，姨父不喜欢任何外人掺和进来。我认为他看重你所说的安静，他只希望他自家的小圈子能过着安安静静的生活。我觉得我们并不比过去还要呆板，我是指比姨父到海外以前。根据我的记忆，一直都是这样的。姨父在家的时候，从来没有人大说大笑过。如果说现在有什么不同的话，我想那只是他长期不在家刚刚回来引起的。肯定有些怯生。不过我记得，以前除非姨父进城去了，我们晚上也不是快快乐乐的。我想，只要有大家敬仰的人在家，年轻人晚上没有快快乐乐的。"

"我想你说得对，范妮，"埃德蒙想了想后回道，"我想我们晚上又恢复到了以前的样子，而不是呈现出新面貌。前一段的新奇就在于晚上比较活跃。然而，仅仅几个星期却给人留下多么深刻的印象啊！我觉得好像我们以前从没这么生活过。"

"我想我比别人都古板，"范妮说，"我不觉得晚上的时间难熬。我喜欢听姨父讲西印度群岛的事。我可以一连听他讲上一个小时。这比许多别的事都更让我快乐——不过，我想我跟别人不一样。"

"你怎么竟然说这话？（一边笑笑）你是不是想让我告诉你，你跟别人不一样的地方，只在于你比别人更聪明、更稳重呢？不过，范妮，你也好，别人也好，什么时候听到过我的恭维？你要是想听恭维话，那就去找我父亲，他会满足你的。只要问你姨父怎么看你，你就会听到许多恭维话。虽说主要是对你外表的恭维，你还必须听进去，相信他迟早会看出你的内心同样美。"

范妮是第一次听到这样的语言，感到十分尴尬。

"你姨父觉得你很漂亮，亲爱的范妮——情况就是如此。除了我之外，谁都会为之大惊小怪；除了你之外，谁都会因为以前没人认为自己很漂亮而生气。实际上，你姨父以前从不觉得你好看——现在觉得你好看了。你的脸色比以前好多了！容貌也漂亮多了！还有你的身材——别，范妮，不要不好意思——不过是姨父嘛。连姨父的赞赏都受不了，那你怎么办呀？你还真得学得大方一些，觉得自己值得别人看。不要在意自己长成了一个漂亮的女人。"

"噢！不要这么说，不要这么说。"范妮嚷道。埃德蒙体会不到她心里的苦衷，但是见她不高兴，便打住了这个话题，只是一本正经地加了两句："你姨父各方面都很喜欢你，但愿你能多和他说说话。我们晚上在一起的时候，有的人说话太少，你是其中的一个。"

"可我跟他比以前话多了。我相信比以前多。昨天晚上你没听见我向他打听贩卖奴隶的事吗？"

"听见了——我还希望你问了这个问题再接着问些别的问题。要是能进一步问下去，你姨父才会高兴呢。"

"我是想问下去的——可大家都默不作声啊！表哥表姐坐在旁边一言不发，好像对这个问题丝毫不感兴趣，我也就不想问了——姨父肯定希望自己的女儿想听他的消息，我要是对他的消息好奇、感兴趣，我就怕别人觉得我想抬高自己，贬低表姐。"

"克劳福德小姐那天说到你，她的话说得一点不错——别的女人唯恐受人冷落，而你好像就怕别人注意自己、夸奖自己。我们是在牧师住宅谈到你的，这是她的原话。她很有眼力。我认识的人中，谁也没有她看人看得准。这么年轻就这么有眼力，真了不起呀！比起跟你相识这么久的大多数人来，她当然更了解你啦。至于对另外一些人，从她偶尔一时高兴露出的口风，或是一时说漏嘴的话中，我发现如果不是有所顾忌的话，她会同样准确地说出许多人的性格特点。我真想知道她是怎么看我父亲的！她肯定会赞赏他，觉得他相貌堂堂，仪态严正，总是文质彬彬，很有绅士风度。不过，由于相见的机会不多，也许对他的矜持寡言有点反感。他们要是能有更多的机会在一起，我相信他们会相互喜欢的。父亲会喜欢她性情活泼——而她有眼力，会敬重父亲的才干。他们要是能经常见面该有多好啊！希望她不要以为父亲不喜欢她。"

"她肯定知道你们其他人都很器重她，"范妮有点哀叹地说，"不会有这样的疑虑。托马斯爵士因为刚从海外回来，只想和自家人多聚聚，这是很自然的事，她不会有什么怨言。过一阵之后，我想我们又会像以前那样见面了，只不过那时换了季节。"

"她长这么大，这还是她在乡下过的第一个十月。我认为顿桥和切尔滕纳姆还算不上乡下。十一月景色就更加萧条了。我看得出，随着冬天的到来，格兰特太太就怕她觉得曼斯菲尔德单调乏味。"

范妮本来还有好多话要说，但还是觉得什么也不说为妥，不去议论克劳福德小姐的聪明才智、多才多艺、性情活泼、受人器重以及她的朋友们,免得哪句话说得不当显得自己没有气量。再说克劳福德小姐对她看法不错,即使出于感激也应大度一些,于是她谈起了别的事情。

"我想明天姨父要到索瑟顿去赴宴,你和伯特伦先生也要去,家里就没有几个人了。希望姨父对拉什沃思先生继续喜欢下去。"

"这不可能,范妮。明天见面之后,我父亲就不会那么喜欢他了,因为他要陪我们五个小时。我担心这一天会过得很无聊,更怕出什么大问题——给托马斯爵士留下不好的印象。他不会长久地自我欺骗下去。我为他们感到遗憾,当初拉什沃思和玛丽亚就不该认识。"

在这方面,托马斯爵士确实即将感到失望。尽管他想善待拉什沃思先生,而拉什沃思先生又很敬重他,但他还是很快便看出了几分实情——拉什沃思先生是个低能的青年,既没有书本知识,也不会办实事,对什么都没有主见,而他对自己的这些缺点,似乎毫无察觉。

托马斯爵士原以为未来的女婿完全是另一个样子。他开始为玛丽亚感到心事沉重,便想了解她是怎么想的。稍做观察之后,他就发现女儿的心完全是冷漠的。她对拉什沃思先生漠不关心,态度冷淡。她不喜欢他,也没法喜欢。托马斯爵士决定跟她认真谈一谈。尽管两家联姻对他家会有好处,尽管两人订婚时间不短,而且已是人人皆知,但是不能因此而牺牲女儿的幸福。也许她与拉什沃思先生认识不久就接受了他的求婚,后来对他有了进一步的了解,便后悔了。

托马斯爵士和蔼而又严肃地跟女儿谈了一次,讲了讲他的忧虑，探问了她的心思，恳求她开诚布公，并对她说，如果她觉得这桩婚事不会让她感到幸福，他会不顾一切困难，彻底解除这门亲事。他要采取行动，帮她解脱出来。玛丽亚一边听，心里斗争了片刻，也仅仅是片刻而已。父亲刚一说完，她便立即做出了明确的回答，丝毫看不出情绪上有什么波动。她感谢父亲莫大的关怀，感谢他的慈爱。不过，父亲完全误会了，其实她丝毫无意要解除婚约，从订婚以来，她的心意丝毫没有改变。她无比敬重拉什沃思先生的人品和性情，毫不怀疑和他在一起会是幸福的。

托马斯爵士感到满意了，也许是因为能得到满意的回答而感到太高兴了，对这件事也就不像对别的事情那样，非要强行按他的意见去办。这是他放弃会为之痛心的一门亲事，他是这样想的。拉什沃思先生还年轻，还会上进。他跟上流人士在一起，肯定会有长进。既然玛丽亚能一口断定她和他在一起会幸福，而她这样说又不是出于偏见和痴情，那就应该相信她的话。也许她的感情不很强烈，他从来不认为她的感情会很强烈。但是她的幸福不会因此而减少。如果她不要求丈夫是个出人头地、光芒四射的人，那她肯定会觉得处处满意。一个心地善良的年轻女人，如果不是为了爱情而结婚，往往更依恋娘家。索瑟顿离曼斯菲尔德这么近，自然是对她的极大诱惑，结婚后势必会给她带来最称心、最纯真的快乐。托马斯爵士就是如此这般盘算的——他为避免了女儿婚姻破裂及其必然招致的惊奇、议论和责难等令人尴尬的后果而高兴，为巩固了一桩会大大增加他的体面和势力的亲事而高兴，而一想到女儿性情这么好，能顺利保住这桩婚事，他更是万分欢喜。

对这次谈话的结果，女儿像父亲一样满意。玛丽亚感到高兴的是，她牢牢地把握住了自己的命运——她再次下定决心要去索瑟顿——克劳福德不再会因为能支配她的行动，毁掉她的前程而扬扬得意。她踌躇满志地回到自己房里，决定今后对拉什沃思先生要谨慎一些，免得父亲又起疑心。

假如托马斯爵士是在亨利·克劳福德刚走的那三四天里跟女儿提出这个问题，趁她的心情还没平静下来，她对克劳福德先生还没完全死心，或者她还没横下心来将就着嫁给他的情敌，她的回答也许会完全不同。但是过了三四天，克劳福德先生一去不回，既不来信，也没消息——没有一点回心转意的迹象——没有因为分离而产生的眷恋——她的心冷了下来，便想从傲慢和自我报复中寻求安慰。

亨利·克劳福德破坏了她的幸福，但是还不能让他知道这一点，不能让他再毁了她的名声、她的仪表、她的前程。不能让他以为她待在曼斯菲尔德眼巴巴地盼着他，为了他而放弃了索瑟顿和伦敦，放弃了丰厚的家产和荣耀。她现在尤其需要一份丰厚的家产，如今在曼斯菲尔德越发感到没有一份足以自立的家产是多么不便。她越来越受不了父亲对她的约束。父亲去海外期间她所享受的那种自由，现在是她绝对不可或缺的。她必须尽快逃离他，逃离曼斯菲尔德，她要过有钱有势的生活，要交际应酬，要见世面，借以安慰她那受到伤害的心灵。她主意已定，决不改变。

既然有这样的想法，事情就不能再拖延了，就连许多准备事项也不能再耽搁了。拉什沃思先生也没像她这样急于结婚。她已经完全做好了思想准备：她厌恶她的家，厌恶在家里受约束，厌恶家里死气沉沉，加上情场失意带来的痛苦，以及对她想嫁的人的蔑视，由于这一切，她准备出嫁。别的事可以往后再说。新马车和家具可以等到春天，她能辨别好坏的时候，到伦敦去置办。

这方面的主要问题都定下来了，看来婚前必要的准备工作几个星期内便可完成。

拉什沃思太太非常乐意隐退，给她的宝贝儿子挑选的这位幸运的年轻女人腾出位置。十一月刚到，她便带着男仆女仆，坐着四轮轻便马车，完全按照寡妇的规矩，搬到了巴思——在这里每天晚上向客人夸耀索瑟顿的奇妙景物——借助牌桌的兴致，讲起来就像当初亲临其境一样兴高采烈。还没到十一月中，就举行了婚礼，索瑟顿又有了一位主妇。

婚礼十分体面。新娘打扮得雍容华贵，两位女傧相恰到好处地有所逊色——她父亲把她交给新郎——母亲拿着嗅盐站在那里，准备激动一番——姨妈想往外挤眼泪——格兰特博士把婚礼主持得颇为感人。左邻右舍的人议论起这次婚礼，都觉得没有什么可挑剔的，只不过把新郎、新娘和朱莉娅从教堂门口拉到索瑟顿的那辆马车，拉什沃思先生早已用过一年。除此之外，那天的仪式在各方面都经得起最严格的检验。

婚礼结束了，新人也走了。托马斯爵士感到了为父者必然会感到的不安，他妻子原来担心自己会激动，不想幸免了，他现在却真的大为激动起来。诺里斯太太欣喜万分地帮助张罗这一天的事，在庄园里安慰妹妹，给拉什沃思夫妇祝酒时额外多喝了一两杯，真是快乐到了极点——婚事是她促成的——一切都是她的功劳——从她那神气十足、扬扬得意的样子中，谁也不会觉得她这辈子还听说过有不幸的婚事，或者对在她眼皮下长大的外甥女的心思有一丝一毫的了解。

年轻夫妇计划过几天就去布赖顿，在那里租座房子住上几个星期。哪个公共场所玛丽亚都没去过，布赖顿的冬天几乎像夏天一样欢快。等玩完了所有的新鲜游乐之后，就该去伦敦大开眼界了。

朱莉娅打算陪他们俩前往布赖顿。两姊妹已经不再争风吃醋，渐渐恢复了以往的和睦，至少算得上是朋友，在此期间非常愿意彼此做伴。对于玛丽亚来说，除了拉什沃思先生以外，能有另外一个人相伴也是头等重要的事。至于朱莉娅，她像玛丽亚一样渴望新奇和欢乐，不过她不见得会为此而费尽心机，她甘愿处于现在这种从属地位。

他们这一走，在曼斯菲尔德又引起了重大的变化，留下的空隙需要一段时间才能弥补。这个家庭小圈子大大缩小了，两位伯特伦小姐虽然近来很少给家里增添欢乐，但她们走后，家里人依然想念她们。连她们的母亲都想她们——她们那心肠柔软的表妹更是想念得厉害，她在房子里转来转去，怀念她们，怜惜她们，情意绵绵地因为见不到她们而伤心，而那姐妹俩却从来没有对她这么好过啊！

第四章

两位表姐走后,范妮的重要性增加了。现在,她成了客厅里唯一的年轻女子。在家中这个令人关注的层次上,她本来一直处于一个第三人的位置,如今却舍她没有别人了。因此,别人不可能不比以往更多地注意她,想到她,关照她。于是,"范妮到哪儿去了?"也就成为一个经常听到的问题,即使没什么人要她帮忙的时候也是如此。

她的地位不仅在家里得到了提高,在牧师住宅里也一样。自从诺里斯先生去世以后,她一年到那里去不了两次,现在却成了一个受欢迎的、请上门的客人,在十一月的一个阴雨天,她就受到玛丽·克劳福德的热烈欢迎。她去牧师住宅,起初是由于偶然的机会,后来是由于受到邀请而继续下去的。格兰特太太其实是一心想给妹妹解解闷,却又采取最简捷的自我欺骗的伎俩,认为她敦促范妮常来仍是对她所做的最大好事,给她提供了最重要的上进机会。

原来,范妮受诺里斯姨妈差遣,到村子里办件什么事,在牧师住宅附近遇上了一阵大雨。牧师住宅里的人从窗子里看见她在他们院外凋零的栎树下避雨,便邀她进去,她是推却不过勉强从命的。她先是谢绝了一个仆人的好心邀请,可是等格兰特博士亲自拿了把伞走出来,她又觉得很不好意思,便赶快进去了。可怜的克劳福德小姐正心情沮丧地望着窗外的凄风苦雨,哀叹上午的户外活动计划化作了泡影,二十四小时内除了自家人以外再也见不到另一个人,这时听到了前门口有动静,随即看到普莱斯小姐浑身滴着水走进了门廊,心里不禁十分高兴。她深深地感受到,乡下阴雨天能来个客人实在难得。她顿时又活跃起来,满腔热忱地关心范妮,说她发现范妮的衣服都湿透了,便给她拿出了干衣服。范妮起初不肯承认自己衣服湿,后来只好接受这番关照,任凭太太小姐和女仆们帮助自己更换衣衫。后来又不得不回到楼下,眼见着雨下个不停,不得不在客厅里坐了一个小时。这一新鲜场面真令人赏心悦目,克劳福德小姐的兴致足以维持到更衣吃饭时间。

那姐妹俩对她客客气气,和颜悦色。范妮若不是想着自己在打扰别人,若是能预见到一个小时后天会放晴,她用不着难为情地像主人家一再说的那样,让格兰特博士的马车把自己送回家,那她对自己在这里做客会感到称心如意的。至于她在这样的天气给困在外面家里会不会着急,她倒不必为之担心,因为只有两个姨妈知道她出来,她们两人谁也不会替她担心。诺里斯姨妈不管说她会躲在哪座农舍里避雨,伯特伦夫人都会确信无疑。

天开始放晴了。这时候,范妮看见屋里有架竖琴,便随口问了几个问题,不久又承认自己很想听一听,并且承认,虽然说起来很难让人相信,这竖琴运到曼斯菲尔德以来,她还从来没有听过。范妮觉得,这是件很简单、很自然的事情。自从竖琴运来后,她就没怎么进过牧师住宅,她也没有理由进去。克劳福德小姐想起了早就表示过愿意弹给她听,现在为自己的疏忽感到过意不去。于是,她和颜悦色地接连问道:"我这就弹给你听好吗?——你要听什么?"

她照范妮的意思弹了起来。她很高兴又有了一个听她弹琴的人,一个似乎满怀感激之情,对她的技艺赞叹不已,而自己又不乏情趣的听琴人。她一直弹到范妮向窗外望去,眼见得外面显然已经天晴,那神情好像说她该告辞了。

"再等一刻钟,"克劳福德小姐说,"看看天气怎么样。不要雨刚停就走。那几块云彩看起来挺吓人的。"

"不过,那云彩已经过去了,"范妮说,"我一直在观察。这雨完全是从南边来的。"

"不管是从南边来还是从北边来,乌云我一看就能认出。天还这么阴沉沉的,你不能走。再说,我想再弹点东西给你听——一支非常好听的曲子——你表哥埃德蒙最喜爱的曲子。你先不要走,听听你表哥最喜欢的曲子。"

范妮觉得她是不能马上走。她无须听她这句话,心里就想着埃德蒙,而经她这话一提醒,心里越发浮想联翩。她想象他一次又一次地坐在这间屋子里,也许就坐在她现在坐的这个地点,总是乐滋滋地听着他最喜爱的这支曲子。在范妮的想象中,为他弹起来,曲调格外优美,弹琴人的表情格外丰富。尽管她自己也喜欢这支曲子,而且很高兴跟他有同样的喜好,但是曲子奏完之后,她比刚才还真心实意地急着要走。克劳福德小姐见她执意要走,便亲切地邀请她再来,要她散步有可能的话,来这儿听她弹琴,范妮感到只要家里不反对,倒有必要这么办。

这两人在两位伯特伦小姐走后半个月内形成的亲密关系,就是这样开始的。这主要是克劳福德小姐图新鲜的缘故,而范妮也没有什么真情实感。范妮每隔两三天去一次。她好像中了邪似的,不去就心里不踏实。然而她并不喜爱她,也和她想不到一块,请她去她也毫不领情,反正现在没有别人可请。跟她谈话也只是偶尔觉得好玩,并没有太大的乐趣。而就是这点好玩,也往往是拿她所敬重的人、所看重的事打趣,她跟着敷衍几句。不过,她还是去找她,两人趁这季节少有的温和天气,在格兰特太太的灌木林里一起漫步,常常一走就是半个小时。有时甚至不顾天气已凉,坐在已经没有浓荫遮掩的凳子上,久久地待在那儿,到后来范妮兴许会柔声细气地感叹秋天漫漫的情趣,恰在这时,一阵突如其来的冷风吹落了周围枝头的最后几片黄叶,两人忽地站起来,想走走路暖暖身子。

"这儿真美——非常美,"有一天她们这样一起坐着的时候,范妮环视着四周说,"我每次走进这片灌木林,就觉得树又长了,林子更美了。三年以前,这儿只不过是地边上的一排不像样的树篱,谁也没把它放在眼里,谁也想不到它会成什么景色,现在却变成了一条散步小径,很难说它是可贵在提供了方便,还是可贵在美化了环境。也许再过三年,我们会忘记——差不多忘记它原来是什么样子。时间的作用和思想的变化有多么奇妙,多么奇妙啊!"稍顿了顿,她又顺着后面的思路补充说:"如果人的哪一种天生的能力可以说是比别的能力更加奇妙的话，我看就是记忆力。人的记忆力有强有弱，发展不平衡，似乎比人的其他才智更加不可思议。记忆力有的时候又牢固，又管用，还温顺——别的时候又糊涂，又虚弱——还有的时候又很专横，无法驾驭！我们人各方面都堪称奇妙——但记忆力和遗忘力似乎尤为奇妙无比。"

克劳福德小姐无动于衷也心不在焉，因而无话可说。范妮看出来了，便把思绪又扯回到她认为有趣的事情上。

"由我来赞赏也许有些冒昧，不过我真钦佩格兰特太太在这方面表现出的情趣。那条散步小径设计得多么幽静、多么朴实呀！没有什么过于考究的地方！"

"是的，"克劳福德小姐漫不经心地说，"对于这样一个地方，这种安排是很不错的。人们在这儿也不想搞什么大动作。跟你私下说一句，我没来曼斯菲尔德之前，没想到一个乡下牧师还会想要搞个灌木林之类的名堂。"

"我很高兴，这冬青长得这么好啊！"范妮回道，"姨父的园丁总说这儿的土质比他那儿的好，从月桂和常青树的普遍长势来看，好像是这样的。看这常青树啊！多么好看，多么喜人，多么美妙啊！只要想一想，这是大自然多么令人惊奇的变种啊！在我们知道的某些地方，有一种落叶树就属于这一品种，真是令人奇怪，同样的土质、同样的阳光，养育出来的植物居然会有不同的生存规律和法则。你会以为我在发狂。不过我一来到户外，特别是在户外静坐的时候，就会陷入这样的遐想。人即使眼盯着大自然最平常的产物，也会产生漫无边际的幻想。"

"说实话，"克劳福德小姐答道，"我有点像路易十四宫廷里的那位有名的总督，可以说从这灌木林里看不出任何奇妙之处，令人惊奇的是我会置身其中。要是一年前谁对我说这地方会成为我的家，说我会像现在这样一个月又一个月地住下去，我说什么也不会相信啊！我在这儿住了快五个月啦！而且是我有生以来过得最清静的五个月。"

"我想对你来说太清静了。"

"从理论上讲我看是的，不过，"克劳福德小姐说着两眼亮闪闪的，"总的说来，我从没度过这么快乐的夏天。不过，"脸上更是一副冥思苦索的样子，同时压低了声音，"很难说以后会怎么样。"

范妮的心跳加快了，她不敢猜测她接着会讲什么，也不敢求她再往下讲。可是克劳福德小姐很快又兴致勃勃地说了下去：

"我从没想到我会适应乡下生活，现在感觉适应多了。我甚至觉得哪怕在乡下住上半年也挺有意思，而且在某些情况下还非常惬意。一座雅致的、大小适中的房子，四面八方都有亲戚——彼此常来常往——支配着附近的上流社交圈——甚至比更加富有的人还受人敬仰，这样的玩兴过后，至少还能和与自己最投机的人促膝谈心。这情景没有什么可怕的吧，普莱斯小姐？有了这样一个家，你就不用羡慕刚过门的拉什沃思太太了吧？""羡慕拉什沃思太太！"范妮只说了这么一声。"得了，得了，我们这样苛刻地对待拉什沃思太太，未免太不厚道了，我还指望她给我们带来许多快快乐乐的时光呢。我期待来年我们都能到索瑟顿住上很长时间。伯特伦小姐的这门亲事对大家都是个福音，因为拉什沃思先生的妻子的最大乐趣，肯定是宾客满堂，举行乡下最高雅的舞会。"

范妮没有作声——克劳福德小姐重又陷入沉思。过了一会儿，她突然抬起眼来，惊叫道："啊！他来了。"不过，来的不是拉什沃思先生，而是埃德蒙，只见他和格兰特太太一起朝她们走来。"是我姐姐和伯特伦先生——我很高兴你大表哥走了，埃德蒙又可以做伯特伦先生了[1]。埃德蒙·伯特伦先生听起来太刻板、太可怜、太像个小儿子的名字，我不喜欢这样叫。"

"我们的想法截然不同啊！"范妮嚷道，"我觉得'伯特伦先生'听起来那么冷漠、那么呆板，一点也不亲切，丝毫没有个性！只表明是个男人，仅此而已。但是埃德蒙这个名字含有高贵的意味。它是英勇和威望的别称——国王、王子和爵士们都用过这个名字。它好像洋溢着骑士的精神和热烈的情感。"

"我承认这个名字本身是不错，而埃德蒙勋爵或埃德蒙爵士也确实动听。但是给它降低档次，只以'先生'相称，那'埃德蒙先生'比'约翰先生'或'托马斯先生'也强不到哪里。好了，他们又要教训我们这个季节不该坐在外面了，我们是不是趁他们还没开口，赶紧站起来，叫他们少说几句？"

埃德蒙遇到她们非常高兴。他早就听说她们两人关系更加亲密，心里不禁大为满意，不过这是他第一次见到她们两人在一起。他所心爱的两个姑娘能彼此交好，真让他求之不得。权且说难得情人心有灵犀吧，他认为她们两人交好，范妮绝不是唯一的，甚

---

[1] 按英国的习惯，一个家庭的子女中，只有大儿子、大女儿可以用"姓+先生、小姐"来称呼，而二儿子、二女儿以下要正式称呼某某先生、小姐时，还必须在前面另加上教名。

至不是主要的受益者。

"喂,"克劳福德小姐说,"你不会责骂我们不谨慎吧?你不会认为我们坐在外面就是等着挨训,等着别人恳求我们以后不要再这样吧?"

"如果你们俩哪个独自一人坐在外面,"埃德蒙说,"我也许是会责骂的。不过你们两个一起犯错误,我可以大加宽容了。"

"她们坐在外面的时间不会长,"格兰特太太嚷道,"我到楼上拿披巾的时候,从楼梯上的窗户里看见了她们,那时她们还在散步呢。"

"其实,"埃德蒙补充说,"天气这么暖和,你们在外面坐几分钟也算不上不谨慎。我们不能总是靠日历来判断天气。有时候,我们在十一月可能比在五月还随意些。"

"天哪,"克劳福德小姐嚷道,"像你们这种令人失望的、对人漠不关心的朋友真是少有啊!你们丝毫都不担心。你们不知道我们身上多么难受,冻成什么样子啦!不过,我早就知道女人就爱要点违背常识的小花招,而伯特伦先生却是个最不容易上当的人。我从一开始就对他不抱什么希望。不过你嘛,格兰特太太,我的姐姐,我的亲姐姐,我想我会让你吓一跳的。"

"不要太自鸣得意了,最亲爱的玛丽。你压根儿吓不住我。我有我担心的事,但完全是在别的方面。我要是能改变天气的话,就来一场刺骨的东风始终吹着你们——我有几盆花,因为夜里还不冷,罗伯特非要把花放在外边。我知道结果会怎样:肯定会突然变天,一下子天寒地冻,搞得大家(至少罗伯特)措手不及,我的花会统统冻死。更糟糕的是,厨子刚刚告诉我说火鸡放不过明天了，我原想放到礼拜天再收拾了吃，因为我知道格兰特博士劳累了一天，礼拜天吃起来会格外香。这些事才值得发愁，让我觉得天气闷得反常。"

"在乡下料理家务可是其乐无穷啊！"克劳福德小姐调皮地说，"把我介绍给花圃工和家禽贩子吧。"

"我的好妹妹，你先介绍格兰特博士去做威斯特敏斯特教长或圣保罗教长，我就把你介绍给花圃工或家禽贩子。不过，曼斯菲尔德没有这号人。你想让我干什么呢？"

"噢！你除了已干过的事儿什么都干不了：常常受气，可从不发脾气。"

"谢谢你——但是，不论你住在哪里，玛丽，你总是避免不了这些小小的烦恼。等你在伦敦安了家，我去看你的时候，我敢说你也会有你的烦恼，尽管你有花圃工和家禽贩子——也许就是他们给你带来的烦恼。他们住得远，来得不守时，或者要价太高，骗你的钱，这些都会让你大叫其苦。"

"我想做到很有钱，既不用叫苦，也不在乎这类事情。大笔的收入是确保幸福的万应灵药。只要有了钱，就一定会有桃金娘和火鸡之类的东西。"

"你想做到很有钱。"埃德蒙说。在范妮看来，他的眼神极为严肃认真。

"那当然。难道你不想？难道还有谁不想吗？"

"我不去想我根本办不到的事。克劳福德小姐可以选择她要富到什么地步。她只要定下一年要几千英镑，无疑都会到来。我的愿望是只要不穷就行。"

"采取节制节俭、量入为出之类的措施。我了解你——对于你这样的年纪，收入有限，又没有什么靠山的人来说，这倒是个很恰当的计划。你只不过是想生活上过得去吧？你平常没有多少时间，你的亲戚们既帮不了你什么忙，也不是有钱有势让你自惭形秽。那就老老实实地做穷人吧——不过，我可不羡慕你。我认为我甚至不会敬重你。我对那些又老实又有钱的人，倒是敬重得多。"

"你对老实人（不管是有钱的还是没钱的）敬重到什么地步，恰恰是我漠不关心的。我并不想做穷人。我绝对不愿意做穷人。如果介于贫富之间，具有中等的物质条件，我只希望你不要瞧不起这样的老实人。"

"如果能向上却不向上，我就是瞧不起。本来可以出人头地，却又甘愿默默无闻，我是一概瞧不起。"

"可是怎么向上呢？我这个老实人怎么出人头地呢？"

这可是个不大容易回答的问题，那位漂亮的小姐只是长"噢！"了一声，然后又补充了一句："你应该进国会，或者十年前就该去参军。"

"现在说这话已经没用了。至于进国会，我想我得等到有一届特别国会，专让没钱的小儿子们代表参加。不，克劳福德小姐，"埃德蒙以更严肃的口气补充说，"还是有出人头地的门路的，我觉得我并非可怜巴巴的一点机会都没有——丝毫没有成功的机会或可能——不过，那完全是另一种性质。"

埃德蒙说话时露出难为情的样子，克劳福德小姐笑哈哈地回答了一句，神情好像也不自然，范妮看到这般情景，觉得心里不是滋味。她眼下走在格兰特太太身边跟在那两人后面，感觉无法再跟着走下去了，几乎打定主意要马上回家，只等鼓起勇气开口。恰在此时，曼斯菲尔德庄园的大钟响了三下，使她意识到她这次在外面待的时间确实比平时长得多，于是她先前自问的是否应该立即告别，以及如何告别，很快有了答案。她毫不迟疑地立即开始告别。这时埃德蒙也想起，母亲一直在找她，他是到牧师住宅来叫她回去的。

范妮越发着急了。她丝毫没想到埃德蒙会陪她回去，本打算一个人匆匆走掉。但是大家都加快了脚步，陪她一起走进必须穿过的房子。格兰特博士就在门厅里，几个人停下来和他说话的时候，范妮从埃德蒙的举动中看得出来，他真想和她一起走。他也在向主人家告别。范妮心里油然生出一股感激之情。告别的时候，格兰特博士邀请埃德蒙第二天过来和他一起吃羊肉。范妮这时心里不是很愉快，可就在这当儿，格兰特太太突然有所醒悟，转过身来邀她也来吃饭。范妮长了这么大，还从未受过这样的厚待，因此惊奇万分，不知所措。她结结巴巴地表示不胜感激，随即说了声"恐怕做不了主"，便望着埃德蒙求他帮助拿主意。埃德蒙很高兴范妮受到邀请，便看了她一眼，用短短一句话向她表明，只要她姨妈不反对，她没有什么不能来的，而他觉得母亲绝不会阻拦她，因此明言直语地建议她接受邀请。虽说范妮即使受到埃德蒙的鼓励之后也不敢贸然做主，但事情很快说定：如果收不到不来的通知，格兰特太太就准备她会来。

"你们知道明天会吃到什么，"格兰特太太笑吟吟地说，"火鸡——我保证是一只烧得很不错的火鸡。因为，亲爱的，"说着转向丈夫，"厨子非要明天剖洗那只火鸡。"

"很好，很好，"格兰特博士嚷道，"这就更好。我很高兴家里有这么好的东西。不过我敢说，普莱斯小姐和埃德蒙·伯特伦先生会碰上什么吃什么的。我们谁也不想听菜单。我们只想来一次朋友间的聚会，而不是大摆宴席。火鸡也行，鹅也行，羊腿也行，随便你和厨子决定给我们吃什么。"

表兄妹一起走回家去。一出门，两人便谈起了明天的约会。埃德蒙说起来极为高兴，认为范妮和他们亲近真是再好不过了，完全是件大喜事。除此之外，两人一直默默地走着——因为谈完这件事之后，埃德蒙陷入沉思，不想再谈别的事。

第五章

"可格兰特太太为什么要请范妮呢?"伯特伦夫人问,"她怎么会想到请范妮呢?你也知道,范妮从来没有以这种方式去那里吃过饭。我不能放她去,我想她肯定也不想去。范妮,你不想去吧?"

"你要是这样问她,"埃德蒙不等范妮回答便嚷道,"范妮马上会说不想去。不过,亲爱的妈妈,我敢肯定她想去。我看不出她有什么不想去的。"

"我捉摸不透格兰特太太怎么会想起来请她。她以前可从没请过她。她不时地请你两个妹妹,可从没请过范妮。"

"你要是离不开我的话,姨妈——"范妮以准备自我放弃的口吻说。

"可是,我母亲可以让我父亲陪她一晚上呀。"

"我的确可以这样。"

"你是否听听父亲的意见,妈妈。"

"这倒是个好主意。我就这么办,埃德蒙。等托马斯爵士一回来,我就问他我能不能离开范妮。"

"这个问题由你自己决定,妈妈。不过,我的意思是让你问问父亲怎么做妥当:是接受邀请还是不接受。我想他会认为,不管是对格兰特太太来说,还是对范妮来说,鉴于这是第一次邀请,按理还是应该接受的。"

"我说不准。我们可以问问你父亲。不过,他会感到很奇怪,格兰特太太怎么会请范妮。"

在没有见到托马斯爵士之前,再也没有什么话可说了,说也不能解决问题。不过,这件事关系到伯特伦夫人第二天晚上的安乐,因此她心里总也搁不下。半小时后,托马斯爵士从种植园回梳妆室,路过时进来看了看,就在已经走出去要关门的时候,伯特伦夫人又把他叫了回来:"托马斯爵士,你停一停——我有话跟你说。"

她说话从来不肯大声,总是平平静静,有气无力,不过托马斯爵士总能听得清楚,从不怠慢。于是他又回来了,夫人便讲起来了。范妮连忙悄悄走出房去,因为姨妈和姨父要谈论与她有关的事情,她没法硬着头皮听下去。她知道自己很焦急——也许焦急得有点过分——其实她去与不去又有什么关系呢?不过,要是姨父需要琢磨很久,而且板着一副面孔,正色地盯着她,最后再决定不让她去,她就很难显出坦然接受、满不在乎的样子。这时候,有关她的事正在顺利地商谈。伯特伦夫人先开了个头:"我告诉你一件让你惊奇的事儿。格兰特太太请范妮去吃饭!"

"哦。"托马斯爵士说,好像并不觉得有什么值得惊奇的,在等她继续往下说。

"埃德蒙想让她去。可我怎么离得开她呀?"

"她会回来得晚些,"托马斯爵士一边说,一边取出表来,"可你有什么为难的?"

埃德蒙觉得自己不能不开口,不能不把母亲没讲到的地方给补全。他把事情一五一十地说了一遍,伯特伦夫人只补充了一句:"真奇怪呀!格兰特太太从来没有请过她。"

"不过,"埃德蒙说,"格兰特太太想给她妹妹请来一位这么招人喜欢的客人,这不是很自然吗?"

"真是再自然不过了,"托马斯爵士略加思索后说,"这件事即使不涉及那做妹妹的,我认为也是再自然不过了。格兰特太太对普莱斯小姐,对伯特伦夫人的外甥女施之以礼,这绝没有什么需要解释的。我唯一感到惊奇的是,她现在才第一次对她表现出这样的礼貌。范妮当时回答要视情况而定,这是完全正确的。看来她也有人之常情。既然年轻人都喜欢和年轻人在一起,我断定她心里自然也想去,因此我认为没有什么理由不让她去。"

"可我离得开她吗,托马斯爵士?"

"我认为你当然离得开她。"

"你知道,我姐姐不在这儿的时候,茶点总是由她来准备。"

"也许可以动员你姐姐在我们家待一天,我也肯定会在家。"

"那好,范妮可以去啦,埃德蒙。"

这好消息很快就传给了范妮。埃德蒙回房的途中,敲了敲她的门。

"好了,范妮,事情圆满解决了,你姨父丝毫没有犹豫。他只有一个念头:你应该去。"

"谢谢你，我真高兴。"范妮本能地答道。不过，等她转过身关上了门，她又不禁在想："可我为什么要高兴呢？我在那儿不是也分明耳闻目睹了让我痛苦的事儿吗？"

然而，尽管这样想，她心里还是很高兴。这样的邀请在别人看来也许算不了什么，在她看来却是又新鲜又了不起。除了去索瑟顿那天外，她还从没在别人家吃过饭。这次出去虽然只走半英里路，主人家只有三个人，然而总还算出门赴宴吧，因而动身前种种细小而有趣的准备工作，本身就让人乐滋滋的。那些本该体谅她的心情、指导她如何穿戴打扮的人，却既不体谅她，也不帮助她。伯特伦夫人从来没有想过帮助别人，而诺里斯太太则是第二天一早由托马斯爵士登门请来的，心情很不好，似乎只想尽可能煞煞外甥女的风景，让她眼下和以后不要那么高兴。

"说实话，范妮，你受到这样的抬举和恩宠，真是万幸啊！你应该感谢格兰特太太能想到你，感谢二姨妈放你去，还应该把这看作一件非同寻常的事。我希望你心里放明白，其实还真犯不着让你这样去做客，或者让你外出赴宴。你不要以为以后还会有第二回。你也不要想入非非，认为人家请你是为了特别抬举你，人家是冲着你二姨父、二姨妈和我的面子才请你的。格兰特太太是为了讨好我们，才对你稍微另眼相待，不然的话，她怎么也不会想到请你。我向你担保，要是你朱莉娅表姐在家，那就绝不会请你。"

诺里斯太太的这番巧诈之言，把格兰特太太的那份美意抹杀殆尽，范妮料想自己应该表个态，便只能说她非常感谢伯特伦姨妈放她去，并表示尽力把姨妈晚上要做的活计准备好，免得姨妈因为她不在而感觉不便。

"噢!放心吧,你二姨妈完全离得开你,不然就不会让你去。我会在这儿的,因此你丝毫不必为二姨妈担心。我希望你今天过得非常愉快,万分高兴。不过,我要说一句,五个人坐在一起吃饭,这是个再别扭不过的数字了,我真感到奇怪,像格兰特太太这么讲究的人,怎么就不能想得周到一些!而且围着他们那张大宽桌子,把整个屋子给占得满满当当!要是博士能像有头脑的人那样,在我离开时愿意留下我的那张饭桌,而不用他自己那张不伦不类的新饭桌——他那张饭桌太宽,真比你们这里的这张还要宽——那不知道要强几百倍!他也会更加令人尊敬!谁要是做事不讲规矩,那就绝不会受人尊敬。记住这话,范妮。五个人,那么大的桌子只坐五个人哪!我敢说,十个人吃饭都坐得下。"

诺里斯太太喘了口气,又说了下去。

"有人不顾自己的身份,想显得自己了不起,实在是愚蠢无聊。因此我要提醒你,范妮,你这回是一个人出去做客,我们都不在场,我恳求你不要冒冒失失,信口开河,随意发表意见,好像你是你的哪位表姐——好像你是亲爱的拉什沃思太太或朱莉娅。相信我的话,这绝对不行。你要记住,不论在什么地方,你都是身份最低、位置最后的。尽管克劳福德小姐在牧师住宅里不算客人,但你也不能坐她该坐的位置。至于夜里什么时候回家,埃德蒙想待多久你就待多久。这事由他来决定。"

"好的,姨妈,我不会有别的想法的。"

"我想很可能要下雨,因为我从没见过像今晚这么阴沉沉的天气——要是下雨的话,你要尽量克服,不要指望派车去接你。我今天晚上肯定不回去，因此也就不会为我出车。你要有个防备，该带的东西都带上。"

外甥女觉得大姨妈的话完全在理。其实，她对自己安适的要求并不高，甚至像诺里斯太太所说的一样低。过了不久，托马斯爵士推开了门，没等进屋就说："范妮，你想让马车什么时候来送你？"范妮惊奇得说不出话来。

"亲爱的托马斯爵士！"诺里斯太太气得满脸通红地大声嚷道，"范妮可以走着去。"

"走着去！"托马斯爵士以毋庸置疑的庄严口吻重复了一声，随即向前走了几步，"叫我外甥女在这个季节走着去赴宴！四点二十分来送你可以吗？"

"可以，姨父。"范妮怯生生地答道，觉得说这话像是对诺里斯太太犯罪似的。她不敢再跟诺里斯太太待在屋里，怕人家觉得她得胜后心里扬扬得意，于是便跟着姨父走出房去，只听得诺里斯太太气冲冲地说了下面的话：

"完全没有必要嘛！心肠好得太过分了！不过，埃德蒙也要去。不错——是为了埃德蒙的缘故。星期四晚上我注意到他嗓子有些哑。"

不过，范妮并不相信她这话。她觉得马车是为她派的，而且是专为她自己派的。姨父是在听了大姨妈的数落后来关心她的，等独自一人的时候，想到此情此景，她不禁流下了感激的泪水。

车夫准时把马车赶来了。随后，埃德蒙也下楼来了。范妮小心翼翼地唯恐迟到，便早早地坐在客厅里等候。托马斯爵士已养成严格守时的习惯，准时地把他们送走了。

"亲爱的托马斯爵士,范妮可以走着去。"

"范妮，我要看看你，"埃德蒙面带感情真挚的兄长的亲切微笑说，"并且对你说我是多么喜欢你。就凭这车里的光线我也看得出来，你真是很漂亮。你穿的什么衣服？"

"是表姐结婚时姨父给我买的那套新衣服。我希望不是太华丽。不过，我觉得我应该抓紧时机穿，就怕整个冬天不会再有这样的机会了。我希望你不觉得我穿得太华丽。"

"女人穿着一身白衣服，无论如何也不会太华丽。不，我看你穿得不华丽，而是恰到好处。你的长裙看起来很漂亮。我喜欢上面这些光亮的斑点。克劳福德小姐是不是也有一件跟你这件差不多的长裙？"

快到牧师住宅了，马车打马厩和马车房旁边走过。

"嘿！"埃德蒙大声叫道，"还请来了别人，来了一辆马车！他们请谁来陪我们呀？"说着放下车窗，想看个仔细。"是克劳福德的马车，克劳福德的四轮马车，我敢断定！他的两个仆人在把马车往过去存车的地方推。他肯定也来了。真是意想不到啊，范妮。我好高兴能见到他。"

范妮没有机会，也没有时间说明她的心情和他大不相同。本来，要拘泥礼仪地走进客厅已经够让她感到可怕了，再一想到又多了一个人注视她，她那颗胆怯的心越发为之忐忑不安。

克劳福德先生的确就在客厅里，而且到得挺早，已做好吃饭的准备。另外三个人喜笑颜开地立在他周围，表明他们对他离开巴思之后突然决定来他们这里住几天是多么欢迎。他和埃德蒙彼此亲切地寒暄了一番。除了范妮以外，大家都很高兴。即使对范妮来说，他的到来也有几分好处，因为宴席上每增加一个人，都会进一步促使她不受众人注意,她尽可默默不语地坐着,这正是她求之不得的。她也很快意识到了这一点。尽管诺里斯太太对她有过告诫,但她出于礼仪上的考虑,只得勉强担当起宴席上主要女宾的角色,并且领受由此而来的种种小小的礼遇。不过,在饭桌上坐定之后,她发现大家都在兴高采烈地侃侃而谈,谁也没有要求她参加他们的谈话——那兄妹俩有许多关于巴思的话要说,两个年轻人有许多关于打猎的话要说,克劳福德先生和格兰特博士有许多关于政治的话要说,而克劳福德先生和格兰特太太之间更是天南地北地说个没完,这样一来,她就只需悄悄地坐在那里听别人说话,乐融融地度过这段时光。然而,她对那位新来的先生,却没有表现出丝毫的兴趣。格兰特博士建议克劳福德先生在曼斯菲尔德多住些日子,并派人到诺福克把他的猎马都送过来,埃德蒙也跟着劝说,他的两个姐妹更是起劲地鼓动,他很快就动了心,似乎还希望范妮也来鼓励他,让他好打定主意。他问范妮这暖和的天气大概能持续多久,范妮只是在礼貌允许的范围内,给了他一个简短的、冷漠的回答。她不希望他在这里住下去,也不希望他跟她说话。

她一看到克劳福德先生,心里总是想着两个出门在外的表姐,特别是玛丽亚。不过,对于克劳福德先生来说,回忆起令人尴尬的往事并不会影响他的情绪。他又回到了曾发生过种种纠葛的这片土地上,看起来,即使没有两位伯特伦小姐,他也照样愿意住在这里,照样快活,好像他从不知道曼斯菲尔德有过那两位小姐似的。没有回到客厅之前,范妮只听见他笼而统之地提到她俩。回到客厅后,埃德蒙和格兰特博士到一边聚精会神地谈什么正经事去了,格兰特太太在茶桌旁专心致志地品茶。这时,克劳福德先生比较具体地跟他姐姐谈起了那姐妹俩。他意味深长地笑着说:"啊!这么说来,拉什沃思和他的漂亮新娘眼下在布赖顿——好幸福的人儿啊!"范妮看到他笑的样子就讨厌。

"是的,他们是去了那儿——大约有两个星期了吧,普莱斯小姐?朱莉娅和他们在一起。"

"我想,耶茨先生也离他们不远。"

"耶茨先生!噢!我们一点也没听到耶茨先生的消息。我猜想,写给曼斯菲尔德的信不大讲耶茨先生。你是否也这样想,普莱斯小姐?我想我的朋友朱莉娅心里有数,不会拿耶茨先生去逗她父亲。"

"拉什沃思好可怜,要背四十二段台词啊!"克劳福德继续说道,"谁也忘不了他背台词的情景。这家伙真可怜呀!他那拼命的样子,绝望的样子,现在还历历在目。唉,要是他可爱的玛丽亚什么时候还想让他对她讲那四十二段台词,那才怪呢。"这时他正经了片刻,补充说:"玛丽亚太好了,他配不上——实在太好了。"接着,又换成柔声细气献殷勤的腔调,对范妮说道:"你是拉什沃思先生最好的朋友。你的好心和耐心是永远令人难忘的,你不厌其烦地想帮他记住台词——想给他一个他天生没有的头脑——想用你那用不完的智慧使他变得聪明起来!他是没有头脑的,也许看不出你心地有多好,不过我敢说,其他人无不感到敬佩。"

范妮脸红了,没有吭声。

"真像是一场梦,一场惬意的梦!"克劳福德经过一番思索,又感叹道,"我将永远怀着极度愉快的心情来回忆我们的演出。大家都那样兴致盎然,那样朝气蓬勃,那样喜气洋洋!人人都感觉得到。我们每个人都活跃了起来。一天当中,我们时时刻刻都有事情干,都抱着希望,都有所操心,都忙忙碌碌。总要克服一点小小的阻力,解除一点小小的疑虑,打消一点小小的忧虑。我从来没有那样快乐过。"

范妮愤愤不语,只是心里说:"从来没有那样愉快过!从来没有像你做你明知不正经的事情那样快乐过!从来没有像你干那卑鄙无耻、无情无义的勾当那样快乐过!唉!内心多么龌龊啊!"

"我们不走运,普莱斯小姐,"克劳福德压低了声音继续说道,免得让埃德蒙听见,他完全没有察觉范妮的情绪,"我们的确很不走运。我们再有一个星期,只要再有一个星期,就够了。我想,如果我们能有呼风唤雨的本事——如果曼斯菲尔德庄园能把秋分时节的风雨掌管一两个星期,那情况就不同了。我们并不是要来一场狂风暴雨危及他的安全——而只想来一场持续不停的逆风,或者来个风平浪静。我想,普莱斯小姐,那时候只要大西洋能风平浪静一个星期,我们就可以尽兴演完了。"

克劳福德似乎非要对方回答他。范妮转过脸去,以少有的坚定口吻说:"就我而言,先生,我不愿意他晚回来一天。我姨父一回来就坚决反对,在我看来,整个事情已经很过分了。"

范妮还从未对克劳福德一次说这么多话,也从未对任何人这么气冲冲地说过话。话说完后,她对自己的胆量感到后怕、脸红。克劳福德也为之吃惊。不过,他默默不语地对她琢磨了一阵,然后用比较平静而严肃的口吻回答道,好像挺坦率、挺信服似的:"我认为你说得对。我们有些只求快乐不顾规矩。我们闹得太厉害了。"接着,他转换了话题,想跟她谈点别的事情,但是范妮回答起来总是那么羞怯,那么勉强,无论什么问题,他都无法跟她谈下去。

克劳福德小姐一直在密切地注视着格兰特博士和埃德蒙,这时说道:"那两个人一定是在讨论什么很有意思的事。"

"世界上最有意思的事,"她哥哥答道,"就是如何赚钱——如何使收入好上加好。格兰特博士在教埃德蒙如何去担任他即将担任的牧师职位。我发现,埃德蒙再过几个星期就要当牧师了。他们刚才在餐厅里就在谈论这件事。听说伯特伦要过好日子了,我真为他感到高兴。他会有一笔很可观的收入供他挥霍,而且这笔收入挣得不费多大力气。我估计,他一年的收入不会少于七百英镑。对于一个小儿子来说,一年能有七百英镑就很不错了。再说,他肯定还会在家里吃住,这笔收入只供他个人花销。我想,他只需在圣诞节和复活节各讲一次道。"

做妹妹的想一笑置之,说道:"自己比别人阔得多,却轻松地说别人富有,我觉得最可笑不过。亨利,你的个人花销要是给限制在一年七百英镑,你就会茫然不知所措了。"

"也许我会的。不过,你说的这情况也是比较而言。事情取决于与生俱来的权利和个人的习惯。对于一个小儿子来说,即使父亲是准男爵,伯特伦有这笔收入当然也算很富裕了。到他二十四五岁的时候,他一年会有七百英镑的收入,而且是毫不费事儿得来的。"

克劳福德小姐本来想说,挣这笔钱还是要费点事的,而且还要吃点苦,她认为并不轻松。不过,她又抑制住了自己,没有理他的茬，尽量摆出一副安之若素、漠不关心的面孔。过了不久，那两个人也过来了。

"伯特伦，"亨利·克劳福德说，"我一定来曼斯菲尔德听你第一次讲道。我特意来鼓励一个初试锋芒的年轻人。什么时候讲呀？普莱斯小姐，你不想和我一起鼓励你表哥吗？你想不想去听他讲道，始终目不转睛地盯着他，一字不漏地听他讲，只在要记录特别漂亮的语句时才把目光移开？我可是要这样做的。我们要准备好拍纸簿和铅笔。什么时候讲呀？你可知道，你应该在曼斯菲尔德讲，以便托马斯爵士和伯特伦夫人可以听你讲。"

"我要尽可能不让你听，克劳福德，"埃德蒙说，"因为你可能比谁都让我心慌，我也就最不愿意你来。"

"他想不到这一点吗？"范妮心想，"是的，他想不到他应该想的任何事情。"

这时，大伙都聚到了一起，话多的人相互吸引着，范妮依然安安静静地坐着。茶点过后，玩起了惠斯特——尽管没有明说，实际上是体贴入微的格兰特太太为使丈夫开心组织的——克劳福德小姐弹起了竖琴，范妮无事可干，只有听琴。晚上余下的时间里，她的这种平静心态一直没有受到打扰，只不过克劳福德先生会不时地问她一个问题，或者对她谈个什么看法，她免不了要回答两句。克劳福德小姐让刚听说的事搅得心烦意乱，除了弹琴之外，什么事情也没有心思干。她就想通过弹琴，给自己解解愁，给朋友们逗逗趣。

听说埃德蒙很快就要当牧师，对她是个沉重的打击。原来这件事一直悬在那里，她还希望是一件悬而未决、为时尚早的事情。

今晚一听到这消息，她真是恼羞成怒。她对埃德蒙气愤至极。她过高估计了自己的影响。她本已开始倾心于他——她觉得她已经开始——满怀深情，心意几乎已定。可是现在，她也要像他那样冷漠地来面对他。他非要采取一种他明知对方绝不会屈就的姿态，这足以表明他既没有认真的打算，也没有真正的情意。她要学会用同样冷漠的态度还报他。从此以后，他要是再向她献殷勤，她大不过跟他逢场作戏而已。既然他能控制他的感情，她也不能做感情的奴隶。

第六章

亨利·克劳福德第二天早晨打定了主意,要在曼斯菲尔德再住两个星期。他让人把他的猎马送来,并给海军将军写了封短信做了一番解释。信封好交出去之后,他便回过头来看了看妹妹,见周围没人,便笑微微地说:"你知道我不打猎的时候准备怎么消遣吗,玛丽?我已经不那么年轻了,一星期最多只能打三次猎。不过,我对中间不打猎的日子有一个计划,你知道我准备怎么安排吗?"

"一定是和我一起散步、骑马啦。"

"不完全是,尽管我很乐意做这两件事。不过,那只是活动身体,我还要注意我的心灵呢。再说,那只不过是沉湎于娱乐消遣,没有一点需要苦苦开动脑筋的有益因素,我可不喜欢过这种无所事事的生活。不,我的计划是让范妮·普莱斯爱上我。"

"范妮·普莱斯!胡说!不行,不行。有她两位表姐你该满足了。"

"可是没有范妮·普莱斯,不给她心上戳个小洞,我是不会满足的。你似乎没有察觉她有多么可爱。昨天晚上我们谈论她的时候，你们好像谁也没有注意到，在过去六个星期里她的容貌发生了多么奇妙的变化。你天天见她，因而也就注意不到她在变，不过我可以告诉你，她和秋天时相比真是判若两人。她那时只是一个文静腼腆、不算难看的姑娘，可现在却漂亮极了。我过去觉得她脸色不好看，表情又呆板。不过看看她那柔嫩的皮肤，就像昨天晚上那样，常常泛起一抹红晕，那可真是妩媚极了。再根据我对她的眼睛和嘴的观察，我想在她心有所动的时候，肯定很富于表情。还有——她的神态，她的举止，她的一切全都发生了妙不可言的变化！从十月以来，她至少长高了两英寸。"

"得了！得了！这只是因为没有高个子女人在场和她比，因为她换了件新衣服，你以前从没见她打扮得这么漂亮。你相信我好了，她跟十月份一模一样。问题在于，当时你身边只有她一个姑娘可以关注，而你总需要有个人和你相好。我一向认为她漂亮——不是十分漂亮——而是人们所说的'挺漂亮'，是逐渐出落成的一种美。她的眼珠还不够黑，但她笑起来很甜蜜。至于你说的奇妙变化，我想可以归结为衣着得体，而你又没有别的人可看。因此，你要是真的想挑逗她，我可绝不会相信你是因为她长得美，你只是出于无所事事，百无聊赖而已。"

做哥哥的听了这番批评，只是一笑。过了一会儿，他说："我并不十分清楚范妮小姐是怎样一个人。我不了解她。昨天晚上我不知道她是什么意思。她是什么样的个性呢？是不是总爱一本正经？是不是挺古怪？是不是有点假正经？她为什么要畏畏缩缩，板着脸看我？我简直都没法让她开口。我还从没和一个姑娘在一起待这么长时间——想讨她欢心——却碰了一鼻子灰！我从没遇到一个姑娘这样板着脸对待我！我一定要扭转这个局面。她的神情在说：'我不喜欢你，我决不会喜欢你。'我要说：我非要让她喜欢不可。"

"傻瓜！原来这就是她的魅力所在呀！原来是这么回事——是因为她不喜欢你——你才觉得她皮肤柔嫩，个子也大大长高了，变得那么妩媚，那么迷人！我真希望你不要给她带来不幸。激起一点点爱情也许能给她带来生气，带来好处，但是我不允许你让她陷得太深。她可是个很好的小姑娘，感情很丰富。"

"只不过是两个星期，"亨利说，"如果两个星期能要她的命，那她也太弱不禁风了，即使不去招惹她，也是没救了。不，我是不会加害于她的，可爱的小精灵！我只是想让她亲切地看待我，对我既能脸红又能微笑，不论在什么地方，都在她身边给我留一把椅子，等我坐下来跟她说话的时候，她要兴致勃勃。她还要和我有同样的想法，对我的财产和娱乐饶有兴趣，尽量让我在曼斯菲尔德多住些日子，等我离开的时候，她会觉得自己永远不会再快活了。我的要求仅此而已。"

"要求是不高啊！"玛丽说，"我现在没有顾虑了。好了，你有的是机会讨她的欢心了，因为我们经常在一起。"

她没有进一步表示反对，便丢下范妮不管，任她去接受命运的考验——克劳福德小姐没有料到范妮心里早已有所戒备，不然的话，这命运真会让她招架不住。天下肯定有一些不可征服的十八岁姑娘（不然的话，人们从书里也读不到这样的人物），任凭你再怎么费尽心机，再怎么卖弄风采，再怎么献殷勤，再怎么甜言蜜语，都无法使她们违心地陷入情网，不过我并不认为范妮是这样的姑娘。我觉得她性情这么温柔，又这么富有情趣，要不是心里另有他人的话，遇到克劳福德这样的男人追求她，尽管先前对他的印象不好，尽管追求的时间只有两个星期，她恐怕很难芳心不乱。虽说对另一个人的爱和对他的轻蔑能确保她在受到追逐时仍然心境平静，但是经不住克劳福德持续不断地献殷勤——持续不断却又注意分寸，并且越来越投合她那文雅稳重的性情，要不了多久，她就不会像以前那样讨厌他了。她绝没有忘记过去，依然看不起他，但感受到了他的魅力。他颇为有趣，言谈举止大有改进，变得客客气气，客气得规规矩矩，无可指摘，她对他也不能不以礼相待。

只消几天工夫便可达到这一步。这几天刚过，就发生了一件让范妮万分高兴的事，乐得她见谁都喜笑颜开，因此也就有利于克劳福德进一步讨她欢心。她的哥哥，她那个久在海外的亲爱的哥哥威廉，又回到了英国。她收到了他的一封信，那是他们的军舰驶入英吉利海峡时他匆匆写下的报喜的信，只有几行。"安特卫普号"军舰在斯皮特黑德抛锚后，他的信交给从舰上放下的第一艘小艇，送到了朴次茅斯。克劳福德手拿着报纸走来，原指望给她带来这最新的消息，不想却看到她一边手拿着信高兴得发抖，一边又容光焕发地怀着感激之情，在听姨父泰然自若地口述回信，要她向威廉发出热情邀请。

克劳福德只是在前一天才了解了这件事的底细，知道她有这样一个哥哥，这个哥哥就在这样一艘军舰上。不过，他当时虽说很感兴趣，也只是适可而止，打算一回伦敦就打听"安特卫普号"

可能什么时候从地中海回国。第二天早晨他查阅报纸上的舰艇消息时，恰巧看到了这条消息。真是上天不负有心人，他巧妙地想出了这样一个办法，既能赢得范妮的欢心，又能表示他对海军将军的关切，多年以来，他一直在订阅上面登有海军最新消息的这份报纸。然而，他来迟了。他原想由他来激起范妮那美妙的惊喜之情，不料这种心情早已被激发起来了。不过，范妮对他的关心，对他的好意还是表示感激——热情地表示感激，因为她出于对威廉的深情厚爱，已经超脱了平常的羞怯心理。

亲爱的威廉很快就要来到他们中间了。毫无疑问他会马上请到假的，因为他还只是个海军见习生。父母就住在当地，肯定已经见到了他，也许天天能见到他。按理说，他一请好假就会立即来看妹妹和姨父。在七年的时间里，妹妹给他写的信最多，姨父也在尽最大努力帮助他，为他寻求晋升。因此，范妮给哥哥写的回信很快得到了回信，哥哥确定了日期，要尽快到这里来。从范妮第一次心情激动地在外面做客吃饭那天起，过了还不到十天，她就迎来了一个心情更加激动的时刻——在门厅里，在门廊下，在楼梯上，等候倾听哥哥马车到来的声响。

马车在她的企盼中欢快地来到了。既没有什么虚礼，也没有什么可怕的事来耽搁相见的时刻，威廉一走进屋来，范妮便扑到他身边。最初时刻那强烈的感情流露既没有人打断，也没有人看见，如果说有人的话，也只是那些小心翼翼就怕开错门的仆人。这种场面正是托马斯爵士和埃德蒙不谋而合安排好的，他们不约而同地欣然劝说诺里斯太太待在原地，不要一听到马车到达的声音，就往门厅里跑。

他们不约而同地欣然劝说诺里斯太太待在原地

过了不久，威廉和范妮就来到了大家面前。托马斯爵士高兴地发现，他七年前装备起来的这位被保护人现在完全变了样子，已经出挑成了一个开朗和悦、诚挚自然、情真意切、彬彬有礼的青年，使他越发认定可以做他的朋友了。

范妮过了很久才从最后三十分钟的期待和最初三十分钟见面时的激动喜悦之情中平静下来。甚至过了很久，她的这种喜悦之情才可以说使她真正感到欣喜，她那由于见到已非原来的威廉而产生的失落感才逐渐消失，她才从他身上见到了原来的威廉，才能像她多年来所企盼的那样与他交谈。不过，由于威廉的情感和她的一样热烈，也由于他不那样讲究文雅和缺乏自信，这样的时刻还是渐渐来到了。她是威廉最爱的人，只不过他现在意气更高昂，性情更刚强，因而爱得坦然，表达得也很自然。第二天他们一起在外面散步的时候，才真正体会到重逢的喜悦，以后两人天天都在一起谈心。托马斯爵士没等埃德蒙告诉他就已看出来了，心里感到颇为得意。

除了在过去几个月中，埃德蒙对她的一些明显的、出乎意料的体贴给她带来的特大快乐外，范妮还从未领受过这次与哥哥加朋友的这种无拘无束、平等无忧的交往带来的莫大幸福。威廉向她敞开了心扉，对她讲述了他为那向往已久的提职，如何满怀希望，如何忧心忡忡，如何为之筹划，如何翘首以盼，喜事来之不易，理当倍加珍惜。他对她讲了他亲眼见到的爸妈和弟弟妹妹们的详细情况，而她过去很少听到他们的消息。威廉兴致勃勃地听妹妹讲她在曼斯菲尔德的情况，讲她在这里过的舒适生活，遇到的种种不愉快的小事——他赞成妹妹对这家人每个成员的看法，只是在谈到诺里斯姨妈时,他比妹妹更无所顾忌,责骂起来声色俱厉。两人一起回忆小时候表现得乖不乖(这也许是他们最喜欢谈论的话题),一起缅怀以往共同经历过的痛苦和欢乐。两人越谈越亲密,这种兄妹之情甚至胜过夫妻之爱。来自同一家庭,属于同一血脉,幼年时有着同样的经历、同样的习惯,致使兄弟姐妹在一起感到的那种快乐,在夫妻亲朋关系中很难感受到。只有出现了长期的、异乎寻常的疏远,关系破裂后又未能重修旧好,儿时留下的珍贵情谊才会被彻底忘却。唉,这种事情屡见不鲜呀!骨肉之情有时胜过一切,有时一文不值。但是,对威廉兄妹来说,这种情感依然又热烈又新鲜,没有受到利害冲突的损害,没有因为各有所恋而变得冷漠,长久的分离反而使这情感越来越深。

兄妹之间如此相亲相爱,使每一个珍惜美好事物的人都更加敬重他们。亨利·克劳福德也像其他人一样深受感动。他赞赏年轻水手对妹妹的一片深情和毫不掩饰的爱,于是一边把手伸向范妮的头,一边说道:"你知道吧,我已经喜欢上了这种奇怪的发型,虽说我最初听说英国有人梳这样的发型时,我简直不敢相信。当布朗太太和别的女人都梳着这种发型来到直布罗陀长官家里的时候,我认为她们都疯了。不过,范妮能让我对什么都看得惯。"做哥哥的出海这么多年,自然遇到过不少突如其来的危险和蔚为壮观的景致,范妮一听他描述起这样的事情,就不由得容光焕发,两眼晶亮,兴致勃勃,全神贯注,克劳福德不禁异常羡慕。

这是亨利·克劳福德从道德的角度颇为珍惜的一幅情景。范妮的吸引力增加了——增加了两倍——因为多情本身就很富有魅力，使她气色俊秀，容颜焕发。他不再怀疑她会情意绵绵。她有感情，有纯真的感情。能得到这样一位姑娘的爱，能让她那年轻纯朴的心灵产生初恋的激情，这该是多么难能可贵的事情啊！他对她的兴趣超出了他的预想。两个星期还不够。他要不定期地住下去。

姨父常常要威廉给大家讲他的见闻。托马斯爵士觉得他讲的事情很有趣，不过他要他讲的主要目的是要了解他，是要通过听经历来了解这个年轻人。他听他简单明了、生气勃勃地叙述他的详细经历，感到十分满意——从这些经历中，可以看出他为人正派，熟谙业务，有活力，有勇气，性情开朗——这一切确保他应该受到重用，也能受到重用。威廉尽管年轻，却已经有了丰富的阅历。他到过地中海，到过西印度群岛，再回到地中海。舰长喜欢他，每到一地，常把他带上岸。七年当中，他经历了大海和战争给他带来的种种危险。他有这么多不平凡的经历，讲起来自然值得一听。就在他叙述海难或海战的时候，尽管诺里斯太太走来走去，一个劲儿地打扰别人，时而向这个要两根线，时而向那个要一粒衬衫扣子，但其他人都在聚精会神地听。连伯特伦夫人听到这些可怕的事也为之震惊，有时停下手里的活计抬眼说道："天哪！多可怕呀。我不明白怎么会有人去当水手。"

亨利·克劳福德听后却不这样想。他巴不得自己也当过水手，有过这么多见识，做过这么多事情，受过这么多苦难。他心潮澎湃，浮想联翩，对这个还不到二十岁就饱尝艰难困苦、充分显示出聪明才智的小伙子感到无比敬佩。在他的英勇无畏、为国效劳、艰苦奋斗、吃苦耐劳光辉精神的比照下，他只顾自己吃喝玩乐，简直是卑鄙无耻。他真想做威廉·普莱斯这样一个人，满怀自尊和欢快的热忱，靠自己奋斗来建功立业，而不是现在这样！

这种愿望来得迫切，去得也快。埃德蒙问他第二天的打猎怎样安排，把他从回顾往事的梦幻和由此而来的悔恨中惊醒。他觉得做一个有马车马夫的有钱人同样不错。在某种意义上，这还要更好，因为你想施惠于人的时候，倒有条件这样做。威廉对什么事都兴致勃勃，无所畏惧，欲求一试，因此表示也想去打猎。对克劳福德来说，给威廉准备一匹打猎的坐骑可以说是不费吹灰之力，他只需要打消托马斯爵士的顾虑——他比外甥更了解欠别人人情的代价，还需要说服范妮不必担心。范妮对威廉不放心。威廉对她讲了他在多少国家骑过马，参加过哪些爬山活动，骑过多少脾气暴烈的骡子和马，摔过多少次都没摔死，但她依然不相信他能驾驭一匹膘肥体壮的猎马在英国猎狐。而且，不等哥哥平安无事地打猎回来，她会一直认为不该冒这样的险，也不会感激克劳福德借马给哥哥，尽管克劳福德原本就想求得她的感激。不过，事实证明威廉没有出事，她这才感到这是一番好意。马的主人提出让威廉下次再骑，接着又极其热情、不容推辞地把马完全交给了威廉，叫他在北安普敦郡做客期间尽管骑用。这时，范妮甚至向克劳福德报以微笑。

第七章

这阵子,两家人的交往差不多又像秋季那样频繁,这是这些老相识中谁也不曾料到的事情。亨利·克劳福德的返回和威廉·普莱斯的到来对此起了很大的作用,不过,这跟托马斯爵士对于与牧师府的友好交往采取了宽容有加的态度,也有很大关系。他现在已经摆脱了当初的烦恼,有了闲情逸致,发现格兰特夫妇和那两个年轻伙伴的确值得交往。他虽说全然没有考虑自己的儿女与这家的少爷小姐结亲,尽管这对他们家极为有利,而且明显地存在这种可能,但谁要是在这件事上过于敏感,他都不以为然。不过,他不用留意就能洞察克劳福德先生对他外甥女的态度有些与众不同——也许就是由于这个原因,每逢那边邀请,他无意之中更会欣然同意。

牧师府上经过反复讨论,终于决定把这家人都请去吃饭。他们起初颇费踌躇,拿不准这样做好不好,"因为托马斯爵士好像不怎么愿意!伯特伦夫人又懒得出门!"不过托马斯爵士欣然接受了邀请,他这样做完全是出于礼貌和友好,想和大家一起快活快活，而与克劳福德先生毫无关系。正是在这次做客中，他才第一次意识到：任何人只要随意观察，都会认为克劳福德先生看上了范妮·普莱斯。

大家聚在一起，爱讲话的人和爱听讲的人比例适中，因而个个都感到挺快活。按照格兰特家平时的待客之道，饭菜既讲究又丰盛，大家都觉得实在太多，真有些应接不暇，只有诺里斯太太例外。她时而嫌饭桌太宽，时而怨菜做得太多，每逢仆人从她椅子后面经过，她总要挑一点毛病，离席后越发觉得，上了这么多菜，有一些肯定会凉。

到了晚上，大家发现，根据格兰特太太和她妹妹的预先安排，组成玩惠斯特的一桌人之后，剩下的人可以玩一种轮回牌戏[1]。在这种情况下，自然是人人都愿意参加，没有选择的余地。于是，几乎是一定下打惠斯特，就决定再摆一桌玩投机[2]。过了不久，伯特伦夫人觉得自己很为难，大家让她来选择，是打惠斯特，还是玩投机。她犹豫不决。幸好托马斯爵士就在身旁。

"我玩什么呢，托马斯爵士？惠斯特和投机，哪一种更好玩？"

托马斯爵士想了想，建议她玩投机。他自己爱打惠斯特，也许怕跟她做搭档没意思。

"好吧，"夫人满意地答道，"那我就玩投机吧，格兰特太太。我一点也不会打，范妮得教我。"

范妮一听急忙说她也一窍不通，她长这么大还从没玩过这种

---

[1] 指由四人或四人以上参加，但互不结为同伴的牌戏。
[2] 一种轮回牌戏，参加者各打各的，相互买牌卖牌，最后拥有点数最多者胜。

牌戏，也从没见别人玩过。伯特伦夫人又犹豫了一番——但人人都跟她说这比什么都容易，是牌戏中最容易打的一种。恰在这时，亨利·克劳福德走上前来，极其恳切地要求坐在夫人和普莱斯小姐中间，同时教她们两人，于是问题解决了。托马斯爵士、诺里斯太太和格兰特博士夫妇几位老练持重的人围成一桌，余下的六人听从克劳福德小姐的安排，围着另一张桌子坐下。这种安排正合亨利·克劳福德的心意，他挨着范妮，忙得不可开交，既要照看自己的牌，又要关注另两个人的牌——尽管范妮不到三分钟就掌握了牌的打法，但他还得鼓励她要有勇气，要贪得无厌，要心狠手辣，不过这还有一定的难度，特别是与威廉竞争时尤其如此。至于伯特伦夫人，整个晚上他都得对她的胜负输赢负责。从发牌开始，不等她看就替她起到手上，然后从头到尾指导她出每一张牌。

他兴致勃勃，如鱼得水，牌翻得潇洒，出得敏捷，风趣赖皮，真是样样出色，给整个牌戏增添不少光彩。这张牌桌又轻松又活跃，与另一张牌桌的秩序井然、沉闷不语形成了鲜明的对照。

托马斯爵士两次询问夫人玩得是否开心，输赢如何，但没有问出个结果。牌隙间的停顿大都太短，容不得他从容不迫地打听。直至打完了第一局，格兰特太太跑到夫人跟前恭维她时，大家才知道她的情况。

"我想，夫人，你很喜欢这种牌戏吧。"

"噢！是呀。确实很有意思。一种很奇怪的玩法。我不懂到底是怎么打的。我根本就看不到我的牌，全是克劳福德先生替我打的。"

"伯特伦,"过了一阵,克劳福德趁打牌打得有些倦怠的时候说,"我还没告诉你昨天我骑马回来的路上出了什么事。"原来他们在一起打猎,正在纵马驰骋,到了离曼斯菲尔德很远的一个地方时,发现亨利·克劳福德的马掉了一个马掌,他只得半途而废,抄近路回家。"我对你说过,由于我不爱问路,过了周围种着紫杉树的那座旧农舍就迷了路。可是我没有告诉你,我一向运气不错——出了差错总会有所补偿——我正好走到了原先很想游览的一个地方。我转过一块陡坡地,一下子来到了坐落在平缓山坡上的一个幽静的小村庄,前面是一条必须涉水而过的小溪,右边的山岗上有一座教堂——这座教堂在那里显得又大又漂亮,非常醒目。除了离山岗和教堂一箭之地有一幢上等人家的房子外,周围再也看不到一处甚至半处上等人家的房子,而那座房子想必是牧师住宅。总之一句话,我发现自己来到了桑顿莱西。"

"听起来像是那地方,"埃德蒙说,"不过,你过了休厄尔农场之后是往哪条路上拐的?"

"我不回答这种毫不相干、耍小心眼的问题。即使你问我一个钟头,我把你的问题都回答完,你也无法证明那不是桑顿莱西——因为那地方肯定是桑顿莱西。"

"那你向人打听过了?"

"没有,我从不向人打听。不过,我对一个正在修篱笆的人说那是桑顿莱西,他表示同意。"

"你的记性真好。我都不记得给你说过这个地方。"

桑顿莱西是埃德蒙即将就任的教区,克劳福德小姐对此十分清楚。这时,她对争夺威廉·普莱斯手里的J来了兴趣。

"那么,"埃德蒙接着说,"你喜欢那个地方吗?"

"的确很喜欢。你这家伙很走运。至少要干五个夏天,那地方才能住人。"

"不,不,没有那么糟。跟你说吧,那个农家院肯定要迁移,别的我都不在意。那座房子绝不算糟,等把农家院迁走以后,就会修一条像样的路。"

"场院必须整个迁走,还要多种些树把铁匠铺子遮掩。房子要由向北改为向东——我的意思是说,房子的正门和主要房间必须处在风景优美的一面,我想这是可以做得到的。你那条路应该修在那里——让它穿过花园现在坐落的地方。在现在的房子背后修一个新花园,这就构成了世界上最美妙的景观——整个向东南方向倾斜。那地形似乎十分适宜这样安排。我骑马顺着教堂和农舍间的那条小路走了五十码,向四下望一望,看出了怎么改造为好。事情容易极了。现在这座花园以及将来新修花园外面的那些草地,从我站的地方向东北面延伸,也就是通向穿村而过的那条主要道路,当然要统统连成一片。这些草地在树木的点缀下,显得十分漂亮。我想,这些草地属于牧师的产业,不然的话,你应该把它们买下来。还有那条小溪——也要采取点措施,不过我还拿不准怎么办。我有两三个想法。"

"我也有两三个想法,"埃德蒙说,"一个想法是,你关于桑顿莱西的计划是不会付诸实施的。我喜欢朴实无华。我想不要花很多的钱,就能把房子庭园搞得舒舒适适的,一看就知道是个上等人住的地方,我觉得这就足够了。我希望所有关心我的人也会感到满足。"

埃德蒙最后说到他的希望的时候,他的口气,有意无意的目光,引起了克劳福德小姐的猜疑和气恼,她匆匆结束了和威廉·普莱斯的斗牌,一把抓过他的J,叫道:"瞧吧,我要做个有勇气的人,把最后的老本都拼上。我不会谨小慎微的。我天生就不会坐在那里无所作为。即使输了,也不是因为没有为之一拼。"

这一局她赢了,只不过赢来的还抵不上她付出的老本。又打起了另一局,克劳福德又谈起了桑顿莱西。

"我的计划也许不是最好的,当时我也没有多少时间去考虑。不过,你还得多下工夫。那地方值得多下工夫,要是不下足工夫,你自己也不会满意的。(对不起,夫人,你不要看你的牌。对,就让它们在你面前扣着。)那地方值得下工夫,伯特伦。你谈到要让它像个上等人家的住宅。要做到这一点,就得去掉那个农家院。抛开那个糟糕透顶的农家院,我还从没见到有哪座房子比它更像一幢上等人家的住宅,不像是一幢不起眼的牧师住宅,家里一年只有几百英镑的收入。这房子不是把一些矮小的单间屋子拼凑在一起,弄得屋顶和窗子一样多——也不是搞得局局促促、土里土气,像座四四方方的农舍——而是一座墙壁坚固、居室宽敞的房子,看上去像座大宅,让人觉得里面住着一户德高望重的古老世家,代代相传,至少有二百年的历史,现在每年的开支有两三千英镑。"对于这番话,克劳福德小姐仔细听着,埃德蒙表示赞同。"因此,你只要下点工夫,就能使它看起来像是上等人的宅第。不过,你还能改造得比上等人的住宅好得多。(让我想一想,玛丽。伯特伦夫人出一打要这张Q。不行,不行,这张Q值不了一打。伯特伦夫人不出一打。她不会出的。过,过。)如果按照我的建议加以改造（我并非真的要求你按照我的计划去做，不过我想未必有人能想出更好的计划），那就会提高这幢房子的档次。你可以把它改造成一幢宅第。如果改造得好，那就不仅仅是一座上等人的住宅，而且是一座有学识、有情趣、举止高雅、结交不凡的人家的住宅。这一切都要在宅第上显示出来。这座房子就是要有这样的气派，每一个路过的人都会认为房主人是本教区的大地主，特别要看到，附近没有真正的地主宅第与它相比，也就不会引起怀疑。我跟你私下说一句，这个情况对于保持特权和独立自主大有好处。我希望你同意我的想法——（以柔和的声音转向范妮）——你去过那地方吗？"

范妮连忙给了个否定的回答，极力想掩饰她对这个话题的兴趣，急忙把注意力转向她哥哥。她哥哥正在讨价还价，一个劲地劝她达成交易，可克劳福德却紧跟着说："不行，不行，你不能出Q。你得来的代价太高，你哥哥出的价钱还不及买价的一半。不行，不行，先生，不许动——不许动。你妹妹不出Q。她绝不会出。这一盘是你的。"说着又转向范妮："肯定是你赢。"

"范妮情愿让威廉赢，"埃德蒙笑着对范妮说，"可怜的范妮！想故意打输都不成啊！"

"伯特伦先生，"过了一会儿，克劳福德小姐说，"你知道，亨利是个了不起的环境改造专家，你要在桑顿莱西进行这样的改造，不请他帮忙是不行的。你只要想一想，他在索瑟顿起了多大的作用啊！只要想一想，我们在八月的一个大热天一起坐车在庭园里转悠，看着他施展才能，在那里取得了多么了不起的成绩。我们跑到那里，又从那里回来，到底干了些什么，简直没法说呀！"

范妮瞅了瞅克劳福德，神情比较严厉，甚至有点责怪的意味。但是一触到他的目光，两眼马上就退缩了。克劳福德似乎意识到妹妹话中的意思，便向她摇了摇头，笑呵呵地答道："我不敢说我在索瑟顿干了多少事情。不过，那天天气太热，我们都是步行着你找我我找你，弄得晕头转向的。"这时，大家唧唧喳喳地议论起来，他在这嘈杂声的掩护下，趁机悄悄对范妮说："我感到遗憾，大家拿我在索瑟顿那天的表现来判断我的设计才能。我现在的见解与那时大不一样了。不要以我当时的表现来看待我。"

索瑟顿这几个字对诺里斯太太最有吸引力。这时，她和托马斯爵士刚刚靠绝招赢了格兰特博士夫妇的一手好牌，情绪正高，一听到这几个字，诺里斯太太兴冲冲地叫道："索瑟顿！是呀，那真是个好地方，我们在那儿度过好痛快的一天。威廉，你来得真不巧。不过你下次来的时候，但愿亲爱的拉什沃思夫妇不要再外出了，我敢担保他们两人都会盛情接待你。你的表姐们都不是会忘掉亲戚的那种人，而拉什沃思先生又是个顶和蔼的人。你知道吧，他们现在在布赖顿——住的是最上等的房子，因为拉什沃思先生有的是钱，完全住得起。我说不出确切的距离，不过你回到朴次茅斯的时候，如果不太远的话，你应该去看看他们。我有一个小包要给你的两个表姐，你顺便给我带去。"

"大姨妈，我倒是很愿意去。不过布赖顿几乎紧挨着比奇角，我即使能跑那么远，我这么一个小小的海军见习生，到了那样一个时髦的阔地方恐怕是不会受欢迎的。"

诺里斯太太急切地刚开口向他保证说，他尽管放心，肯定会受到热情的接待，托马斯爵士便打断了她的话，以权威的口吻说道:"威廉,我倒不劝你去布赖顿。我相信你们不久就会有更方便的见面机会。不过,我的女儿们在任何地方见到她们的表弟、表妹都会很高兴。你还会发现,拉什沃思先生真心诚意地把我们家的亲戚当成他自己的亲戚。"

"我倒宁愿他当上海军大臣的私人秘书。"威廉小声说了一句,不想让别人听见,这个话题也就撂下不谈了。

到现在为止,托马斯爵士还没看出克劳福德先生的举止中有什么值得注意的地方。但是,等打完第二局,惠斯特牌桌已经解散,只剩下格兰特博士和诺里斯太太在为上一盘争论的时候,托马斯爵士在旁边观看另一张牌桌,发现他外甥女成了献殷勤的对象,或者说得更确切些,成了颇为露骨地用甜言蜜语讨好的对象。

亨利·克劳福德又满腔热情地提出了一个改造桑顿莱西的方案,因为没能引起埃德蒙的兴趣,便一本正经地向他漂亮的邻座细说起来。他打算来年冬天由他自己把那房子租下来,这样他就可以在附近有一个自己的家。他租房子并不像他刚才说的那样,仅仅是为了打猎季节用一下,尽管这也是个重要因素,因为他觉得虽说格兰特博士为人极其厚道,但他连人带马住在别人家里总会给人家带来诸多不便。他之所以喜欢这一带,并不仅仅是基于一个季节打猎的考虑,他一心想在这里有一个安身之处,想什么时候来就什么时候来,有一个自己的小院,一年的假日都可以在这里度过,跟曼斯菲尔德庄园的一家人继续保持、不断增进他越来越珍惜的情谊,使这情谊日臻完美。托马斯爵士听到了他这话,并不觉得刺耳。这年轻人的话里并没有轻薄之词,范妮的反应适度得体,冷静淡漠,他没有什么好指摘的。范妮话很少,只是偶尔对这句话那句话表示同意，听到恭维丝毫没有流露出当之无愧的神情，听他夸奖北安普敦郡也不去随声附和。亨利·克劳福德发现托马斯爵士在注意自己，便转过身跟他扯起了这个话题，语气比较平淡，但言词依然热烈。

"我想做你的邻居，托马斯爵士，我刚才告诉了普莱斯小姐，你可能已经听见了。我是否可望得到你的同意，你是否能允许你的儿子不要拒绝我这个房客？"

托马斯爵士客气地点了点头，答道："先生，你要在附近定居，跟我们家长久为邻，这我欢迎，但不能以做房客的方式。不过我想，而且也相信，埃德蒙要住进他桑顿莱西的那座房子。埃德蒙，我这样说过不过分？"

埃德蒙听父亲这样问他，先得听听他们刚才在谈什么，等一打听清楚，就觉得没什么不好回答的。

"当然啦，爸爸，我已打定主意住到那儿。不过，克劳福德，虽然我拒不接受你做房客，但是欢迎你以朋友的身份到我那儿去住。每年冬天都把我的房子当作一半属于你，我们将根据你修改后的计划增加马厩，并根据你今年春天可能想出的修正方案，再进行一些改建。"

"受损失的是我们，"托马斯爵士接着说，"他要走了，虽然离我们只有八英里，我们还是不愿意家里又少了一个人。不过，我的哪个儿子要是做不到这一点，我会感到莫大的耻辱。当然，克劳福德先生，你在这个问题上不会想这么多。一个牧师如果不经常住在教区，他就不知道教区需要什么，有什么要求，靠代理人是了解不到那么多的。埃德蒙可以像人们常说的那样，既履行他在桑顿莱西的职责，也就是做祈祷、讲道，同时又不放弃曼斯菲尔德庄园。他可以每星期天骑马到他名义上的住宅去一次，领着大家做一次礼拜。他可以每七天去桑顿莱西当上三四个小时的牧师，如果他感到心安理得的话。但他是不会心安理得的。他知道，人性需要的教导不是每星期一次讲道就能解决的。他还知道，如果他不生活在他的教民中间，不通过经常的关心表明他是他们的祝愿者和朋友，那他给他们和他自己都带来不了多少好处。"

克劳福德先生点头表示同意。

"我再说一遍，"托马斯爵士补充说道，"在那一带，桑顿莱西是我不想让克劳福德先生租用的唯一的一幢房子。"

克劳福德先生点头表示谢意。

"毫无疑问，"埃德蒙说，"托马斯爵士了解教区牧师的职责。我们应该希望，他的儿子能表明自己也懂得这种职责。"

托马斯爵士的简短训导不管能对克劳福德先生起多大作用，却使两个在座的人，两个最专心听他讲话的人——克劳福德小姐和范妮，感到局促不安。其中一个从没想到埃德蒙这么快就要完全以桑顿为家，于是耷拉着眼皮思索不能天天见到他该是个什么滋味。那另一个听了哥哥的描述之后，原来还抱着惬意的幻想，在她对桑顿的未来憧憬中，教堂给排除在外，牧师也被置诸脑后，桑顿成了一位有充裕资产之人士的高雅考究、现代化的、偶尔来住几天的宅第——现在，她被托马斯爵士的话从梦幻中惊醒，心中的那幅图画也随之破灭。她认为这一切都是托马斯爵士破坏的，因而对他满怀敌意。他的那个德性和那副面孔令她生畏，她不得不强忍着，就连想要泄愤对他来个反唇相讥都不敢。这使她越发感到痛苦。

眼下她打的如意算盘全都完了。由于不断有人说话,牌也无法再打下去。她很高兴能结束这一局面,趁机换个地方,换个人坐在一起,振作一下精神。

多数人都围着火炉散乱地坐着,等待最后散场。威廉和范妮却没有跟着过来,依然坐在散掉了的牌桌边,愉快地聊着天,忘掉了其余的人,直至其余的人想到了他们。亨利·克劳福德第一个把椅子转向他们,默默不语地坐在那里观察了他们好一阵。与此同时,托马斯爵士一边站在那里和格兰特博士闲聊,一边在观察他。

"今晚该有舞会,"威廉说,"我要是在朴次茅斯的话,也许会去参加的。"

"可你不会希望你现在是在朴次茅斯吧,威廉?"

"是的,范妮,我不希望。你不在我身边时,朴次茅斯够我玩的了,舞也够我跳的了。我觉得去参加舞会也没有什么意思,我可能连个舞伴都找不到。朴次茅斯的姑娘只瞧得起当官的。当个海军见习生还不如什么都不是,真不如什么都不是。你记得格雷戈里家的姑娘吧,她们已经出落成光彩夺目的漂亮小姐,但是几乎都不爱搭理我,因为有一位海军上尉在追露西。"

"噢!真不像话,真不像话!不过,你不要放在心上,威廉。(说话间她自己的脸气得通红。)不值得放在心上。这完全无损于你。那些最伟大的海军将领年轻时或多或少都经历过这类事情。你要这样想,你要把它看成每个水手都会遇到的不如意的事情——就像恶劣的天气和艰苦的生活一样——但是这种不如意的事也有它的好处，那就是它总有结束的时候，总有一天你用不着再去忍受这种不如意的事了。等你当上海军上尉再看吧！你想想看，威廉，等你当上了海军上尉，你就不用计较这类无聊的事了。"

"范妮，我觉得我永远也当不上海军上尉。人家个个都升官了，就是我没有。"

"噢！亲爱的威廉，别这样说，别这样灰心丧气。姨父虽然没有说出来，但我相信他会竭尽全力使你得到提拔。他和你一样清楚这是多么重要的一件事情。"

范妮发现姨父距离他们比她原以为的要近得多，便连忙住口。两人只得谈起别的事情。

"你喜欢跳舞吗，范妮？"

"喜欢，非常喜欢。只是跳一会儿就会累的。"

"我倒想和你一起去参加舞会，看看你跳得怎么样。你们北安普敦从不举行舞会吗？我想看你跳舞，你要是愿意，还想陪你一起跳，反正这里没有人认识我，我想再做你的舞伴。我们以前曾多次在一起跳来跳去，对吧？当时街上还响起手摇风琴吧？我跳得相当好，独具一格，不过你比我跳得还要好。"这时，他们的姨父来到他们跟前，他转向姨父说："范妮跳舞跳得很好吧，姨父？"

范妮听到这个突如其来的问题颇为惊愕，她不知道眼睛往哪里看是好，也不知道姨父会说出什么话。姨父肯定会严厉地训斥几句，至少会冷若冰霜地不屑一顾，让哥哥感到难堪，她自己无地自容。然而，与之相反，姨父只不过说："很抱歉，我无法回答你的问题。范妮从小到现在，我还从没看见她跳过舞。不过我相信，她要是跳起舞来，我们都会觉得她像个大家闺秀，也许我们不久就会有这样的机会。"

"普莱斯先生，我有幸见到过你妹妹跳舞，"亨利·克劳福德倾身向前说道，"你有什么问题尽管问我好了，我负责回答，保证让你百分之百满意。不过我想（看到范妮神情尴尬），必须以后找个时候再说。在场的人里，有一个人不喜欢普莱斯小姐给说来说去。"

一点不错，他曾经看到过范妮跳舞。同样一点不错，他现在可以回答说范妮悠然迈着轻盈优美的步履在场子里跳来跳去，实际上根本记不起她跳舞跳得怎么样。可以说，他想不起这样的场景，只是理所当然地觉得她到过舞场。

不过，大家也只是以为他夸范妮舞跳得好而已。托马斯爵士没有因此而感到丝毫不悦，反倒继续谈论跳舞，兴致勃勃地描绘安提瓜的舞会，听外甥讲述他所见过的各种舞蹈，连仆人通报马车到了他都没听见，后来看见诺里斯太太张罗起来才知道。

"喂，范妮，你在干什么呀？我们走了。你没看见二姨妈已经起身了吗？快，快。我不忍心让威尔科克斯老汉在外面等着。你得时刻替车夫和马着想。亲爱的托马斯爵士，我们就这么定了，让马车回来接你、埃德蒙和威廉。"

托马斯爵士不能不表示同意，因为这原是他安排的，事前就告诉了他妻子和大姨子。不过诺里斯太太似乎忘了这一点，自以为是由她决定的。

范妮这次做客临走时感到有些失意：埃德蒙正不声不响地从仆人手里接过披巾，要给她披上，不想克劳福德先生动作更快，一把抢了过去。尽管这是更加露骨的献殷勤，她还不得不表示感激。

埃德蒙正不声不响地从仆人手里接过披巾,要给她披上,不想克劳福德先生动作更快,一把抢了过去

第八章

威廉想看范妮跳舞,姨父把这件事牢记在心。托马斯爵士答应要给他一个机会,并非说过就抛到脑后了。他打定主意要满足威廉对妹妹的这份亲切情意——满足其他想要看范妮跳舞的人们的心愿,同时给所有年轻人一次娱乐的机会。他经过仔细考虑,暗自做了决定,第二天早晨吃早饭时,重又提起了外甥说的话,并加以赞赏,接着补充说:"威廉,我要让你在离开北安普敦郡之前参加这样一次活动。我很乐意看着你们俩跳舞。你上次提到北安普敦的舞会。你表哥表姐偶尔去参加过,不过那里的舞会现在并不完全适合我们,太累人了,你姨妈吃不消。依我看,我们不要去考虑北安普敦什么时候举行舞会,在家里开个舞会可能更合适。要是——"

"啊!亲爱的托马斯爵士,"诺里斯太太打断了他的话,"我知道下面会怎么样。我知道下面你要说什么。要是亲爱的朱莉娅在家,要是最亲爱的拉什沃思太太在索瑟顿,就为举行这样的活动提供了一个理由,你会想在曼斯菲尔德给年轻人开个舞会。我知道你会这样做的。要是她们能在家为舞会增色，你今年圣诞节就可以举行舞会。谢谢你姨父，威廉，谢谢你姨父。"

"我的女儿们，"托马斯爵士一本正经地插嘴道，"在布赖顿自有她们的娱乐活动，我想她们玩得非常快乐。我想在曼斯菲尔德举办的舞会是为她们的表弟表妹举办的。如果全家人都在，那肯定会高兴极了。不过，不能因为有的人不在家，就不让其他人组织娱乐活动。"

诺里斯太太没再说话。她从脸色上看出，托马斯爵士主意已定。她又惊奇又恼火，过了一会儿才平静下来。居然在这个时候举办舞会！他的女儿们都不在家，事先也不征求她的意见！不过，她马上就感到欣慰了。一切必然由她操办。伯特伦夫人当然不会费心出力，事情会整个落在她身上。舞会将由她主持，一想到这里，她的心情立即大为好转，大家表示高兴和感谢的话还没说完，她便和大家一起有说有笑了。

埃德蒙、威廉和范妮听说要开舞会，正如托马斯爵士所希望的那样，在神情和言词中，都以不同的方式表现了自己的欣喜感激之情。埃德蒙是为那兄妹俩感激父亲。父亲以前给人帮忙或做好事，从来没有让他这样高兴过。

伯特伦夫人一动不动地坐着，感到十分满意，没有任何意见。托马斯爵士向她保证舞会不会给她增添什么麻烦，她则向丈夫保证说："我压根儿不怕麻烦，其实我也想象不出会有什么麻烦。"

诺里斯太太欣欣然地正想建议用哪些房间举行舞会，却发现舞场早已安排妥当，她想在日期上发表个意见，看来舞会的日期也已经定好了。托马斯爵士饶有兴味地制订了一个周密的计划，一旦诺里斯太太能静下来听他说话,他便念了念准备邀请的家庭名单,考虑到通知发得比较晚,预计能请到十二或十四对年轻人,接着又陈述了他把日期定在二十二日的理由。威廉二十四日就得赶回朴次茅斯,因而二十二日是他来此探亲的最后一天。再说,鉴于时间已很仓促,又不宜于再往前提,诺里斯太太只得表示这正符合她的想法,她本来也打算建议定在二十二日,认为这一天最为合适。

举办舞会的事已完全说定了,黄昏未到,相关的人已个个皆知。请帖迅速发出去了,不少年轻小姐像范妮一样,当晚就寝时心里乐滋滋地想起心事来。范妮所想的心事有时几乎超出了快乐的范畴。她年纪轻,经历少,没有多少选择的余地,加上对自己的眼光又缺乏自信,"我该怎么打扮"也就成了一个伤脑筋的问题。威廉从西西里岛给她带回的一个十分漂亮的琥珀十字架,是她拥有的唯一的装饰品。正是这件装饰品给她带来了最大的苦恼,因为她没有什么东西来系这十字架,只有一条缎带。她以前曾经这样戴过一次,但是这一次其他小姐都会戴着贵重的装饰品,她还能那样戴着出现在她们中间吗?然而不能不戴呀!威廉原来还想给她买一根金项链,但钱不够没有买成。因此,她要是不戴这个十字架,那会伤他的心。这重重顾虑使她焦灼不安。尽管舞会主要是为她举办的,她也打不起精神。

舞会的准备工作正在进行,伯特伦夫人依然坐在沙发上,这些事全都不用她操心。女管家多来了几趟,侍女在为她赶制新装。托马斯爵士下命令,诺里斯太太跑腿,这一切没给伯特伦夫人带来丝毫麻烦,像她预料的那样:"其实,这件事没什么麻烦的。"

埃德蒙这时候的心事特别多，满脑子都在考虑行将决定他一生命运的两件大事——接受圣职和结婚——两件事都很重大，其中一件舞会过后就要来临，因此他不像家里其他人那样看重这场舞会。二十三日他要到彼得伯勒附近去找一个与他境况相同的朋友，准备在圣诞节那个星期一起去接受圣职。到那时，他的命运就决定了一半——另外一半却不一定能顺利解决。他的职责将确定下来，但是分担他的职责、给他的职责带来活力和回报的妻子，却还没有着落。他了解自己的心思，但是对于克劳福德小姐的心思，他并非总是很有把握。有些问题他们的看法不尽一致，有些时候她似乎不很适意，尽管他完全相信她的情意，决定（几乎决定）一旦眼前的种种事务安排妥当，一旦他知道有什么可以奉献给她，他便尽快做出决断——但他对后果如何常常忧虑重重，放心不下。有时候，他深信她有意于他。他能回想起她长期对他情意绵绵，而且像在其他方面一样，对他的情意完全不是出于金钱的考虑。但有的时候，他的希望当中又掺杂着疑虑和担心。他想起她曾明确表示不愿隐居乡下，而要生活在伦敦——这不是对他的断然拒绝又是什么呢？除非他做出自我牺牲，放弃他的职位和职业，她也许会接受他，但那越发使不得了，他的良心不允许他这样做。

这件事整个取决于一个问题。她是否十分爱他，甘愿放弃那些极为重要的条件——是否十分爱他，已经觉得那些条件不再那么重要了？他经常拿这个问题自问自答，虽然他的回答常常是肯定的，但有时也会是否定的。

克劳福德小姐很快就要离开曼斯菲尔德了，因此在最近，那肯定和否定的念头在交替出现。她收到了好朋友的来信，请她到伦敦多住些日子，而亨利答应在这里住到元月，以便把她送到伦敦。她一说起朋友的这封信和亨利的这番厚意，两眼不禁闪烁着喜悦的光芒。她谈到伦敦之行的喜悦时，他从她兴奋的语调中听出了否定。不过，这只是在做出决定的第一天发生的，而且是在得到这可喜消息后的一个钟头之内，当时她心中只有她要去看望的朋友。自那以后，他听她说起话来不一样了——感情也有所不同——心里比较矛盾。他听她对格兰特太太说她舍不得离开她，还说她要去见的朋友、要去寻求的快乐，都赶不上她要告别的朋友、要舍弃的乐趣。尽管她非去不可，也知道去了后会过得很快活，但她已在盼望重返曼斯菲尔德。难道这里面没有肯定的成分吗？

由于有这样一些问题要考虑，要筹划来筹划去，埃德蒙也就无法像家里其他人那样兴致勃勃地期盼那个夜晚。在他看来，那个夜晚除了能给表弟表妹带来快乐之外，跟两家人的平常聚会比起来，也没有什么大不了的。往常每次聚会的时候，他都可望克劳福德小姐进一步向他表白真情。但在熙熙攘攘的舞场上，也许不太利于她产生和表白这样的情感。他提前和她约定，要跟她跳头两曲舞，这是这次舞会所能给他个人带来的全部快乐，也是别人从早到晚都在为舞会忙碌的时候，他所做的唯一一点准备工作。

舞会在星期四举行。星期三早晨，范妮仍然拿不准她应该穿什么衣服，便决心去征求更有见识的人的意见，于是就去请教格兰特太太和她妹妹。大家公认这两个人富有见识，按照她们的意见去办，肯定万无一失。既然埃德蒙和威廉到北安普敦去了，她有理由猜想克劳福德先生也不会在家，于是便向牧师住宅走去，心想不会找不到机会和那姐妹俩私下商量。对于范妮来说，这次求教要在私下进行是非常重要的，因为她对自己这样操心打扮有点害羞。

她在离牧师住宅几米远的地方碰到了克劳福德小姐。克劳福德小姐正要去找她。范妮觉得，她的朋友虽然不得不执意要折回去，但并不乐意失去散步的机会。因此范妮立即道明来意，说对方如果愿意帮忙，给她出出主意，在户外说和在家里说都一样。克劳福德小姐听说向她求教，似乎感到很高兴，稍微想了想，便显出更加亲热的样子，请范妮跟她一起回去，并建议到楼上她的房里，安安静静地聊聊天，而不要打扰了待在客厅里的格兰特夫妇。这正合范妮的心思。她非常感激朋友的一片好意。她们走进房内，上了楼梯，不久就深入地谈起了正题。克劳福德小姐很乐于范妮向她求教，尽力把自己的见识传授给她，替她出主意，使样样事情都变容易了，又不断鼓励她，使样样事情都带上了快乐的色彩。服装的大问题已经解决了，"不过你戴什么项链呢？"克劳福德小姐问，"你戴不戴你哥哥送你的十字架？"她一边说一边解开一个小包，她们在门外相遇的时候，范妮就看见她手里拿着这个小包。范妮向她坦言了自己在这个问题上的心愿和疑虑，不知道是戴好还是不戴好。她得到的答复是，一个小小的首饰盒摆在了她面前，请她从几条金链子和金项链中任选一条。这就是克劳福德小姐拿的那个小包里的东西，她要去看范妮也就是要把这些东西送给她挑选。现在，她极其亲切地恳求范妮挑一条配她的十字架，也好留作纪念，范妮一听吓了一跳，脸上露出惊恐的神色，她再三好言相劝，帮她打消顾虑。

"你看我有多少条，"克劳福德小姐说，"我连一半都用不上，平时也想不起来。我又不是给你新买的，只不过送你一条旧项链。你要原谅我的冒失，给我点面子。"

范妮仍然拒不肯收，而且是从心坎里不想收。这礼物太贵重了。然而克劳福德小姐不肯作罢，情真意切地向她说明理由，叫她替威廉和那十字架着想，替舞会着想，也替她自己着想，终于把她说服了。范妮不得不从命，免得落个瞧不起人、不够朋友之类的罪名。她有些勉强地答应了她，开始挑选。她看了又看，想断定哪一条价钱最便宜。其中有一条她觉得她见到的次数多一些，最后便选择了这一条。这是条精致的金项链。虽说她觉得一条比较长的、没有特殊花样的金链子对她更合适，但她还是选择了这一条，认为这是克劳福德小姐最不想保留的。克劳福德小姐笑了笑表示十分赞许，赶忙来了个功成愿满的举动，把项链戴在她脖子上，让她对着镜子看看多么合适。

范妮觉得戴在脖子上是很好看，能得到这样一件合适的装饰，不由得感到很高兴，不过心里的顾虑并未完全消除。她觉得这份人情若是欠了别的什么人，也许会好些。不过她不该这么想。克劳福德小姐待她这么好，事先考虑到了她的需要，证明是她的真正朋友。"我戴着这条项链的时候，时刻都会想着你，"她说，"记着你对我多么好。"

"你戴着这条项链的时候，还应该想起另外一个人，"克劳福德小姐回答道，"你应该想起亨利，因为这原是他买的。他给了我，我现在把它转赠给你，由你来记住这原来的赠链人吧。想到

克劳福德小姐把项链戴在她脖子上,让她对着镜子看看多么合适

妹妹也要想到哥哥。"

范妮听了大为骇然，不知所措，想立即归还礼物。接受别人授之于人的礼物——而且是哥哥赠的——绝不能这样做！绝对不行！她急急忙忙、慌慌张张地把项链又放回棉花垫上，似乎想要再换一条，或者一条也不要，让朋友觉得很有意思。克劳福德小姐心想，她还从没见过这么多虑的人。"亲爱的姑娘，"她笑着说道，"你怕什么呀？你以为亨利见了会说这条项链是我的，你用不正当的手段弄到手的吗？你以为亨利看到这条项链戴在这么漂亮的脖子上，会感到异常高兴吗？要知道，这项链已买了三年了，他那时候还没看到这漂亮的脖子。或许——"她露出调皮的神情，"你大概怀疑我们串通一气，他事前已经得知，而且是他授意我这么做的吧？"

范妮面红耳赤，连忙分辩说她没有这么想。

"那好，"克劳福德小姐认真起来了，但并不相信她的话，回答道，"为了证明你不怀疑我耍弄花招，像往常一样相信我一片好心，你就把项链拿去，什么话都不要再讲。告诉你吧，我不会因为这是我哥哥送给我的，我就不再送给别人；同样，也不能因为这是我哥哥送给我的，我再送你的时候你就不能接受。他总是送我这个送我那个的。他送我的礼物不计其数，我不可能样样都当宝贝，他自己也大半都忘记了。至于这条项链，我想我戴了不到六次。这条项链是很漂亮——可我从没把它放在心上。虽然首饰盒里的链子和项链你挑哪一条我都欢迎之至，但说实话，你恰好挑了我最舍得送人，也最愿意让你挑去的一条。我求你什么也别说了。这么一件小事，不值得我们费这么多口舌。"

范妮不敢再推辞了，只好重新道谢，接受了项链。不过，她不像起初那么高兴了，因为克劳福德小姐眼里有一股神气，使她看了不悦。

克劳福德先生的态度变了，她不可能没有察觉。她早就看出来了。他显然想讨她的欢心——对她献殷勤——有点像过去对她的两个表姐那样。她猜想，他是想像耍弄她们那样耍弄她。他未必与这条项链没有关系吧！她不相信与他无关。克劳福德小姐虽然是个关心哥哥的妹妹，却是个漫不经心的女人，不会体贴朋友。

范妮在回家的路上想来想去，满腹疑云，即便得到了自己朝思暮想的东西，心里也不觉得多么高兴。来时的重重忧虑现在并没有减少，只不过换了一种性质而已。

第九章

范妮一回到家里，便急忙上楼，把她这意外的收获，这令人生疑的项链放进东屋她专门保存心爱的小玩意的盒子里。但是一开门，她大吃一惊，发现埃德蒙表哥坐在桌边在写什么！这情景以前从未发生过，她不由得又惊又喜。

"范妮，"埃德蒙当即撂下笔离开座位，手里拿着什么迎了上来，一边说道，"请原谅我走进你的房间。我是来找你的，等了一会儿，以为你会回来，正在给你留言说明我的来意。你可以看到字条的开头，不过我可以直接告诉你我的来意。我是来求你接受这份小小的礼物——一条系威廉送你的十字架的链子。本来一个星期前就该交给你的，可我哥哥到伦敦比我预料的晚了几天，给耽搁了。我刚从北安普敦取来。我想你会喜欢这条链子的，范妮。我是根据你喜欢朴实来选择的。不管怎么说，我知道你会体谅我的用心的，把这条链子看作一位老朋友的友爱的象征。实际上也正是这种友爱的象征。"

说着便匆匆往外走。范妮悲喜交加，百感交集，一时说不出话来。但是，在一种至高愿望的驱使下，她叫了起来："噢！表哥，等一等，请等一等。"

埃德蒙转过身来。

"我不知道怎样谢你才好，"范妮非常激动地继续说道，"我说不出有多么感激你，这种感激之情真是无法表达。你这样替我着想，你的好心好意超出了——"

"如果你只是要说这些话，范妮——"埃德蒙笑了笑，又转身要走。

"不，不，不光是这些话。我想和你商量点事。"

这时，范妮几乎是无意识地解开了埃德蒙刚才放到她手里的小包，看到小包包得非常考究，只有珠宝商才能做到。小包里放着一条没有花饰的金链，又朴素又精美。她一看见，又情不自禁地叫了出来："噢！真美呀！这正是我求之不得的东西！是我唯一想要的装饰。跟我的十字架正相配。两样东西应该戴在一起，我一定把它们戴在一起。而且来得正是时候。噢！表哥，你不知道我有多么喜欢啊。"

"亲爱的范妮，你把这些东西看得太重了。我很高兴你能喜欢这条链子，很高兴明天正好用得上，可你这样谢我就大可不必了。请相信我，我最大的快乐就是给你带来快乐。是的，我绝对可以说，没有任何快乐这样彻底，这样纯真，丝毫没有一点缺欠。"

范妮听他如此表白真情，久久说不出话来。等了一会儿，埃德蒙问了一声，才把她那飞往天外的心灵唤了回来："你想和我商量什么事？"

关于那条项链的事。她现在想马上把它退回去，希望表哥能同意她这样做。她诉说了刚才去牧师住宅的原委,这时她的喜悦可以说是已经过去了,因为埃德蒙听后心弦为之一振,他对克劳福德小姐的行为感到不胜高兴,也为他们两人在行动上不谋而合而喜不自禁,范妮只得承认他心里有一种更大的快乐,尽管这种快乐有其缺憾的一面。埃德蒙许久没去注意表妹在讲什么,也没回答她的问题。他沉浸在充满柔情的幻想之中,只是偶尔说上几声赞扬的话。但等他醒悟过来以后,他坚决反对范妮退回项链。

"退回项链!不,亲爱的范妮,说什么也不能退。那会严重伤害她的自尊心。世界上最令人不快的事,就是你好心好意给朋友送了件东西,满以为朋友会很高兴,不想却给退了回来。她的举动本该得到快乐,为什么要扫她的兴呢?"

"如果当初就是给我的,"范妮说,"我就不会想要退给她。可这是她哥哥送她的礼物,现在我已经不需要了,让她收回去不是理所当然的事吗?"

"她不会想到你已经不需要了,至少不会想到你不想要。这礼物是她哥哥送她的也没关系。她不能因此就不能送给你,你也不能因此就不能接受。这条项链肯定比我送你的那条漂亮,更适合戴到舞场上去。"

"不,并不比你送的漂亮,就其本身来说绝不比你送的漂亮,而就用场来说,适合我的程度还不及你送我的这条的一半。你这条链子配威廉的十字架非常合适,那条项链根本无法和它相比。"

"戴一个晚上吧,范妮,就戴一个晚上,哪怕这意味着将就——我相信,你经过慎重考虑,是会将就一下的,而不会让一个这样关心你的人伤心。克劳福德小姐对你的关心并——并没有超过你应得的限度——我也绝不认为会有超过的可能——但她的关心是始终如一的。我相信,你的天性不会让你这样去报答她,因为这样做难免带有一点忘恩负义的意味,虽说我知道你绝没有那个意思。明天晚上,按照原来的计划,戴上那条项链,至于这条链子,本来就不是为这次舞会订做的,你就把它收起来,留着在一般场合戴。这是我的建议。我不希望你们两人之间出现一点点隔阂。眼看着你们两人关系这么亲密,我感到万分高兴,你们两人的性格又非常相像,都为人忠厚大度,天生对人体察入微,虽然由于处境关系导致了一些细微的差异,但并不妨碍你们做知心朋友。我不希望你们两人之间出现一点点隔阂,"埃德蒙声音稍微低沉地重复了一句,"你们俩可是我在世上最亲爱的两个人。"

他话音未落便走开了,剩下范妮一个人尽力抑制自己的心情。她是他最亲爱的两个人之一——这当然是对她莫大的安慰。但是那另外一个人!那占第一位的!她以前从来没有听到他这样直言不讳过。尽管他表白的只是她早就察觉了的事实,但这仍然刺痛了她的心,因为这道出了他的心思想法。他的心思想法已经很明确了。他要娶克劳福德小姐。尽管这早已在意料之中,但听到后对她依然是个沉重打击。她茫然地一次又一次重复着她是他最亲爱的两个人之一,却不知道自己究竟在念叨什么。她要是认为克劳福德小姐当真配得上他,那就会——噢!那就会大不相同——她就会感到好受得多!可是他没有看清她,给她加了一些她并不具备的优点,而她的缺点还依然存在,但他却视而不见。她为他看错了人痛哭了一场,心情才平静下来。为了摆脱接踵而来的沮丧,她只好借助于拼命地为他的幸福祈祷。

她要尽量克服她对埃德蒙感情中那些过分的、接近自私的成分,她觉得自己也有义务这样做。她如果把这件事称作或看作自己的失落或受挫,那未免有些自作多情,她谦卑的天性不允许她这样做。她要是像克劳福德小姐那样期待于他,那岂不是发疯。她在任何情况下都不能对他抱非分之想——他顶多只能做自己的朋友。她怎么能这样想入非非,然后再自我责备、自我禁止呢?她的头脑中根本就不该冒出这种非分之想。她要力求保持头脑清醒,要能判断克劳福德小姐的为人,并且理智地、真诚地关心埃德蒙。

她有坚守节操的英勇气质,决心履行自己的义务,但也有年轻人生性中的诸多情感。因此,说来并不奇怪,在她难能可贵地下定决心自我克制之后,还一把抓起埃德蒙没有写完的那张字条,当作自天而降的珍宝,满怀柔情地读了起来:"我非常亲爱的范妮,你一定要赏光接受——"她把字条和链子一起锁了起来,并把字条看得比链子还要珍贵。这是她收到的他唯一的一件类似信的东西,她可能再也收不到第二件了,而这种从内容到形式都让她无比喜爱的东西,以后绝不可能再收到第二件了。最杰出的作家也从没写出过比这更令她珍惜的一句话——最痴情的传记作家也没找到一句比这让人更珍惜的话。一个女人甚至比传记作家爱得还要热烈。在她看来,且不论内容是什么,单看那笔迹就是一件圣物。埃德蒙的笔迹虽说极为平常,但世界上还没有第二个人能写出这样让她珍惜的字来!这行字尽管是匆匆忙忙写就的,但却写得完美无缺。开头那八个字"我非常亲爱的范妮",安排得恰到好处,她真是百看不厌。

就这样，她将理智和痴情巧妙地掺和起来，清理好自己的思想，安抚了自己的情感，然后按时走下楼，在伯特伦姨妈身旁做起日常的针线活，对她一如既往地恭敬不息，看不出任何情绪不高的样子。

预定要给人带来希望和快乐的星期四来到了。对于范妮来说，这一天跟那些让人无可奈何的倒霉日子比起来，一开始倒还挺吉利的，因为早饭后不久，克劳福德先生给威廉送来一封非常客气的短简，说他第二天早晨要去伦敦几天，想找一个人做伴，如果威廉愿意提前半天动身，可以顺便搭乘他的马车。克劳福德先生打算在叔父家比平常晚一点的晚餐时间赶到伦敦，请威廉和他一起在海军将军家里用餐。这个建议很合威廉的心意。一想到要和这样一位性情开朗、讨人喜欢的人，乘着四匹驿马拉的马车一路奔驰，他大为高兴。他觉得这等于坐专用马车回去，想象中真是又快乐又体面，于是便高高兴兴地接受了。范妮出于另一动机，也感到非常高兴。按原来的计划，威廉得在第二天夜里乘邮车从北安普敦动身，连一个小时都休息不上，就得坐进朴次茅斯的公共马车。克劳福德先生的建议虽然使威廉提前离开她许多小时，但可以使他免除旅途劳顿，她为此感到高兴，也不去想别的了。托马斯爵士由于另外一个原因，也赞成这样做。他外甥将被介绍给克劳福德将军，这对他会有好处。他相信，这位将军很有势力。总的说来，这封信真令人高兴。范妮为这件事快活了半个上午，这其中的部分原因是那个写便笺的人也要走了。

至于即将举行的舞会，她由于过分激动，过分忧虑，期盼中的兴致没有达到应有的一半，或者说没有达到许多姑娘认为应有的一半。这些姑娘像她一样在盼望舞会，她们的处境比她来得轻松，不过在她们看来，这件事对范妮来说更为新鲜，更为有趣，更值得特别高兴。普莱斯小姐的名字，应邀的人中只有一半人知道，现在她要第一次露面了，势必被宠为当晚的皇后。谁能比普莱斯小姐更快活呢？但是，普莱斯小姐从来没有受过这方面的教育，不知道如何初次进入社交界。她如果知道大家都认为这次舞会是为她而举行的，那她就会更加担心自己举止不当，更加当心受到众人注目，因而也就大大减少了她的快乐。跳舞的时候能不太引人注意，能跳得不太疲惫，能有精力跳他半个晚上，半个晚上次次有舞伴，能和埃德蒙跳上一阵，不要和克劳福德先生跳得太多，能看到威廉跳得开心，能避开诺里斯姨妈，这是她最大的愿望，似乎也是她能得到的最大快乐。既然这是她最大的愿望，她也不可能总是抱着不放。在上午这段漫长的时间里，她主要是在两位姨妈身边度过的，常常受到一些不快活念头的影响。这是威廉在这里的最后一天，他决计好好玩一玩，便外出打鹬去了。埃德蒙呢，她料想一定在牧师府上。就剩下她一人来忍受诺里斯太太的困扰。由于女管家非要按自己的意见安排晚饭，诺里斯太太在发脾气。女管家可以对她敬而远之，她范妮却避不开她。范妮最后被折磨得一点情绪都没有了，觉得跟舞会有关的样样事情都令人痛苦。最后，被打发去换衣服的时候，她感到十分苦恼，有气无力地向自己的房间走去。她觉得自己快活不起来，好像快活没有她的份似的。

她慢吞吞地走上楼，心里想起了昨天的情景。昨天大约就是这个时候，她从牧师府上回来，发现埃德蒙就在东屋。"但愿今天还能在那儿见到他!"她异想天开地自言自语道。

"范妮。"这时在离她不远的地方有一个声音说。她吃了一惊,抬头望去,只见在她刚刚到达的门厅的对面,在另一道楼梯的顶端,站着的正是埃德蒙。他向她走来。"你看上去非常疲惫,范妮。你走路走得太多了。"

"不,我根本就没出去。"

"那你就是在室内累着了,这更糟糕。还不如出去的好。"

范妮一向不爱叫苦,觉得最好还是不答话。尽管埃德蒙还像平常一样亲切地打量她,但她认为他已很快不再琢磨她的面容。他看样子情绪也不高,大概是一件与她无关的什么事没有办好。他们的房间在上面的同一层楼上,两人一起走上楼去。

"我是从格兰特博士家来的,"埃德蒙没等多久便说,"你会猜到我去那儿做什么,范妮。"他看上去很难为情,范妮觉得他去那里只能是为一件事,因此心里很不是滋味,一时说不出话来。"我想事先约定,和克劳福德小姐跳头两曲舞。"他接着解释说,范妮一听又来了劲儿,她发现埃德蒙在等她说话,便说了一句什么话,像是打听他约请克劳福德小姐跳舞的结果。

"是的,"埃德蒙答道,"她答应和我跳。不过(勉强地一笑),她说她这是最后一次和我跳舞。她不是当真说的。我想,我希望,我断定她不是当真说的。不过,我不愿意听到这样的话。她说她以前从没和牧师跳过舞,以后也绝不会和牧师跳舞。为我自己着想,我但愿不要举行舞会——我的意思是不要在这个星期,不要在今天举行舞会——我明天就要离开家。"

范妮强打精神说道:"你遇到不称心的事情,我感到很遗憾。

今天应该是个快乐的日子。这是姨父的意思。"

"噢！是的，是的，今天会过得很快活的。最后会一切如意的。我只是一时烦恼。其实，我并不认为舞会安排得不是时候。这到底是什么意思呢？不过，范妮，"他一把拉住她的手，低声严肃地说道，"你知道这一切是什么意思。你看得清楚，能告诉我，我为什么烦恼，也许比我说得更清楚。让我给你稍微讲一讲。你心地善良，能耐心地听。她今天早晨的表现伤了我的心，我怎么也开心不起来。我知道她的性子像你的一样温柔，一样完美，但是由于受到她以往接触的那些人的影响，她有时候显得有欠妥当，说话也好，发表意见也好，都有欠妥的时候。她心里并没有坏念头，但她嘴上却要说，一开玩笑就说出来。虽然我知道她是说着玩的，却感到非常伤心。"

"是过去所受教育的影响。"范妮柔和地说。

埃德蒙不得不表示同意。"是的，有那么一位婶婶，那么一位叔叔！他们伤害了一颗最美好的心灵啊！范妮，实话对你说，有时候还不只是谈吐问题，似乎心灵本身也受到了污染。"

范妮猜想这是要她发表意见，于是略加思索后说道："表哥，如果你只是要我听一听，我会尽量满足你的要求。可是，让我出主意我就不够格了。不要叫我出主意。我胜任不了。"

"范妮，你不肯帮这个忙是对的，不过你用不着担心。在这样的问题上，我永远不会征求别人的意见。在这样的问题上，最好也不要去征求别人的意见。我想实际上很少有人征求别人的意见，要征求也只是想接受一些违背自己良心的影响。我只是想跟你谈一谈。"

"还有一点。请恕我直言——对我说话要慎重。不要对我说任何你会后悔不该说的话。你早晚会——"

范妮说着脸红了起来。

"最亲爱的范妮!"埃德蒙一边大声嚷道,一边把她的手摁在自己的嘴唇上,那个热烈劲儿,几乎像是抓着克劳福德小姐的手,"你处处都在替别人着想!可在这件事上没有必要。那一天永远不会到来。你所说的那一天是不会到来的。我开始感到这是绝不可能的。可能性越来越小。即使真有这个可能,不论是你还是我,对我们今天谈的话也没有什么可后悔的,因为我永远不会对自己的顾虑感到羞愧。我只有看到这样的变化,一回想起她过去的缺陷,能越发感受到她人品的可贵,才会打消那些顾虑。世界上只有你一个人会听到我刚才说的这番话。不过你一向知道我对她的看法。你可以为我做证,范妮,我从来没有陷入盲目。我们有多少次在一起谈论她的小毛病啊!你用不着怕我。我几乎已经完全不再认真考虑她了。不管出现什么情况,我一想到你对我的好意和盛情,而能不感到由衷的感激,那我一定是个十足的傻瓜。"

他这番话足以震撼一个只有十八年阅历的姑娘,让范妮心里感到了近来不曾有过的快慰,只见她容光焕发地答道:"是的,表哥,我相信你一定会是这样的,尽管有人可能不是这样的。你说什么我都不会怕。你就说下去吧。想说什么就说吧。"

他们眼下在三楼,由于来了个女仆,他们没有再谈下去。就范妮此时的快慰而言,这次谈话可以说是在最恰到好处的时刻中止的。如果让埃德蒙再说上五分钟,说不定他会把克劳福德小姐的缺点和他自己的沮丧全都说没了。不过,尽管没有再说下去,两人分手的时候,男的面带感激,含情脉脉,女的眼里也流露出一种弥足珍贵的情感。几个小时以来,她心里就没有这样痛快过。自从克劳福德先生给威廉的信最初带给她的欢欣逐渐消退后,她一直处于完全相反的心态:从周围得不到安慰,自己心里又没有什么希望。现在,一切都喜气洋洋的。威廉的好运又浮现在她的脑海中,似乎比当初更加可喜可贺。还有舞会——一个多么快乐的夜晚在等待着她呀!现在,这舞会真使她感到兴奋啊!她怀着姑娘参加舞会前的那种激动、喜悦之情,开始打扮起来。一切都很如愿——她觉得自己并不难看。当她要戴项链的时候,她的好运似乎达到了顶峰,因为经过试验,克劳福德小姐送她的那条项链怎么也穿不过十字架上的小环。原来,看在埃德蒙的面上,她已决定戴上这条项链,不想它太大了,穿不上去。因此,她必须戴埃德蒙送的那条。她兴高采烈地把链子和十字架——她最亲爱的两个人送她的纪念品,从实物到意义如此相配的两个最珍贵的信物——穿了一起,戴到了脖子上。她看得出来,也感得到,这两件礼物充分展示了她与威廉、埃德蒙之间的深情厚意,于是便毫不勉强地决定把克劳福德小姐的项链一起戴上。她认为应该这样做。她不能拂却了克劳福德小姐的情谊。当她这位朋友的情谊不再干扰,不再妨害另一个人更深厚的情谊、更真挚的情感的时候,她倒能公正地看待她,自己也感到快乐。这条项链的确好看。范妮最后走出房时,心里颇为舒畅,对自己满意,也对周围的一切满意。

这时,伯特伦姨妈已经异常清醒了,不由得想起了范妮。她也没经人提醒,就想到范妮在为舞会做准备,光靠女仆帮忙恐怕还不够，她穿戴打扮好以后，就吩咐自己的女佣去帮助她，当然为时已晚，也帮不上什么忙。查普曼太太刚来到阁楼上，普莱斯小姐就从房里走出来，已经完全穿戴好了，彼此只需寒暄一番。不过，范妮几乎像伯特伦夫人或查普曼太太本人那样，能感受到姨妈对她的关心。

第十章

范妮走下楼时,见姨父和两位姨妈都在客厅里。她成了姨父关注的对象,托马斯爵士见她体态优雅,容貌出众,心里颇为高兴。当着她的面,他只能夸奖她衣着利落得体,但等她过了不久一出去,他便明言直语地夸奖起她的美貌来。

"是呀,"伯特伦夫人说,"她是很好看。是我打发查普曼太太去帮她的。"

"好看!噢,是的,"诺里斯太太嚷道,"她有那么多有利条件,当然应该好看。这个家庭把她抚养成人,有两个表姐的言谈举止供她学习。你想一想,亲爱的托马斯爵士,你和我给了她多大的好处。你刚才看到的那件长裙,就是你在亲爱的拉什沃思太太结婚时慷慨送给她的礼物。要不是我们把她要来,她会是个什么样子啊?"

托马斯爵士没再吭声。但是,等他们围着桌子坐定后,他从两个年轻人的眼神中看出,一旦女士们离席,他们可以心平气和地、更加畅快地再谈这个问题。范妮看得出自己受到众人的赏识,加之意识到自己好看，面容也就越发亮丽。她有多种原因感到高兴，而且马上会变得更加高兴。她跟随两位姨妈走出客厅，埃德蒙给她们打开了门，当她从他身边走过时，便对她说道："范妮，你一定要跟我跳舞。你一定要为我保留两曲舞，除了头两曲外，哪两曲都行。"范妮心满意足，别无所求了。她长了这么大，几乎从来没有这样兴高采烈过。两位表姐以往参加舞会时那样欢天喜地，她已不再感到惊奇了。她觉得这的确令人陶醉，便趁诺里斯姨妈在聚精会神调理、压低男管家生起的熊熊的炉火，因而注意不到她的时候，竟然在客厅里练起舞步来。

又过了半个小时，在别的情况下，至少会让人感到无精打采，可范妮依然兴致勃勃。她只要回味她和埃德蒙的谈话就行了。诺里斯太太坐立不安算什么呢？伯特伦夫人呵欠连连有什么关系呢？

男士们也进来了。过了不久，大家都开始盼望能听到马车声。这时，屋里似乎弥漫着一种悠闲欢快的气氛，众人四处站着，又说又笑，时时刻刻都充溢着快乐和希望。范妮觉得埃德蒙肯定有点强颜欢笑，不过见他掩饰得这么不露痕迹，倒也感到宽慰。

等真听到马车声，客人真开始聚集的时候，她满心的欢快给压抑下来了。看到这么多陌生人，她又感到畏缩了。先到的一大批人个个板着面孔，显得十分拘谨，不管托马斯爵士还是伯特伦夫人，他们的言谈举止都无助于消除这种气氛。除此之外，范妮不时还得容忍更糟糕的事情。姨父把她时而介绍给这个人，时而介绍给那个人，她不得不听人唠叨，给人屈膝行礼，还要跟人说话。这是个苦差事，每次叫她履行这份职责的时候，她总要瞧一瞧在后面悠然漫步的威廉，盼着能和他在一起。

格兰特夫妇和克劳福德兄妹的到来是一个重要的转机。他们那讨人喜欢的举止，待众人又那样亲切，很快驱散了场上的拘谨气氛。大家三三两两地组合起来，个个都感到挺自在。范妮深受其惠。她从没完没了的礼仪应酬中解脱出来，若不是因为目光情不自禁地在埃德蒙和玛丽·克劳福德之间流盼，她还真会觉得万分快乐。克劳福德小姐俏丽动人极了——凭此还有什么达不到的目的呢？克劳福德先生的出现打断了她自己的思绪，他当即约她跳头两曲舞，把她的心思引入了另一条轨道。这时候，她的心情可以说是有喜有忧，喜忧参半。一开始就能得到一个舞伴，这可是件大好事——因为舞会眼看就要开始，而她对自己又缺乏信心，觉得若不是克劳福德先生事先约请她，肯定会是姑娘们都被请完了也轮不到她，只有经过一连串的问讯、奔忙和叨扰才能找到个舞伴，那情景实在太可怕了。不过，克劳福德先生约她跳舞时显得有点锋芒毕露，这又让她不悦。她看到他两眼含笑——她觉得他在笑——瞥了一下她的项链，她不禁脸红起来，感到很狼狈。虽然他没有再瞥第二眼打乱她的方寸，虽然他当时的用意似乎是不声不响地讨好她，但她始终打消不了局促不安的感觉，而一想到他注意到了自己的不安，心里便越发不安，直到他走开去找别人谈话，她才定下心来。这时她才逐渐感受到，在舞会开始前就得到一个舞伴，一个自愿找上门的舞伴，真令人高兴。

众人步入舞厅的时候，她第一次和克劳福德小姐相遇。她像她哥哥一样，一下子毫不含糊地把目光和笑脸投向她的项链，并对之议论了起来。范妮恨不得马上结束这个话题，便急忙说明了

第二条项链——那条真正的项链的来历。克劳福德小姐仔细听着,她原先准备好的对范妮加以恭维和影射的话全都忘记了,现在心里只有一个念头。她那原来已经够明亮的眼睛变得更明亮了,便急忙乐滋滋地嚷道:"真的吗?真是埃德蒙送的吗?这像是他做的事。别人想不到这么做。我对他佩服得不得了。"她环顾四周,仿佛想把这话说给埃德蒙听。埃德蒙不在附近,他在舞厅外陪伴一群太太小姐。格兰特太太来到这两个姑娘跟前,一手拉着一个,跟着其他人一块往前走。

范妮的心直往下沉,不过她没有闲暇去琢磨克劳福德小姐的心情。她们待在舞厅里,小提琴在演奏,她的心绪跟着颤动,难以集中在任何严肃的问题上。她必须注意总的安排,留心每件事如何进行。

过了一会儿,托马斯爵士来到她跟前,问她是否已约好舞伴。她回答说:"约好了,姨父,跟克劳福德先生。"这正合托马斯爵士的心愿。克劳福德先生就在不远的地方,托马斯爵士把他领到她面前,交代了两句,范妮听那意思,是让她领舞。这是她从未想过的事情。在此之前,她一想到晚上的具体安排,总觉得理所当然应该由埃德蒙和克劳福德小姐领舞。这是个坚定不移的意念,虽然姨父发话要她领舞,她不禁发出惊叫,表示她不合适,甚至恳求姨夫饶了她。居然敢违抗托马斯爵士的意志,足见这事让她有多为难。不过,姨父刚提出来的时候,她感到大为骇然,直瞪瞪地盯着他的面孔,请他另做安排。然而,说也没有用。托马斯爵士笑了笑,力图鼓励她,然后板起脸来,斩钉截铁地说:"必须如此,亲爱的。"范妮没敢再吭声。转眼间,克劳福德先生把她领到舞厅上首，站在那里，等待众人结成舞伴，跟着他们起舞。

她简直不敢相信。她居然被安排在这么多漂亮小姐之上！这个荣誉太高了。这是拿她跟她的表姐们一样看待呀！于是，她的思绪飞向了两位身在外地的表姐。她们不在家中，不能占据她们在舞厅中应有的位置，不能共享会使她们十分开心的乐趣，她情真意切地为她们感到遗憾。她以前常听她们说，她们盼望能在家里举办个舞会，这将是最大的快乐！而真到开舞会的时候，她们却离家在外——偏要由她来开舞——而且还是跟克劳福德先生一起开舞！她希望她们不要嫉妒她现在的这份荣誉。不过，回想起秋季的情况，回想起有一次在这座房子里跳舞时她们彼此之间的关系，目前这种安排简直让她无法理解。

舞会开始了。对范妮来说，她感到的与其说是快乐，不如说是荣耀，至少跳第一曲舞时如此。她的舞伴兴高采烈，并且尽力感染她，可她过于恐慌，没有心思领受这番快乐，直至她料想不再有人注视她，情况才有所好转。不过，她由于年轻、漂亮、文雅，即使在局促不安的情况下，也显得颇为优雅，在场的人很少有不肯赞赏她的。她妩媚动人、举止端庄，身为托马斯爵士的外甥女，不久又听说还是克劳福德先生爱慕的对象。这一切足以使她赢得众人的欢心。托马斯爵士喜不自禁地望着她翩翩起舞。他为外甥女感到骄傲，虽说他没有像诺里斯太太那样，把她的美貌完全归功于自己把她接到曼斯菲尔德，但为自己给她提供的一切感到欣慰：他使她受到了教育，养成了娴雅的举止。

克劳福德小姐看出了托马斯爵士的心思，尽管他让自己受了不少委屈，但她很想讨他欢喜，便找了个机会走到他跟前，将范妮美言了一番。她热烈地赞扬范妮，托马斯爵士像她希望的那样欣然接受，并在谨慎、礼貌和缓言慢语允许的范围内，跟着一起夸奖。在这个问题上，他当然比他的夫人来得热情。过了不久，玛丽看到伯特伦夫人就坐在附近的沙发上，趁跳舞还没开始，便走了过去，向她夸奖普莱斯小姐好看，以讨她欢心。

"是的，她的确很好看，"伯特伦夫人平静地答道，"查普曼太太帮她打扮的。是我打发查普曼太太去帮她的。"她并非真为范妮受人赞扬而感到高兴，她为自己打发查普曼太太去帮助她而沾沾自喜，总是念念不忘自己的这份恩典。

克劳福德小姐非常了解诺里斯太太，因而不敢向她夸奖范妮。她见机行事，对她说："啊！太太，今天晚上我们多么需要拉什沃思太太和朱莉娅呀！"诺里斯太太尽管给自己揽了好多差事，又是组织打牌，又是一次次提醒托马斯爵士，还要把小姐们的年长女伴领到舞厅合适的角落，但是听了克劳福德小姐的感叹之后，还能忙里偷闲，对她频频微笑，客气话说个没完。

克劳福德小姐想讨好范妮，却犯了个最大的错误。头两曲舞过后，她便向她走去，想挑逗一下她那颗小小的心灵，使之泛起一股喜不自禁的高傲之情。她看到范妮脸红了，自以为得计，带着意味深长的神情说道："也许你可以告诉我我哥哥明天为什么要去伦敦吧。他说他去那里办点事，可是不肯告诉我究竟是什么事。他这是第一次向我保守秘密呀！不过我们人人都有这一天的。每个人迟早都要被人取代的。现在，我要向你打听消息了。请告诉我，亨利是去干什么？"

范妮感到十分尴尬，断然声明自己一无所知。

"那好吧，"克劳福德小姐大笑着说，"我想纯粹是为了去送你哥哥，顺便也谈论谈论你。"

范妮变得慌乱起来，这是不满引起的慌乱。这时，克劳福德小姐只是纳闷她为什么面无笑容，以为她过于牵心，以为她性情古怪，以为她有这样那样的问题，唯独没有想到亨利的殷勤备至并没引起她的兴趣。这天晚上范妮感到了无尽的快乐——但这跟亨利的大献殷勤并没有多大关系。他请过她之后马上又请一次，她还真不喜欢他这样做。她也不想非要起这样的疑心：他先前向诺里斯太太打听晚饭的时间，也许是为了在那个时候把她抢到手。可是这又回避不了，他使她觉得她为众人所瞩目。不过，她又不能说这事做得令人不快，他的态度既不粗俗，又不虚夸——有时候，谈起威廉来，还真不令人讨厌，甚至表现出一副热心肠，倒也难能可贵。但是，他的百般殷勤仍然不能给她带来快乐。每逢那五分钟的间歇工夫，她可以和威廉一块漫步，听他谈论他的舞伴，两眼只要望着他，见他那样兴高采烈，她也感到高兴。她知道大家赞赏她，因而也感到高兴。她同样感到高兴的是，她还期待和埃德蒙跳那两曲舞。在舞会的大部分时间里，人人都急欲和她跳舞，她和埃德蒙预约的没定时间的那两曲舞不得不一再推迟。后来轮到他们跳的时候，她还是很高兴，但并不是因为他兴致高的缘故，也不是因为他又流露出早晨对她的脉脉温情。他的精神已经疲惫了，她感到高兴的是，他把她当作朋友，跟她在一起可以感到安宁。"我已经应酬得疲惫不堪了，"埃德蒙说，"我一个晚上都在不停地说话，而且是没话找话说。可是和你在一起，范妮，我就可以得到安宁。你不会要我跟你说话。让我们享受一下默默无语的乐趣。"范妮连表示同意的话都想免掉不说。埃德蒙的厌倦情绪，在很大程度上，可能是早晨他承认的那些想法引起的，需要引起她的特别关注。他们两人跳那两曲舞的时候，显得又持重又平静，旁观者看了，不会认为托马斯爵士收养这个姑娘是要给他二儿子做媳妇。

这个晚上没给埃德蒙带来多少快乐。克劳福德小姐和他跳头两曲舞的时候，倒是欢欢喜喜的，但是她的欢喜对他并无补益，不仅没有给他增加喜悦，反而给他增添了苦恼。后来，他又抑制不住去找她的时候，她议论起他即将从事的职业，那言辞和口气让他伤透了心。他们谈论过——也沉默过——一个进行辩解——一个加以嘲讽——最后是不欢而散。范妮难免不对他们有所观察，见到的情景使她颇为满意。在埃德蒙痛苦的时候感到高兴，无疑是残忍的。然而，由于明知他吃了苦头，心里难免会有点高兴。

她和埃德蒙的两曲舞跳过之后，她既没心思也没气力再跳下去。托马斯爵士看到在那愈来愈短的舞队中，她垂着手，气喘吁吁，不是在跳而是在走，便命令她坐下好好休息。从这时起，克劳福德先生也坐了下来。

"可怜的范妮！"威廉本来在跟舞伴没命地跳舞，这时走过来看一看她，嚷道，"这么快就累垮了！嗨，才刚刚跳起劲来。我希望我们能坚持不懈地跳上两个钟头。你怎么这么快就累了？"

"这么快！我的好朋友，"托马斯爵士一边说，一边小心翼翼地掏出表来，"已经三点钟了，你妹妹可不习惯熬到这么晚哪。"

"那么，范妮，明天我走之前你不要起床。你尽管睡你的，不要管我。"

"噢！威廉。"

"什么！她想在你动身前起床吗？"

"噢！是的，姨父，"范妮嚷道，急忙起身，朝姨父跟前凑近些，"我要起来跟他一起吃早饭。你知道这是最后一次，最后一个早晨。"

"你最好不要起来。他九点半就要吃好饭动身。克劳福德先生，我想你是九点半来叫他吧？"

然而范妮非要坚持，满眼都是泪水，没法不答应她，最后姨父客气地说了声"好吧，好吧"，算是允许。

"是的，九点半，"威廉就要离开的时候，克劳福德对他说，"我会准时来叫你的，因为我可没有个好妹妹替我起来。"他又压低声音对范妮说："明天我离家时家里会一片孤寂。你哥哥明天会发现我和他的时间概念完全不同。"

托马斯爵士略经思考，提出克劳福德第二天早晨不要一个人吃早饭，过来和他们一起吃，他自己也来作陪。克劳福德爽快地答应了，这就使托马斯爵士意识到，他原来的猜测是有充分依据的。他必须自我供认，他之所以要举办这次舞会，在很大程度上是基于这种猜测。克劳福德先生爱上了范妮。托马斯爵士对事情的前景打着如意算盘。然而，外甥女对他刚才的安排并不领情。临到最后一个早晨了，她希望单独和威廉在一起，这个过分的要求又无法说出来。不过，尽管她的意愿被推翻了，她心里并无怨言。与此相反，她早就习以为常了，从来没有人考虑过她的乐趣，她也从来没有要让什么事能遂自己的愿，因此，听了这扫兴的安排之后，她并没有抱怨，而是觉得自己能坚持到这一步，真令她诧异和高兴。

过了不久,托马斯爵士又对她进行了一次小小的干涉,劝她立即去睡觉。虽然用的是一个"劝"字,却完全是权威性的劝,她只好起身,克劳福德先生非常亲热地跟她道别之后,她悄悄地走了。到了门口又停下来,像兰克斯霍尔姆大宅的女主人那样,"只求再驻足片刻"[1],回望那快乐的场面,最后看一眼那五六对还在不辞辛苦决心跳到底的舞伴。然后,她慢吞吞地爬上主楼梯,乡村舞曲不绝于耳,希望和忧虑、汤和酒搅得她心魂摇荡,她脚痛体乏,激动不安,尽管如此,还是觉得舞会的确令人快乐。

把范妮打发走之后,托马斯爵士想到的也许还不仅仅是她的健康。他或许会觉得克劳福德先生在她身边已经坐得很久了,或者他可能是想让他看看她的温顺听话,表明她十分适合做他的妻子。

---

[1] 引自英国诗人司各特的《最后一位行吟诗人之歌》。

第十一章

舞会结束了——早饭也很快吃完了,最后的亲吻给过了,威廉走了。克劳福德先生正如他所自许的,到得非常准时,饭也吃得又紧凑又惬意。

送走了威廉之后,范妮才心情沉重地回到早餐厅,为这令人心酸的变化感到忧伤。姨父出于好意,让她在早餐厅里静静地流泪。他心里也许在想,两个年轻人刚刚坐过的椅子会勾起她的一番柔情,威廉盘子里剩下的冷猪排骨头和芥末,只不过能分散一下克劳福德先生盘子里的蛋壳在她心里引起的伤感罢了。正如姨父所希望的那样,她坐在那里哭得很伤心,但她只是为哥哥走了哭得伤心,不是为了别人。威廉走了,她现在觉得,她那些与他无关的无谓的操心和自私的烦恼,使他在这里虚度了一半的时光。

范妮天性敦厚,就连每次一想到诺里斯姨妈住在那么局促、那么凄凉的一座小屋里,就要责备自己上次和她在一起时对她那么冷漠,现在再想到两周来对威廉的一言一行、一思一念,更觉得问心有愧。

这是一个沉重沮丧的日子。第二次早餐吃过不久,埃德蒙向家人告别,骑马去彼得伯勒,一个星期后才回来。于是,人都走了。昨晚的一切只剩下了回忆,而这些回忆又无人可以分享。范妮总得跟什么人谈谈舞会吧,她便讲给伯特伦姨妈听,可是姨妈看到的很少,又不怎么感兴趣,和她谈没有什么意思。伯特伦夫人记不清谁穿了什么衣服,谁吃饭时坐在什么位置,她只记得她自己。"我记不得听人讲起了马多克斯家的哪位小姐的什么事,也记不得普雷斯科特夫人是怎么谈论范妮的。我拿不准哈里森上校是说克劳福德先生还是说威廉是舞厅里最漂亮的小伙子。有人悄悄地对我嘀咕了几句,我忘了问问托马斯爵士那话是什么意思。"这是她说得最长、也最清楚的一段话,其余的只是些懒洋洋的话:"是的——是的——挺好——你是这样吗?他是这样吗?那我可没看出来——我不知道这两者有什么不同。"这实在令人扫兴。只比诺里斯太太的刻薄回答好一些。不过,诺里斯太太已经回家了,还把剩下的果冻都带走了,说是要给一个生病的女仆吃。这样一来,这一小伙人虽说没别的好夸口的,却也安安静静,和和气气的。

这天晚上像白天一样沉闷。"我不知道我是怎么啦!"茶具撤去之后,伯特伦夫人说,"我觉得昏昏沉沉的。一定是昨天夜里睡得太晚了。范妮,你得想个办法别让我睡着了。我做不成活了。把牌拿来,我觉得头昏脑涨。"

牌拿来了,范妮陪姨妈玩克里比奇牌戏[1],一直玩到就寝的时

---

[1] 一种二至四人玩的牌戏,用插在有孔的记分板上的小钉记分。

候。托马斯爵士在默默地看书,一连两个小时,除了算分的声音外,再没有别的声响。"这就够三十一点了。一手牌四张,配点牌八张。该你发牌了,姨妈。要我替你发吗?"范妮翻来覆去地想着这间屋子及整幢房子这一带一天来发生的变化。昨天夜里,不管是客厅内,还是客厅外,到处都是希望和笑脸,大家忙忙碌碌,人声鼎沸,灯火辉煌。现在,却死气沉沉,一片寂静。

范妮夜里睡好了,人也就来了精神,第二天想起威廉来,心情已不那么低沉。上午她有机会跟格兰特太太和克劳福德小姐兴致勃勃地谈起星期四晚上的那场舞会,一个个驾起想象的翅膀,高兴得纵声大笑,这对舞会过后的感伤是极为重要的。后来,她没怎么费劲就恢复了平时的心情,轻易地适应了这一星期的寂静生活。

这一整天,她觉得家里的人从来没有这样少过。每次家里有聚会,每次在一起吃饭,她之所以感到欣慰、快乐,主要是因为有一个人在场,而他现在却不在了。不过,她必须学会去适应这种情况。过不久,他就要经常离家在外了。她感到庆幸的是,她现在能跟姨父坐在同一间屋子里,能听到他的声音,听到他向她提问,即使在回答他的问题时,也不像以前那样忐忑不安了。

"见不到两个年轻人,心里挺惦念的。"接连两天,当这大大缩小了的一家人晚饭后坐在一起时,托马斯爵士都这样说。第一天,看到范妮眼泪汪汪,他没再说别的话,只建议为他们的健康干杯。可在第二天,话就扯得远了些。托马斯爵士又称赞起了威廉,盼望他能晋升。"我们有充分的理由相信,"他接着说道,"他今后可以常来看望我们。至于埃德蒙,我们要习惯于他长年不在家。这是他在家里度过的最后一个冬天。""是的,"伯特伦夫人说,"不过,我希望他不要远走。我看他们都要远走高飞。我希望他们能待在家里。"

她这个愿望主要是针对朱莉娅说的。朱莉娅不久前请求和玛丽亚一起去伦敦,托马斯爵士觉得这对两个姑娘都有好处,便同意了。伯特伦夫人天生一副好脾气,自然不会阻拦。但按照说定的日期,朱莉娅这时也该回来了,伯特伦夫人只能埋怨临时有变,使她不能如期归来。托马斯爵士尽量好言相劝,想让妻子对这样的安排想通一些。一个体贴的母亲应该怎样处处为儿女着想,他样样都替她说全了;一个疼爱儿女的母亲必须怎样事事让儿女快乐,他说她天生就有这样的情怀。伯特伦夫人表示赞成这些话,平静地说了一声"是的"。她默默地想了一刻钟后,不由自主地说道:"托马斯爵士,我一直在想——我很高兴我们收养了范妮。如今别人都走了,我们感受到了这一招的好处。"

托马斯爵士想把话说得周全一些,立即补充道:"一点不错。我们当面夸奖范妮,让她知道我们把她看作多好的一个姑娘。现在,她是一个非常可贵的伙伴。我们一直对她好,她现在对我们也十分重要。"

"是的,"伯特伦夫人紧接着说,"一想到她会永远和我们在一起,真令人感到欣慰。"

托马斯爵士稍顿了顿,微微一笑,瞥了一眼外甥女,然后一本正经地答道:"希望她永远不要离开我们,直到有一个比我们更能使她幸福的家把她请去。"

"这是不大可能的,托马斯爵士。谁会请她呢?也许玛丽亚乐于偶尔请她去索瑟顿做客，但不会想要请她在那里长住——我敢说，她在这里比去哪里都好——再说我也离不开她。"

在曼斯菲尔德的大宅里，这个星期过得平平静静，但在牧师府上，情况却大不相同。至少是两家的两位小姐，心情大不相同。让范妮感到宁静和欣慰的事情，却使玛丽感到厌烦和苦恼。这与性情习惯不同有一定关系——一个容易满足，另一个遇事不能容忍。但更主要的原因是境遇不同。在某些利害问题上，两人恰好完全相反。范妮觉得，埃德蒙离家外出，就其动机和意向而言，的确令人感到欣慰。而玛丽却感到痛苦不堪。她每天、几乎每小时都渴望与他相聚，一想到他这次外出的动机，她只会为之恼火。她哥哥走了，威廉·普莱斯也走了，他又偏要在这个星期外出，使他们这个原本生气勃勃的小圈子彻底瓦解，他这次离去比什么都更能提高他的身价。她心里真不是滋味。现在就剩下他们可怜巴巴的三个人，被连续的雨雪困在家里，无事可做，也没有什么新鲜事可以企盼。虽然她恨埃德蒙固执己见，恨他无视她的意愿（她由于愤恨不已，在舞厅里可以说是和他不欢而散），可是等他离家之后，她又禁不住老是想念他，不停地琢磨他的好处和深情，又盼着能像先前那样几乎天天和他相聚。他没有必要出去这么久。她眼看就要离开曼斯菲尔德了，他不该在这个时候外出——不该离家一个星期。接着她又责怪起自己来。在最后那次谈话中，她不该出言那么激烈。在讲到牧师的时候，她恐怕用了一些激烈的——一些轻蔑的言词，这是不应该的。这是没有教养的表现——这是不对的。她对这些话感到由衷的悔恨。

一个星期过去了，她的烦恼却没有完结。这一切已够她心烦的了，可现在她还要烦上加烦。星期五又来到了，埃德蒙却没有回来，星期六也到了，埃德蒙依然没有回来，星期天和他家里联系了一下，得知他给家里写信说，他要推迟他的归期，已答应在朋友那里再住几天！

如果说她已经感到不耐烦，感到悔恨——如果说她已经为自己说的话感到后悔，担心那些话会给他带来过分强烈的刺激，那她现在的悔恨和担心则增加了十倍。此外，她还得和一种她从来不曾体会过的讨厌心情——嫉妒心作斗争。他的朋友欧文先生有妹妹，他会觉得她们很迷人。不管怎么说，在她按照原先计划要去伦敦的时候，他却待在外地，这总是有点不像话，让她无法忍受。如果亨利真如他说的那样走后三四天便回来，那她现在就该离开曼斯菲尔德了。她必须去找范妮，向她了解点情况。她不能再这样一个人愁闷下去。她向庄园走去，只想再听到一点消息，至少能听到他的名字。一个星期以前，她会觉得路太难走，绝不会跑这一趟的。

头半个小时白白地过去了，因为范妮和伯特伦夫人在一起，除非她和范妮单独在一起，否则她什么也休想听到。不过，伯特伦夫人终于出去了——这时，克劳福德小姐迫不及待地开口了，以尽可能得体的口气说道："你埃德蒙表哥离家这么久，你觉得怎么样？家里只剩下你一个年轻人，我想你是最苦闷的。你一定在想念他。你没料到他会逾期不归吧？"

"我说不准，"范妮支支吾吾地说，"是的——我没有料到。"

"也许他将来总也不能说什么时候回就什么时候回。年轻男人一般都这样。"

"他以前只去过欧文先生家一次,那一次并没有逾期不归。"

"这一次他发现那家人比以前讨人喜欢了。他自己就是一个非常——非常讨人喜欢的年轻人,我不由得在担心,我去伦敦之前再也见不到他了。现在看来肯定会是这样的。我每天都在盼着亨利回来,他一回来,曼斯菲尔德就再也没有什么事情能拦住我不走了。说实话,我想再见他一次。不过,请你代我向他表示敬意。是的——我想应该是敬意。普莱斯小姐,我们的语言里是否缺少一个适当的字眼,介于敬意和——和爱慕之间,来表达我们友好相处的那种关系?我们相处了那么久啊!不过,用个敬意也许就够了。他的信写得长吗?他是否详细告诉了你们他在干什么?他是否要待在那里过圣诞节?"

"我只听说了部分内容。信是写给我姨父的——不过,我想写得很短,我敢说只有寥寥几行。我光听说他的朋友非要让他多住几天,他也就答应了。是多住几天还是多住些天,我不是很有把握。"

"噢!要是写给他父亲的——我原以为是写给伯特伦夫人或者你的。如果是写给他父亲的,就难怪话不多了。谁会给托马斯爵士在信里写那么多闲话呢?他要是给你写信,就会写得很详细。你就会了解到舞会、宴会的情况。他会把每件事、每个人都向你描述一番。欧文家有几位小姐?"

"有三位长大成人的。"

"她们爱好音乐吗?"

"我不知道。从来没有听说过。"

"你知道,"克劳福德小姐一边说,一边装出快活的、若无其事的样子,"每个喜欢乐器的女士打听别的女士时,首先问的就是这个问题。不过,你可不能犯傻去打听年轻小姐——刚长大成人的三个姊妹。你不用打听,就知道她们怎么样——个个都多才多艺,招人喜爱,有一个还很漂亮。每家都有一个美人,这是规律。两个弹钢琴,一个弹竖琴——个个都会唱——要是有人教的话,个个都会唱——要是没人教的话,反倒唱得更好——如此这般吧。"

"我一点也不了解欧文家的几位小姐。"范妮平静地说。

"常言说,不知少操心。这话说得再好不过了。的确,对于你从没见过的人,你怎么会在意呢?唉,等你表哥回来,他会发现曼斯菲尔德异常安静。爱说爱笑的人,你哥哥、我哥哥和我全走了。眼见行期临近了,我一想到要和格兰特太太分手,心里就不是滋味。她不想让我走。"

范妮觉得自己不得不说几句。"你走后肯定会有很多人想你,"她说,"大家会非常想念你。"

克劳福德小姐转眼望着她,像是想要多听一听,多看一看,接着笑着说道:"噢!是的,大家会想念我的,就像令人讨厌的吵闹声一旦消失,也会让人思念一样,因为这让人感到了巨大的反差。不过,我可不是在转弯抹角讨恭维,你也不要恭维我。要是真有人想我,那是看得出来的。谁想见我都能找到我。我不会住在什么神秘莫测或遥不可及的地方。"

范妮没有心思说话,克劳福德小姐感到失望。她原以为对方深知她的魅力,会说一些合她心意的奉承话。她的心头又罩上了阴影。

"欧文家的几位小姐，"过了不久她又说，"假如她们中的哪一位能在桑顿莱西找到归属，你觉得怎么样？更稀奇的事都发生过。我敢说她们在尽力争取。她们完全应该这么做，因为对她们来说，这是一份很不错的家业。我一点也不感到奇怪，也不怪她们。人人都有义务尽量为自己谋利益。托马斯爵士的公子算得上一个人物了，如今他已进入她们家那一行了。她们的父亲是牧师，她们的哥哥是牧师，他们是牧师跟牧师凑到一起了。他成了她们的合法财产，他理所应当是属于她们的。你是不说，范妮——普莱斯小姐——你是明知不说。不过，请你说实话，这难道不是你意料中的事情吗？"

"不，"范妮果决地说，"我丝毫没有料到。"

"丝毫没料到！"克劳福德小姐急忙嚷道，"我感到奇怪。不过我敢说，你了解得一清二楚——我一直以为你——也许你认为他压根儿不想结婚——或者目前不想结婚。"

"是的，我是这样认为的。"范妮婉转地说——既不希望自己判断错误，也拿不准该不该承认自己的看法。

她的伙伴目光犀利地盯着她，范妮马上涨红了脸，克劳福德小姐精神为之一振，只说了声"他现在这样对他来说是最好的"，随即转变了话题。

第十二章

这次谈话大大减轻了克劳福德小姐心头的不安,她又高高兴兴地往家里走去,即便再下一个星期的阴雨,即便仍然只有这么寥寥无几的人为伴,她都会经受得了。不过,就在当天晚上,她哥哥又从伦敦回来了,像平时一样兴高采烈,甚至比平时还要高兴,因此她也就无须再经受进一步的考验了。哥哥仍然不肯把他此行的目的告诉她,这倒让她越发高兴。若是在一天以前,这只会使她生气,可现在却成了有趣的玩笑——她猜想,之所以不告诉她,一定是有什么事瞒着她,想给她来个惊喜。第二天还真出了一件出乎她意料的事。亨利原说去向伯特伦一家人问个好,十分钟后就回来——可他去了一个多小时。他妹妹一直在等他陪她在花园里散步,最后等得实在不耐烦,终于在拐弯处遇到了他,便大声嚷道:"亲爱的亨利,你这大半天跑到哪儿去了?"做哥哥的只好说,他是在陪伯特伦夫人和范妮。

"陪她们坐了一个半钟头啊!"玛丽嚷道。

不过,这还仅仅是她惊奇的开始。

"是的，玛丽。"亨利挽住了她的胳膊，顺着拐弯处走着，好像不知身在何处，"我没法早走——范妮那模样有多美呀！我已经打定了主意，玛丽。我已经下定了决心。你会吃惊吗？不会的——你应该意识到，我是打定主意要和范妮·普莱斯结婚的。"

这时，做妹妹的已经惊奇到了极点。玛丽虽说了解一点哥哥的心思，但做梦也没想到他会有这样的打算。亨利见妹妹大为惊诧，不得不把刚才讲过的话又讲了一遍，而且一本正经地讲得更加充分。做妹妹的明白了哥哥真的做出了这样的决定后，觉得他这个决定也并非不足取。她在惊奇的同时甚至感到高兴。她为他们家与伯特伦家结成亲戚而满心欢喜，哥哥的这桩婚事虽说有点低就，她也并不在意了。

"是的，玛丽，"亨利最后说道，"我完全坠入了情网。你知道，我一开始打的是些无聊的主意——但最后却是这样的结局。我自以为已经使她对我颇有好感，但我对她的感情却是坚定不移的。"

"好幸运，好幸运的姑娘啊！"玛丽心情一平静便嚷道，"这对她是多好的一门亲事呀！我最亲爱的亨利，这是我的第一个感觉。可我的第二个感觉是，我要同样真诚地告诉你，我由衷地赞成你的选择，预见你会像我衷心希望的那样幸福。你将有一个娇小可爱的妻子，对你感激不尽，忠心耿耿。你也完全配有这样一个人。这对她是多么喜出望外的一门亲事啊！诺里斯太太常说她运气好，她现在又会怎么说呀？这真是他们全家人的大喜事啊！在这一家人中，她倒有几个真正的朋友。他们该多么高兴啊！你给我从头到尾地讲一讲，滔滔不绝地讲下去。你是什么时候开始认真考虑她的？"

这种问题虽说最乐意让别人问,但是却又最难以回答。他说不出来"那令人陶醉的烦恼如何偷偷袭上我的心头"[1]。他用略加改变的措辞反复表达这个意思,没等重复完第三遍,他妹妹便迫不及待地打断了他,说道:"啊!亲爱的亨利,你就是为这去伦敦的呀!这就是你去办的事呀!你是去找海军将军商量,然后再拿定主意的。"

亨利对此矢口否认。他很了解叔父,不会拿婚姻问题去征求他的意见。海军将军讨厌结婚,一个有自立财产的年轻人要结婚,他认为永远不能原谅。

"他要是认识了范妮,"亨利继续说,"一定会非常喜欢她。她正是一个可以打消海军将军这种人的种种成见的女子,因为她正是他认为世上不会有的那种女子。她是他所描绘的不可能存在的女人——如果他真有美妙的措辞来表达自己的思想的话。不过,没到事情彻底定下来之前——没到木已成舟,无法干涉之前,他是得不到一点风声的。玛丽,你刚才完全猜错了。你还没有猜出我去伦敦办什么事呢!"

"好了,好了,我明白了。现在我知道事情与谁有关了,其余的我也不急于想知道。范妮·普莱斯——妙啊——妙极啦!曼斯菲尔德居然为你起了这么大的作用——你居然在曼斯菲尔德找到了你命运的寄托!不过,你做得很对,你的选择再好不过了。世上没有比她更好的姑娘,何况你又不需要财产。至于她的亲戚们,

---

[1] 引自英国剧作家和桂冠诗人威廉·怀特海德(1715—1785)的诗句。

他们都是些上好的人。伯特伦家无疑是这个国家的上等人家。她是托马斯爵士的外甥女,仅凭这一点,就会让世人另眼相看。不过,说下去,说下去。再给我多讲一讲。你是怎么计划的?她知不知道自己大喜临门了?"

"不知道。"

"你还在等什么?"

"在等——在等一个稍微稳妥一点的时机。玛丽,她可不像她的两个表姐。我想我提出来可不能碰钉子。"

"噢!不会的,你不会碰钉子。即使你不这么可爱——即使她还没有爱上你(可我对此毫不怀疑),你也会万无一失。她性情温柔,知恩图报,你只要一提出,她马上就会属于你。我打心眼里认为,她要是嫁给你是不会不爱你的。这就是说,如果世上还有一位姑娘不为虚荣所动的话,我想这个人就是她。不过,你尽管求她爱你好了,她是绝不会狠心拒绝你的。"

玛丽那急切的心情一平静下来,亨利就乐滋滋地讲给她听,她也乐滋滋地听他讲。接着,两人便交谈起来,而且几乎同样兴致勃勃。不过,其实亨利除了自己的情感之外,并没有什么可讲的,除了范妮的妩媚之外,并没有什么可谈的。范妮那俏丽的面孔和袅娜的身段,她那文雅的举止和善良的心地,成了谈不完的话题。她那温柔、和悦、贤淑的性情,被热情洋溢地夸来夸去。在男人看来,这种温柔正是每一个女人最可贵的品质所在,虽然他有时爱上的女人并不温柔,但他从不认为对方有这样的缺欠。至于范妮的脾气,他有充足的理由去信赖,去赞扬。他经常看到她的脾气经受考验。这家人当中,除了埃德蒙以外,哪一个不在以这样那样的方式不断地考验她的耐心和包容？显然，她的感情是炽烈的。看她对她哥哥有多好啊！这岂不是最能证明她的心肠不仅是温柔的，而且也十分多情吗？对于一个眼看就要赢得她的爱情的男人来说，这不是莫大的鼓舞吗？此外，她的头脑也毋庸置疑，又聪慧又敏锐。她的言谈举止显示了她的稳重和涵养。还不止这些。亨利·克劳福德虽然没有认真思考的习惯，说不出做妻子的应该具有哪些名目的美德，但他又很聪明，懂得妻子身上具有美德的价值。他谈到范妮为人稳重，行为得体，谈到她自尊自重，讲究礼仪，这就可以使人充分相信她会对丈夫忠贞不渝。他之所以说这些话，是因为他知道她有高尚的道德准则，有虔诚的宗教信仰。

"我可以不折不扣地信任她，"他说，"这正是我所需要的。"

他妹妹认为他对范妮·普莱斯的夸奖并不过分，因而对他的前景满怀喜悦。

"我越琢磨这件事，"她嚷道，"越觉得你做得完全对。虽然我从来不曾认为范妮·普莱斯可能是最让你着迷的姑娘，但现在我相信她最能让你幸福。你原来搞恶作剧，想搅得她心神不宁，到头来还真成了神机妙算。这对你们两人都大有好处。"

"当初我对这样好的人存心不良，真是太拙劣了！不过，那时我还不了解她。我要让她没有理由为我当初心里冒出这个念头感到遗憾。我要使她非常幸福，玛丽，比她以往任何时候都幸福，比她看到过的任何人都幸福。我不把她从北安普敦郡带走，我要把埃弗灵厄姆租出去，在这附近一带租幢房子，也许租下斯坦威克斯宅第。我要把埃弗灵厄姆租出去七年。我只要一开口，准能找到一个非常好的房客。我现在就能说出三个人，既会满足我的条件，又会感谢我。"

"哈哈！"玛丽大声嚷道，"在北安普敦定居呀！这太好啦！那我们大家都在一起了。"

她话一出口，便省悟过来，后悔不该说这话。不过，她也不必慌张。她哥哥只当是她仍要住在曼斯菲尔德的牧师府上，因此作为回答，只是非常亲热地邀请她到他家做客，并且要她首先满足他的要求。

"你必须把你一半以上的时间给我们，"他说，"我不允许格兰特太太跟范妮和我权利均等，我们俩对你都拥有一份权利。范妮将是你真诚的嫂嫂呀！"

玛丽只有表示感激，并含糊其词地做了许诺。但她既不打算长期在姐姐家里客居下去，也不愿意在哥哥家里久住。

"你打算一年中在伦敦和北安普敦郡轮流住吗？"

"是的。"

"这就对了。你在伦敦自然要有自己的房子，不再住在将军家里。我最亲爱的亨利，离开将军对你有好处，趁你的教养还没有受到他的熏染伤害，趁他的那些愚蠢的见解还没有传染给你，趁你还没有学会一味地讲吃讲喝，好像吃喝是人生最大的幸福似的！你可不明白离开将军对你的好处，因为你对他的崇拜蒙蔽了你的眼睛。但是，在我看来，你早一点结婚可能会挽救你。眼见着你在言行、神情和姿态上越来越像将军，我会很伤心的。"

"好了，好了，我们在这个问题上看法不大一样。将军有他的缺点，但他为人很好，对我胜过生身父亲。就是做父亲的也很少会像他这样,我干什么他都支持。你不能让范妮对他产生偏见。我要让他们彼此相爱。"

玛丽觉得,世上没有哪两个人像他们这样,从品格到礼貌教养这么格格不入,但她没有说出口,时间会让他明白这一点的。不过,她却禁不住说出了她对将军的这一想法:"亨利,我觉得范妮·普莱斯这么好的一个人,要是我认为下一个克劳福德太太会受到我那可怜的婶婶所受的一半虐待,会像我那可怜的婶婶那样憎恨这个称呼,但凡有可能,我就会阻止这桩婚事。不过,我了解你。我知道,你爱的妻子会是最幸福的女人,即使你不再爱她了,她也会从你身上看到一位绅士的宽怀大度和良好教养。"

亨利口若悬河地做了回答,说的自然是要竭尽全力促使范妮·普莱斯幸福,要永远爱范妮·普莱斯。

"玛丽,"亨利接着说,"你要是看到她今天上午如何关照她姨妈,那个温柔、耐心的劲头真是难以形容:满足她姨妈的种种愚蠢要求,跟她一起做活,替她做活,俯身做活时脸上飞起艳丽的红霞,随后又回到座位上,继续替那位蠢女人写信,她做这一切的时候显得十分柔顺,毫不做作,好像都是理所当然的事,她不需要一点时间归自己支配,她的头发总是梳得纹丝不乱,写信的时候一卷秀发耷拉到额前,不时地给甩回去。在这整个过程中,她还时不时地跟我说话,或者听我说话,好像我说什么她都爱听。你要是看到这种种情景,玛丽,你就不会认为有朝一日她对我的魅力会消失。"

"我最亲爱的亨利,"玛丽嚷道,又突然打住,笑吟吟地望着他,"看到你这样一片痴情,我有多高兴啊!真让我欣喜万分。可是，拉什沃思太太和朱莉娅会怎么说呢？"

"我不管她们怎么说，也不管她们怎么想。她们现在会意识到什么样的女人能讨我喜欢，能讨一个有头脑的人喜欢。我希望这一发现会给她们带来益处。她们现在会意识到她们的表妹受到了应得的待遇，我希望她们会真心诚意地为自己以往可恶的怠慢和冷酷感到羞愧。她们会恼火的，"亨利顿了顿，又以比较冷静的口吻补充说，"拉什沃思太太会大为恼火。这对她来说像是一粒苦药，也就是说，像别的苦药一样，先要苦上一阵，然后咽下去，再忘掉。我不是一个没有头脑的花花公子，尽管我是她钟情的对象，可我并不认为她的感情会比别的女人来得长久。是的，玛丽，我的范妮的确会感受到一种变化，感受到她身边的每个人在态度上，每天每时都在发生变化。一想到这都是我引起的，是我把她的身份抬高到她应得的高度，我真是乐不可支了。而现在，她寄人篱下，孤苦伶仃，没亲没友，受人冷落，被人遗忘。"

"不，亨利，不是被所有的人，不是被所有的人遗忘，不是没亲没友，不是被人遗忘。她表哥埃德蒙从来没有忘记她。"

"埃德蒙——不错，总的说来，我认为他对她挺好，托马斯爵士对她也不错，不过那是一个有钱有势、唠唠叨叨、独断专行的姨父的关心。托马斯爵士和埃德蒙加在一起能为她做什么？他们为她的幸福、安逸、体面和尊严所做的事，比起我将要为她做的事，又算得了什么？"

第十三章

第二天上午,亨利·克劳福德又来到了曼斯菲尔德庄园,而且到的比平常访亲拜友的时间要早。两位女士都在早餐厅里。幸运的是,他进来的时候,伯特伦夫人正要出去。她差不多走到门口了,也不想白走这么远再折回去,于是便客气地打了个招呼,说了声有人等她,吩咐仆人"禀报托马斯爵士",然后继续往外走。

亨利见她要走喜不自禁,躬身行了个礼,目送她走去,然后便抓紧时机,立即转身走到范妮跟前,掏出了几封信,眉飞色舞地说:"我必须承认,无论谁给我个机会让我与你单独相见,我都感激不尽:你想不到我是怎样在盼望这样一个机会。我了解你做妹妹的心情,不希望这一家的任何人与你同时得到我现在给你带来的消息。他晋升了。你哥哥当上少尉了。我怀着无比高兴的心情,向你祝贺你哥哥晋升。这是这些信上说的,都是刚刚收到的。你也许想看看吧。"

范妮说不出话来,不过他也不需要她说话。看看她的眼神,脸色的变化，心情的演变，由怀疑，到慌张，到欣喜，也就足够了。范妮把信接了过去。第一封是海军将军写给侄子的，只有寥寥数语，告诉侄子说，他把提升小普莱斯的事办成了。里面还附了两封信，一封是海军大臣的秘书写给将军委托的朋友的，另一封是那位朋友写给将军本人的。从信里可以看出，海军大臣非常高兴地批阅了查尔斯爵士的推荐信，查尔斯爵士很高兴有这么个机会向克劳福德将军表示自己的敬意，威廉·普莱斯先生被任命为英国皇家轻巡洋舰"画眉号"的少尉这一消息传出后，不少要人都为之高兴。

范妮的手在信纸下面颤抖，眼睛从这封信看到那封信，心里激动不已。克劳福德情急心切地继续表白他在这件事情上所起的作用。

"我不想谈我自己如何高兴，"他说，"尽管我欣喜万分。我只想到你的幸福。与你相比，谁还配得上幸福呢？这件事本该是让你最先知道的，我并不愿意比你先知道。不过，我是一刻也没耽搁呀。今天早上邮件来迟了，但我收到后一分钟也没耽搁。我在这件事上如何焦急，如何不安，如何发狂，我不打算描述。在伦敦期间还没有办成，我真是羞愧难当，失望至极啊！我一天又一天地待在那里，就是盼望办成这件事，如果不是为了这样一件对我来说至关重要的事情，我绝不会离开曼斯菲尔德这么长时间。但是，尽管我叔父满腔热情地答应了我的要求，立即着手操办起来，可是依然有些困难，一个朋友不在家，另一个朋友有事脱不了身，我想等最后也等不下去了，心想事情已经托给可靠的人，便于星期一动身回来了，相信要不了几天就会收到这样的信。我叔叔是世上最好的人，他可是尽心尽力了，我就知道，他见到你哥哥之后是会尽力帮忙的。他喜欢你哥哥。昨天我没有告诉你将军是多么喜欢他，也没有怎么透露将军怎样夸奖他。我要拖一拖再说，等到他的夸奖被证明是来自朋友的夸奖。今天算是得到了证明。现在我可以告诉你，连我都没有料到，他们那天晚上相会之后，我叔父会对威廉·普莱斯那么感兴趣，对他的事情那么热心，又对他那样称赞。这一切完全是我叔父自愿表示出来的。"

"那么，这一切都是你努力的结果吧？"范妮嚷道，"天哪！太好了，真是太好啦！你真的——真的是你提出来的吧——请原谅，我给搞糊涂了。是克劳福德将军要求的吗？是怎么办成的？我给搞糊涂了。"

亨利满怀喜悦地想说得更明确些，从早一些时候讲起，着重解释了他起的作用。他这次去伦敦没有别的事情，只想把她哥哥引荐到希尔街，劝说将军尽量运用他的关系帮他晋升。这就是他的使命。他对谁都没说起过，甚至对玛丽都只字未提。他当时还不能肯定结果如何，因而不敢高兴得太早。不过，这就是他的使命。他大为感慨地讲起他如何关心这件事，用了那么热烈的字眼，尽是什么最深切的关心，双重的动机，不便说出的动机和愿望，范妮要是注意听的话，是不会总也听不出他的意思的。然而，她只顾得满心高兴，惊喜之中还没缓过神来，就连对方讲到威廉的时候，她都听不完全，等他停下来时，她只是说："多好的心啊！多么好的心啊！噢！克劳福德先生，我们对你感激不尽。最亲爱、最亲爱的威廉啊！"她霍地站起来，匆匆向门口走去，一边嚷道："我要去见姨父。应该尽快让姨父知道。"但是，这可不成。这是个千载难逢的良机，亨利心里已经迫不及待了。他立即追了上去。"你不能走，你得再给我五分钟。"说着抓住了她的手，把她领回到座位上，又向她解释了一番，她还没有明白为什么不让她走。然而，等她明白过来，发现对方说什么她已引起了他从来不曾有过的感情，他为威廉所做的一切都是出于对她的无限的、无与伦比的爱，她感到万分痛苦，很久说不出话来。她认为这一切实在荒谬，只不过是骗人的逢场作戏、献殷勤。她感到这是用不正当、不体面的手法对待她，她不应该受到这样的对待。不过，这正符合他的为人，与她所见到的他以往的行径如出一辙。可她还是抑制住自己，尽量不把心里的不快流露出来，因为他毕竟有恩于她，不管他怎样粗俗放浪，她都不能轻慢小看这番恩情。这时，她一颗心还在扑扑直跳，光顾得为威廉高兴，为威廉感到庆幸，而对于仅仅伤害自己的事情，却不会怨恨不已。她两次把手缩回来，两次想摆脱他而没摆脱掉，便站了起来，非常激动地说："不要这样，克劳福德先生，请你不要这样。我求你不要这样。我不喜欢这样的谈话。我得走了。我受不了。"可是对方还在说，倾诉他的衷情，求她给以回报，最后，话已说得十分露骨，就连范妮也能悟出一个用意：他把他的人，他的一生，他的财产，他的一切都献给她，要她接受。就是这个意思，他已经说出来了。范妮愈来愈感到惊讶，愈来愈心慌意乱。虽然还拿不准他的话是真是假，她几乎站不住了。对方催她答复。

"不，不，不，"范妮捂着脸叫道，"这完全是无稽之谈。不要惹我苦恼了。我不要再听这样的话了。你对威廉的好处使我说不出对你有多感激。但是，我不需要，受不了，也不想听你这些话——不，不，不要动我的心思。不过，你也不在动我的心思。我知道这是没有的事儿。"

她已经挣脱了他。这当儿，托马斯爵士正在向他们这间屋子走来，只听他在跟一个仆人说话。这就来不及再诉爱求情了，不过亨利过于乐观自信，觉得她只不过是由于故作娇羞，才没有让他立即得到他所追求的幸福，在这个节骨眼上跟她分手，未免有些太残酷了。她姨父朝这个门走来，她从对面那个门冲了出去。托马斯爵士与客人还没寒暄完，或者说客人刚刚开始向他报告他带来的喜讯，她已经在东屋里走来走去了，心里极其矛盾，也极其混乱。

她在思索、在琢磨每一桩事，也为每一桩事担忧。她激动，快活，苦闷，感激不尽，恼火至极。这一切简直令人难以置信！克劳福德不可原谅，也不可理解！不过，这是他的一贯行径，做什么事都掺杂点邪念。他先使她成为世上最快活的人，后来又侮辱了她——她不知道怎样说为好——不知道怎样分析、怎样看待这件事。她想把他看作耍儿戏，但若真是耍儿戏，为什么要说这样一些话，做出这样的许愿呢？

不过，威廉当上了少尉。这可是毋庸置疑、毫不掺假的事实。她愿永远牢记这一点，忘掉其余的一切。克劳福德先生肯定再也不会向她求爱了，他肯定看出对方是多么不欢迎他这样做。若是如此，就凭他对威廉的帮助，她该如何感激他呀！

在没有肯定克劳福德先生已经离开这座房子之前，她的活动范围绝不超过从东屋到主楼梯口。等她确信他走了之后，她便急忙下楼去找姨父，跟他分享彼此的喜悦之情，听他讲解或猜测威廉现在会去什么地方。托马斯爵士正如她期望的那样不胜高兴，他还非常慈爱，话也很多。她和他谈起了威廉，谈得非常投机，使她忘记了先前令她烦恼的事情。可是，等谈话快结束的时候，她发现克劳福德先生已约定当天还要回到这里吃饭。这可是个令她极其扫兴的消息。虽然他可能不会把已经过去的事放在心上，但是这么快又见到他使她感到十分别扭。

她试图让自己平静下来。快到吃晚饭的时候，她尽量使自己心里感觉像平常一样，外表看上去也像平常一样。但是，等客人进屋的时候，她又情不由己地显得极为羞怯，极不自在。她万万没有想到，在听到威廉晋升的第一天，居然会有什么事情搅得她如此痛苦。

克劳福德先生不只是进到屋里，而且很快来到了她跟前。他把他妹妹的一封信转交给她。范妮不敢看他，但从他的声音中听不出为上次说的蠢话感到羞愧。她立即把信拆开，很高兴能有点事情做做。还使她感到高兴的是，诺里斯姨妈也来吃饭，她不停地动来动去，为范妮读信提供了一点掩护。

亲爱的范妮：从现在起我可能要永远这样称呼你，以使我的舌头得到彻底的解放，不要再像过去那样，笨拙地叫了你至少六个星期的普莱斯小姐——我要写上几句话叫我哥哥带给你，向你表示热烈的祝贺，并且万分高兴地表示我的赞成和支持。勇往直前吧，亲爱的范妮，不要畏惧。没有什么了不起的障碍。我自信我表示赞成会起一定作用。因此，今天下午你就拿出你最甜蜜的微笑对他笑脸相迎吧，让他回来的时候比去时更加幸福。

你亲爱的
玛·克

这些话对范妮没有丝毫的帮助。她匆匆地读着信,心里乱糟糟的,猜不透克劳福德小姐信里的意思,但是看得出来,她是在祝贺她赢得了她哥哥的钟情,甚至看来好像信以为真似的。她不知道怎么办,也不知道怎么看。一想到这是真的,便为之愁苦不堪,怎么都想不通,心里只觉得忐忑不安。克劳福德先生每次跟她说话,她都感到烦恼,而他又偏偏爱跟她说话。她觉得他跟她说话的时候,从口气到态度都有点特别,与他跟别人说话的时候大不相同。她这天吃饭的胃口给破坏殆尽,几乎什么都吃不下去。托马斯爵士开玩笑说,她是高兴得吃不下饭,她羞得快挺不住了,生怕克劳福德先生再来一番解释。他就坐在她的右手边,虽然她一眼也不想看他,但她觉得他的眼睛却一直盯着她。

她比什么时候都沉默寡言,就连谈到威廉的时候,也很少开口,因为他的晋升完全是坐在她右手边的这个人周旋的结果,一联想到这一点,她就感到凄楚难言。

她觉得伯特伦夫人坐得比哪次都久,担心这次宴席永远散不了。不过,大家终于来到了客厅,两位姨妈以自己的方式谈起威廉的任命,这时范妮才有机会去想自己愿意想的事情。

诺里斯太太之所以对这件事感到高兴,除了别的原因外,还因为这给托马斯爵士省了钱。"现在威廉可以自己养活自己了,这对他二姨父来说可就非同小可了,因为谁也说不准他二姨父为他破费了多少。说实在的，今后我也可以少送东西了。我很高兴，这次威廉走的时候给他送了点东西。我的确感到很高兴，当时在手头不太拮据的情况下，还能给他送了点像样的东西。对我来说是很像样，因为我家财力有限，现在要是用来布置他的房舱，那东西可就有了用场了。我知道他要花些钱，要买不少东西，虽然他父母会帮他把样样东西都买得很便宜——但我很高兴我也尽了点心。"

"我很高兴你给了他点像样的东西，"伯特伦夫人对她的话深信不疑，平平静静地说道，"我只给了他十英镑。"

"真的呀！"诺里斯太太脸红起来，嚷道，"我敢说，他走的时候口袋里肯定装满了钱！再说，去伦敦的路上也不要他花钱呀！"

"托马斯爵士对我说给他十英镑就够了。"

诺里斯太太无意探究十英镑够还是不够，却从另一个角度看待这个问题。

"真令人吃惊，"她说，"看看这些年轻人，从把他们抚养成人，到帮他们进入社会，朋友们要为他们花多少钱啊！他们很少去想这些钱加起来会有多少，也很少去想他们的父母、姨父姨妈一年要为他们花多少钱。就拿我普莱斯妹妹家的孩子来说吧，把他们加到一起，我敢说谁也不敢相信每年要花托马斯爵士多少钱，还不算我给他们的补贴。"

"你说得一点不错，姐姐。不过，孩子们真可怜呀！他们也是没办法。再说你也知道，这对托马斯爵士来说，也算不了什么。范妮，威廉要是到东印度群岛去的话，叫他别忘了给我带一条披巾。还有什么别的好东西，我也托他给我买。我希望他去东印度群岛，这样我就会有披巾了。我想要两条披巾，范妮。"

这当儿，范妮只有迫不得已时才说话。她一心急于弄明白克劳福德兄妹俩打的什么主意。除了那哥哥的话和态度之外，无论从哪方面来看，他们都不会是真心实意的。考虑到他们的习性和思想方法，以及她本人的不利条件，从哪方面来看，这件事都是不合常情的，说不过去，也不大可能。克劳福德先生见过多少女人，受过多少女人的爱慕，跟多少女人调过情，而这些女人都比她强得多——人家费尽心机地想取悦他，都没法打动他——他把这种事情看得这么淡，总是满不在乎，无动于衷——别人都觉得他了不起，他却似乎瞧不起任何人——她怎么会激起这样一个人的真心爱慕呢？而且，他妹妹在婚姻问题上讲究门第，看重利益，怎么能设想她会认真促成这样一件事呢？他们两个表现得太反常了。范妮越想越感到羞愧。什么事情都有可能，唯独他不可能真心爱她，他妹妹也不可能真心赞成他爱她。托马斯爵士和克劳福德先生没来客厅之前，她对此已经深信不疑了。克劳福德先生进来之后，她又难以对此坚信不疑了，因为他有一两次投向她的目光，她无法将之归结为一般的意思。至少，若是别人这样看她，她会说那蕴含着一种十分恳切、十分明显的情意。但她仍然尽力把这看作他对她的两位表姐和众多别的女人经常施展的手段。

她感到他就想背着别人跟她说话。她觉得，整个晚上每逢托马斯爵士出去的时候，或者每逢托马斯爵士跟诺里斯太太谈得起劲的时候，他就在寻找这样的机会，不过她总是谨慎地躲着他，不给他任何机会。

最后——似乎范妮的忐忑不安终于结束了，不过结束得不算太晚——他提出要走了。范妮一听这话如释重负，然而霎时间他又转过脸来，对她说道："你没有什么东西捎给玛丽吗？不给她封回信吗？她要是什么都收不到的话，是会失望的。给她写个回信吧，哪怕只写一行也好。"

"噢！是的，当然，"范妮一边嚷道，一边匆忙站起来，急于摆脱这种窘迫，急于赶紧走开，"我这就去写。"

于是她走到她常替姨妈写信的桌边，提笔准备写信，可又压根儿不知道写什么是好！克劳福德小姐的信她只看过一遍，本来就没看明白，要答复实在令人伤脑筋。她从没写过这种信，如果还来得及对信的格调产生疑虑的话，那她真会疑虑重重。但是必须马上写出点东西来。她心里只有一个明确的念头，那就是希望对方读后不会觉得她真的有意。她动笔写了起来，身心都在激烈地颤抖：

亲爱的克劳福德小姐，非常感谢你对最亲爱的威廉的事表示衷心的祝贺。信的其余内容，在我看来毫无意义。对于这种事情，我深感不配，希望今后不要再提。我和克劳福德先生相识已久，深知他的为人。他若对我同样了解的话，想必不会有此举动。临笔惶然，不知所云，倘能不再提及此事，定会不胜感激。承蒙来信，谨致谢忱。

亲爱的克劳福德小姐，永远是你的……

结尾到底写了些什么，她在慌乱中也搞不清楚了，因为她发现，克劳福德先生借口取信向她走来。

"不要以为我是来催你的,"他看她惊慌失措地将信折叠装封,压低了声音说,"不要以为我有这个意思。我恳求你不要着急。"

"噢!谢谢你,我已经写完了,刚刚写完——马上就好了——我将非常感激你——如果你能把这封信转交给克劳福德小姐。"

信递过来了,他只好接下。范妮立即别过脸朝众人围坐的炉边走去,克劳福德先生无事可做,只好一本正经地走掉了。

范妮觉得她从来没有这样激动过,既为痛苦而激动,又为快乐而激动。不过,所幸的是,这种快乐不会随着这一天过去而消逝——因为她天天都不会忘怀威廉的晋升,而那痛苦,她希望会一去不复返。她毫不怀疑,她的信肯定写得糟糕透顶,语句还不如一个孩子组织得好,谁叫她心烦意乱的,根本无法斟酌推敲。不过,这封信会让他们两人都明白,克劳福德先生的百般殷勤既骗不了她,也不会让她为之得意。

信递过来了,他只好接下

第 三 卷

第一章

范妮第二天早晨醒来的时候,并没有忘掉克劳福德先生。不过,她也同样记得她那封信的大意,对这封信可能收到的效果,依然像昨天晚上一样乐观。克劳福德先生要是能一走了之该有多好啊!这是她最巴不得的。带着他妹妹一起走,他原来就是这样安排的,他重返曼斯菲尔德就是为了接他妹妹。她不明白他们为什么到现在还没走成,克劳福德小姐肯定不想在这里多待。克劳福德先生昨天来做客的时候,范妮本来祈望能听到他究竟是哪一天走,但他只是说不久就要起程。

就在她满意地料定她的信会产生什么效果之后,她突然看到克劳福德先生又向大宅走来,并且像昨天一样早,不由得大吃一惊。他这次来可能与她无关,但她还是尽可能不见他为好。她当时正在上楼,便决定就待在楼上,等他走了再说,除非有人叫她。由于诺里斯太太还在这里,似乎没有可能会用得着她。

她忐忑不安地坐了一阵,一边听,一边颤抖,时刻都在担心有人叫她。不过,由于听不到脚步声向东屋走来,她也渐渐镇定下来，还能坐下做起活来，希望克劳福德先生来也好去也好，用不着她去理会。

将近半个小时过去了，她逐渐放下了心。恰在这时，突然听到一阵脚步声——脚步声很重，房内这一带不常听到这种脚步声。这是她姨父的脚步声。她像熟悉他的说话声一样熟悉他的脚步声。以前她往往一听到他的脚步声就发抖，现在一想到他来此肯定是有话对她说，便又开始颤抖起来。不论是要说什么，她都感到害怕。还真是托马斯爵士。他推开了门，问她是否在屋里，他可不可以进来。以前他偶尔来到东屋所引起的那种恐惧似乎又萌生了，范妮觉得他好像又来考她的法语和英语。

她恭恭敬敬地给他搬了把椅子，尽量显出受宠若惊的样子。由于心神不定，她没有注意屋内有什么欠缺。托马斯爵士进来之后突然停住脚，吃惊地问道："你今天为什么没有生火呀？"

外面已是满地白雪，范妮披了条披巾坐在那里。她吞吞吐吐地说：

"我不冷，姨父——这个季节我从不在这里久坐。"

"那你平时生火吗？"

"不生，姨父。"

"怎么会这样，一定出了什么差错。我还以为你到这间屋里是为了暖和。我知道，你的卧室里没法生火。这是个很大的错误，必须加以纠正。你这样坐着很不稳妥——也不生火，即使一天坐半个小时都不好。你身体单薄，看你冻的。你姨妈一定不了解。"

范妮本想保持沉默，但又不能不吭声，为了对她那位最亲爱的姨妈公允起见，她忍不住说了几句，提到了"诺里斯姨妈"。

"我明白了，"姨父知道是怎么回事了，也不想再听下去，便大声说道，"我明白了。你诺里斯姨妈很有见识，一向主张对孩子不能娇惯。不过，什么事情都要适度。她自己也很苦，这当然要影响她对别人的需求的看法。从另一个意义上说，我也能完全理解。我了解她一贯的看法。那原则本身是好的，但是对你可能做得太过分了，我认为的确做得太过分了。我知道，有时候在某些问题上没有一视同仁，这是不应该的。可我对你有很好的看法，范妮，觉得你不会因此而记恨。你是个聪明人，遇事不会只看一方面，只看局部。你会全面地看待过去，你会考虑到不同的时期，不同的人，不同的机遇，你会觉得那些教育你、为你准备了中等生活条件的人都是你的朋友，因为这样的条件似乎是你命中注定的。尽管他们的谨慎可能最终证明没有必要，但他们的用心是好的。有一点你可以相信：被迫吃点小小的苦头，受点小小的约束，到了富足的时候就能倍感其乐。我想你不会辜负了我对你的器重，任何时候都会以应有的敬重和关心来对待诺里斯姨妈。不过，不说这些了。坐下，亲爱的。我要和你谈一会儿，不会占用你很多时间。"

范妮从命了，垂着眼皮，红着脸。托马斯爵士顿了顿，欲笑不笑，说了下去。

"你也许还不知道，我今天上午接待了一个客人。早饭后，我回到房里不久，克劳福德先生就给领进来了。你大概能猜到他是来干什么的。"

范妮脸上越来越红，姨父见她窘得既说不出话，也不敢抬头，便不再看她，紧接着讲起了克劳福德先生的这次来访。

克劳福德先生是来宣布他爱范妮的，并明确提出向她求婚，请求她姨父恩准，因为他老人家似乎在履行父母的职责。他表现得如此有礼，如此坦诚，如此大方，如此得体，而托马斯爵士的答复和意见又那样允当，因而他便欣喜不已地介绍了他们谈话的细枝末节，全然没有察觉外甥女心里怎么想，只以为这些详情细节不仅他乐意说，外甥女更乐意听。因此，他滔滔不绝地说了一番，范妮也不敢打断他，甚至也无意去打断他。她心乱如麻，人已换了个姿势，目不转睛地望着一扇窗户，惶恐不安地听姨父讲着。姨父停顿了一下，但是她还没有察觉，他就站起身来，说道："范妮，我已经履行了我的部分使命，让你看到事情已经奠定了一个最牢靠、最令人称心如意的基础，我可以履行我余下的使命了，劝说你陪我一起下楼。虽然我自以为你不会讨厌刚才陪我说话，但是到了楼下我会甘拜下风，会有一个说话更为动听的人陪伴你。也许你已经料到，克劳福德先生还没有走。他在我房里，希望在那里见见你。"

范妮听到这话时的那副神色，那为之一惊，那一声惊叫，使托马斯爵士大为震惊。不过，更使他震惊的还是她的激烈言词："噢！不，姨父，不行，我真的不能下楼见他。克劳福德先生应该明白——他肯定明白——我昨天已经跟他说明了，他应该清楚——他昨天就跟我说起了这件事——我毫不掩饰地告诉他我压根儿不同意，无法回报他的好意。"

"我不明白你的意思，"托马斯爵士说道，一边又坐下来，"无法回报他的好意！这是怎么回事？我知道他昨天对你讲过，而且据我所知，从你这里得到了一个知道分寸的年轻姑娘所能给的鼓励。从他的话中我了解到你当时的表现,我觉得非常高兴。你显得很谨慎,这很值得称道。可是现在,他已经郑重其事、真心诚意地提了出来——你现在还顾虑什么呢?"

"你弄错了,姨父,"范妮嚷道。她一时心急,甚至当面说姨父不对,"你完全弄错了。克劳福德先生怎么能这样说呢?我昨天并没有鼓励他——相反,我对他说——我记不得具体说了什么话——不过,我肯定对他说过,我不愿意听他讲,我实在是不愿意听,求他千万别再对我说那样的话。我敢肯定对他说过这些话,而且还不止这些。如果我当时确有把握他是当真的话,还会多说几句,可我不想相信他真有什么意思——我不愿意那样看待他——不愿给他安上更多的意思。我当时就觉得,对他来说,可能说过也就算完了。"

她说不下去了,几乎都透不过气了。

"这是不是说,"托马斯爵士沉默了一阵,然后问道,"你是要拒绝克劳福德先生?"

"是的,姨父。"

"拒绝他?"

"是的,姨父。"

"拒绝克劳福德先生!什么理由?什么原因?"

"我——我不喜欢他,姨父,不能嫁给他。"

"真奇怪呀!"托马斯爵士以平静而有点不悦的语气说,"这件事有点让我难以理解。向你求婚的是一个各方面都很优秀的年轻人,不仅有地位,有财产,人品好,而且十分和气,说起话来人人喜欢。你和他又不是初次见面,已经认识一段时间了。再说,他妹妹还是你的亲密朋友，他还为你哥哥帮了那样的忙，即使他没有别的好处，单凭这件事就足以打动你的心了。要是靠我的关系，很难说威廉什么时候能晋升。而他已经把这件事办成了。"

"是的。"范妮少气无力地说，又难为情地低下了头。经姨父这么一说，她真觉得自己不喜欢克劳福德先生简直是可耻。

"你一定察觉到了，"托马斯爵士接着又说，"你一定早就察觉到克劳福德先生对你的态度有所不同。因此，他向你求婚你不该感到意外。你一定注意到他向你献殷勤了，虽然你接受他的献殷勤时表现得很得体（在这方面我没有什么可说的），可我从没看出你为之讨厌过。我倒有点觉得，范妮，你并不完全了解你自己的情感。"

"噢！不，姨父，我完全了解。他的献殷勤总是——让我不喜欢。"

托马斯爵士越发惊讶地瞅着她。"我不理解，"他说，"你要解释一下。你这么年轻，几乎没遇到过什么人，你心里不可能已经——"

他停了下来，两眼直盯着她。他见她的嘴唇像要说没有，但没有说出声来，只是满脸涨得通红。不过，一个腼腆的姑娘露出这副神态，倒也很可能是纯真无辜的缘故。他至少要显出满意的样子，很快补充了两句："不，不，我知道这是不可能的——完全不可能。好了，这事不说了。"

他沉默了一阵。他在沉思。他的外甥女也在沉思，好鼓起勇气，做好思想准备，以防他进一步盘问。她宁死也不愿吐露真情。她希望经过一番思索，能顶住，不要泄露自己的秘密。

"除了被克劳福德先生看中可能带来的好处之外，"托马斯爵士又以非常沉静的口吻说道，"他愿意这么早就结婚，这也是我表示赞成的一个原因。我主张结得起婚的人早一点结婚，每个有足够收入的年轻人，都要一过二十四岁就结婚。我是极力这样主张的，一想到我的大儿子，你的表哥伯特伦先生不能早点结婚，我就感到遗憾。目前就我看来，他还不打算结婚，连想都不想。他要是能定下来就好了。"说到这里瞥了范妮一眼。"至于埃德蒙，无论从气质来看，还是从习性来说，都比他哥哥更可能早点结婚。说真的，我近来觉得他遇上了他中意的女人，而我的大儿子，我相信还没有。我说得对吗？你同意我的看法吗，亲爱的？"

"同意，姨父。"

这话说得很温柔，却又很平静，托马斯爵士不再疑心她会对哪一位表哥有意了。不过，他解除了疑心并没给外甥女带来好处。他认定无法解释她为何拒绝之后，心里越发不高兴。他站了起来，在屋里走来走去，紧锁着眉头，范妮虽然不敢抬头看，却想象得出。过了一会儿，他以威严的口吻说："孩子，你有什么理由认为克劳福德先生脾气不好吗？"

"没有，姨父。"

范妮很想加一句："可我有理由认为他品行不端。"但是，一想到说了之后会引起争辩和解释，可能还说服不了姨父，一想到这可怕的前景，她便丧失了勇气。她对克劳福德先生的不良印象主要是凭着自己的观察得来的，看在两位表姐的分上，她不敢把实情告诉她们的父亲。玛丽亚和朱莉娅——尤其是玛丽亚，跟克劳福德先生的不端行为有着密切的牵连，她若是说出她对他的品行的看法，就势必会把她们俩暴露出来。她原以为，对像姨父这样目光敏锐、这样诚实、这样公正的一个人，只要她老实承认她确实不愿意就行了。使她感到极为伤心的是，她发现事实并非如此。

她战战兢兢，可怜巴巴地坐在桌边，托马斯爵士向桌子走来，铁板着脸，冷冰冰地说："我看出来了，跟你说也没用。这场令人难堪的谈话最好到此结束。不能让克劳福德先生再等下去。考虑到我有责任表明我对你的行为的看法，我只想再补充几句：你辜负了我对你所抱的全部希望，你的个性与我原来所想的完全相反。范妮，我想你从我对你的态度上肯定可以看出，我回到英国之后，早已对你产生了非常好的印象。我原以为你一点不任性，一点不自负，一点独立性都没有，如今还就流行这种独立性，甚至在年轻女人中也很流行，这格外令人讨厌，令人反感。可是，你今天让我看出来了，你也会任性，也会倔强，你会自行其是，毫不考虑、毫不尊重那些完全有权指导你的人们的意见——甚至都不征求他们的意见。你的行为表明，你和我想象中的你截然不同。在这件事情上，你的家人——你的父母——你的兄弟、妹妹——你好像一时一刻也没把他们的利害放在心上。你攀上这门婚事，他们会从中得到多大好处，他们还会感到多么高兴——这对你都无所谓。你心里只有你自己。你觉得自己对克劳福德先生感受不到年轻人幻想中的美满姻缘应有的激情，便决定立即拒绝他，甚至都不愿用点时间稍加考虑——不愿用点时间冷静地稍微再考虑一下，仔细想想自己是怎样打算的——硬是凭着一阵愚蠢的冲动，抛弃了一个解决婚姻大事的良机。这门亲事这么如意，这么体面，这么高贵,你也许永远也碰不到第二次。这个年轻人有头脑,有人品,脾气好,有教养,又有钱,还特别喜欢你,向你求婚是最慷慨无私不过了。我告诉你吧,范妮,你在这个世上再活十八年,也不会碰到一个能有克劳福德先生一半财产或能有他十分之一优点的人向你求婚。我真乐意把我两个女儿中的任何一个嫁给他。玛丽亚嫁给了一个高贵人家——不过,假如克劳福德先生向朱莉娅求婚的话,我定会把朱莉娅许给他,比把玛丽亚许给拉什沃思先生还要得意,而且是更加由衷的得意。"停顿了片刻之后又说:"要是我的哪个女儿遇到一门婚事有这门婚事一半么如意,也不征求我的意见,就立即断然拒绝,我会惊讶不已的。这种做法会使我大为惊异,大为伤心。我会觉得这是大逆不道。我不用这个尺度来衡量你。你对我没有做子女的义务。不过,范妮,要是你心里觉得你并没忘恩负义的话——"

他停了下来。这时范妮已经哭得很伤心了,托马斯爵士虽然怒气冲冲,但也不便再责怪下去。范妮的心都快碎了,姨父居然把她看成这样一个人,给她加了这么多、这么重的罪名,而且步步升级,真令人震惊!任性,固执,自私,忘恩负义。他认为她样样俱全。她辜负了他的期望,失去了他的好感。她该怎么办呢?

"我感到很抱歉,"范妮泪水涟涟、口齿不清地说,"我真的感到很抱歉。"

"抱歉!是呀,我希望你知道抱歉。你也许会为今天的行为长期抱歉下去。"

"假如我可以不这样做的话,"范妮又强打精神说,"可我深信我绝不会使他幸福，我自己也会很痛苦。"

又一阵泪水涌了出来。她尽管泪如泉涌，尽管用了耸人听闻的痛苦这个字眼，并由此导致了她的痛哭不止，但托马斯爵士开始在想，她这一次痛哭可能表明她不再那么执拗，可能态度有点改变。他还在想，若是让那位年轻人亲自当面来求婚，效果肯定会好些。他知道范妮非常羞怯，极其紧张，觉得在这种状况下，求婚人若是坚持一段时间，追得紧一些，表现出一点耐心，也显出一点迫不及待，把这些因素调节得当，是会对她产生效果的。只要这位年轻人坚持不懈，只要他真爱范妮，能锲而不舍地坚持下去，托马斯爵士就抱有希望。一想到这里，他心里不禁高兴起来。"好了，"他以威严适度而不那么气愤的口吻说，"好了，孩子，把眼泪擦干。流泪没有用，也没有好处。现在你跟我一块下楼去。已经让克劳福德先生等了很久了。你得亲自答复他，不然他是不会满意的。你只要对他解释他误以为你有意的原因，肯定是他误会了，这对他很不幸。我是绝对解释不了的。"

可范妮一听说要她下楼去见克劳福德先生，就显得很不愿意，也很痛苦。托马斯爵士考虑了一下，觉得最好由着她。这样一来，他对这两个青年男女所抱的希望就不那么高了。但是，当他瞧瞧外甥女，见她都哭得不成样子了，就觉得马上见面有好处也有坏处。因此，他说了几句无关紧要的话之后，便一个人走开了，任由外甥女可怜巴巴地坐在那里，为发生的事情哭泣。

范妮心里一片混乱。过去、现在、未来，一切都那么可怕。不过，让她感到最痛苦的还是姨父的发脾气。自私自利，忘恩负义啊！她在他眼里成了这样的人！她会永远为此伤心。没有人为她袒护，替她出主意，帮她说话。她仅有的一个朋友还不在家。他也许会劝说父亲消消气，但是所有的人，也许所有的人都会认为她自私自利，忘恩负义。她恐怕要反复不断地忍受这样的责备，她听得见，也看得着，知道周围的人会永远这样责备她。她不由得对克劳福德先生感到几分憎恨。不过，如果他真的爱她，而且也感到不幸呢！真是没完没了的不幸啊。

大约过了一刻钟，姨父又回来了。范妮一看见他，差一点晕过去。不过，他说起话来心平气和，并不严厉，也没有责备她，她稍微振作了一点。姨父从态度到言语都给了她一丝宽慰，他一开始便说："克劳福德先生已经走了，刚刚离开。我用不着重复我们刚才都说了些什么。我不想告诉你他是怎么想的，免得进一步影响你的情绪。我只需说一句，他表现得极有绅士风度，极为宽怀大度，越发坚定了我对他的理智、心地和性情的极好印象。我向他讲了你的心情之后，他体贴万分地不再坚持马上要见你了。"

范妮本来已抬起了眼睛，一听这话，又把头垂了下去。"当然，"姨父继续说，"可以料想，他要求和你单独谈一谈，哪怕五分钟也好。这个要求合情合理，无法拒绝。不过，并没有说定时间，也许在明天，或者等你心情平静下来之后。眼下你所要做的，是使自己平静下来。不要再哭了，哭会损害身体的。你要是像我想象的那样，愿意接受我的意见的话，那就不要放纵这种情感，而要尽量理智一些，心里坚强一些。我劝你到外面走走，新鲜空气会对你有好处。到砾石路上走上一个钟头，灌木林里没有别人，新鲜空气和户外活动会使你好起来。范妮，（又转回头说）我到楼下不提刚才发生的事，连你伯特伦姨妈我都不打算告诉。没有必要去宣扬这种令人失望的事情，你自己也别讲。"

这条命令真让范妮求之不得，她深深领会这番好意。她可以免受诺里斯姨妈没完没了的责骂啦！她打心里感激姨父。诺里斯姨妈的责骂比什么都让人难以忍受。即使与克劳福德先生见面也没有这么可怕。

她听了姨父的话立即走到户外，而且尽量不折不扣地遵照姨父的意见，止住了眼泪，竭力使自己平静下来，坚强起来。她想向他证明，她的确想让他高兴，想重新赢得他的好感。他让她出来活动使她产生了另一个强烈的动机，就是向两位姨妈彻底瞒住这件事。不要让自己的外表和神态引起她们的疑心，这是现在应该争取的目标。只要能免受诺里斯姨妈的责骂，让她干什么都可以。

她散步回来，再走进东屋的时候，不禁吃了一惊，而且是大吃一惊。她一进屋，首先映入眼帘的是一炉熊熊烈火。生火啦！这似乎有点过分了。恰在这个时候如此纵容她，使她感激到甚至痛楚的地步。她心里纳闷，托马斯爵士怎么会有闲心想到这样一件小事。但是过了不久，来生火的女仆主动地告知她，今后天天都要如此。托马斯爵士已经吩咐过了。

"我要是真的忘恩负义的话，那可真是狼心狗肺呀！"她自言自语地说，"愿上帝保佑我，可别忘恩负义啊！"

直到聚在一起吃饭的时候，她才又见到姨父和诺里斯姨妈。姨父尽量像以往一样对待她。她相信姨父肯定不想出现任何变化，只是她的良心觉得有了什么变化。但大姨妈不久便对她嚷了起来。当她听出她只是因为没跟大姨妈说一声就跑出去散步，而惹得她大为不快地絮叨来絮叨去，她越发觉得她应该感激姨父的一片好心，让她没有因为那个更重大的问题，而遭到同样的责骂。

"我要是知道你要出去，就会叫你到我家里替我吩咐南妮几件事，"她说，"结果我只得不辞辛苦地亲自跑一趟。我简直抽不出空来，你要是跟我们说一声你要出去，也就免去了我这番辛苦。我想，是到灌木林散步还是到我家走一趟，对你来说都一样。"

"是我建议范妮去灌木林的，那里干燥些。"托马斯爵士说。

"噢！"诺里斯太太克制了一下，说道，"你真好，托马斯爵士。可你不知道去我家的那条路有多干。我向你保证，范妮往那里走一趟也挺不错，还能办点事，给姨妈帮帮忙。这都怪她。她要是对我们说一声她要出去——不过范妮就是有点怪，我以前常有觉察，她就喜欢独自行动，不愿听别人的吩咐，只要有可能，就独自去散步。她确实有一点神秘、独立、冒失的味道，我要劝她改一改。"

大姨妈对范妮抱有这样的看法，托马斯爵士尽管今天也表示过同样的看法，但觉得她的这番指责极不公平，便想转变话题，一次次地努力都没成功，因为诺里斯太太反应迟钝，不论现在还是以往任何时候，都看不出他对外甥女多么器重，看不出他多么不想让别人通过贬低外甥女的优点，来突出他自己孩子的优点。她一直在冲着范妮絮叨，对她这次私自出去散步愤然数落了半顿饭工夫。

不过，她终于骂完了。随着夜幕的降临，范妮在经历了上午的风暴之后，心情比她料想的要平静一些，愉快一些。不过，首先，她相信自己做得对，她的眼力没有将她引入歧途，她可以担保她的动机是纯洁的。第二，她自以为姨父的不快在逐渐消失，他要是能公正一点考虑这件事，他的不快还会进一步消失，并且觉得没有感情就嫁人该是多么可悲，多么可鄙，多么不可救药，多么不可原谅。凡是好人都会这样想的。

等明天她所担心的会面过去后，她就可以认为这个问题终于了结了，等克劳福德先生离开曼斯菲尔德后，一切就会恢复正常，好像什么也没发生一样。她不愿相信，也无法相信克劳福德先生对她的情意会折磨他多久，他不是那种人。伦敦会很快打消他对她的情意。到了伦敦，他会很快对自己的痴情感到莫名其妙，并且会庆幸她头脑清醒，使他没有陷入不幸。

就在范妮沉湎于这类希冀的时候，姨父便在茶后不久被叫了出去。这本是常有的事，并没引起她的注意，她也没把这当成一回事，直至十分钟后，男管家又回来了，并径直朝她走来，说道："小姐，托马斯爵士想在他屋里和你谈谈。"这时，她心想那里可能有什么事。她满腹狐疑，不禁面色苍白。不过，她还是立即站了起来，准备听从吩咐。恰在这时，诺里斯太太大声嚷道："别走，别走，范妮！你要干什么呀？你想去哪儿？不要这么急急忙忙的。你放心吧，叫的不是你，肯定是叫我的。（看了看男管家）你也太爱抢风头了。托马斯爵士叫你干什么？巴德利，你是说叫我的吧？我这就去。我敢肯定你说的是我，巴德利。托马斯爵士叫的是我，不是普莱斯小姐。"

可是巴德利非常果断。"不，太太，叫的是普莱斯小姐，确实是普莱斯小姐。"随即微微一笑，仿佛在说："我看你去了根本不顶用。"

诺里斯太太讨了个没趣,只好故作镇静,又做起活来。范妮忐忑不安地走了出去,正像她担心的那样,转眼间,她发现自己单独和克劳福德先生在一起了。

第二章

这场交谈既不像范妮盘算的那样短,也不像她设想的那样解决问题。克劳福德先生不是那么容易打发得掉的。他正像托马斯爵士希望的那样百折不挠。他很是自负,起初非要认为她的确爱他,尽管她本人可能没有意识到;后来,他不得不承认她并不清楚她目前的情感,但他又相信他早晚能让她的感情符合他的心愿。

他坠入了情网,深深地坠入了情网。这种爱,受一种积极、乐观的精神的驱动,表现得热烈有余,深沉不足。正是由于范妮拒绝了他,他把她的情意看得更加可贵,便决计要迫使她爱上自己,这就既荣耀又幸福。

他不肯绝望,不肯罢休。他有充分的理由不屈不挠地去爱她。他知道她人品好,能满足他对持久幸福的强烈愿望。她现在说她不愿意,说明她既不贪心,性情又那么娴淑(这是他认为最难能可贵的品质),更加激发了他的愿望,坚定了他的决心。他不知道他要征服的这颗心早已另有所属。他丝毫没往这方面猜疑。他认为她很少想过这种事情,因而绝不会有这样的危险。他觉得她还是个情窦未开的少女，清纯的心灵像妙丽的姿容一样招人喜爱。他还认定她只是因为生性腼腆，才没有领会他的百般殷勤，他的求婚来得太突然，太出乎她的意料，她一时不知所措，根本想象不到事情有多么奇妙。

一旦他被理解，他岂不是就会成功吗？他完全相信这一点。像他这样的人，不管爱上谁，只要坚持下去，必然会得到回报，而且为期不会远。一想到不久就会让她爱上他，他不禁满怀喜悦，她眼下不爱他也没有什么值得遗憾的。对于亨利·克劳福德来说，有点小小的困难要克服倒不是什么坏事。他会因此更来劲。他以前赢得别的姑娘的心都太容易了，现在第一次遇到这样的情况，越发激起了他的精神。

然而，范妮长了这么大遇到过太多不顺心的事，因而并不觉得这件事有什么令人愉快的地方，只觉得这一切不可思议。她发现他执意要坚持下去。但是，她被迫说出那番话之后，他怎么还那么死乞白赖，真叫她无法理解。她对他说过，她不爱他，不能爱，肯定永远不会爱他：这是绝对不可能改变的，这件事使她感到极为痛苦，她求他永远不要再提这个问题，让她马上离开他，这件事就算彻底了结了。当对方进一步催逼的时候，她又补充说，她认为他们的性情完全不同，彼此不可能相爱，无论从性格、教养，还是从习惯来看，他们俩都不匹配。这些话她都说过了，而且说得情真意切，然而还是无济于事，对方连忙否认两人的性情有什么不合的，两人的境况有什么不配的。他明确地宣布：他仍然要爱，仍然抱有希望！

范妮很清楚自己的意思，但是对自己的举止却拿不准。她的举止过于文雅，真是不可救药。她不知道她的文雅举止如何大大掩盖了她的矢志不移。她的羞怯、感恩、温柔使她每次表示回绝的时候，好像是在自我克制，至少让人觉得，她弄得自己几乎像他一样痛苦。克劳福德先生已经不是原来的那位克劳福德先生。原来的那位克劳福德先生是玛丽亚·伯特伦偷偷摸摸的、阴险狡诈的、用情不专的恋人，她厌恶他，不愿见到他，也不愿搭理他，认为他身上没有一点好品质，即使他能讨人喜欢，她也不承认他有任何讨人喜欢之处。他现在成了这样一位克劳福德先生：他怀着炽热无私的爱向她求起婚来；他的感情看来变得真挚赤诚，他的幸福观完全建立在为了爱情而结婚的基础上；他滔滔不绝地述说起他所意识到的她身上的种种优点，一而再再而三地描述他对她的感情，搜肠刮肚地用言语，用他这么一个才华出众的人的语言、腔调和神情向她证明，他之所以追求她是因为她温柔，因为她贤良，而尤为重要的是，他现在是帮助威廉晋升的克劳福德先生呀！

这就起了变化啦！这就欠下了人情，势必要影响她如何抉择。她本来可以像在索瑟顿庭园和曼斯菲尔德剧场里那样，以维护贞洁的尊严愤然地蔑视他，可他现在来找她就有权要求她另眼相待。她必须对他谦恭有礼，必须对他怜悯有加。她必须有一种受宠若惊的感觉，无论看在自己的分上还是看在哥哥的分上，她都必须有感恩戴德之心。这样一来，她的表现充满了怜悯和焦虑，她回绝他的话里夹杂着许多感激和关切之词，这对克劳福德这样过于自负、满怀希望的人来说，她的拒绝的真实性，至少是坚定程度，就颇为值得怀疑。他在谈话结束时，之所以会一再宣称要锲而不舍、再接再厉、不屈不挠地追求下去，并不像范妮认为的那样荒诞无稽。

克劳福德很不情愿地让她走了，但是临别时，从他的神情上看，他丝毫没有绝望，他说话并非心口不一，她也不要指望他会变得理智一些。

范妮现在恼火了。见他如此自私、狭隘地胡搅蛮缠，她不禁有点怨艾。这又是先前令她吃惊、令她厌恶的那种不体谅他人，不尊重他人。这又是先前令她不屑一顾的那个克劳福德先生的德行。只要自己快活，他可以全然没有人情，不讲人道——唉！一个没情意的人，是不会有什么道义准则的，这岂不是历来如此吗？她的感情若不是另有所属——也许本不该另有所属——他也永远休想得到。

范妮坐在楼上，一边琢磨炉火给她带来的过于奢侈的享受，一边想着刚才的事情。她想的都是不折不扣的真情实事，心里觉得十分悲哀——她对过去和现在都感到惊诧，她在猜想下一步又该出什么事。在紧张不安之中，她什么都想不出个究竟，只知道她无论如何都不会爱克劳福德先生，而有一炉火供她坐在那里取暖，让她左思右想，倒也觉得颇为快乐。

托马斯爵士只好或者说甘愿等到第二天，再了解两个年轻人交谈的结果。到了第二天，他见到了克劳福德先生，听了他的述说。他先是感到失望。他本来希望情况会好一些。他原以为，像克劳福德先生这样一个年轻人，对范妮这样一个性情温柔的姑娘恳求一个钟头，是不会徒劳无功的。但是，一看到这位求婚者态度那么坚决，满怀信心地定要坚持下去，他又很快得到了安慰。

眼见当事人那副稳操胜券的样子,他也很快放下心来。

他从礼貌,到赞扬,到关照,凡是有助于促成这桩好事的,他是样样在所不辞。他赞赏了克劳福德先生的坚定不移,称赞了范妮,认为这两人的结合仍然是世上最美满的事情。曼斯菲尔德庄园随时欢迎克劳福德先生的到来。无论现在还是将来,他想多长时间来一次,完全由他决定,全看他兴之所在。对于他外甥女的家人和朋友来说,大家在这件事上只有一个想法,一个心愿,凡是爱她的人都得朝一个目标努力。

凡是能起鼓励作用的话全都说到了,每一句鼓励的话都给喜不自禁、感激不尽地接受了,两位先生分别时成了最好的朋友。

眼见着这件事已经有了个极其妥当、极有希望的基础,托马斯爵士感到颇为得意,便决定不再强求外甥女,不再去公开干涉。范妮有那样的性情,他觉得要影响她的最好办法,就是关心她。恳求只能来自一个方面。她很清楚一家人的心愿,一家人若是能宽容一些,就会最有效地促成这件事。因此,基于这个原则,托马斯爵士利用第一次和她说话的机会,为了能够打动她,以温和而严肃的口吻说:"范妮,我又见到了克劳福德先生,从他那里了解到你们之间的确切情况。他是一个很不一般的年轻人,不管这件事情怎么样,你应该意识到他的情意非同寻常。不过,你还年轻,不知道一般人的爱情短暂多变,不大牢靠,因此,对于他碰了钉子还锲而不舍,你就不像我那样觉得令人惊叹。对他来说,这完全是从感情出发,他这样做没有什么好称道的,或许也不值得称道。不过,由于他做出了这么如意的选择,他的坚定不移也就显得非常可贵了。如果他选择的对象不是这么无可指摘,我就会责怪他不该这么锲而不舍。"

"说实话,姨父,"范妮说,"我感到很遗憾,克劳福德先生居然还要继续——我知道这是给我很大的面子,我觉得自己完全不配受到这样的抬举。可我深知,也对他说过了,我永远不能——"

"亲爱的,"托马斯爵士打断了她的话,"没有必要说这些。我完全了解你的想法,你也必然了解我的愿望和遗憾。没有必要再说什么,再做什么。从此时此刻起,我们再不谈这件事了。你没有什么好担心的,也没有什么好心神不安的。你可不要以为我会劝你违背自己的意愿嫁人。我所考虑的只是你的幸福和利益,我对你没有别的要求,只求你在克劳福德先生来劝你,说你们的幸福和利益并不矛盾的时候,你能容忍他说下去。他这样做有什么后果,那是咎由自取,完全无损于你。我已经答应他,他无论什么时候来,你都见见他,就像以前没发生这件事时那样。你和我们大家一起见他,态度还和过去一样,尽量忘记一切不愉快的事情。他很快就要离开北安普敦郡,就连这点小小的委屈也不会常要你来承受。将来如何很难说。现在嘛,范妮,这件事在我们之间算是了结了。"

姨父说克劳福德先生即将离去,这是范妮唯一感到不胜高兴的事。不过,姨父的好言好语和克制包涵,虽然令她为之感动,但她头脑还很清醒。当她考虑有多少真相不为他所明了时,她觉得他采取这样的方针也没有什么好奇怪的。他把自己的一个女儿嫁给了拉什沃思先生,你就千万别指望他会异想天开地体贴什么儿女之情。她必须尽到自己的本分,希望随着时间的推移,她的尽本分会比现在容易一些。

她虽说只有十八岁，却料想克劳福德先生对她的爱不会持久不变。她设想，只要她坚持不懈地让他碰壁，这件事迟早会结束。至于她设想要为此花费多少时间，这是值得关心的另一个问题。我们不便去探究一个年轻姑娘如何确切地估价自己的种种丽质。

托马斯爵士本想绝口不谈这件事，但不得不又一次向外甥女提了出来，想在告知两位姨妈之前，让她略有个思想准备。但凡有可能，他还不想让她们知道，但是，既然克劳福德先生对保密完全不以为然，他现在必须告诉她们。克劳福德先生根本无意遮掩。这事在牧师府上已是尽人皆知，因为他就喜欢跟姐姐妹妹谈论他的未来，喜欢把他情场得意的消息随时报告给见证人。托马斯爵士听说之后，感到必须马上把这件事告诉妻子和大姨子，虽说替范妮着想，他几乎像范妮一样害怕诺里斯太太知道这件事之后会造成什么后果。他不赞成她好心总要做错事的热情。这时，托马斯爵士的确把诺里斯太太划归为心肠好却总是做出错误的、令人讨厌的事情的人。

不过，诺里斯太太这次让他放心了。他要求她对外甥女一定要宽容，不要多嘴多舌。她不仅答应了，而且照办了，只是脸上显得越发恶狠狠的。她很气愤，简直有点怒不可遏。不过，她之所以生范妮的气，主要是因为克劳福德先生这样一个人居然会向她求婚，而不是因为她拒绝了他的求婚。这是对朱莉娅的伤害和侮辱，按理说克劳福德先生应该追求她才是。此外，她也不喜欢范妮，因为范妮怠慢过她。她不想让一个她一直想压制的人受此抬举。

托马斯爵士以为她在这件事上变得谨慎起来了，还赞扬了她。

范妮愿意感谢她，只因为她给了她脸色看，而没有责骂她。

伯特伦夫人的态度有所不同。她一直是个美人，而且是个有钱的美人。唯有美貌和有钱能激起她的敬重。因此，得知范妮被一个有钱人追求，大大提高了范妮在她心目中的地位。这件事使她意识到范妮是很漂亮（她以前对此一直有所怀疑），还要攀上一门很好的亲事。这时，她觉得能有这样一个外甥女，脸上也平添了几分光彩。

"喂，范妮，"一剩下她们两人时她便说，她这次还真有点迫不及待地想单独和她在一起，说话的时候，脸上的表情特有生气，"喂，范妮，今天上午我听说了一件让我大为惊喜的事情。我一定要说上一次。我对托马斯爵士说我一定要说一次，然后就再也不提了。我向你道喜，亲爱的外甥女。"一边扬扬得意地望着范妮，补充道："哼——我们绝对是个漂亮的家族。"

范妮脸红了，起初不知道说什么好。后来想到可以攻击她的弱点，便马上答道：

"亲爱的姨妈，我相信，你是不会希望我采取与现在不同的做法的。你是不会希望我结婚的。不然你会想我的，对吧？是的，你肯定会想我的，不会希望我结婚。"

"不，亲爱的，当你遇到这样一门好亲事的时候，我不该考虑想不想你。如果你能嫁给一个像克劳福德先生那样家道富足的人，我没有你完全可以。你要明白，范妮，像这样一个无可挑剔的对象来求婚，哪个年轻女人都应该接受。"

在八年半中，这几乎是范妮从二姨妈那里听到的唯一的一条行为准则，唯一的一条建议。她哑口无言了。她深知争论不会有什么好处。如果二姨妈不同意她的意见,她和她辩论也不会有什么结果。这时伯特伦夫人话还真多。

"你听我说,范妮,"二姨妈说,"我敢肯定他是在那次舞会上爱上你的,我敢肯定是那天晚上惹下的事。你那天晚上真好看。人人都这么说。托马斯爵士也这么说。你知道,你有查普曼太太帮你打扮。我很高兴我打发她去帮助你。我要告诉托马斯爵士,这件事肯定是那天晚上惹下的。"此后不久,她仍然顺着这愉快的思路,说道:"你听我说,范妮,下次哈巴狗下仔,我送你一条小狗——我连玛丽亚都没有送呢。"

第三章

埃德蒙一回来就要听到一些重大情况。许多意想不到的事情在等着他。最先发生的并不是最无关紧要的事情：他骑马进村时，看见亨利·克劳福德和他妹妹在一起散步。他原以为他们已经远去了。他之所以要两个多星期不回来，为的就是不想见到克劳福德小姐。他在回曼斯菲尔德的路上，已做好准备要生活在心酸的回忆和触景伤情的联想之中，不料一进村，就见她绰约多姿地依着哥哥的臂膀出现在他面前。就在刚才，他还以为这个女人远在七十英里之外，而在思想上离他就更远了，现在她却在欢迎他，而且态度无疑非常友好。

他即便料到会遇见她，也想不到她会这样欢迎他。他是出去办事的，办完事回来的路上，万万没有料到会遇到如此欢快的笑脸，听到如此简明而动听的语言。这足以使他心花怒放，等回到家里，就能充分领会正等待他的其他惊喜之事的全部价值。

他很快就知道了威廉的晋升及其详情细节。他心中暗藏的那份欢乐，使他越发为这件事感到欣喜，因而在吃饭的时候，这件事一直是他得意扬扬、喜幸不已的源泉。

吃过饭后，趁旁边没人的时候，父亲把范妮的事情告诉了他。于是，曼斯菲尔德两个星期来的大事和目前的状况，他全都知道了。

范妮对他们的举动有所猜疑。他们在饭厅里坐的时间比平时长多了，她料定他们一定在谈论她。到了终于起身去吃茶点的时候，她一想到即将再次见到埃德蒙，便感到自己犯了大罪似的。埃德蒙来到她跟前，坐在她旁边，抓住她的手，亲切地握着。这时她觉得，要不是大家忙着吃茶点，光顾得关注那些茶具，她肯定会把自己的情感泄露到不可宽恕的地步。

不过，埃德蒙这样做并不像她想的那样，在给她无条件的支持和鼓励。他只想表示她感兴趣的事他都关心，还想告诉她，他刚才听到的是催人心动的韵事。其实，在这个问题上，他完全站在父亲一边。范妮拒绝了克劳福德，他并不像父亲那样惊讶。他觉得表妹绝不会看得上他，总认为情况恰恰相反，因而可以想象得出，对方提出求婚时，她丝毫没有思想准备。不过，托马斯爵士也不会像他这样认为这桩婚事这么理想。他觉得，这件事从各方面看都很可取。一方面，他赞赏范妮在目前没有情意的情况下的种种表现，甚至比托马斯爵士还要赞赏有加；另一方面，他又热切地希望，并且乐观地相信，他们最后会成为一对佳偶。一旦彼此相爱，那时就可以看出，他们的性情就会正相适宜，给彼此带来幸福。这是他经过认真考虑得出的看法。克劳福德有些过于冒失。他没有给她培养感情的时间。他一开始就失策了。不过，男的条件这么好，女的性情这么温柔，埃德蒙相信，事情肯定会有个圆满的结局。眼下,他见范妮神情窘迫,便小心翼翼,不再用言语、神情或举动刺激她。

第二天克劳福德来访。鉴于埃德蒙回来了,托马斯爵士自己做主,留他吃饭。这个面子还真是不能不给的。克劳福德当然留了下来。埃德蒙于是有了充分的机会,观察他和范妮之间如何进展,观察他从范妮那里能直接得到多少鼓励。他得到的鼓励很少,少得可怜,每一次机会,每个可能的场合,引起的不是她的鼓励,而是给她带来了窘迫不安。如果在她窘迫的时候看不出希望的话,在别的状况下也不会有什么希望。因此,埃德蒙简直不明白,他的朋友为何还要紧追不舍。范妮倒是值得他这么追求。他认为范妮值得一个人坚持不懈地做出各种努力,值得一个人费尽心机——但是换了他的话,不管是哪一个女人,如果他从其目光中看不出鼓舞勇气的眼神,他是不会死乞白赖地坚持下去的。他真希望克劳福德能看得清楚些,这是他根据他在饭前、饭后以及吃饭当中的观察,替朋友得出的最稳妥的结论。

到了晚上,出现了一些情况,他觉得事情又有了点希望。他和克劳福德走进客厅时,他母亲和范妮正聚精会神、不声不响地坐在那里做活计,好像心无旁骛似的。见她们如此沉静,埃德蒙不由得评说了两句。

"我们并非一直都这么不声不响,"他母亲答道,"范妮在念书给我听,听见你们来了,才刚把书放下。"桌子上的确有一本书,看样子刚刚合上,是莎士比亚的一部作品。"她常从这些书中挑些内容念给我听。听到你们的脚步声时,她正在念一个人物的一段非常漂亮的台词——那个人物叫什么名字,范妮?"

克劳福德拿起了书。"请允许我把这段话给夫人念完,"他说,"我马上就能找到。"他仔细地翻着书,找到了那个地方,或者说离那地方不到一两页,反正是很近,伯特伦夫人满意了。他一提到红衣主教沃尔西[1],夫人就说正是这段话。范妮一眼也没看他,也不说要帮他找,也不吭一声对不对。她一心一意只管做她的活,似乎打定主意概不过问别的事。不过,她这方面的兴趣太强烈了,注意力抑制了不到五分钟,便情不自禁地听了起来。克劳福德念得很棒,而她又极其喜欢优美的朗诵。不过,她早就听惯了优美的朗诵。她姨父念得美——表哥表姐全都念得美——埃德蒙念得非常美。但是,克劳福德先生的朗诵有一种她未曾听到过的独到韵味。国王、王后、伯金翰、沃尔西、克伦威尔[2],他们的台词他都依次念过了。他有纯熟的技巧,有跳读、猜测的卓越能力,总能随意找到最精彩的场次,找到每个角色最精彩的台词。不管是威严还是骄傲,不管是柔情还是悔恨,不管要表达什么,他都表达得同样完美。这是真正的舞台艺术。他的表演曾第一次使她懂得戏剧能给人多大的享受,现在他的朗诵又使她想起了他以前的表演;不仅如此,也许使她更加愉悦,因为这朗诵完全是突如其来的,也没有她上次看他和伯特伦小姐同台演出时那种酸楚的感觉。

埃德蒙在观察范妮注意力的变化,感到又开心又得意。刚开始,她好像一心一意地在做活,后来手里的活渐渐慢下来,从手

---

[1] 莎士比亚历史剧《亨利八世》中的人物。
[2] 皆为《亨利八世》中的人物,国王即亨利八世,王后即亨利八世的妻子,伯金翰即伯金翰公爵,克伦威尔系红衣主教沃尔西的仆人。

中脱落，她一动不动地坐在那里。最后，她那双一整天都在故意躲避对方的眼睛转了过来，盯在克劳福德身上，一盯就是好几分钟，直至把克劳福德的目光吸引到她自己身上，那书给合上了，那魔力也被打破了。这时，她又恢复了老样子，满脸通红，起劲地做起活来。不过，这足以使埃德蒙替他的朋友产生了希望，他向他表示由衷的感谢时，还希望也能表达出范妮的心意。

"这一定是你特别喜爱的一出戏，"他说，"从你的朗诵来看，你好像对剧本很熟悉。"

"我相信，从此时此刻起，这将成为我最喜爱的一出戏，"克劳福德回答说，"不过我想，我从十五岁起，手里还没有拿过一本莎士比亚的作品。我曾经看过一次《亨利八世》的演出，或者是听到哪个看过演出的人说起过——我已经记不清楚了。不过，人们对莎士比亚也不知道怎么就熟悉起来了。这是英国人资质的一部分。他的思想，他的美，真是广为流传，处处都可以触摸得到，人们都会本能地熟悉他。一个人但凡有点头脑，只要随便打开他哪个剧本的哪个精彩部分，马上便会坠入他思想的洪流中。"

"我相信，人们从幼年时候起就多少知道了莎士比亚，"埃德蒙说，"他那些著名的段落人人都在引用。我们翻阅的书中，一半都有他的引文。我们人人都在谈论莎士比亚，运用他的比喻，使用他的语言来描述。但是，这都不像你那样能充分表达他的意义。对他有点零零星星的了解，这是很平常的。要彻底了解他，也许就不寻常了。但是要把他的戏朗诵好，可就不是一般的才华了。"

"先生，蒙你夸奖。"克劳福德故作正经地鞠了一躬说。

两位先生都瞥了范妮一眼，看她能否也说出一句半句类似的赞扬话。然而，两人都看出这是不可能的。她刚才能注意听也算是赞扬了，他们对此应该知足了。

伯特伦夫人表示了她的赞赏，而且措词热烈。"这真像演出一样，"她说，"只可惜托马斯爵士不在场。"

克劳福德喜不自禁。智力平庸、精神萎靡的伯特伦夫人尚且如此欣赏，她那朝气蓬勃、富有见识的外甥女该怎样欣赏，就可想而知了。想到这里，他不禁自鸣得意起来。

"我认为你很有表演天赋，克劳福德先生，"过了不久，伯特伦夫人又说，"你听我说，我想你早晚会在你诺福克家里建一个剧场。我的意思是说，等你在那里定居之后。我真是这么想的。我想你会在你诺福克的家里布置一个剧场。"

"你真这么想吗，夫人？"克劳福德急忙嚷道，"不，不，绝不会的。您老人家完全想错了。埃弗灵厄姆不会有剧场的！噢！不会的。"他带着意味深长的笑容望着范妮，那意思显然是说："这位女士绝不会允许在埃弗灵厄姆搞个剧场。"

埃德蒙全看明白了，还看出范妮决计不予理会，这恰好表明她已完全听明白了对方的意思。他心想，这么快就意识到对她的恭维，这么快就领会了对她的暗示，总比根本没听懂要好。

还在进一步讨论朗诵的问题，发言的只是两位年轻人，不过他们俩站在炉火边，谈论学校里普遍忽视对孩子们进行朗诵训练，谈论大人们——头脑聪明、见多识广的大人们在这方面的粗俗无知。这是学校不重视朗诵训练的自然结果，在有些人身上，这种粗俗无知几乎达到不可思议的地步。他们曾经见识过，当突然叫这些人朗诵的时候，他们由于控制不好自己的声音，不懂抑扬顿挫，缺乏预见和判断，念得磕磕巴巴，错误频频。这都属于次因引起的问题，都是由初因导致的，这就是早年不重视，没有养成习惯。范妮又一次听得津津有味。

"就是在我这一行里，"埃德蒙含笑说，"朗诵的艺术也很少研究啊！很少有人去注意训练自己念得又清晰又有技巧啊！不过，我说的主要是过去，而不是现在。现在到处都有改进。但是在二十年、三十年、四十年前接受圣职的人们当中，从他们的实际行动来看，多数人肯定认为，朗诵就是朗诵，布道就是布道。现在情况不同了。这个问题受到了应有的重视。现在人们认识到，在传播颠扑不破的真理时，清晰的朗诵和饱满的精神能起到很重要的作用。而且，跟以前相比，现在已有更多的人在这方面有了修养，有了鉴别力，掌握了批评的知识。不管在哪个教堂，台下的听众大多都有一定的见识，他们能辨别，会批评。"

埃德蒙接受圣职后，已主持过一次礼拜。克劳福德了解了这一点之后，向他提出了各种各样的问题，问他有什么感受，主持得是否成功。他问这些问题的时候，虽然出于友好关心和快嘴快舌问得随便一些，但却丝毫没有取笑之心，也没有轻薄之意，埃德蒙心里清楚，那会让范妮觉得太唐突。因此，埃德蒙很乐意回答他的问题。克劳福德进一步问到主持礼拜时某些具体段落应该怎样朗诵，并发表了自己的意见。这表明，他过去考虑过这个问题，并且很有见地。埃德蒙越来越高兴了。这才是通向范妮的心灵之路。光靠殷勤、机智、好脾气是赢不来她的心的。光靠这些特点，而没有情趣和情感，以及对严肃问题的严肃态度，至少不会很快赢得她的心。

"我们的礼拜仪式很有美感,"克劳福德说,"即使在朗诵这一环上随便一些,马虎一些,也破坏不了。不过有些累赘的、重复的地方,也需要朗诵好,让听众觉不出来。至少,就我来说,我必须承认,我就不是总听得那么专心(讲到这里瞥了范妮一眼),二十次中有十九次我在想这样一段祈祷文应该怎样念,希望自己能拿来念一念——你说什么了吗?"他急忙走向范妮,用轻柔的声音问她。听她说了声"没有"之后,他又问道:"你肯定没说什么吗?我刚才看到你的嘴唇在动。我以为你想告诉我应该专心一些,不要让自己思想开小差。你不打算对我这样说吗?"

"的确没有,你很了解你的职责,用不着我——即使——"

她停下来了,觉得自己陷入了困窘,有好一阵工夫,尽管对方在追问、在等待,她却不愿再多说一句话。于是,克劳福德又回到刚才站的地方,继续说了下去,好像不曾有过这么一段温柔的插曲似的。

"布道布得好,比把祈祷文念好还难得。布道词本身好,也不算稀奇。写得好没有讲得好困难。就是说,人们对写作技巧和规则有更多的研究。一篇十分好的布道词,讲得又非常好,能给人以莫大的快乐。我每听到一次这样的布道,总感到无比敬慕,真有点想接受圣职,自己也去布道。教堂讲坛上的口才,如果真的好,那就值得给予最高的赞赏和尊崇。一个传道者,如果能在有限的、普通牧师已经讲过千万遍的主题上,打动并影响形形色色的听众,能讲出一点新鲜的或令人振奋的东西,讲出一点令人关注的内容,而又不让人反感或倒胃口,那他在公众中所起的作用,你怎样敬佩都不过分。我就愿意做这样一个人。"

埃德蒙大笑起来。

"我真的愿意。我每遇到一个优秀的传教士布道，总是有点羡慕。不过，我得有一帮伦敦的听众。我只给有知识的人布道，讲给能够评价我的布道词的人们听。我不知道我会不会喜欢经常布道。也许，尽管大家盼着我一连五六个星期天都讲，我只是偶尔讲一讲，整个春天讲上一两次。但是不能经常讲，经常讲不行。"

范妮不得不听，这时不由自主地摇了摇头。克劳福德又马上来到她身边，求她说出她这是什么意思。埃德蒙一见他拉了一把椅子紧挨着她坐下，便意识到这可是一场不折不扣的进攻战，眉目传情和弦外之音都要一齐用上。他不声不响地退到一个角落，转过脸去，拿起一张报纸，衷心地希望亲爱的小范妮经过说服，能解释一下她为什么摇头，让她这位狂热的追求者感到心满意足。他同样热切地希望用自己喃喃的读报声，来盖住那两人之间传出的每一个声响。他读着各种各样的广告："南威尔斯最令人向往的地产""致父母与监护人""极棒的老练狩猎者"。

这当儿，范妮恨自己只能管住自己没作声，却没管住自己不摇头，伤心地看着埃德蒙做出这样的反应。她试图在她那文雅稳重的天性所能允许的范围内，尽力挫败克劳福德先生，既避开他的目光，又避而不答他的问话。而他却是挫不败的，既不断地做眉眼，又不停地追问。

"你摇头是什么意思？"他问，"你摇头是想表示什么？恐怕是不赞成吧。可不赞成什么呢？我说了什么话惹你不高兴了？你觉得我在这个问题上出言不当吗？轻率不切题吗？真是这样的话，你就告诉我。我有错你就告诉我。我想请你改正我的错误。确切点说,我恳求你。把你手里的活放一放。你摇头究竟是什么意思呀?"

范妮忙说:"求求你,先生,不要这样——求求你,克劳福德先生。"连说了两遍都没用。她想走也走不了——克劳福德还用低低的急切的声音,还是那样紧紧地挨着她,继续重复刚才问过的问题。范妮越发忐忑,越发不悦了。

"你怎么能,先生?你实在让我吃惊——我奇怪你怎么能——"

"我让你吃惊了吗?"克劳福德问,"你觉得奇怪吗?我对你的请求你有什么不理解的吗?我马上向你解释我为什么这样催问你,为什么对你的一笑一颦、一举一动这么感兴趣,为什么我会这么好奇。我不会让你老是觉得奇怪。"

范妮忍不住微微一笑,但是没有说话。

"你是在听我说我不愿意经常履行牧师职责的时候摇头的。是的,就是这个字眼。经常,我不怕这个字眼。我可以对任何人拼它,念它,写它。我看不出这个字眼有什么可怕的。你觉得我应该认为它有什么可怕的吗?"

"也许,先生,"范妮最后厌烦得不得不说话了,"也许,先生,我觉得很遗憾,你对自己并不总是像你那一刻那样了解。"

克劳福德总算逗得她开口说话了,心里好生高兴,便决意让她说下去。可怜的范妮,她原以为这样狠狠地责备一番会让他闭口无言,没料到自己却犯了个可悲的错误,对方只是从追问这件事转到追问那件事,由这套话换成那套话。他总会找个问题请求她解释。这个机会太好了。自从他在她姨父房里与她见面以来,他还从没遇到过这么好的机会,在他离开曼斯菲尔德以前,可能再也遇不到这么好的机会。伯特伦夫人就在桌子的那一头,这根本算不了什么,因为你总可以把她看作只是半睡半醒,而埃德蒙读广告依然大有益处。

"喔,"经过一阵迅即的提问和勉强的回答之后,克劳福德说道,"我比先前更觉得幸福,因为我现在更清楚了你对我的看法。你觉得我不稳重——容易受一时心血来潮的支配——容易受诱惑——容易放弃。你有这样的看法,难怪——不过,我们走着瞧。我不是光靠嘴巴向你证明你冤屈了我,不是靠向你保证说我的感情是可靠的。我的行为将为我担保——别离、距离、时间将为我做证。它们会证明,只要有人有权得到你,我就有权得到你。就人品而言,你比我强得多,这我完全清楚。你有些品质,我以前认为人身上不可能达到这个程度。你像个天使,身上有些东西超出了——不仅超出了人们所能看见的范围,因为人们永远看不到这样的东西——而且超出了人们的想象。不过,我仍不气馁。我不是靠和你一样好来赢得你。这是不可能的。应该是谁最能看出你的美德,谁最崇拜你的人品,谁对你最忠贞不贰,谁才最有权利得到你的爱。我的信心就建立在这个基础上。凭着这点权利,我就可以得到你,也会有资格得到你。我很了解你,你一旦意识到我对你的感情正像我对你表白的这样,我就大有希望了。是的,最亲爱、最甜蜜的范妮——不仅如此——(看到她不高兴地往后退)请原谅。也许我现在还没有权利——可我又能怎么称呼你呢?难道你认为你会以别的名字出现在我的心目中吗?不,我白天想的,夜里梦的,全是'范妮'。这个名字已经成了实实在在的甜蜜的象征，根本找不到别的字眼来形容你。"

范妮简直是再也坐不住了，她几乎想冒人人反对的风险溜走了。恰在这时，一阵愈来愈近的脚步声给她解了围。她早就盼着这脚步声了，早就奇怪为什么还不来。

由巴德利带领的一伙人庄重地出现了，有端茶盘的，提茶水壶的，拿蛋糕的，把她从痛苦的身心围困中解救了出来。克劳福德先生不得不挪了个位置。范妮自由了，忙碌起来了，也得到了保护。

埃德蒙毫不遗憾地回到了可以说话又可以听别人说话的人们中间。他觉得两人谈的时间够长的了，并且看到范妮因为烦恼而涨红了脸。不过他心里在想，既然你说我听了那么长时间，说话的一方绝不会没有收获。

第四章

埃德蒙已经打定主意，提不提范妮与克劳福德之间的事情，完全由范妮决定。范妮要是不主动说，他就绝对不提这件事。但是，双方缄默了一两天之后，在父亲的敦促下，他改变了主意，想利用自己的影响为朋友帮帮忙。

克劳福德兄妹动身的日期定下来了，而且就近在眼前。托马斯爵士觉得，在这位年轻人离开曼斯菲尔德之前，不妨再为他做一次努力，这样一来，他赌咒发誓要忠贞不渝，就有希望维持下去。

托马斯爵士热切地希望克劳福德先生在这方面的人品能尽善尽美。他希望他能成为对爱情忠贞不渝的典范。他觉得，要促其实现的最好办法，是不要过久地考验他。

埃德蒙倒也乐意接受父亲的意见，负责处理这件事。他想知道范妮心里到底是怎么想的。她以往有什么难处，总要找他商量。他那么喜爱她，现在要是不跟他讲心里话，他可受不了。他希望自己能帮帮她的忙，觉得自己一定能帮上她的忙，除他之外，她还能向谁诉说心事呢？即使她不需要他出主意，她也肯定需要对他说一说，从中得到宽慰。范妮跟他疏远了，不声不响，不言不语，很不正常。他必须打破这种状态，他心里自然明白，范妮也需要他来打破这种局面。

"我跟她谈谈，父亲。我一有机会就跟她单独谈谈。"这是他做了如上考虑的结果。托马斯爵士告诉他说，眼下她正一个人在灌木林里散步，他马上便找她去了。

"我是来陪你散步的，范妮，"他说，"可以吗？（挎起了她的胳膊）我们很久没在一起舒心地散散步了。"

范妮用神情表示同意，但没有说话。她情绪低落。

"不过，范妮，"埃德蒙马上又说，"要想舒心地散散步，光在这砾石路上踱步还不行，还必须做点别的什么事。你得和我谈谈。我知道你有心事。我知道你在想什么。你不要以为没有人告诉我。难道我只能听大家对我讲，唯独不能听范妮本人给我讲讲吗？"

范妮既激动又悲伤，回答说："既然你听大家对你讲了，表哥，那我就没有什么可讲的了。"

"不是讲事情的经过，而是讲你的想法，范妮。你的想法只有你能告诉我。不过，我不想强迫你。如果你不想说，我就不再提了。我原以为，你讲出来心里能轻松一些。"

"我担心我们的想法完全不同，我就是把心里话说出来，也未必能感到轻松。"

"你认为我们的想法不同吗？我可不这样看。我敢说，如果把我们的想法拿来比较一下，我们会发现它们像过去一样是相似的。现在就谈正题——我认为只要你能接受克劳福德的求婚，这门亲事非常有利，也非常难得。我认为全家人都希望你能接受，这是很自然的事情。不过，我同样认为，既然你不能接受，你在拒绝他时所做的一切也完全是理所应该的。我这样看，我们之间会有什么不一致的看法吗？"

"噢，没有！我原以为你要责备我。我原以为你在反对我。这对我是莫大的安慰。"

"如果你寻求这一安慰的话，你早就得到了。你怎么会设想我在反对你呢？你怎么会认为我也主张没有爱情的婚姻呢？即使我通常不大关心这类事情，但是这是事关你的幸福的大事，你怎么能想得出我会不闻不问呢？"

"姨父认为我不对，而且我知道他和你谈过了。"

"就你目前的情况而言，范妮，我认为你做得完全对。我可能感到遗憾，我可能感到惊奇——也许连这都不会，因为你还来不及对他产生感情。我觉得你做得完全对。难道这还有什么可争议的吗？争议对我们也没有什么光彩的。你并不爱他——那就没有什么理由非要让你接受他的爱。"

范妮多少天来从没觉得这么舒心过。

"迄今为止你的行为是无可指摘的，谁想反对你这样做，那就大错特错了。但是事情并没有到此结束。克劳福德的求爱与众不同，他锲而不舍，想树立过去未曾树立的好形象。我们知道，这不是一天两天能办得到的。不过（亲切地一笑），让他最后成功，范妮，让他最后成功。你已经证明你是正直无私的，现在再证明你知恩图报，心肠软。这样你就成了一个完美的妇女典型，我总认为你生来就要成为这种典型。"

"噢！绝对不会，绝对不会，绝对不会。他绝不会在我这里得逞。"范妮说得非常激动，埃德蒙大吃一惊。她稍加镇静之后脸也红了。这时她看到了他的神色，听见他在说："绝对不会，范妮，话说得这么武断，这么绝！这不像你说的话，不像通情达理的你说的话。"

"我的意思是，"范妮伤心地自我纠正，嚷道，"只要我可以为未来担保，我认为我绝对不会——我认为我绝对不会回报他的情意。"

"我应该往好处想。我很清楚，比克劳福德还清楚，他想让你爱他（你已经充分看清了他的意图），这谈何容易，你以往的感情、以往的习惯都在严阵以待。他要想赢得你的心，就得把它从牢系着它的有生命、无生命的事物上解脱开来，而这些牵系物经过这么多年已变得非常牢固，眼下一听说要解开它们，反而拴得紧多了。我知道，你担心会被迫离开曼斯菲尔德，在一段时间里，这个顾虑会激发你坚决拒绝他。他要是还没对你说他有什么追求就好了。他要是像我一样了解你就好了，范妮。跟你私下里说一句，我心想我们可能会让你回心转意。我的理论知识和他的实践经验加在一起，不会不起作用。他应该按照我的计划行事。不过我想，他以坚定不移的感情向你表明他值得你爱，长此下去，总会有所收获。我料想，你不会没有爱他的愿望——那种由于感激而自然产生的愿望。你一定会有这种类似的心情。你一定为自己的冷漠态度感到内疚。"

"我和他完全不同，"范妮避免直接回答，"我们的爱好，我们的为人都大不相同，我想，即使我能喜欢他，我们在一起也不可能多么幸福。绝没有哪两个人比我们俩更不相同了。我们的情趣没有一点是一致的。我们在一起会很痛苦的。"

"你说错了，范妮。你们的差异并没有那么大。你们十分相像。你们有共同的情趣。你们有共同的道德观念和文学修养。你们都有热烈的感情和仁慈的心肠。我说范妮，那天晚上，凡是听见他朗诵莎士比亚的剧本，又看到你在一边聆听的人，有谁会认为你们不适合做伴侣呢？你自己忘记了。我承认，你们在性情上有明显的差异。他活泼，你严肃。不过，这反倒更好，他的兴致勃勃可以激发你的兴致。你的心情容易沮丧，你容易把困难看得过大。他的开朗能对此起到点抵消作用。他从不把困难放在眼里，他的欢快和风趣将是你永远的支柱。范妮，你们两人有巨大差异丝毫也不意味你们俩在一起不会幸福。你不要那样想。我倒认为这是个有利因素。我极力主张，两人的性情最好不一样。我的意思是说，兴致高低不一样，风度上不一样，愿跟人多交往还是少交往上不一样，爱说话还是不爱说话上不一样，严肃还是欢快上不一样。我完全相信，在这些方面彼此有些不同，倒有利于婚后的幸福。当然，我不赞成走极端。在这些方面双方过分相像，就极有可能导致极端。彼此不断地来点温和的中和，这是对行为举止的最好保障。"

范妮完全能猜到他现在的心思。克劳福德小姐又恢复了她的魅力。从他走进家门的那一刻起，他就在兴致勃勃地谈论她。他对她的回避已告结束。头一天他刚在牧师府上吃过饭。

范妮任他沉湎于幸福的遐想，好一阵工夫没说话，后来觉得该把话题引回到克劳福德先生身上，便说道："我认为他和我完全不合适，还不只是因为性情问题，虽说在这方面，我觉得我们两人的差别太大，大到不能再大的程度。他的精神劲儿经常让我受不了——不过他还有更让我反感的地方。表哥，跟你说吧，我看不惯他的人品。从演戏的那个时候起，我就一直对他印象不好。那时我就觉得他行为不端，不替别人着想，我现在可以这么说了，因为事情已经过去了——他太对不起可怜的拉什沃思先生了，似乎毫不留情地出他的丑，伤害他的自尊心，一味地向玛丽亚表姐献殷勤，这使我——总而言之，在演戏的时候给我的印象，我永远也忘不掉。"

"亲爱的范妮，"埃德蒙没听她说完就答道，"我们不要用大家都在胡闹的那个时候的表现来判断我们的为人，对谁都不能这样判断。我们演戏的时候，是我很不愿意回顾的一个时期。玛丽亚有错，克劳福德有错，我们大家都有错，但是错误最大的是我。比起我来，别人都不算错。我是睁大了眼睛干蠢事。"

"作为一个旁观者，"范妮说，"我也许比你看得更清楚。我觉得拉什沃思先生有时候很妒忌。"

"很可能。这也难怪。整个事情太不成体统了。一想到玛丽亚能做出这种事来，我就感到震惊。不过，既然她都担任了那样的角色，其余的也就不足为奇了。"

"在演戏之前，如果朱莉娅认为他不在追求她，那就算我大错特错。"

"朱莉娅！我曾听谁说过他爱上了朱莉娅，可我一点也看不出来。范妮，虽然我不愿意贬低我两个妹妹的品质，但我认为她们中的一个希望，或者两个都希望得到克劳福德的爱慕，可能是由

378

于不够谨慎的缘故，流露出了这种愿望。我还记得，她们显然都喜欢和他来往。受到这样的鼓励，一个像克劳福德这样活跃的人，就可能有欠考虑，就可能被引上——这也没有什么了不起的，现在看得很清楚，他对她们毫无情意，而是把心交给了你。跟你说吧，正因为他把心交给了你，他才大大提高了他在我心目中的地位。这使我对他无比敬重。这表明他非常看重家庭的幸福和纯洁的爱情。这表明他没有被他叔叔教坏。总而言之，这表明他正是我所希望的那种人，全然不是我所担心的那种人。"

"我认为，他对严肃的问题缺乏认真的思考。"

"不如说，他对严肃的问题就根本没有思考过。我觉得这才是他的真实情况。他受的是那种教育，又有那么个人给他出主意，他怎么能不这样呢？他们两人都受着不良环境的影响，在那种不利的条件下，他们能变成这个样子，有什么可惊奇的呢？我认为，迄今为止，克劳福德一直被他的情感所左右。所幸的是，他的情感总的说来是健康的，余下的要靠你来弥补。他非常幸运，爱上了这样一位姑娘——这位姑娘在行为准则上坚如磐石，性格上又那么温文尔雅，真是相辅相成，相得益彰。他在选择对象的问题上真是太有福气了。他会使你幸福，范妮，我知道他会使你幸福。不过，你会让他万事如意。"

"我才不愿承担这样的任务呢，"范妮以畏缩的口气嚷道，"我才不愿承担这么大的责任呢！"

"你又像平常一样，认为自己什么都不行！认为自己什么都胜任不了！好吧，虽说我改变不了你的看法，但我相信你是会改变的。说实话，我衷心地盼望你能改变。我非常关心克劳福德的幸福。范妮，除了你的幸福之外，我最关心的就是他的幸福。你也知道，我对克劳福德非常关心。"

范妮对此十分清楚，无话可说。两人向前走了五十来码，都在默默不语地想着各自的心思。又是埃德蒙先开的口：

"玛丽昨天说起这件事时的样子让我非常高兴，让我特别高兴，因为我没想到她对样样事情都看得那么公正。我早就知道她喜欢你，可我又担心她会认为你配不上她哥哥，担心她会为她哥哥没有挑一个有身份、有财产的女人而遗憾。我担心她听惯了那些世俗的伦理，难免会产生偏见。不过，实际情况并非如此。她说起你的时候，范妮，话说得入情入理。她像你姨父或我一样希望这门亲事能成。我们对这个问题谈了好久。我本来并不想提起这件事，虽说我很想了解一下她的看法。我进屋不到五分钟，她就以她那特有的开朗性格，亲切可爱的神态，以及纯真的感情，向我说起了这件事。格兰特太太还笑她迫不及待呢。"

"那格兰特太太也在屋里啦？"

"是的，我到她家的时候，看到她们姐妹俩在一起。我们一谈起你来，范妮，就谈个没完，后来克劳福德和格兰特先生就进来了。"

"我已经有一个多星期没看到克劳福德小姐了。"

"是的，她也为此感到遗憾，可她又说，这样也许更好。不过，她走之前，你会见到她的。她很生你的气，范妮，你要有个精神准备。她自称很生气，不过你可以想象她是怎么生气法。那不过是做妹妹的替哥哥感到遗憾和失望。她认为她哥哥无论想要什么，都有权利马上弄到手。她的自尊心受到了伤害，假若事情发生在威廉身上，你也会这样的。不过，她全心全意地爱你，敬重你。"

"我早就知道她会很生我的气。"

"我最亲爱的范妮，"埃德蒙紧紧夹住她的胳膊，嚷道，"不要听说她生气就感到伤心。她只是嘴上说说，心里未必真生气。她那颗心生来只会爱别人，善待别人，不会记恨别人。你要是听到她是怎样夸奖你的，在她说到你应该做亨利的妻子的时候，再看到她脸上那副喜滋滋的样子，那就好了。我注意到，她说起你的时候，总是叫你'范妮'，她以前可从没这样叫过。像是小姑子称呼嫂子，听起来极其亲热。"

"格兰特太太说什么——她说话没有——她不是一直在场吗？"

"是的，她完全同意她妹妹的意见。你的拒绝，范妮，似乎使她们感到万分惊奇。你居然会拒绝亨利·克劳福德这样一个人，她们似乎无法理解。我尽量替你解释，不过说实话，正像她们说的那样——你必须尽快改变态度，证明你十分理智，不然她们是不会满意的。不过，我这是跟你开玩笑。我说完了，你可不要不理我。"

"我倒认为，"范妮镇静了一下，强打精神说，"女人们个个都会觉得存在这种可能：一个男人即使人人都说好，至少会有某个女人不答应他，不爱他。即使他把世界上的可爱之处都集中在他一个人身上，我想他也不应该就此认为，他自己想爱谁谁就一定会答应他。即便如此，就算克劳福德先生真像他的两个姐妹想象的那么好，我怎么可能一下子跟他情愫相通呢？他使我大为骇然。我以前从没想到他对我的行为有什么用意。我当然不能因为他对我似理非理的，就自作多情地去喜欢他。我处于这样的地位，如果还要去打克劳福德先生的主意，那岂不是太没有自知之明了。我敢断定，他若是无意于我的话，他的两个姐妹把他看得那么好，她们肯定会认为我自不量力，没有自知之明。那我怎么能——怎么能他一说爱我，我就立即去爱他呢？我怎么能他一要我爱他，我就马上爱上他呢？他的姐妹为他考虑，也应该替我想一想。他的条件越是好，我就越不应该往他身上想。还有，还有——如果她们认为一个女人会这么快就接受别人的爱——看来她们就是这样认为的，那我和她们对于女性天性的看法就大不相同了。"

"我亲爱的，亲爱的范妮，现在我知道真情了。我知道这是真情。你有这样的想法真是极其难得。我以前就是这样看你的。我以为我能了解你。你刚才所做的解释，跟我替你向你的朋友和格兰特太太所做的解释完全一样，她们两人听了都比较想得通，只不过你那位热心的朋友由于喜欢亨利的缘故，还有点难以平静。我对她们说，你是一个最受习惯支配、最不求新奇的人，克劳福德用这么新奇的方式向你求婚，这对他没有好处。那么新奇，那么新鲜，完全于事无补。凡是你不习惯的，你一概受不了。我还做了许多其他的解释，让她们了解你的性格。克劳福德小姐述说了她鼓励哥哥的计划，逗得我们大笑起来。她要鼓励亨利不屈不挠地追求下去，怀着迟早会被接受的希望，希望他在度过大约十年的幸福婚姻生活之后，他的求爱才会被十分乐意地接受。"

范妮勉强地敷衍一笑。她心里非常反感。她担心自己做错了事，话说得过多，超过了自己认为必须警惕的范围，为了提防一个麻烦，却招来了另一个麻烦[1]，惹得埃德蒙在这样的时刻，借着这样的话题，硬把克劳福德小姐的玩笑话学给她听，真让她大为恼火。

埃德蒙从她脸上看出了倦怠和不快，立即决定不再谈这个问题，甚至不再提起克劳福德这个姓，除非与她肯定爱听的事情有关。本着这个原则，他过了不久说道："他们星期一走。因此，你不是明天就是星期天定会见到你的朋友。他们真是星期一走啊！我差一点同意在莱辛比待到这一天才回来！我差一点答应了。那样一来问题就大了。要是在莱辛比多待五六天，我一辈子都会感到遗憾。"

"你差一点在那儿待下去吗？"

"差一点。人家非常热情地挽留我，我差一点就同意了。我要是能收到一封曼斯菲尔德的来信，告诉我你们的情况，我想我肯定会待下去。但是，我不知道两个星期来这里发生了什么，觉得我在外边住的时间够长了。"

"你在那里过得愉快吧。"

"是的。就是说，如果不愉快的话，那要怪我自己。他们都很讨人喜欢。我怀疑他们是否觉得我也讨人喜欢。我心里不大自在，而且怎么都摆脱不了，直至又回到曼斯菲尔德。"

"欧文家的几位小姐——你喜欢她们吧？"

"是的，非常喜欢。可爱、和善、纯真的姑娘。不过，范妮，

---

[1] "提防一个麻烦"，指小心不要泄露她对埃德蒙的感情；"招来另一个麻烦"，指让埃德蒙觉得她有可能跟克劳福德好。

我已经给宠坏了，和一般的姑娘合不来了。对于一个和聪慧的女士们交往惯了的男人来说，和善、纯真的姑娘是远远不够的。她们属于两个不同的等级。你和克劳福德小姐使我变得过于挑剔了。"

然而，范妮依然情绪低沉，精神倦怠。埃德蒙从她的神情中看得出来，劝说是没有用的。他不打算再说了，便以一个享有特权的监护人的权威，亲切地领着她径直进了大宅。

第五章

埃德蒙现在认为,对于范妮的想法,他或是听她本人讲的,或是凭他自己猜的,已经掌握得一清二楚了,因而感到颇为满意。正像他先前判断的那样,克劳福德这样做有点操之过急,他应该给予充裕的时间,让范妮先熟悉他的想法,再进而觉得可以接受。必须让她习惯于他在爱她的概念,这样一来,要不了多久她就会以情相报了。

他把这个意见作为这次谈话的结果告诉了父亲,建议再不要对范妮说什么了,再不要试图去影响她,劝说她,一切要靠克劳福德的不懈努力,靠范妮感情的自然发展。

托马斯爵士同意这么办。埃德蒙对范妮性情的描述,他可以信以为真,他认为她是会有这些想法的,不过他又觉得她有这样的想法很是不幸。他不像他儿子那样对未来充满信心,因而不能不担心:如果她需要那么长时间来习惯,也许还没等她愿意接受的时候,那年轻人可能已经不愿意再向她求爱了。不过,也没有什么办法,只能不声不响地由着她,希望出现最好的结果。

她的"朋友"(埃德蒙把克劳福德小姐称作她的朋友)说是要来拜访,这对范妮来说可是个可怕的威胁,她一直生活在惊恐之中。那位做妹妹的,那么偏爱哥哥,那么怒气冲冲,说起话来毫不顾忌。从另一角度看,她又那么盛气凌人,那么盲目自信,无论从哪方面来说,都是一个让范妮痛苦生畏的人。她的不悦,她的敏锐,她的快乐,样样都令人可怕。范妮料想起这次会面来,唯一的慰藉是可望届时有别人在场。为了提防她的突然袭击,她尽量不离开伯特伦夫人,不去东屋,不独自到灌木林里散步。

她这一招果然有效。克劳福德小姐到来的时候,她安然无恙地和姨妈待在早餐厅里。第一关过去了,克劳福德小姐无论在表情上还是在言语上,都远远没有料想的那样别扭。范妮心想,只不过有点不安而已,最多再忍受半个小时。但她想得过于乐观了,克劳福德小姐可不是听任机会摆布的人。她打定主意要和范妮单独谈一谈,因此,过了不久就悄悄对她说:"我要找个地方和你谈几分钟。"这句话让范妮大为震惊,她的每条血管、每根神经都为之震颤。她没法不答应。相反,由于温温顺顺地听人使唤惯了,她立刻站了起来,领着她走出了早餐厅。她这样做心里很不情愿,但又不能不这样做。

她们一来到门厅,克劳福德小姐顿时按捺不住了。她立即对范妮摇了摇头,眼里露出狡黠而亲切的责怪目光,随即抓住她的手,似乎等不及要马上开口。然而,她只说了一句:"可悲呀,可悲的姑娘!我不知道什么时候才能不骂你。"她还比较谨慎,余下的话要等进到房里没人听见的时候再说。范妮自然转身上楼,把客人领进了如今总是温暖适用的那个房间。然而,她开门的时候,心里痛苦不堪,她觉得自己从没在这屋里遇到过这么令她痛苦的场面。不过,克劳福德小姐一发现自己又来到了东屋,心里不禁感慨万端,于是便突然改变了主意,这样一来,要降临在范妮身上的灾难至少是推迟了。

"哈!"她立即兴奋起来,大声嚷道,"我又来到这里啦?东屋。以前我只进过这间屋子一次呀!"她停下来环顾四周,好像在追忆往事,然后接着说:"只进过一次。你还记得吗?我是来排练的。你表哥也来了。我们一起排练。你是我们的观众兼提词员。一次愉快的排练。我永远忘不了。我们在这儿,就在屋里的这个地方。你表哥在这儿,我在这儿,这儿是椅子。唉!这种事情为什么要一去不复返呢?"

算她的同伴幸运,她并不要求回答。她在全神贯注地自我回顾,陶醉于甜蜜的回忆之中。

"我们排练的那一场棒极啦!那一场的主题非常——非常——叫我怎么说呢?他要向我描绘结婚生活,并且向我建议结婚。他当时的情景我现在还觉得历历在目,他在背诵那两段长长的台词时,就想做到又庄重又沉静,像是安哈尔特的样子。'当两颗情愫相通的心结合在一起的时候,婚姻就可以称为幸福生活。'他说这句话时的音容笑貌给我留下的印象,我想不论再过多久,也永远不会磨灭。奇怪,真是奇怪,我们居然会演这么一场戏!我这一生中,如果有哪个星期的经历我还能回忆起来,那就是那个星期,演戏的那个星期。不管你怎么说,范妮,就是那个星期,因为在任何其他星期里,我都不曾这样无比幸福过。那么刚强的人居然给那样折服了!噢!美妙得无以言表。可是,唉!就在那天晚上一切全完了。那天晚上，你那最不受欢迎的姨父回来了。可怜的托马斯爵士，谁愿意见到你呀？不过，范妮，不要认为我现在讲到你姨父时有失敬重，虽说我恨他恨了几个星期。不，我现在要公正地看待他。作为这样一个家庭的家长，他就该是这个样子。再说，在这伤心而冷静的时候，我相信我现在对你们人人都爱。"说完这话之后，她便带着几分温柔、娇羞的神情转过身去，想镇定一下。范妮以前从未见过她有这般神情，现在觉得她格外妩媚了。"你可能看得出来，我一走进这间屋子就有点冲动。"接着她便嬉笑着说，"不过，现在已经过去了。让我们坐下来轻松一下。范妮，我完全是为了骂你而来的，可事到临头又骂不出来了。"说着极其亲热地搂住了范妮，"好范妮，温文尔雅的范妮啊！我一想到这是最后一次和你见面，因为我不知道要走多久——我觉得除了爱你之外，其他的我什么也做不出来了。"

范妮被打动了。她根本没有料到这一招，她心里抵御不住"最后一次"这个字眼的感伤力。她痛哭起来，好像她对克劳福德小姐爱得不得了。克劳福德小姐见此情景，心肠更软了，亲昵地缠着她，说道："我真不愿离开你。我要去的地方找不到有你一半可爱的人。谁说我们成不了姑嫂啊？我知道我们准会成为姑嫂。我觉得我们生来就要结为亲戚。你的眼泪使我相信，你也有同感，亲爱的范妮。"

范妮警觉起来，只做了部分回答："不过，你是从一群朋友这里到另一群朋友那里去。你是到一个非常要好的朋友那里去的。"

"是的，一点不错。弗雷泽太太多年来一直是我的亲密朋友。可我丝毫不想到她那里去。我心里只有我就要离开的朋友们，我极好的姐姐,你,还有伯特伦一家人。你们比世界上任何人都重感情。你们都使我觉得可以信任,可以推心置腹,和别人交往就没有这种感觉。我后悔没和弗雷泽太太约定过了复活节再去看她,复活节以后再去好多了——不过,现在是没法往后拖了。我在她那里住上一段时间以后,还得到她妹妹斯托诺韦夫人那里去,因为她可是两人中跟我更要好的朋友。不过,这三年来我可没怎么把她放在心上。"

这番话之后,两位姑娘不言不语地坐了许久,各自想着自己的心事。范妮在琢磨世上不同类型的友谊,玛丽盘算的问题却没有那么深奥。还是她又先说话了。

"我多么清楚地记得,我打算上楼来找你。我压根儿不知道东屋在什么地方,硬是摸索着找来啦!我走来的时候心里在想些什么,现在还记得清清楚楚。我往里一看,看见你在这里,坐在这张桌前做活。你表哥一开门看见我在这里,他好惊讶呀!当然,也记得你姨父是那天晚上回来的!我从没见过这样的事情。"

接着又出了一阵神——等出完了神,她又向伙伴发起了攻击。

"嗨,范妮,你完全心不在焉呀!我看是在想一个总在想你的人吧。噢!我多么想把你带到我们在伦敦的社交圈里待一段时间,好让你知道,你能征服亨利在他们看来是多么了不起呀!噢!会有多少人嫉妒你、嫉恨你啊!人家一听说你有这本事,该会多么惊讶,多么不可思议呀!至于说保密,亨利就像是古老传奇中的主人公,甘愿受到枷锁的束缚。你应该到伦敦去,好知道如何评价你的情场得意。你要是看到有多少人追求他,看到有多少人为了他而来讨好我就好了!我现在心里很清楚,就因为他和你的事情,弗雷泽太太绝不会那么欢迎我了。等她知道了这件事,她很可能希望我再回到北安普敦郡,因为弗雷泽先生有一个女儿,是第一个妻子留下的,她急于把她嫁出去,想让亨利娶了她。噢!她追他追得好紧哪!你天真无邪、安安静静地坐在这里,你不会知道你会引起多大的轰动,你不会知道会有多少人急着看你一眼,你不会知道我得没完没了地回答多少问题!可怜的玛格丽特·弗雷泽会不停地问我你的眼睛怎么样,牙齿怎么样,头梳的什么式样,鞋是哪家做的。为我可怜的朋友着想,我真希望玛格丽特快嫁出去,因为我觉得弗雷泽夫妇像大多数夫妇一样过得不大幸福。不过,当时对珍妮特来说,能嫁给弗雷泽先生还真不错呢。我们全都很高兴。她只能嫁给他,因为他有的是钱,而她却什么都没有。但他后来脾气变坏了,要求苛刻了,想让一个年轻女人,一个二十五岁的漂亮的年轻女人,像他一样情绪上不能有什么波动。我的朋友驾驭不住他,她好像不知道怎么办是好。丈夫动不动就发火,就是不往坏处说,至少是很没有教养。待在他们家里,我会想起曼斯菲尔德牧师府上的夫妇关系,不由得肃然起敬。连格兰特博士都能充分信任我姐姐,还能适当考虑她的意见,让人觉得他们彼此确有感情。但是在弗雷泽夫妇身上,我丝毫看不到这样的迹象。我要永远住在曼斯菲尔德,范妮。按照我的标准,我姐姐是个十全十美的妻子,托马斯·伯特伦爵士是个十全十美的丈夫。可怜的珍妮特不幸上当了,不过她倒没有什么不得当的地方。她并不是不假思索地贸然嫁给了他,她也并不是没有一点远虑。她花了三天时间考虑他的求婚。在这三天中,她征求了每一个与她有来往的、有见识的人的意见,特别是征求了我那亲爱的婶母的意见，因为我婶母见多识广，和她相识的年轻人全都理所当然地尊重她的意见。她明确地偏袒弗雷泽先生。从这件事看来，似乎没什么能保证婚后的幸福！关于我的朋友弗洛拉，我就没有那么多要说的了。为了这位极其讨厌的斯托诺韦勋爵的缘故，她抛弃了皇家禁卫骑兵队里的一位非常可爱的青年。斯托诺韦勋爵和拉什沃思先生的头脑差不多，范妮，但比拉什沃思先生难看得多，而且像个无赖。我当时就怀疑她这一步走得不对，因为他连上等人的派头都没有，现在我敢肯定，她那一步是走错了。顺便告诉你，弗洛拉·罗斯进入社交界的第一个冬天，她想亨利都想疯了。不过，要是让我把我知道的爱他的女人都说出来，我永远也说不完。是你，只有你，麻木不仁的范妮，才会对他无动于衷。不过，你真像你说的那样无动于衷吗？不，不，我看你不是这样。"

这时，范妮真是窘得满脸通红，这对一个早有猜疑的人来说，势必会越发大起疑心。

"你真是好极了！我不想强逼你。一切听其自然。不过，亲爱的范妮，你应该承认，你并不像你表哥说的那样对这个问题毫无思想准备。这不可能，你肯定考虑过这个问题，肯定有所猜测。你肯定看得出他在竭尽全力讨好你。他在那次舞会上不是忠心耿耿地跟着你吗？还有，舞会的前一天还送给你那条项链呢！噢！你把它作为他的礼物接受下来了。你心里很明白。我记得清清楚楚。"

"你是不是说你哥哥事先知道项链的事情？噢！克劳福德小姐，这可不应该呀。"

"事先知道！完全是他安排的，是他自己的主意。说起来真不好意思，我事先想都没想到要这样做。不过，为了他也为了你，我很高兴地按他的主意办了。"

"我不想说，"范妮答道，"我当时一点也不担心会是这么回事，因为你的神情有点让我害怕——但并不是一开始——一开始我还一点没往这方面想呢！真的，我真没往这方面想。千真万确。我要是想到了这一点，说什么也不会接受那条项链的。至于你哥哥的行为，我当然意识到有些不正常。我意识到这一点已经有一段时间了，也许有两三个星期。不过，我当时认为他并非有什么意思，只权当他就是这么个人，既不希望他会认真考虑我，也没想到他会认真考虑我。克劳福德小姐，去年夏天和秋天他和这个家里有的人之间发生的一些事情，我并非没有注意到。我虽然嘴里不说，眼睛却看得清楚。我看到克劳福德先生向女人献殷勤，其实一点诚意也没有。"

"啊！这我不否认。他有时候是个没治的调情鬼，毫不顾忌会不会撩乱姑娘们的芳心。我经常为此骂他，不过他也只有这一个弱点。而且有一点需要说明：感情上值得让人珍惜的姑娘并不多。再说，范妮，能捞到一个被这么多姑娘追求的男人，有本事为女人家出口气，这有多么光彩啊！唉，我敢说，拒绝接受这样的荣耀，这不符合女人的天性。"

范妮摇了摇头。"我不会看得起一个玩弄女人感情的人。这种人给女人带来的痛苦往往比旁观者想象的要多得多。"

"我不替他辩护，任凭你爱怎么发落就怎么发落他吧。等他把你娶到埃弗灵厄姆之后，你怎么训他我都不管。不过，有一点我要说明,他喜欢让姑娘们爱他,这个弱点对于妻子的幸福来说,远没有他自己爱上别人来得危险,而他从来没有爱上哪个姑娘。我真心诚意地相信,他真是喜欢你,以前从没这样喜欢过任何女人。他一心一意地爱你,将会永远地爱你。如果真有哪个男人永远爱着一个女人的话,我想亨利对你是会做到这一步的。"

范妮禁不住淡然一笑,但没有什么可说。

"我觉得,"玛丽随即又说,"亨利把你哥哥晋升的事办成之后,那个高兴劲儿之前从来没有过。"

她这话自然触及了范妮的痛处。

"噢!是的。我们非常、非常地感激他啊!"

"我知道他一定费了很大的劲儿,因为我了解他要活动的那些人。海军将军怕麻烦,不屑于求人。再说有那么多年轻人都要求他帮忙,如果不是铁了心的话,光凭着友情和能力,很容易给搁在一边。威廉该有多高兴啊!我们能见到他就好了。"

范妮好可怜,她的心被抛入极度的痛苦之中。一想到克劳福德为威廉办的事,她拒绝他的决心总要受到巨大的干扰。她一直坐在那里沉思默想,玛丽起初扬扬得意地看着她,接着又揣摩起了别的什么事,最后突然把她唤醒了,说道:"我本想和你坐在这里谈上一天,可是我们又不能忘了楼下的太太们,因此,就再见吧,我亲爱的、可爱的、再好不过的范妮。虽然我们名义上要在早餐厅里分手,但我要在这里向你告别。我就向你告别了,希望能幸福地再见。我相信,等我们再见面的时候,情况将会有所改变,我们彼此之间能推心置腹,毫无保留。"

这话说完之后,就是一番极其亲热的拥抱,神情显得有些激动。

"我不久就能在伦敦见到你表哥。他说他要不了多久就会去那里。我敢说,托马斯爵士春天会去的。你大表哥、拉什沃思夫妇和朱莉娅,我相信会经常见面的,除了你之外,都能见到。范妮,我求你两件事:一是和我通信,你一定要给我写信;另一件是,你常去看看格兰特太太,算是为她弥补一下我走后的损失。"

这两个要求,至少是第一个,范妮但愿她不曾提出。但是她又无法拒绝通信,甚至还不能不欣然答应,答应之痛快都超出了她自己的意愿。克劳福德小姐表现得这么亲热,真让她无法抵御。她的天性就特别珍惜别人善待自己,加上一向很少受到这种善待,所以,克劳福德小姐的青睐使她受宠若惊。此外,她还要感激她,因为她们交谈的过程中,她没有像她料想的那样让她痛苦。

事情过去了。她算逃脱了,既没有受到责备,也没有泄露天机。她的秘密仍然只有她自己知道。既然如此,她觉得自己什么都可以答应。

晚上还有一场道别。亨利·克劳福德来坐了一会儿。她事先精神不是很好,她的心对他软了些——因为他看上去真是难受。他跟平时大为不同,几乎什么话都没说。他显然感到很沮丧,范妮必然也替他难过,不过却希望在他成为别的女人的丈夫之前,她永远不要再见到他。

临别的时候,他要握她的手,并且不许她拒绝。不过,他什么也没说,或者说,他说了她也没听见。他走出房间之后,他们友谊的象征已经结束了,她感到越发高兴。

第二天,克劳福德兄妹走了。

第六章

　　克劳福德先生走了，托马斯爵士的下一个目标是让范妮思念他。虽然对于克劳福德先生的百般殷勤，外甥女当时觉得或者臆想是她的不幸，但是现在失去了这样的殷勤之后，做姨父的满怀希望地认为，外甥女会为此感到惆怅。她已经尝到了受人抬举的滋味，而且那种抬举又是以最令人惬意的方式表现出来的。因此，托马斯爵士还真是希望，她会由于不再有人抬举，重又落入无足轻重的境地，心里产生一种非常有益的懊悔之情。他抱着这个想法观察她——但却说不上有多大效果。他几乎看不出她的情绪是否有任何变化。她总是那样文雅怯懦，他无法辨别她的心情如何。他无法了解她，感到自己无法了解她。因此，他请求埃德蒙告诉他，这件事情对范妮的影响如何，她比原来快乐还是不快乐。

　　埃德蒙没有看出任何懊悔的迹象。他觉得父亲有点不大切合实际，居然指望在三四天里就能看出她的后悔来。

　　最让埃德蒙感到意外的是，她对克劳福德的妹妹，一直待她那么好的朋友和女伴，居然也看不出有什么懊悔的。他觉得奇怪，范妮很少提到她,也很少主动说起这次别离引起的愁绪。

唉!现在造成范妮不幸的主要祸根,正是克劳福德的这位妹妹,她的这位朋友和女伴。要是她能够认为,玛丽未来的命运,像她哥哥的一样,跟曼斯菲尔德没有关系的话,要是她能希望,她回到曼斯菲尔德跟她哥哥的归来一样遥远的话,她心里真会感到轻松的。但是,她越回顾往事,越注意观察,就越认为事情正朝着克劳福德小姐嫁给埃德蒙的方向发展。他们两人,男方的愿望更强了,女方的态度更明朗了。男方的顾虑,他因为为人正直而产生的顾忌,似乎早已荡然无存——谁也说不准是怎么回事;而女方那由于野心而引起的疑虑和犹豫,也同样不复存在了——而且同样看不出是什么原因。这只能归因于感情越来越深。男方的美好情感和女方的不良情感都向爱情屈服了,这样的爱情必然把他们结合在一起。桑顿莱西的事务一处理完——也许要不了两个星期,他就要到伦敦去。他谈到了要去伦敦,他喜欢讲这件事。一旦和玛丽再度重逢,接下来会发生什么事情,范妮可想而知了。他肯定会向她求婚,她也肯定会接受。然而,这里面还是有些不良的情感,使她为未来的前景大为伤心。不过,事出无奈——她认为这也是由不得她自主的。

在她们最后一次谈话中,克劳福德小姐虽然产生过一些亲切的感情,有过一些亲热的举动,但她依然是克劳福德小姐,从她的言行中可以看出,她的思想依然处于迷茫困惑之中,而她自己却浑然不觉。她心里是阴暗的,却自以为光明。她可能爱埃德蒙,但是除了爱之外,她没有别的方面配得上他。范妮认为,他们之间再也没有第二个情愫相通之处。她认为克劳福德小姐将来也不可能改变，认为埃德蒙在恋爱中尚且改变不了她的看法，制约不了她的思想，那在婚后的岁月里，他那么好一个人最终将会报废在她身上了。范妮相信，古时的圣贤会原谅她的这些想法的。

经验告诉我们，对于这种境况中的年轻人不能过于悲观，公正而论，克劳福德小姐虽说性情如此，还不能因此认为她就没有女人的那种普遍的天性，有了这样的天性，她也会接受她所喜爱、所敬重的男人的意见，将之视为自己的意见。不过，范妮有她自己的想法，这些想法给她带来了很大的痛苦，她一提到克劳福德小姐就伤心。

与此同时，托马斯爵士依然抱着希望，依然在观察，并根据自己对人类天性的理解，依然觉得他会看到由于不再有人迷恋，不再有人青睐，外甥女的心情会受到影响，追求者以前的百般殷勤，会使她渴望再遇到这种殷勤。过了不久，他得以把没有完全地、清楚地观察出上述迹象的原因，归之于另一个客人要来。他认为这位客人的即将到来，足以抚慰外甥女的心情。威廉请了十天假到北安普敦郡来，好显示一下他的快乐，描述一下他的制服。他是天下最快乐的海军少尉，因为他是刚刚晋升的。

威廉来了。他本来也很想来这里展示一下他的制服，可惜制度严格，除非是值勤，否则不准穿军服。因此，军服给撂在朴次茅斯了。埃德蒙心想，等范妮有机会看到的时候，不管是制服的鲜艳感，还是穿制服人的新鲜感，都早已不复存在了。这套制服会成为不光彩的标记。一个人要是当了少尉，一两年还没升官，眼看着别人一个个提成了校官，在这种情况下，还有什么比少尉的制服更难看、更寒酸呢？埃德蒙是这样考虑的，后来他父亲向他提出了一个方案，让范妮通过另外一种安排，看看皇家海军"画眉号"军舰上的少尉身穿光彩夺目的军装。

根据这个方案，范妮要随哥哥回到朴次茅斯，跟父母弟妹共度一段时间。托马斯爵士是在一次郑重思考时想出了这个主意，觉得这是一个既恰当而又理想的举措。不过，他在下定决心之前，先征求了儿子的意见。埃德蒙从各方面做了考虑，觉得这样做完全妥当。这件事本身就很得当，选择这个时机也再好不过，他料想范妮一定非常高兴。这足以使托马斯爵士下定了决心，随着一声果断的"那就这么办"，这件事就算暂时告一段落了。托马斯爵士有点扬扬得意地回房去了，心想这样做的好处还远不止是他对儿子说的，因为他要把范妮打发走的主要动机，并不是为了叫她去看父母，更不是为了让她快活快活。他无疑希望她乐于回去，但同样无疑的是，他希望还没等她探亲结束，她就会深深厌恶自己的家。让她脱离一段曼斯菲尔德庄园优越奢侈的生活，会使她头脑清醒一些，能比较正确地衡量人家给她提供的那个更加长久、同样舒适的家庭的价值。

托马斯爵士认为外甥女现在肯定是头脑出了毛病，这便是他给她制定的治疗方案。在丰裕富贵人家住了八九年，使她失去了比较和鉴别好坏的能力。她父亲住的房子完全可能使她明白有钱是多么重要。他深信，他想出这一招，会让范妮这辈子变得更聪明、更幸福。

如果范妮有狂喜之习惯的话，她一听明白姨父的打算，定会感到欣喜若狂。姨父建议她去看看她离别了近乎人生一半时光的父母弟妹，一路上有威廉保护和陪伴，回到她幼年生长的环境中，住上一两个月，而且一直可以看到威廉，直到他出海为止。如果她有什么时候能纵情高兴的话，那就应该是这个时候，因为她是很高兴，不过她那是属于一种不声不响的、深沉的、心潮澎湃的高兴。她向来话不多，在感受最强烈的时候，总是默默不语。在这种时候，她只会道谢，表示接受。后来，对这突如其来的想象中的快乐习以为常之后，她才能把自己的感受对威廉和埃德蒙大体说一说。但是，还有一些微妙的感情无法用言语表达——童年的欢乐，被迫离家的痛苦，这种种回忆涌上了她的心头，好像回家一趟能医治好由于分离而引起的种种痛苦似的。回到这样一群人当中，受到那么多人的爱，大家对她的爱超过了她以往受到的爱，可以无忧无虑、无拘无束地接受人间的爱，觉得自己和周围的人是平等的，不用担心谁会提起克劳福德兄妹俩，不用担心谁会为了他们而向她投来责备的目光！这是她怀着柔情憧憬着的前景，不过这种柔情只能说出一半。

还有埃德蒙——离开他两个月（也许她会被允许离别三个月），一定会对她有好处。离得远一些，不再感受他的目光或友爱，不再因为了解他的心，又想避而不听他的心事，而觉得烦恼不断，她也许能使自己的心境变得平静一些，可以想到他在伦敦做种种安排，而并不感到自己可怜。她在曼斯菲尔德忍受不了的事，到了朴次茅斯就会变成微不足道的小事。

唯一的问题是，她走后不知是否会给伯特伦姨妈带来不便。她对别人都没有什么用处。但是对于伯特伦姨妈，她不在会造成一定的不便，这是她不忍心去想的。她不在的时候如何安排伯特伦姨妈，这是让托马斯爵士最感棘手的，然而也只有他可以做安排。

不过，他毕竟是一家之主。他要是真打定主意做什么事，总是会坚持到底的。现在，他就这个问题和妻子谈了很久，向她讲解范妮有义务时而去看看自己的家人，终于说服妻子同意放她去。不过，伯特伦夫人与其说是心服，不如说是屈服，因为她觉得，只不过是托马斯爵士认为范妮应该去，所以她就必须去。等她回到寂静的梳妆室，在不受丈夫那似是而非的理由的影响的情况下，不带偏见地好好琢磨一下这个问题。她认为，范妮离开父母这么久了，实在没有必要去看他们，而她自己却那么需要她。至于范妮走后不会带来什么不便，诺里斯太太发表了一通议论，倒是想证明这一点，但伯特伦夫人坚决不同意这种说法。

托马斯爵士试图诉诸她的理智、良心和尊严来说服她。他说这叫自我牺牲，要求她行行好，自我克制一下。而诺里斯太太则要让她相信，范妮完全离得开（只要需要，她愿意拿出自己的全部时间来陪她），总而言之，范妮的确不是不可缺少的。

"也许是这样的，姐姐，"伯特伦夫人答道，"我想你说得很对，不过我肯定会很想她的。"

下一步是和朴次茅斯联系。范妮写信表示要回去看看，母亲的回信虽短，却非常亲切，短短的几行表达了母亲在即将见到自己久别的孩子时那种自然的、慈母的喜悦，证明女儿的看法不错，与母亲在一起会无比快乐——并且使女儿相信，以前不怎么疼爱她的"妈妈"，现在一定会是一位热烈而亲切的朋友。至于过去的问题，她很容易想到那都怪她自己，或者是自己过于敏感。她也许是由于胆小无助，焦虑不安，而没去博得她的爱，要不就是她不懂道理，在那么多需要母爱的孩子中间，想比别人多得到一点爱。现在，她已经知道了怎样有益于人，怎样克制忍让，她母亲也不再受满屋的孩子没完没了的牵累，既有闲暇又有心情来寻求各种乐趣，在这种情况下，她们母女之间很快就会恢复应有的母女情意。

威廉对这个计划几乎像妹妹一样高兴。范妮要在朴次茅斯住到他出海前的最后时刻，也许他初次巡航回来仍能见到她，他将为此而感到无比的快乐！另外，他也很想让她在"画眉号"出港之前看看它（"画眉号"无疑是正在服役的最漂亮的轻巡洋舰）。海军船坞也做了几处修缮，他也很想领她看看。

他还毫不犹豫地加了一句：她回家住上一阵对大家都大有好处。

"我不知道怎么会这样想，"他说，"不过，家里似乎需要你的一些良好习惯，需要你的有条不紊。家里总是乱七八糟。我相信，你会把样样东西都整理得好一些。你可以告诉妈妈应该怎样做，可以帮助苏珊，可以教教贝齐，让弟弟们爱你、关心你。这一切该有多好，多令人高兴啊！"

等收到普莱斯太太的回信时，可以在曼斯菲尔德逗留的时间已经没有几天了。其中有一天，两位年轻的旅客为他们旅行的事大吃一惊。原来，在谈论到路上怎么走的时候，诺里斯太太发现自己想给妹夫省钱完全是白操心，尽管她希望并暗示让范妮乘坐便宜些的交通工具，但他们两人却要乘驿车去。她甚至看见托马斯爵士把乘驿车的钱交给了威廉，这时她才意识到车里可以坐下第三个人，便突然心血来潮要和他们一起去——好去看看她那可怜的亲爱的普莱斯妹妹。她表明了自己的想法。她要说她很想和两个年轻人一起去。这对她来说是件难得的开心事,她已经有二十多年没见过她那可怜的亲爱的普莱斯妹妹了。她年纪大有经验,年轻人在路上也好有个照应。有这么好的机会她再不去,她认为她那可怜的亲爱的普莱斯妹妹定会觉得她太不讲情意了。

威廉和范妮被她这个念头吓坏了。

他们这次愉快旅行的全部乐趣将会一下子破坏殆尽。他们满面愁容,你看看我,我看看你。就这么迟疑不决地过了一两个小时。谁也没有表示欢迎,谁也没有表示劝阻,事情由诺里斯太太自己去决定。后来,她又想起曼斯菲尔德庄园目前还离不开她,托马斯爵士和伯特伦夫人都十分需要她,她连一个星期都走不开,因此只能牺牲其他乐趣,一心为他们帮忙。外甥和外甥女一听,真是喜不自胜。

其实,她突然想起,尽管到朴次茅斯去不用花钱,但回来的时候却免不了要自出路费。于是,只能任她那位可怜的亲爱的普莱斯妹妹为她错过这次机会而失望吧。说不定要见面还要再等二十年。

埃德蒙的计划受到了范妮这次朴次茅斯之行的影响。他像他姨妈一样得为曼斯菲尔德庄园做点牺牲。他本来打算这个时候去伦敦,但是最能给父母带来安慰的人就要走了,他不能在这个时候也离开他们。他觉得要克制一下,却没有声张,就把他盼望中的可望确定他终身幸福的伦敦之行,又推迟了一两个星期。

他把这件事告诉了范妮。既然那么多事情都让她知道了,索性把什么都告诉她吧。他又向她推心置腹地谈了一次克劳福德小姐的事。范妮心里越发不是滋味，觉得这是他们两人之间最后一次比较随意地提到克劳福德小姐的名字了。后来有一次，他转弯抹角地提到了她。晚上，伯特伦夫人嘱咐外甥女一去就给她来信，而且要常来信，她自己也答应常给外甥女写信。这时，埃德蒙看准一个时机，悄声补充了一句："范妮，等我有什么事情值得告诉你，有什么事情我觉得你会想要知道，而从别人那里不会很快听到的时候，我会给你写信的。"假若她还听不出他的弦外之音，等她抬起眼来看他的时候，从他那容光焕发的脸上就能看得清清楚楚了。

她必须做好思想准备，以承受这样一封信的打击。埃德蒙给她来信，竟然会成为一件可怕的事！她开始感觉到，在这多变的人世间，时间的推移和环境的变迁在人们身上引起的思想感情的变化，她还得继续去感受。她还没有饱尝人心的变化无常。

可怜的范妮呀！尽管她心甘情愿、迫不及待地要走，但在曼斯菲尔德庄园的最后一个夜晚，她还是忧心忡忡。她心里充满了离恨别愁。她为大宅里的每一个房间落泪，尤其为住在大宅里的每一个亲爱的人落泪。她紧紧抱住了姨妈，因为她走后会给她带来不便；她泣不成声地吻了吻姨父的手，因为她惹他生过气；至于埃德蒙，最后轮到向他道别时，她既没说话，也没看他，也没想什么。最后，她只知道他以兄长的身份向她满怀深情地道别。

这些都是头天晚上的事，两人第二天一早就要起程。当这家子所剩不多的几个人聚到一起吃早饭的时候，他们议论说，威廉和范妮已经走了一站路了。

第七章

离开曼斯菲尔德庄园越来越远了，旅行的新奇，和威廉在一起的快乐，自然很快激起了范妮的兴致。当走完了第一站，跳下托马斯爵士的马车，向老车夫告别并托他回去代为问好的时候，她已经喜笑颜开了。

兄妹俩一路上谈笑风生。威廉兴高采烈，样样事情都让他开心。他们谈上一阵严肃的话题，他就说上一阵笑话。而他们所谈的严肃话题，不是以夸"画眉号"开始，就是以夸"画眉号"结束。他时而猜测"画眉号"将承担什么任务，时而计划怎样好好地大干一番，以便中尉出了什么事情的时候（威廉对中尉并不是很仁慈），他能尽快再次晋升，时而又琢磨在作战中立功受奖，所得的奖金将慷慨地分赠给父母弟妹们，只留一部分把那座小房子布置得舒舒服服的，他和范妮好在那里度过他们的中年和晚年。

与范妮密切相关的事情，凡是涉及克劳福德先生的，他们在谈话中只字未提。威廉知道发生了什么事情，妹妹对一个他视为世界上最好的人这么冷漠，他从心里感到遗憾。但是，他现在正处于重视感情的年纪，因而不会责备妹妹。他知道妹妹在这个问题上的心思，便丝毫不提此事，免得惹她烦恼。

范妮有理由料想克劳福德先生没有忘记她。克劳福德兄妹俩离开曼斯菲尔德后的三个星期里，她不断收到他妹妹的来信，每封信里他都要附上几行，言词热烈，态度坚定，像他过去口头讲的一样。与克劳福德小姐通信，正像她原来担心的那样，给她带来极大的不快。除了不得不看克劳福德先生的附言之外，克劳福德小姐那活泼、热情的行文风格也给她带来痛苦，因为埃德蒙每次都坚持要听她念完信的主要内容，然后当着她的面赞叹克劳福德小姐语言优美，感情热烈。其实，每封信里都有许多消息、暗示和回忆，都大谈特谈曼斯菲尔德，范妮只能觉得这都是有意写给埃德蒙听的。她发觉自己被迫为这样的目的服务，不得不进行一场通信，让她不爱的男人没完没了地纠缠她，逼着她去忍受自己所爱的男人热恋别人，这是对她残酷的侮辱。就从这一点上看，她现在离开还是有好处的。一旦她不再和埃德蒙住在一起的时候，她相信克劳福德小姐就不会有那么大的动力不辞辛苦地给她写信。等她到了朴次茅斯，她们的通信会越来越少，直至停止。

范妮就这样思绪纷纭，平安而愉快地乘车行驶着，鉴于二月的道路比较泥泞，马车走得还算相当迅速。马车驶进了牛津，但是她对埃德蒙上过的学院，只在路过的时候匆匆瞥了一眼。他们一路往前赶，到了纽伯里才停下来，将晚饭和夜宵并在一起，舒舒服服地吃了一顿，结束了一天的欢快和劳累。

第二天早晨他们又早早地动身了。一路没事，也没耽搁，顺利地往前赶路，到达朴次茅斯近郊的时候，天还亮着，范妮环顾四周，赞叹那一幢幢的新建筑。他们过了吊桥，进入市区。暮色刚开始降临，在威廉的大声吆喝下，马车隆隆地从大街驶入一条狭窄的街道，在一座小屋的门前停下了。这就是普莱斯先生的住处。

范妮激动不已，心在突突直跳——她满怀希望，又满腹疑虑。马车一停下来，一个模样邋遢的女仆走上前来。她好像是等在门口迎候的，而且与其说是来帮忙的，不如说是来报信的，因而立即说道："'画眉号'已经出港了，先生，有一个军官来这儿——"她的话被一个漂亮的高个子十一岁男孩打断了，只见他从房子里跑出来，把女仆推开，就在威廉打开车门的时候，他嚷嚷道："你们到得正是时候。我们已经等了你们半个小时了。今天上午'画眉号'出港了。我看见了，好美呀。他们料想一两天内就会接到命令。坎贝尔先生是四点钟到的，来找你。他要了一艘'画眉号'上的小艇，六点钟回舰上去，希望你能及时回来跟他一块走。"

威廉扶范妮下车的时候，这位小弟弟只看了她一两眼，算是以礼相迎。范妮吻他的时候，他并没表示反对，只是还在一心一意地详细述说"画眉号"出港的情景。他对"画眉号"感兴趣是理所当然的，因为他就要到这艘舰上开始他的海员生涯。

又过了一会儿，范妮已经进入这座房子的狭窄的门廊里，投入了妈妈的怀抱。妈妈以真诚的母爱迎接她，妈妈的容貌让她倍加喜爱，因为看上去使她觉得伯特伦姨妈来到了面前。两个妹妹也来了，苏珊十四岁，已长成一个漂亮的大姑娘，贝齐是最小的孩子，大约五岁——两人都很高兴见到她，只不过还不大懂得迎接客人的礼仪。但是，范妮并不计较礼仪。只要她们爱她，她就心满意足了。

接着,她被引进了一间起居室。这间屋子非常小,她起初还以为只是个小过厅,因此便站了一会儿,等着把她往好一点的房间里领。可是,当她发现这间屋子没有别的门,而且有住人的迹象,她便打消了自己的想法,责怪起自己来,唯恐他们看出她的心迹。不过,她妈妈没有久留,什么也没有察觉。她又跑到街门口去迎接威廉了。"噢!亲爱的威廉,见到你真高兴。你听说'画眉号'的事了吗?它已经出港了,比我们料想的早了三天。我不知道萨姆要带的东西该怎么办,怎么也来不及准备了。说不定明天就会奉命起航。我给弄得措手不及。你还得马上去斯皮特黑德呢。坎贝尔来过了,好为你着急。现在我们该怎么办呢?我原想和你快快活活地聚一个晚上,可现在一下子什么事都叫我遇上了。"

儿子兴高采烈地做了回答,跟她说一切总会有个圆满的结果,至于不得不走得这么急,这点不便没有什么大不了的。

"我当然希望它没有离港,那样我就可以和你们欢聚几个小时。不过,既然有一艘小艇靠岸,我还是马上走的好,这也是没有办法的事儿。'画眉号'停在斯皮特黑德什么地方?靠近'老人星号'吗?不过,没关系——范妮在起居室呢,我们为什么还待在走廊里?来,妈妈,你还没有好好看看你亲爱的范妮呢。"

两人都进来了,普莱斯太太又一次慈爱地吻了吻女儿,说了说她个子长高了,随即便自然而然地关心起他们旅途的劳顿和饥饿。

"可怜的好孩子!你们两个一定累坏了!现在你们想吃什么?刚才我都怕你们来不了啦。贝齐和我都等了你们半个小时了。你们什么时候吃的饭？现在想吃什么？我拿不准你们旅途过后是想吃些肉还是想喝点茶，要不然早就给你们准备好了。我还担心坎贝尔就要到了，想给你们做牛排又来不及，再说这附近又没有卖肉的。街上没有卖肉的可真不方便。我们以前住的那栋房子就方便多了。也许等茶一好你们就用点茶点吧？"

他们两人表示这比什么都好。"那好，贝齐，亲爱的，快到厨房去，看看丽贝卡有没有把水烧上，叫她尽快把茶具拿来。可惜我们的铃还没修好——不过让贝齐传个话还是很便当的。"

贝齐欢快地去了，得意地想在这位新来的漂亮的姐姐面前显显本事。

"哎呀！"焦灼不安的妈妈接着说，"这炉火一点也不旺，你们俩一定给冻坏了。把椅子挪近一点，亲爱的。丽贝卡这半天不知道干什么去了。半个钟头前我就叫她弄点煤来。苏珊，你该把炉子照料好呀。"

"妈妈，我刚才在楼上搬东西，"苏珊以毫不惧怕、替自己辩护的口气说，让范妮吃了一惊，"你刚才决定的，让范妮姐和我住到另一间屋里，丽贝卡又一点忙也不肯帮。"

由于一片忙乱，她们俩没有争下去。先是赶车的来领钱，接着是萨姆与丽贝卡为往楼上搬姐姐的箱子争执起来，萨姆非要按他的方式搬，最后是普莱斯先生进来了，他人没到声音先到，而且嗓门很高，有点骂骂咧咧地踢着放在走廊里的儿子的旅行包和女儿的纸箱子，叫嚷着要蜡烛。不过，并没有拿来蜡烛，他还是走进了屋里。

范妮怀着犹疑不定的心情站起来去迎接父亲，但觉得在昏暗

普莱斯先生有点骂骂咧咧地踢着放在走廊里的儿子的旅行包和女儿的纸箱子

中父亲并未注意到自己，也没想到自己，便又坐了下来。普莱斯先生亲切地握了握儿子的手，口气热烈地急忙说道："哈！欢迎你回来，孩子。见到你很高兴。你听到了消息没有？'画眉号'今天上午出港了。你看有多紧迫。见鬼，你回来得正是时候。你们的那位军医来找你。他要来了一艘小艇，六点钟离岸去斯皮特黑德，你最好和他一块儿走。我到特纳的铺子里去催你的服装，很快就可以做好。说不定你们明天就会接到命令，不过你们要是往西巡航，遇到这样的风还没法起航。沃尔什舰长认为，你们肯定要和'大象号'一起去西面巡航。见鬼，我还就希望是这样的。可是肖利老汉刚才说，他认为你们会先被派到'特克赛尔号'上。反正，不管怎么样，我们已经准备好了。不过，见鬼，你上午不在，没能看上'画眉号'出港时那个气派劲儿。给我一千英镑我也不愿意失去这个机会。吃早饭的时候，肖利老汉跑进来说，'画眉号'已经起锚了，就要出港了。我忽地跳起来，两步就跑到平台甲板上。如果说真有哪艘船十全十美的话，那就是它了。它就停在斯皮特黑德，不管是哪个英国人，一看就知道，它每小时能航行二十八海里。今天下午我在平台甲板上看了它两个小时。它紧靠'恩底弥翁号'停着，在'恩底弥翁号'和'克娄巴特拉号'之间，就在那大船坞的正东面。"

"哈！"威廉嚷道，"要是我，也会把它停在那里的。那是斯皮特黑德最好的锚位。不过，爸爸，我妹妹在这儿，范妮在这儿。"说着转过身，将范妮往前拉了拉。"光线太暗了，你没看见她。"

普莱斯先生说他都忘了范妮，然后对她表示欢迎。他热情地拥抱了她，说她已经长成大人了，看来很快就要出嫁了，接着似乎又把她忘掉了。

范妮退回到座位上,为父亲的粗俗语言和满嘴酒味感到痛心。父亲只和儿子说话,只谈"画眉号"。威廉虽然对这个话题很感兴趣,但不止一次地想使父亲想到范妮,想到她多年离家,想到她旅途劳顿。

又坐了一会儿,才弄来了一支蜡烛。但是茶仍然没有端来,而且据贝齐从厨房得来的情况来看,一时半刻还烧不好,于是威廉决定去更换服装,做好说走就走的准备,然后再从从容容地喝茶。

他走出屋之后,两个脸蛋红润、衣着褴褛、身上肮脏的八九岁男孩跑了进来。他们两个刚刚放学,急匆匆地跑来看姐姐,报告"画眉号"出港的消息。两人一个叫汤姆,一个叫查尔斯,查尔斯是范妮走后才出生的,但她过去常帮妈妈照顾汤姆,因此这次再见面感到特别高兴。她非常亲切地吻了两个弟弟,不过总想把汤姆拉到自己身边,试图从他的容貌上追忆自己喜爱过的那个婴儿,跟他说他小时候多么喜欢她自己。然而,汤姆并不想让姐姐这样待他,他回家来不是为了站着不动,听别人对自己说话,而是要到处乱跑,吵吵闹闹。两个孩子很快挣脱了她,出门时砰的一声,震得她额头发痛。

现在,在家的人她都见到了,只剩下她和苏珊之间的两个弟弟,一个在伦敦的某个政府机关里当办事员,另一个在一艘来往于英国和印度之间的大商船上做见习船员。不过,她虽说见到了家里所有的人,但是还没有听到他们能喧闹到何种地步。又过了一刻钟,家里越发热闹起来了。威廉在二楼楼梯口大声呼喊他妈妈和丽贝卡。原来,他放在那里的什么东西找不到了,便着急起来。一把钥匙找不到了，贝齐动了他的新帽子，他的制服背心不合身，答应过要给他改的，完全给忘掉了。

普莱斯太太、丽贝卡和贝齐都跑到楼上为自己辩护，几个人一齐唧唧喳喳，就数丽贝卡叫得最响，都说这活要赶紧做出来，还要尽量做好。威廉想把贝齐赶到楼下，让她不要妨碍别人，但是徒劳无益。由于房里的每道门都敞开着，楼上的喧闹声在起居室里听得清清楚楚，只是不时地要被萨姆、汤姆和查尔斯的吵闹声盖过，他们楼上楼下地追逐着，跌跌撞撞，大喊大叫。

范妮给吵得头昏脑涨。由于房子小、墙壁薄，这一切都好像发生在身边，再加上旅途的劳顿，以及近来的种种烦恼，她简直不知道如何承受这一切。屋内倒是一片寂静，因为苏珊很快也跟他们去了，只剩下了父亲和她，父亲掏出了一张通常是从邻居家借来的报纸，看了起来，似乎忘记了她还在屋里。他把那唯一的一支蜡烛擎在他和报纸之间，毫不顾及她是否需要光亮。不过，她也没有什么事要做，倒乐意他把烛光遮住，照不着她那疼痛的头。她茫然坐在那里，陷入了断断续续的、黯然神伤的沉思之中。

她回到家了。可是，唉！这样一个家，她受到这样的接待，真让她——她不让自己再想下去。她这样想不合情理。她有什么权利要家里人对她另眼相看？她这么长时间不见踪影，根本没有这个权利！家里人最关心的应该是威廉——一向都是如此——他完全有这个权利。然而，对她却没有什么好谈的，丝毫没人过问——也没有人问及曼斯菲尔德！他们忘记了曼斯菲尔德，忘记了给他们那么多帮助的朋友们——那些极其亲爱的朋友们，真让她痛心啊！但是现在，有一个话题盖过了其他所有话题。也许应该如此。"画眉号"的动向现在所引起的关注势必压倒一切。一两天后情况就会有所不同。事情只能怪她。然而她又觉得,若在曼斯菲尔德,情况就不会这样。不会的,在她姨父家里,就会审时度势,凡事都有定规,讲究分寸,关心每一个人,可这里却不是这样。

她就这样左思右想了将近半个小时之久,才让父亲突然给打断了,不过父亲倒不是为了安慰她。走廊里的脚步声和喊叫声实在太吵了,他便大声嚷道:"你们这些该死的小狗杂种!你们要闹翻天啊!嗨,萨姆的声音比谁的都大!这小子适合当水手长。喂——你听着——萨姆——别扯着你的尖嗓子乱叫了,不然看我不揍你。"

显然,这番威胁被置若罔闻。虽然五分钟内三个孩子都跑进房里坐了下来,但是范妮认为这并不能说明任何问题,只不过是因为他们一时累了,这从他们个个满头大汗、气喘吁吁就能看得出来——而且他们还在父亲的眼皮底下,你踢我的腿,我踩你的脚,并且又马上突然吆喝起来。

门又一次打开的时候,送来了较为受人欢迎的东西:茶具。她几乎开始绝望了,觉得那天晚上不会送茶具来了。苏珊和一个侍女送来了吃茶点需要的东西。范妮从这个侍女卑微的神态可以看出,她先前见到的那位女仆原来是个管家。苏珊把茶壶放在炉火上,看了姐姐一眼,那神情似乎有两重意思:一是因为显示了自己的勤快能干而扬扬得意;二是担心干了这样的活在姐姐眼里降低了自己的身份。"我到厨房去催萨莉,"她说,"帮她烤面包片,涂黄油——不然的话,我真不知道什么时候才能吃上茶点——我敢断定，姐姐经过一路的奔波一定想吃点东西。"

范妮非常感激。她不得不承认自己很想吃点茶点，苏珊立即动手沏茶，似乎很乐意独自来做这件事。她有点故作忙碌，不分青红皂白地说上弟弟们几句，尽量让他们老实些，让人觉得她表现出色。范妮从身体到精神都得到了恢复。由于受到这般及时的关照，她的头不那么痛了，心里也好受些了。苏珊面容坦率，通情达理。她长得像威廉——范妮希望她性情上也像威廉，并且像威廉一样对她好。

在这比较平静的气氛中，威廉又进来了，后面跟着妈妈和贝齐。他整整齐齐地穿上了他的少尉军服，看上去比平时更高了，走起路来步履更坚定，更加风度翩翩。他满面春风地径直走向范妮——范妮站了起来，怀着赞赏的目光，默默地看了看他，然后张开双臂搂住他的脖子，悲喜交集地哭了起来。

她不愿意让人觉得自己有什么不高兴的，很快便镇静下来。她擦干了眼泪，威廉那身服装每一处光彩夺目的地方，她都看得出来，也能加以赞赏——她还精神振奋地听他兴高采烈地说起：在起航之前，他可望每天抽出一定时间上岸来，甚至把她带到斯皮特黑德去看看这艘轻巡洋舰。

门再次打开的时候，"画眉号"的医生坎贝尔先生进来了。他是个品行端正的年轻人，是专门来叫他的朋友的。由于座位拥挤，好不容易才给他摆了张椅子，年轻的沏茶姑娘赶忙给他洗了一只杯子和一只茶碟。两位青年情真意切地谈了一刻钟，这时家里闹上加闹，乱上加乱，大人小孩一齐行动起来，两人动身的时刻到了。一切准备就绪，威廉告辞了，众人全都走了——三个男孩不听妈妈劝告，非要把哥哥和坎贝尔先生送到军舰的出入口，普莱斯先生这时要去还邻居的报纸。

现在可以指望清静一点了。因此，丽贝卡遵命撤去茶具，普莱斯太太到处找一只衬衫袖子，忙活了半天，最后由贝齐从厨房的一个抽屉里给找了出来。接着，这些女人就变得相当安静了。妈妈又为无法给萨姆赶做出行装叹惜了一阵之后，才有闲暇想起她的大女儿及其曼斯菲尔德的朋友们。

她向范妮问起了几个问题，最先问到的是："我伯特伦姐姐是怎样管教仆人的？她是不是像我一样苦于找不到像点样的仆人？"一提到仆人，她的思绪便离开了北安普敦郡，一心想着自己家里的苦楚，朴次茅斯的仆人全都品质恶劣，她觉得自己的两个仆人尤为糟糕。她只顾数落丽贝卡的缺点，完全忘了伯特伦一家人。苏珊也列举了丽贝卡的许多不是，小贝齐举的例子更多，她们把丽贝卡说得一无是处，范妮猜想，她妈妈是想在丽贝卡干满一年后辞掉她。

"干满一年！"普莱斯太太嚷道，"我真想不等她干满一年就辞掉她，因为她要到十一月才干满一年。亲爱的，朴次茅斯的仆人可真不好办，要是谁用仆人能用过半年，那就算出了奇迹。我不敢指望能找到合适的人，我要是辞掉丽贝卡，再找一个只可能更糟。不过，我想我不是个很难伺候的主人——再说她在这里也真够轻松的，因为总是有个丫头听她使唤，何况我自己常常把活干掉一半。"

范妮默默不语，这倒不是因为她认为这种弊端已经没有办法补救了。这时她坐在那里望着贝齐，情不自禁地想起了另一个妹妹。那个小妹妹长得很漂亮,当年她离家去北安普敦郡的时候,她比现在的贝齐小不了多少,她走了几年后她就死掉了。她特别招人喜爱。那时候,她喜爱她胜过喜爱苏珊。她死去的消息最后传到曼斯菲尔德的时候,她一度非常悲伤。看到贝齐不由得又想起了小玛丽,但她说什么也不愿提起她,免得惹妈妈伤心。就在她抱着这样的想法打量贝齐的当儿,贝齐在离她不远的地方拿着一个什么东西让她看,同时又挡着不让苏珊看见。

"你手里拿的什么,亲爱的?"范妮说,"来给我看看。"

原来是把银刀。苏珊忽地跳起来,扬言是她的,想要夺过去。贝齐跑到妈妈跟前寻求保护,苏珊在一旁责备她,言词还很激烈,显然是想博得范妮的同情。"这是我的刀子,不给我太不像话。是小玛丽姐姐临死的时候留给我的,早就应该归我所有了。可是妈妈不肯给我,总是让贝齐拿着玩。到头来,就让贝齐抢去了,变成她自己的,尽管妈妈曾向我保证不会交给贝齐。"

范妮感到大为震惊。妹妹的这番话和妈妈的回答,完全违背了她心目中对母女之道、自尊自重、宽容待人的想法。

"我说,苏珊哪,"普莱斯太太以抱怨的口吻嚷道,"你怎么脾气这么坏呀?你总是为这把刀争吵。你别这么吵来吵去就好了。可怜的小贝齐,苏珊对你多凶啊!不过,亲爱的,我叫你到抽屉里去取东西,你不该把刀拿出来。你要知道,我对你说过,叫你不要碰它,因为苏珊一见你拿就要冒火。贝齐,下一次我要把它藏起来。可怜的玛丽临死前两个钟头把它交给我保存,她万万没想到你们像狗抢骨头一样抢这把刀。可怜的小家伙!我只是勉勉强强能听见她说的话,那话真让人感动:'妈妈,等我死了埋掉以后,把我的刀送给苏珊妹妹。'可怜的小宝贝啊!她好喜欢这把刀,范妮,她卧床不起的时候,一直把它放在身边。这是她的好教母马克斯韦尔将军的太太送给她的,那时她离死只有六个礼拜了。可怜的小亲亲啊!也好,她死了,免得受我们遭的罪。我的贝齐(抚摸着她),你可没有她的好运气,没有这么个好教母。诺里斯姨妈离我们太远了,不会想到你这样的小人儿。"

范妮确实没有从诺里斯姨妈那里捎来任何礼物,只带来了她的口信,希望她的教女做个好孩子,好好念书。有一次,她曾在曼斯菲尔德庄园的客厅里听到窃窃私语,说是要送贝齐一本祈祷书,但是以后再也没听到说起这件事。不过,诺里斯太太还是抱着这个念头回到家里,取下了她丈夫用过的两本祈祷书,可是拿到手里一琢磨,那股慷慨的劲头也就烟消云散了。她觉得一本书的字太小,不利于孩子的眼睛,另一本太笨重,不便于孩子带来带去。

范妮又累得不行了,一听说请她就寝去,她便不胜感激地接受了。看在姐姐回来的分上,贝齐获许比平时晚睡一个小时,一个小时到了仍然不肯去睡,还要哭哭闹闹,没等她哭闹完,范妮就起身上楼了,只听楼下又吵吵闹闹,一片混乱:男孩子们要面包加奶酪,父亲吆喝着要加水朗姆酒,而丽贝卡总是不能让大家满意。

她要和苏珊共住的这间卧室又狭小,又没有什么装饰,根本提不起她的兴致。楼上楼下房间这么小,走廊楼梯这么窄,都超出了她的想象。她在曼斯菲尔德庄园住的那间阁楼,本是人人嫌小不愿住的地方,现在想起来倒觉得蛮阔气了。

第八章

托马斯爵士若能知道外甥女给姨妈写第一封信时的心情,也就不会感到绝望了。范妮好好睡了一夜,早晨觉得挺愉快的,还可望很快再见到威廉,加上汤姆和查尔斯都上学去了,萨姆在忙自己的什么事,父亲像往常那样到处闲逛,因而家里处于比较平静的状态,她也就能用明快的言词来描绘她的家庭,然而她心里十分清楚,还有许多令她不快的事情,她不想让他们知道。她回家住了不到一个星期便产生的想法,做姨父的若能知道一半,就会认为克劳福德先生定会把她弄到手,就会为自己的英明决策而沾沾自喜。

还不到一个星期,她就大为失望了。首先是威廉走了。"画眉号"接到了命令,风向也变了,来到朴次茅斯后的第四天,他便跟着出海了。在这几天里,她只见到哥哥两次,而且他上岸来公务在身,刚刚见面,便匆匆别去。他们没能畅快地谈谈心,没能到大堤上散散步,没能到海军船坞去参观,没能去看看"画眉号"——总之,原来所计划、所期盼的事一样都没实现。除了威廉对她的情意之外,其他的一切都让她失望。他离家的时候,临走想到的还是她。他又回到门口说:"照顾好范妮,妈妈。她比较脆弱,不像我们那样过惯了艰苦的生活。拜托你了,把范妮照顾好。"

威廉走了。他离开后的这个家——范妮不得不承认——几乎在各方面都与她希望的正相反。这是一个吵吵闹闹、乱七八糟、没有规矩的人家。没有一个人是安分守己的,没有一件事是做得妥当的。她无法像她希望的那样敬重父母。她对父亲本来就没抱多大希望,但是他比她想象的还要对家庭不负责任,他的习性比她想象的还要坏,他的言谈举止比她想象的还要粗俗。他并不是没有才干,但是除了他那个行当以外,他对什么都不感兴趣,对什么都不知道。他只看报纸和海军军官花名册。他只爱谈论海军船坞、海港、斯皮特黑德和母亲滩[1]。他爱骂人,好喝酒,又脏又粗野。她想不起来他过去曾经关心过自己。她对他只有一个总的印象:粗里粗气,大喊大叫。现在他对她几乎不屑一顾,只是拿她开个粗俗的玩笑。

她对母亲更加失望。她原来对她寄予很大的希望,但却几乎完全失望了。她对母亲的种种美好的期望很快便彻底落空了。普莱斯太太并非心狠——但是,她对女儿不是越来越好,越来越知心,越来越亲切,范妮再没有遇到她对她像刚来的那天晚上那样客气。自然的本能已经得到了满足,普莱斯太太的情感再也没有

---

[1] 位于英格兰南部怀特岛东北沿岸的海滩,系英国当年与东印度群岛进行贸易的大货船的泊地。

其他来源。她的心、她的时间早已填满了，既没有闲暇又没有情感用到范妮身上。她从来就不怎么看重她的那些女儿。她喜爱的是她的儿子们，特别是威廉。不过，贝齐算是第一个受到她疼爱的女儿。她对她娇惯到极不理智的地步。威廉是她的骄傲，贝齐是她的心肝，约翰、理查德、萨姆、汤姆和查尔斯分享了她余下的母爱，时而为他们担忧，时而为他们高兴。这些事分摊了她的心，她的时间主要用到了她的家和仆人身上。她的日子都是在慢吞吞的忙乱中度过的，总是忙而不见成效，总是拖拖拉拉不断埋怨，却又不肯改弦更张；心里倒想做个会过日子的人，却又不会计算，没个条理；对仆人不满意，却又没有本事改变他们，对他们不管是帮助，还是责备，还是放任自流，都得不到他们的尊敬。

和两个姐姐相比，普莱斯太太并不怎么像诺里斯太太，而更像伯特伦夫人。她管理家务是出于不得已，既不像诺里斯太太那样喜欢管，也不像她那样勤快。她的性情倒像伯特伦夫人，天生懒懒散散。她那不慎的婚姻给她带来了这种终日操劳、自我克制的生活，她若是能像伯特伦夫人那样家境富足，那样无所事事，那对她的能力来说要合适得多。她可以做一个像伯特伦夫人一样体面的有身份的女人，而诺里斯太太却可以凭着微薄的收入做一个体面的九个孩子的母亲。

这一切范妮自然能意识得到。她可以出于慎重不说出来，但她必然而且的确觉得母亲是个偏心眼、不辨是非的母亲，是个懒散邋遢的女人，对孩子既不教育，又不约束，她的家里里外外都是一片管理不善的景象，令人望而生厌；她没有才干，笨嘴拙舌，对自己也没有感情；她不想更多地了解她，不稀罕她的友情，无心让她陪伴，不然的话，她的重重心事也许会减轻一些。

范妮很想做点事情，不愿意让人觉得自己比一家人优越，觉得自己由于在外边受过教育，就不适合或不乐意帮助做点家务事。因此，她立即动手给萨姆做起活来。她起早贪黑，坚持不懈，飞针走线地赶着，等萨姆最后登船远航的时候，他所需要的大部分内衣都做好了。她为自己能给家里帮点忙而感到异常高兴，同时又无法想象家里没有了她怎么能行。

萨姆尽管嗓门大，盛气凌人，但他走的时候，她还真有些舍不得，因为他聪明伶俐，有什么差事派他进城他都乐意去。苏珊给他提什么意见，虽然意见本身都很合理，但是由于提的不是时候，态度比较生硬，他连听都不要听。然而，范妮对他的帮助和循循善诱，开始对他产生了影响。范妮发现，他这一走，走掉了三个小弟弟中最好的一个。汤姆和查尔斯比他小得多，因此在感情上和理智上还远远不能和她做朋友，而且也不会少惹人嫌。他们的姐姐不久便失去了信心，觉得她再怎么努力也触动不了他们。她情绪好或是有空的时候，曾劝导过他们，可是他们什么话都听不进。每天下午放学后，他们都要在家里玩起各种各样大吵大闹的游戏。过了不久，每逢星期六下午这个半天假来临的时候，她都不免要唉声叹气。

贝齐也是个被惯坏了的孩子，把字母表视为不共戴天的敌人，父母由着她和仆人们一起厮混，一边又纵容她随意说他们的坏话。范妮几乎要绝望了，感到无法爱她，也无法帮她。对于苏珊的脾气，她也是满怀疑虑。她不断地和妈妈闹意见，动不动就和汤姆、查尔斯吵嘴，对贝齐发脾气。这些现象至少让范妮觉得心烦。虽然她承认苏珊并不是没有理由,但她又担心,喜欢如此争吵不休的人,绝不会对人和蔼可亲,也绝不会给她带来平静。

就是这样一个家,她原想用这个家把曼斯菲尔德从自己的头脑中挤走,并且学会克制住自己对埃德蒙表哥的感情。但恰恰相反,她现在念念不忘的正是曼斯菲尔德,是那里那些可爱的人们,是那里的欢快气氛。这里的一切与那里形成了鲜明的对照。这里样样与那里截然不同,使她无时无刻不想起曼斯菲尔德的风雅、礼貌、规范、和谐——尤其是那里的平静与安宁。

对于范妮这种单薄的躯体、怯懦的性情来说,生活在无休止的喧闹声中无疑是巨大的痛苦,即使给这里加上风雅与和谐,也弥补不了这种痛苦。这是世上最大的痛苦。在曼斯菲尔德,从来听不到争抢什么东西的声音,听不到大喊大叫,听不到有人突然发作,听不到什么人胡蹦乱跳。一切都秩序井然,喜气洋洋。每个人都有应有的地位,每个人的意见都受到尊重。如果在哪件事情上缺乏温柔体贴的话,那取而代之的便是健全的见识和良好的教养。至于诺里斯姨妈有时导致的小小的不快,与她现在这个家的不停吵闹相比,那真是又短暂又微不足道,犹如滴水与沧海之比。在这里,人人都在吵闹,个个都在大喊大叫。(也许她妈妈是个例外,她说起话来像伯特伦夫人一样轻柔单调,只不过由于备受生活的磨难,听起来有几分烦躁不安。)要什么东西都是大声呼喊,仆人们从厨房里辩解起来也是大声呼喊。门都在不停地砰砰作响,楼梯上总有人上上下下,做什么事都要磕磕碰碰,没有一个人老老实实地坐着,没有一个人讲话会有人听。

根据一个星期的印象,范妮把两个家庭做了对比。她想借用约翰逊博士关于结婚和独身的著名论断[1],来评论这两个家庭说:虽然在曼斯菲尔德庄园会有一些痛苦,但在朴次茅斯却没有任何快乐。

---

[1] 约翰逊博士,即塞缪尔·约翰逊(1709—1784),英国作家、评论家、辞书编撰家。他在其中篇传奇《阿比西尼亚国拉塞斯王子传》第二十六章中有这样一句话:"结婚有许多痛苦,但独身却没有快乐。"

第九章

果然不出范妮所料，克劳福德小姐现在的来信没有当初那么勤了，她下次来信间隔的时间比上次长得多。但是，来信间隔长对她并不是个很大的安慰，这一点却是她未曾料到的。这是她心理发生的又一个奇怪的变化啊！她接到来信的时候，还真感到高兴。她眼下被逐出了上流社会，远离了她一向感兴趣的一切事物，在这种情况下，能收到她心仪的那个圈子里的某个人的一封来信，而且信又写得那么热情，还有几分文采，这自然是件十分称心的事。信里总是用应酬越来越多做托词，解释为什么没能早来信。"现在动起笔来，"克劳福德小姐继续写道，"就怕我的信不值得你一读，因为信的末尾没有了世上最痴情的H.C.[1]的爱的致意和三四行热情的话语，因为亨利到诺福克去了。十天前，他有事去了埃弗灵厄姆，也许是假装有事，其实是想趁你外出旅行的时机，也去旅行一趟。不过，他现在的确在埃弗灵厄姆。顺便提一句，做

1　Henry Crawford（亨利·克劳福德）的开头字母。

妹妹的信写得少完全是因为他不在身边的缘故，因而听不到这样的催促：'喂，玛丽，你什么时候给范妮写信呀？你还不该给范妮写信吗？'经过多次的努力，我终于见到了你的两位表姐，'亲爱的朱莉娅和最亲爱的拉什沃思太太'。她们昨天来的时候我正在家里，我们很高兴能够重逢。我们好像很高兴能彼此相见，我倒真觉得我们有点高兴。我们有许多话要说。要不要我告诉你当提到你的名字时拉什沃思太太脸上的表情？我一向认为她还比较沉稳，但是昨天她却有些沉不住气了。总的说来，朱莉娅的脸色好看一些，至少在说起你以后是这样。从我讲到'范妮'，并且以小姑子的口气讲到你的时候，那副面孔就一直没有恢复正常。不过，拉什沃思太太满面春风的日子就要到来了，我们已经接到了请帖，她要在二十八日举行第一次舞会。到时候她会美不可言，因为她要展示的是温普尔街最气派的一幢大宅。两年前我去过那里，当时是拉塞尔斯夫人住在里面，我觉得这幢房子比我在伦敦见过的哪一幢都好。到时候她肯定会觉得——借用一句俗话说——她这是物有所值。亨利不可能给她提供这样一幢房子。我希望她能记住这一点，满足于做一个王后住着一座宫殿，虽说国王躲在后面显得比较合适。我不愿意刺激她，绝不会再当着她的面硬提你的名字。她会渐渐冷静下来。从我听到的情况看，再根据我的猜测，维尔登海姆男爵[1]仍在追求朱莉娅，可我拿不准他是否受到过认真的鼓励。她应该挑一个更合适的人。一个可怜的贵族头衔顶不了什么用，我想象不出他有什么可爱的，除了夸夸其谈，这位可怜的男

---

[1] 系《山盟海誓》中的人物，由耶茨先生扮演，见第一卷第十四章。

爵一无所有。一字之差会造成多大的差异啊!他要是不光讲起话来'叫呱呱',收起租来也'顶呱呱'就好了!你埃德蒙表哥还迟迟没来,可能是让教区的事务绊住了。也许是桑顿莱西的哪个老太婆需要他劝说皈依。我不愿意设想他是因为某个年轻女人而不把我放在心上。再见,我亲爱的甜蜜的范妮,这是从伦敦写给你的一封长信,给我好好地回一封信,让亨利回来一睹为快——还要给我讲一讲你为了他鄙弃了多少漂亮的年轻舰长。"

这封信里有不少东西可供她回味,个中的滋味多半使她感到不快。然而,尽管读过之后感到诸多不安,但这封信却把她和远在他乡的人联系了起来,讲到了她近来特别想了解的人和事,她倒很愿意每星期都收到这样一封信。她和伯特伦姨妈之间的通信是她唯一更感兴趣的事情。

朴次茅斯的社交活动,并不能弥补她家庭生活的缺陷。不论是她父亲的圈里人,还是她母亲的圈里人,没有一个能给她带来丝毫的快乐。她对她见到的人都没有好感,怕见他们,不愿和他们说话。她觉得这里的男人个个粗鲁,女人个个唐突,男男女女没有一个不缺乏教养。无论是和老相识还是和新相识应酬,她都不满意,人家也同样不满意。年轻姑娘们起初觉得她是从一位男爵家来的,便带着几分敬意来接近她,但是很快就对她们所谓的"气派"看不顺眼了——因为她既不肯弹钢琴,又没穿考究的皮外衣,经过进一步观察,认为她没有什么比她们优越的。

家里处处不称心,范妮得到的第一个实在的安慰,第一个她衷心欢迎而又可能持久的安慰,是她对苏珊有了进一步的了解,而且有可能对她有所帮助。苏珊对她倒是一直很好,但她为人处世的泼辣劲儿曾使她感到震惊,至少过了两个星期,她才开始对这个与自己性情完全不同的姑娘有所了解。苏珊对家里的很多事情看不惯,想要加以纠正。一个十四岁的姑娘,在无人帮助的情况下,仅仅凭着自己的理智,要改变家庭的这些状况,在方式方法上有些不当是不足为奇的。她这么小的年纪就能明辨是非,范妮很快就开始欣赏她的天赋和智慧,而不去苛求她做法上的不当。苏珊遵循的正是她自己认同的原则,追寻的正是她自己认可的秩序,只不过她自己性格比较软弱,有些畏缩不前,不敢坚持罢了。苏珊能站出来管事,而她只会躲在一边去哭。她看得出来,苏珊还是起到了作用;如果不是苏珊出面干预,本来已经很糟的事情恐怕会变得更糟;由于苏珊的干预,她妈妈和贝齐那种令人难以容忍的过分放纵、过于粗俗的行为才受到一些约束。

苏珊每次和妈妈辩论,都是苏珊有理,而做妈妈的从来没有用母爱的柔情来感化她。那种造成种种不良后果的盲目溺爱,她可从来没有领受过。她过去没被疼爱过,现在也不受人疼爱,因此就没有什么感恩之心,也不会容忍对别人的过分溺爱。

这一切逐渐明白了,苏珊也便逐渐成了姐姐同情和钦佩的对象。然而,她的态度不好,有时候还很不好——她的举措往往失当,不合时宜,她的神情和语言常常不可原谅,这一切范妮依然感觉得到,不过她开始希望会有所改变。她发现苏珊挺敬佩她,希望得到她的指教。范妮虽然从未起过权威作用,从未设想自己能指导别人,但她决计偶尔给她些指点,并且利用自己受过的较好教育,让她更好地理解人应该怎样待人接物,怎样做才最聪明。

她的影响，或者说，至少她在有意识地利用自己的影响，是从她对苏珊的一次友好行为开始的。对于这件事，她起初有所顾虑，经过多次犹豫，最后才鼓足了勇气。她早就想到，虽说为了那把银刀不断发生着争吵，但是也许用不了多少钱，就能在这个敏感的问题上永远恢复安宁。她姨父临别时给了她十英镑，她手里有了这笔钱，就不光想要大方，而且也大方得起。但是，除了对很穷的人，她从来没有施恩于谁。对于与她同等的人，她从来没有纠正过谁的不良行为，也没有对谁施过恩惠。她就怕别人觉得她想摆出一副阔小姐的架势，来提高自己在家里的地位，因此考虑了许久还不能决定，赠这么个礼品对她来说是否合适。不过，她最后还是送了礼品。她给贝齐买了一把银刀，贝齐喜不自禁地接受了。这是把新刀，怎么看都比那把旧的好。这样一来，苏珊就完全恢复了对她那把旧刀的所有权，贝齐也慷慨地宣称，她现在有了一把漂亮得多的刀子，也就绝不会再要那一把了——范妮本来担心妈妈会责怪她，现在看来她非但没有这样做，反倒同样为之高兴。这件事完全收到了应有的效果。家庭纠纷的一个根源给彻底消除了，苏珊从此向她敞开了心扉，她也就多了一个可以喜爱、可以关心的人。苏珊表明她心眼也很细。她争了至少两年，现在成了这把银刀的主人，心里自然十分高兴，然而她又怕姐姐对自己印象不好，怕姐姐怨她那样争来争去，不买上一把家里就不得安宁。

她是个性格坦率的人，向姐姐承认了自己的顾虑，责怪自己不该那样去争。从这时起，范妮了解了她可爱的性情，意识到她多么想听她的意见，请她指点，于是做姐姐的又感到了亲情的幸福，希望能对一个如此需要帮助，而又应该得到帮助的人有所帮助。她给她提意见，意见提得合情合理，但凡头脑清楚，就无法反对。意见还提得又温和又体贴，即使脾气坏一点，听了也不会生气。她眼见着自己的意见屡屡产生良好的效果，心里感到很高兴。她看到她明白了做人的道理，明白了自身的利害关系，因而能接受她的意见，进行自我克制，但也深为体谅地看出，对于苏珊这样一个姑娘来说，这也是个难咽的苦果。因此，她对她没有更高的要求。过了不久，她发现这件事最让她感到惊奇的——不是苏珊对她的好见解不尊重，听不进去——而是她本来就有那么多好见解、好观点。她是在无人管教、没有规矩的环境中长大的——也没有个埃德蒙表哥指导她的思想，灌输为人的准则，她居然形成了这么多正确的见解。

两人之间如此开始的亲密关系对两人都大有好处。她们一起坐在楼上，也就避开了许多家中的吵吵闹闹。范妮得到了安静，苏珊也懂得了不声不响地做活的乐趣。她们的房里没有生火。不过，就连范妮对这种艰苦也习以为常，由于联想到了东屋，她反倒觉得没有什么苦的。这间屋子与东屋只有在这一点上是相像的。除此之外，两者在大小、光线、家具和窗外景色方面，没有任何相似之处。她每次想起她在东屋的书籍、箱子和各种各样舒适的用品，免不了唉声叹气。渐渐地，两个姑娘都在楼上度过上午的大部分时间，起初只是做活、聊天，可是几天后，范妮越来越想念刚才提到的那些书籍，在这种情绪的刺激下，忍不住又想找些书来看。她父亲的这个家里没有书，但是人有了钱就会大手大脚，无所顾忌——她的一些钱就流到了一家流通图书馆。她成了一个订阅者——为自己成为这样一个人感到惊讶,为自己的所作所为感到惊讶,她居然成了一个租书者,一个挑选图书的人!而且由她选书来提高别人!可事实就是如此。苏珊什么都没读过,范妮想让她分享一下她自己的首要乐趣,激励她喜欢她自己所喜欢的传记和诗歌。

另外,她还希望通过读书抛开她对曼斯菲尔德的一些回忆。如果她只是手指在忙,这些回忆势必会萦绕于心。尤其在这个时候,她觉得读书有助于转移她的思想,不要胡思乱想地跟着埃德蒙去伦敦,因为从姨妈的上封信来看,她知道他去了那里。她毫不怀疑会产生什么结果。埃德蒙曾说过到时候会将情况写信告诉她,现在这可怕的事情已经临头了。每天连邮差在左邻右舍的敲门声,都让她感到惊恐——要是读书能让她把这件事哪怕只忘掉半个小时,对她来说也是个不小的收获。

第十章

从料想埃德蒙该到伦敦的那天起,已经过去了一个星期,而范妮还没听到他的消息。他不来信可能有三个原因,她的心就在这三个原因之间犹疑不定,每个原因都曾被认为最有可能。不是他又推迟了起程的日期,就是他还没有找到与克劳福德小姐单独相会的机会——不然,就是他过于快乐,忘记了写信。

范妮离开曼斯菲尔德已经快四个星期了——她可是每天都在琢磨和计算来了多少天了。就在这时的一天早上,她和苏珊照例准备上楼的时候,听到了有人敲门。丽贝卡总是最喜欢给客人开门,闻声便向门口跑去,于是两位姐姐知道回避不了,只好停下来等着和客人见面。

是个男人的声音,范妮一听这声音便脸上失色。就在这时,克劳福德先生走进屋来。

像她这样有心眼的人,真到了节骨眼上,总会有办法应对的。她原以为在这样的关头她会一句话也说不出来,可她却发现自己居然能把他的名字说给妈妈听,并且为了让妈妈想起这个名字,还特意提醒说他是"威廉的朋友"。家里人只知道他是威廉的朋友,这一点对她是一种安慰。不过,等介绍过了他,大家重新坐定之后,她又对他这次来访的意图感到惊恐万分,觉得自己就要昏厥过去。

他们的这位客人向她走来时,起初像往常一样眉飞色舞,但是一见她惊恐万状地快撑不住了,便机灵而体贴地将目光移开,让她从容地恢复常态。这时,他只和她母亲寒暄,无论是对她讲话还是听她讲话,都极其斯文,极其得体,同时又有几分亲热——至少带有几分兴致——那风度达到了无可挑剔的地步。

普莱斯太太表现得也很有礼貌。看到儿子有这样一位朋友,不由得感到很兴奋,同时又希望在他面前行为得体,于是便说了不少感激的话,这是做母亲的感激之情,毫无矫揉造作之感,听了自然使人惬意。普莱斯先生出去了,她感到非常遗憾。范妮已缓过神来,她可不为父亲不在家感到遗憾。本来就有很多情况令她局促不安,再让对方看到她待在这样一个家,她就越发感到羞耻。她尽可以责备自己的这个弱点,但再怎么责备这弱点也消失不了。她感到羞耻,父亲若在家里,她尤其会为他感到羞耻。

他们谈起了威廉,这个话题是普莱斯太太百谈不厌的。克劳福德先生热烈地夸奖威廉,普莱斯太太听得满心欢喜。她觉得自己还从没见过这么讨人喜欢的人。眼见这么高贵、这么可爱的一个人来到朴次茅斯,一不为拜访海港司令,二不为拜会地方长官,三不为去岛上观光,四不为参观海军船坞,她不禁感到万分惊奇。他来朴次茅斯跟她惯常想象的不一样,既不是为了显示高贵,也不是为了摆阔。他是头一天深夜到达的,打算待上一两天,眼下住在皇冠旅社。来了之后,只是偶然碰到过一两位相熟的海军军官,不过他来此也不是为了看他们。

等他介绍完这些情况之后,可以设想,他会眼盯着范妮,把话说给她听。范妮倒可以勉强忍受他的目光,听他跟她说,他在离开伦敦的头一天晚上,跟他妹妹在一起待了半个小时。他妹妹托他向她致以最真挚、最亲切的问候,但却来不及写信。他从诺福克回到伦敦,在伦敦待了不到二十四小时便动身往这里来,能和玛丽相聚半个小时,觉得也挺幸运。她的埃德蒙表哥到了伦敦,据他了解已到了几天了。他本人没有见到他,不过听说他挺好,他离开曼斯菲尔德时家里人也都挺好。他还像前一天一样,要去弗雷泽家吃饭。

范妮镇定自若地听着,甚至听到最后提到的情况时也很镇定。不仅如此,对她那疲惫不堪的心灵来说,只要知道个结果,不管结果如何,她似乎都可以松一口气。她心里在想:"那么,到这时,事情全都定下来了。"这当儿,她只是脸上微微一红,并没有流露出明显的情绪。

他们又谈了谈曼斯菲尔德,范妮对这个话题的兴趣是极为明显的。克劳福德开始向她暗示,最好早点出去散散步。"今天早上天气真好。在这个季节,天气经常时好时坏,早上要抓紧时间活动。"这样的暗示没有引起反应,他接着便明言直语地向普莱斯太太及其女儿们建议:要不失时机地到外面散散步。现在,他们达成了共识。看来,普莱斯太太除了星期天,平常几乎从不出门。她承认家里孩子太多,没有时间到外面散步。"那你是否可以劝说你的女儿们趁着这良辰美景出去走走,并允许我陪伴着她们?"普莱斯太太不胜感激，满口答应。"我的女儿们常常关在家里——朴次茅斯这地方太糟糕了——她们很少出门——我知道她们在城里有些事情，很想去办一办。"其结果，说来真奇怪——既奇怪，又尴尬，又令人烦恼，不到十分钟工夫，范妮不知怎么就和苏珊跟克劳福德先生一起向大街走去。

过了不久，她真是苦上加苦，窘上加窘。原来，他们刚走到大街上，便碰上了她父亲，他的外表并没有因为是星期六而有所改观。他停了下来，尽管样子很不体面，范妮不得不把他介绍给克劳福德先生。她无疑明白克劳福德先生会对他产生什么印象。他肯定会替他害臊，对他感到厌恶。他一定会很快放弃她，丝毫不再考虑这桩婚事。虽然她一直想治好他的相思病，但是这种治法几乎和不治一样糟糕。我相信，联合王国没有一位年轻小姐宁肯拒不忍受一个聪明、可爱的年轻人的不幸追求，却情愿让自己粗俗的至亲把他吓跑。

克劳福德先生大概不会用时装模特儿的标准来看待他未来的老丈人。不过，范妮立即极为欣慰地发现，她父亲现在的表现和他在家中的表现完全判若两人；从他对这位极其尊贵的陌生人的态度来看，他完全变成了另一个普莱斯先生。他现在的言谈举止虽然谈不上优雅，但也相当过得去。他和颜悦色，热情洋溢，颇有几分男子汉气概。他说起话来俨然像个疼爱儿女的父亲，像个通情达理的人。他那高门大嗓在户外听起来倒也挺悦耳的，而且他连一句赌咒骂人的话都没说。他见克劳福德先生文质彬彬，本能地肃然起敬。且不论结果如何，范妮当即感到无比欣慰。

两位先生寒暄过后，普莱斯先生提出带克劳福德先生参观海军船坞。克劳福德先生已经不止一次地去那里参观过，但他觉得对方是一番好意，再说他又很想和范妮多在一起走走，只要两位普莱斯小姐不怕辛苦，他就十分乐意接受这个建议。两位小姐以某种方式表明，或者说暗示，或者至少从行动上看出，她们不怕辛苦，于是大家都要去海军船坞。若不是克劳福德先生提出意见，普莱斯先生会直接领他们到船坞去，丝毫不考虑女儿们还要去大街上办点事。克劳福德先生比较细心，建议让姑娘们到她们要去的商店去一趟。这并没有耽搁他们多少时间，因为范妮生怕惹得别人不耐烦，或是让别人等自己，两位先生站在门口刚开始谈到最近颁布的海军条例，以及共有多少现役的三层甲板军舰，他们的两个同伴已经买完了东西，可以走了。

于是，大家这就动身去海军船坞。照克劳福德先生的看法，若是完全由普莱斯先生做主，他是不可能把路带好的。克劳福德先生发现，普莱斯先生会领着他们急匆匆地往前走，让两个姑娘在后面跟，是否能跟上他一概不管。克劳福德先生想不时地改变一下这种状况，尽管改变不到他所希望的程度。他绝对不愿意远离她们，每逢到了十字路口或者人多的地方，普莱斯先生只是喊一喊："来，姑娘们——来，范——来，苏——小心点——要十分当心。"而克劳福德先生却特地跑回去关照她们。

一进入海军船坞，他觉得他有希望和范妮好好谈谈了，因为他们进来不久，便遇到了一个常和普莱斯先生一起厮混的朋友。他是来执行日常任务，察看情况的，由他陪伴普莱斯先生，自然比克劳福德先生来得合适。过了不久，两位军官便乐呵呵地走在一起，谈起了他们同样感兴趣并且永远感兴趣的事情，而几位年轻人或者坐在院里的木头上，或者在去参观造船台的时候在船上找个座位坐下。范妮需要休息，真是再好不过了。她觉得疲劳，想坐下来歇一歇，这是克劳福德先生求之不得的。不过，他还希望她妹妹离得远一些。像苏珊这么大的目光敏锐的姑娘可是世界上最糟糕的第三者了——与伯特伦夫人完全不同——总是瞪着眼睛，竖着耳朵，在她面前就没法说要紧的话，他只能满足于一般的客客气气，让苏珊也分享一份快乐，不时地对心中有数的范妮递个眼色，给个暗示。他谈得最多的是诺福克，他在那里住了一段时间，由于执行了他的改造计划，那里处处都越发了不得。他这个人不论从什么地方来，从什么人那里来，总会带来点有趣的消息。他的旅途生活和他认识的人都是他的谈资，苏珊觉得极为新鲜有趣。除了他那些熟人的偶然趣事之外，他还讲了一些别的事情，那是讲给范妮听的。他讲了讲他在这个不寻常季节去诺福克的具体原因，以博得她的欢心。他还真是去办事的，重订一个租约，原来的租约危及了一大家子（他认为是）勤劳人的幸福。他怀疑他的代理人在耍弄诡秘伎俩——企图使他对好好干的人产生偏见——因此他决定亲自跑一趟，彻底调查一下这里面的是非曲直。他去了一趟，所做的好事超出了自己的预料，帮助的人比原来计划的还要多，现在真可以为此而自我庆贺，觉得由于履行了自己的义务，心里一想起来就感到欣慰。他会见了一些他过去从未见过的佃户，访问了一些农舍，这些农舍虽然就在他的庄园上，但他一直不了解。这话是说给范妮听的，而且收到良好效果。听他说得这么有分寸，真令人高兴。他在这件事上表现得颇为得体。跟受压迫的穷人做朋友啊！对范妮来说，再没有什么比这更可喜的了。她刚想向他投去赞赏的目光，却突然给吓回去了，因为克劳福德先生又赤裸裸地加了一句：希望不久能有一个助手，一个朋友，一个指导者，跟他共同实施埃弗灵厄姆的公益和慈善计划，能有一个人把埃弗灵厄姆及其周围的一切整治得更加称心如意。

范妮把脸转向一边，希望他不要再说这样的话。她愿意承认，他的好品质也许比她过去想象的多。她开始感到，他最后有可能变好，但他对她一点不适合，而且永远不适合，他不应该再打她的主意。

克劳福德先生意识到，埃弗灵厄姆的事情谈得够多了，应该谈点别的事情了，于是把话题转到了曼斯菲尔德。这个话题选得再好不过了，几乎刚一开口就把她的注意力和目光吸引了回来。对她来说，不管是听别人讲起曼斯菲尔德，还是自己讲起曼斯菲尔德，还真让她着迷。她和熟悉这个地方的人分别了这么久，现在听到他提起这个地方，觉得像是听到了朋友的声音。他赞美起了曼斯菲尔德的美丽景色和舒适生活，引起她连连赞叹；他夸奖那里的人，说她姨父头脑机灵，心地善良，说她姨妈性情比谁都和蔼可亲，真让她满心高兴，也跟着热烈称赞。

克劳福德先生自己也非常眷恋曼斯菲尔德，他是这么说的。他盼望将来把大部分时间都消磨在那里——始终住在那里，或者住在附近一带。他特别指望今年能在那里度过一个非常快乐的夏天和秋天，他觉得会办得到的，他相信会实现的，这个夏天和秋天会比去年夏天和秋天好得多。像去年一样兴致勃勃，一样丰富多彩，一样热闹——但是有些情况要比去年好到不可言传的地步。

"曼斯菲尔德,索瑟顿,桑顿莱西,"他接着说,"在这些大宅里会玩得多么开心啊!到了米迦勒节,也许还会加上第四个去处,在每个去处附近建一个狩猎小屋——埃德蒙·伯特伦曾热情地建议我和他一起住到桑顿莱西,我有先见之明,觉得有两个原因不能去,两个充分的、绝妙的、无法抗拒的原因。"

听他这么一说,范妮越发沉默不语了。可事过之后,她又后悔没有鼓起勇气表示自己明白其中的一个原因,鼓励他再多讲讲他妹妹和埃德蒙的情况。她应该把这个问题提出来,但她畏畏缩缩地不敢提,不久就再也没有机会提了。

普莱斯先生和他的朋友把他们要看或者有工夫看的地方都看过了,其他人也准备一起动身回去了。在回去的路上,他处心积虑地找了个机会,跟范妮说了几句悄悄话,说他来朴次茅斯的唯一目的就是看看她,他来住上一两天就是为了她,仅仅为了她,他再也受不了长久的分离了。范妮感到遗憾,非常遗憾。然而,尽管他说了这话,还说了两三件她认为不该说的事,她还是觉得自从分别以来他已有了很大长进。比起上次在曼斯菲尔德见到的时候,他变得文雅多了,对人恳切多了,也能体贴别人的心情。她从来没有见到他这么和蔼可亲——这么近乎和蔼可亲。他对她父亲的态度无可指摘,他对苏珊的关注更有一种特别亲切、特别得体的味道。他有了明显的长进。她希望第二天快一点过去,希望他在这里住一天就走——不过,事情并不像她原先预料的那么糟糕,他们谈起曼斯菲尔德来真是其乐融融啊!

临别之前,范妮还得为另一桩乐事感谢他,而且这还不是一桩区区小事。他父亲请他赏光来和他们一起吃羊肉,范妮心里刚感到一阵惊慌,他就声称他已有约在先,不能应邀前往了。他已约好当天和第二天要跟别人一起就餐。他在皇冠旅社遇到了几个熟人,定要请他吃饭,他无法推辞。不过,他可以在第二天上午再来拜访他们。他们就这样分手了,范妮由于避免了这么可怕的灾难,心里感到不胜欣慰!

让他来和她家里人一起吃饭,把家里的种种缺陷都暴露在他面前,这该有多么可怕呀!丽贝卡做的那种饭菜,侍候进餐的那种态度,贝齐在饭桌上毫无规矩的那副吃相,看见什么好吃的就往自己面前拉,这一切连范妮都看不惯,经常因此吃不好饭。她只不过因为天生知趣一点而看不惯,而他却是在荣华富贵、讲究吃喝中长大的。

第十一章

第二天普莱斯一家人正要动身去做礼拜,克劳福德先生又来了。他不是来做客的,而是和他们一起去做礼拜。他们邀他一起去驻军教堂,这正中他的下怀,于是他们一道向驻军教堂走去。

这家人现在看上去还真不错。他们天生就有不菲的美貌,每逢礼拜天就洗得干干净净,穿上最好的衣服。礼拜天常给范妮带来这种慰藉,这个礼拜天尤其如此。她那可怜的母亲往往看起来不配做伯特伦夫人的妹妹,今天就很像个样子。她一想到她母亲与伯特伦夫人之间的差异——想到先天的因素并没给她们带来多少差别,而后天的境遇给她们造成的差别却那么大,常常感到伤心不已。她母亲和伯特伦夫人一样漂亮,还比她年轻几岁,但比起她来这么枯槁憔悴,日子过得这么拮据,人这么邋遢,这么寒酸。不过,礼拜天却使她变成了一个非常体面、看上去还算快活的普莱斯太太,领着一群漂亮孩子,一时忘了平日的操心事,只是看到孩子们有什么危险,或者丽贝卡帽子上插着一朵花从她身边走过时,她才感到心烦。

进了小教堂，他们得分开就座，但克劳福德先生却尽量不跟几位女眷分开。做完礼拜之后，他仍然跟着她们，夹在她们中间走在大堤上。

一年四季，每逢星期天天朗气清，普莱斯太太都要在大堤上散散步，总是一做完礼拜便直接去那里，直到该吃正餐时才回去。这是她的交游场所，在这里见见熟人，听点新闻，谈谈朴次茅斯的仆人如何可恶，打起精神去应付接踵而来的六天生活。

现在他们就来到了这个地方。克劳福德先生极为高兴，认为两位普莱斯小姐是由他专门照顾的。到了大堤上不久，不知怎么地——说不清是怎么回事——范妮也完全没有想到，他居然走在她们姊妹俩中间，一边挽着一个人的胳膊，她不知道如何制止，也不知道如何结束这种状况。这使她一时感到很不自在——然而由于风和日暖，景色绮丽，她还从中得到不少乐趣。

这一天天气特别宜人。其实只是三月，但天气温和，微风轻拂，阳光灿烂，偶尔掠过一抹乌云，完全像是四月光景。在这天气的感染下，万物显得绚丽多姿，在斯皮特黑德的舰船上，以及远处的海岛上，只见云影相逐，涨潮的海水色调变化莫测，大堤边的海浪澎湃激荡，发出悦耳的声响，种种魅力汇合在一起，逐渐地使范妮对眼下的处境几乎不在意了。而且，若不是克劳福德先生用手臂挽着她，她要不了多久就会意识到她需要这只手臂，因为她没有力气这样走两个钟头。一个星期不活动了，一般都会出现这种情况。范妮开始感到中断规律活动的影响，自到朴次茅斯以后，她的身体已经不如以前，如果不是克劳福德先生扶持，不是因为天公作美，她早就筋疲力尽了。

克劳福德先生像她一样感受到了天气宜人、景色迷人。他们常常情趣相投地停下脚步，依着墙欣赏一会儿。他虽然不是埃德蒙，范妮也不得不承认他能充分领略大自然的魅力，很能表达自己的赞叹之情。她有几次在凝神遐想，他趁机端详她的面孔，她却没有察觉。他发现她虽然还像过去一样迷人，但脸色却不像以前那样容光焕发了。她说她身体很好，不愿让别人觉得她身体不好。但是，从各方面看来，他认为她在这里的生活并不舒适，因而也不利于她的健康。他渴望她回到曼斯菲尔德，她在那里会快活得多，他自己在那里见到她也会快活得多。

"我想你来这里有一个月了吧？"他说。

"没有，还不满一个月。从离开曼斯菲尔德那天算起，到明天才四个星期。"

"你计算得真精确，真实在呀。让我说，这就是一个月。"

"我是星期二晚上才到这里的。"

"你打算在这里住两个月，是吧？"

"是的。我姨父说过住两个月。我想不会少于两个月。"

"你到时候怎么回去呢？谁来接你呢？"

"我也不知道。我姨妈来信还没提过这件事。也许我要多住些日子。一满两个月就来接我，恐怕没有那么方便。"

克劳福德先生思索了一会儿，说道："我了解曼斯菲尔德，了解那里的情况，了解他们错待了你。我知道他们可能把你给忘了，是否关照你还得看家里人是否方便。我觉得，要是托马斯爵士亲自来接你或者派你姨妈的使女来接你会影响他下季度的计划，他们会让你一个礼拜一个礼拜地住下去。这样可不行。让你住两个月实在太长了，我看六个星期足够了。我担心你姐姐的身体，"他对苏珊说道，"朴次茅斯没有个活动的地方，这不利于她的身体。她需要经常透透气，活动活动。你要是像我一样了解她，我想你一定会认为她的确有这个需要，认为不应该让她长期脱离乡间的新鲜空气和自由自在的生活。因此（又转向范妮），你要是发现自己身体不好，而回曼斯菲尔德又有困难的话——那也不用等到住满两个月——这本来就没有什么大不了的，你要是觉得身体不如从前，有什么不舒服的话，只需要告诉我妹妹，只需要向她稍微暗示一下，她和我就会马上赶来，把你送回曼斯菲尔德。你知道这对我是轻而易举的事，我也非常乐意这样做。你知道那时我们会是什么样的心情。"

范妮对他表示感谢，但是想要一笑了之。

"我绝对是认真的，"克劳福德先生答道，"这你绝对是清楚的。我希望你要是有身体不适的迹象，可不要狠心地瞒着我们。真的，你不会隐瞒，也隐瞒不了。我知道你不会说假话，也不会在信里撒谎，你给玛丽的每封信里只有明确表示'我很好'，我们才会认为你身体无恙。"

范妮再次向他道谢，但她情绪受到了影响，心里有些烦，也就不想多说话，甚至也不知道说什么好。这时他们也快走到终点了。他把她们送到了家，到了家门口才向她们告别。他知道她们就要吃饭了，便推托说别处有人在等他。

"真不该把你累成这样，"别人都进到了房里，他仍然缠住范妮说，"真不忍心把你累成这样。要不要我在城里替你办什么事儿？我心里在琢磨是否最近再去一趟诺福克。我对麦迪逊很不满意。我敢说他还在设法骗我,想把他的一个亲戚弄到磨坊去,顶掉我想安排的人。我必须和他讲清楚。我要让他知道,他在埃弗灵厄姆的北边糊弄不了我,在埃弗灵厄姆的南边也蒙骗不了我,我的财产由我来当家。我以前对他还不够直言不讳。这样的人在庄园上做起坏事来,对主人的名誉和穷人的安康所造成的危害,简直令人难以置信。我真想立即回一趟诺福克,把什么事情都安排妥当,让他今后想捣鬼也捣不成。麦迪逊是个精明人,我不想撤换他——如果他不想取代我的话。不过,让一个我不欠他分毫的人捉弄我,那岂不是太傻了;让他把一个冷酷贪婪的家伙塞给我当佃户,顶掉一个我已基本答应要的正派人,那岂不是傻上加傻了。难道不是傻上加傻吗?我要不要去?你同意我去吗?"

"我同意!你很清楚该怎么办。"

"是的。听到你的意见,我就知道该怎么办了。你的意见就是我的是非准则。"

"噢,不!不要这么说。我们人人都有自己的判断力,只要我们能听从自己的意见,那比听任何人的意见都好。再见,祝你明天旅途愉快。"

"没有什么事要我在城里替你办吗?"

"没有,谢谢你。"

"不给谁捎个信吗?"

"请代我问候你妹妹。你要是见到我表哥——埃德蒙表哥,劳驾你告诉他说——我想我很快会收到他的信。"

"一定照办。要是他懒得动笔,或者不放在心上,我就写信告诉你他为什么不来信。"

克劳福德先生无法再说下去了，因为范妮不能再不进屋了。他紧紧地握了握她的手，看了看她，然后走掉了。他去和别的熟人一起消磨了三个小时，然后去一家高级酒店享受了一顿最佳的饭菜，而她却转身回家吃了一顿简单的晚餐。

她家的日常饮食与他的完全不同。他要是能想到她在父亲家里，除了没有户外活动外，还要吃多少苦的话，他会奇怪她的脸色怎么没受更大的影响，变得难看得多呢。丽贝卡做的布丁和肉末土豆泥，她简直没法吃，而且盛菜的盘子不干不净，吃饭用的刀叉更脏，她常常不得不拖延着不吃这丰盛的饭菜，到晚上打发弟弟给她买点饼干和面包。她是在曼斯菲尔德长大的，现在到朴次茅斯来磨练已经太晚了。托马斯爵士要是知道这一切，即便认为外甥女从身体到精神这样饥饿下去，倒有可能大为看重克劳福德先生的深情厚谊和丰裕资产，他大概也不敢把他的这种实验继续下去，不然，想纠正她的毛病却要了她的命。

范妮回来后，心情一直不好。虽然可以确保不再见到克劳福德先生，但她还是提不起精神。刚才跟她告别的这个人总还算是朋友，虽然从某种意义上说她很高兴摆脱了，但她现在像是被人人遗弃了似的，颇有几分再次离开曼斯菲尔德的滋味。她一想到他回城后会经常与玛丽和埃德蒙相聚，心里不免有点嫉妒，并因此而恨自己。

周围发生的事情丝毫没有减轻她的低落情绪。她父亲有一两个朋友，他要是不陪他们出去，他们总要在晚上来坐很长很长时间，从六点钟一直坐到九点半，不停地吵闹、喝酒。她心情十分沮丧。她唯一感到安慰的是，她觉得克劳福德先生取得了令人惊异的进步。她没有想到她过去是拿他和曼斯菲尔德的人相比,而现在是拿他和这里的人相比,两地的人大不相同,相比之下会有天壤之别。她深信他现在比过去文雅多了,对别人也关心多了。在小事情上如此,难道在大事情上就不会如此了吗?他这么关心她的身体和安适,这么体贴人,不仅表现在言语上,从神情上也看得出来,在这种情况下,难道不可以设想,要不了多久他就会不再令她这么讨厌地苦苦追求她吗?

第十二章

克劳福德先生想必是第二天上午就动身去伦敦了,因为再也没见他来过普莱斯先生家。两天后,范妮收到了他妹妹的一封来信,证明他确实是第二天走的。范妮一收到这封信,因为急于想了解另外一桩事,便连忙打开了,怀着极大的兴趣,急匆匆地读了起来。

我最亲爱的范妮,我要告诉你,亨利到朴次茅斯看过你了,上星期六他和你一起去海军船坞快活地玩了一趟,第二天又和你一起在大堤上散步。你那可爱的面庞、甜蜜的话语,与清馨的空气、闪烁的大海交相辉映,极其迷人,搞得他心潮激荡,现在回忆起来还欣喜若狂。我所了解的,主要就是这些内容。亨利让我写信,可我不知道别的有什么可写的,只能提一提他这次朴次茅斯之行,他那两次散步,以及他被介绍给你家里的人,特别是介绍给你的一个漂亮的妹妹,一个漂亮的十五岁姑娘。你这位妹妹跟你们一起在大堤上散步，我想你们给她上了爱情的第一课。我没有时间多写，不过即使有时间，也不宜多写，因为这只是一封谈正事的信，旨在传达一些必得传达、耽搁不得的消息。我亲爱的、亲爱的范妮，如果你在我跟前，我有多少话要对你说啊！我有让你听不完的话，你更会有给我出不完的主意。我有千言万语想讲给你听，可惜信里连百分之一也写不下，因此就索性作罢，由你随便去猜吧。我没有什么新闻告诉你。政治上的新闻你当然了解得到，我要是把我连日参加的舞会和应酬的人们一一向你罗列，那只会惹你厌烦。我本该向你描绘一下你大表姐第一次举办舞会的情景，可我当时懒得动笔，现在已成了陈谷子烂芝麻。可以一言以蔽之：一切都办得很得体，亲朋们都很满意，她的穿戴和风度使她极为风光。我的朋友弗雷泽太太真高兴能住上这样的房子，我要是能住这样的房子也会称心的。复活节过后，我去看过斯托诺韦夫人。她看上去情绪很好，也很快活。我想斯托诺韦勋爵在家里一定脾气很好，非常和蔼，现在我觉得他不像以前那么难看了，你至少会看到许多更难看的人。他跟你表哥埃德蒙比起来可就逊色多了。对于我刚提到的这位出众的人物，我该说些什么呢？如果我完全不提他的名字，你看了会起疑心。那么，我就说吧。我们见过他两三次，我这里的朋友们都对他印象很深，觉得他风度翩翩，一表人才。弗雷泽太太是个有眼力的人，她说具备像他这样的长相、身材和风度的人，她在伦敦只看见过三个。我必须承认，几天前他在我们这里吃饭的时候，席间没有一个人能和他相比，而在座的有十六个人之多。幸运的是，如今服装上没有差别，看不出什么名堂。但是——但是——但是……

你亲爱的

我差一点忘记（这都怪埃德蒙，他搅得我心猿意马），我得替亨利和我本人讲一件非常重要的事，我是指我们要把你接回北安普敦。我亲爱的小宝贝，别再待在朴次茅斯了，免得失去你的美貌。恶劣的海风能毁掉美貌和健康。我那可怜的婶母只要离海十英里以内，总是觉得不舒服。海军将军当然不信，可我知道就是那么回事。我听你和亨利的吩咐，接到通知一个小时后便可动身。我赞成这个计划，我们可以稍微绕个弯，顺路带你去看看埃弗灵厄姆。也许你不会反对我们穿过伦敦，到汉诺威广场的圣乔治教堂里面瞧瞧。只是在这期间不要让我见到你埃德蒙表哥，我不想让他搅乱我的心。信写得太长啦！再说一句吧。我发觉亨利想再去一趟诺福克，办一桩你赞成的事情。不过，这事在下周中之前还办不成，也就是说，他在十四号之前无论如何走不了，因为十四号晚上我们要举办舞会。像亨利这样一个男人在这种场合能有多么重要，你是想象不到的，那就让我告诉你吧，那是无法估量的。他要见见拉什沃思夫妇。我倒不反对他见见他们——他有点好奇——我认为他是有点好奇，尽管他自己不会承认。

这封信她迫不及待地匆匆看了一遍，又从容不迫地细读了一遍，信里的内容颇费揣摩，读后使她对每件事越发捉摸不定。从信中看来，唯一可以肯定的是，事情尚未定局。埃德蒙还没有开口。克劳福德小姐心里究竟是怎么想的，她想要怎么办，她会不会放弃她的意图，或者违背她的意图，埃德蒙对她是否还像分别前那么重要，如果不像以前那么重要，那么是会越来越不重要呢，还是会重新变得重要起来，这些问题让她猜来猜去，考虑了多少天也没得出个结论。她脑子里出现最多的一个念头，是克劳福德小姐恢复了伦敦的生活习惯之后，原来的热情可能冷下来，决心可能有所动摇，但她最终可能因为太喜欢埃德蒙，而不会放弃他。她可能抑制自己的情感，去更多地考虑世俗的利益。她可能会犹豫，可能会戏弄他，可能会规定一些条件，可能会提出很多要求，但她最终会接受他的求婚。这是范妮心头最常出现的揣测。在伦敦给她弄一幢房子！她觉得这绝对是不可能的。不过，很难说克劳福德小姐会有什么不敢要的。看来她表哥的处境越来越糟。这个女人这么议论他，而且只议论他长相如何！这算什么爱呀！还要从弗雷泽太太对他的夸奖中汲取动力！而她还和他亲密无间地相处了半年呢！范妮替她害臊。信中有关克劳福德先生和她本人的那部分，相对来说对她触动不大。克劳福德先生是十四号前还是十四号后去诺福克与她毫不相干，不过，从各方面看来，她觉得他会很快就去的。克劳福德小姐居然想让他和拉什沃思太太相见，真是恶劣至极，纯属胡闹，存心不良。她希望他可不要受这堕落的愿望所驱使。他曾说过他对拉什沃思太太丝毫无意，做妹妹的应该承认，他的感情比她来得健康。

　　范妮收到这封信后，更加急切地盼望伦敦再来信。一连几天，她一门心思在盼信，什么来过的信，可能来的信，搅得她心神不宁，连她平时和苏珊一起的读书和聊天都中断了。她想控制自己的注意力，却控制不住。如果克劳福德先生把她的话转告了她表哥，表哥无论如何都会给她写信的，她觉得这很有可能，极有可能。他平时一贯待她挺好，因此不会不给她来信的。她一直心神不宁，坐立不安，三四天仍未见到来信，她才渐渐断了这个念头。

最后，她终于平静了一点。这件事只能搁在脑后，不能为它过分劳神，什么也不干。时间起了点作用，她的自我克制也起了些作用，她又关心起苏珊来，而且像以前一样认真。

苏珊已经非常喜欢她了。她虽然不像范妮小时候那样酷爱读书，生性也不像范妮那样坐得住，也不像范妮那样渴求知识，但她又极不愿意在别人眼里显得自己一无所知。在这种情况下，再加上头脑机灵，她就成了一个非常用心、长进很快、知道感恩的学生。范妮成了她心目中的圣人。范妮的讲解和评论成了每篇文章和每章历史极为重要的补充。范妮讲起过去，比哥尔德斯密斯[1]书里写的让她记得更牢。她赞赏姐姐的解释比哪个作家来得都好。她的不足之处是小时候没有养成读书的习惯。

不过，她们的谈话并非总是局限于历史、道德这样高雅的话题，其他问题她们也谈。在那些次要的问题中，她们最常谈的、谈得时间最久的，还是曼斯菲尔德庄园，那里的人，那里的规矩，那里的娱乐，那里的习俗。苏珊生来就羡慕温文尔雅、礼貌周全的人们，因此便如饥似渴地听着，范妮也就津津乐道起来。她觉

---

[1] 哥尔德斯密斯（约1730—1774），英国诗人、剧作家、小说家。

得她这样做并没有错。可是过了一会儿，苏珊对姨父家的一切都艳羡不已，真巴不得自己能去一趟北安普敦郡。这似乎是在责怪范妮，她不该在妹妹心里激起这种无法满足的愿望。

可怜的苏珊几乎和姐姐一样不适应自己的家了。范妮完全能理解这一点。她开始在想，当她脱离朴次茅斯的时候，自己也不会十分愉快，因为她要把苏珊撂在这里。这样一个可以塑造的好姑娘，却要被丢在这样的环境里，她心里越想越不是滋味。她要是有一个家，能把妹妹接去，那该有多好啊！她要是能回报克劳福德先生对她的爱，他绝不会反对她把妹妹接去，那会给她自己增加多大的幸福。她觉得他的脾气的确很好，会非常乐意支持她这样做的。

第十三章

两个月的时间差不多已过去了七个星期,这时范妮才收到了那封信,她盼望已久的埃德蒙的来信。她打开了信,一见写得那么长,便料定信里会详细描写他如何幸福,尽情倾诉他对主宰他命运的那位幸运的人儿的千情万爱和溢美之词。内容如下:

曼斯菲尔德庄园

亲爱的范妮:

原谅我没有早些给你写信。克劳福德告诉我说,你在盼我来信,但我在伦敦时无法给你写,心想你能理解我为什么沉默。如果我有好消息报告,我是绝不会不写的,可惜我没有什么好消息可以报告。我离开曼斯菲尔德的时候,心里还有把握的话,待回到曼斯菲尔德的时候,就不那么有把握了。我的希望大大减少了。这一点你大概已经感觉到了。克劳福德小姐那么喜欢你,自然会向你剖白心迹,因此,我的心境如何,你大体上也会猜到。不过,这并不妨碍我直接写信告诉你。我们两人对你的信任无需发生冲突。我什么也不问了。我和她有一个共同的朋友，我们之间无论存在多么不幸的意见分歧，我们却一致地爱着你，想到这里，就感到几分欣慰。我很乐意告诉你我现在的情况，以及我目前的计划，如果我可以说是还有计划的话。我是星期六回来的。我在伦敦住了三个星期，就伦敦的标准来说，经常见到她。弗雷泽夫妇对我非常关心，这也是意料之中的。我知道我有些不理智，居然希望能像在曼斯菲尔德时那样来往。不过，问题不在见面次数的多少，而是她的态度。我见到她时要是发现她和以前有所不同，我也不会抱怨。但她从一开始就变了，接待我的态度完全出乎我的意料，我几乎要马上离开伦敦。具体情况我不必细说了。你知道她性格上的弱点，能想象得到她那使我感到痛苦的心情和表情。她兴高采烈，周围都是些思想不健康的人，她的思想本来就过于活跃，他们还要拼命怂恿她。我不喜欢弗雷泽太太。她是个冷酷无情、爱慕虚荣的女人。她完全是为了贪财而结婚的，婚姻显然是不幸的，但她认为这不幸不是由她动机不纯、性情不好，以及双方年龄悬殊造成的，而是由于她说到底不如她所认识的许多人有钱，特别是没有她妹妹斯托诺韦夫人有钱。因此，谁只要表现出一定程度的贪图钱财和爱慕虚荣，她就会起劲地为之推波助澜。克劳福德小姐和这姊妹俩关系亲密，我认为这是她和我生活中的最大不幸。多年来她们一直在把她往邪路上引。要是能把她跟她们拆开就好啦！有时候我觉得这并非办不到，因为据我看来，她们之间主要还是那姊妹俩情意深一些。她们非常喜欢她，但是我相信，她并不像爱你那样爱她们。我一想到她对你的深情厚谊，想到她作为小姑子表现得那么明白事理，那么心地光明，像是变成了另一个人，一个行为高尚的人，我真想责备自己不该对她过于苛求，她只不过性情活跃一些。我不能舍弃她，范妮。她是世界上我唯一想娶的女人。如果我认为她对我无意，我当然不会这么说，可我的确认为她对我有意。我相信她肯定喜欢我。我不嫉妒任何人，我嫉妒的是时髦世界对她的影响。我担心的是财富给人带来的习性。她的想法并没有超出她的财产所允许的范围，但是把我们的收入加在一起也维持不了她的需要。不过，即便如此我也感到一种安慰。由于不够有钱而失去她，总比由于职业原因失去她，心里觉得好受些。这只能说明她还没有达到为了爱可以做出牺牲的地步，其实我也不该要求她为我做出牺牲。如果我遭到拒绝，我想这就是她的真实动机。我认为她的偏见没有以前那么深了。亲爱的范妮，我把我的想法如实地告诉了你，这些想法有时也许是互相矛盾的，却忠实地代表着我的思想。既然说开了头，我倒情愿把我的心思向你和盘托出。我不能舍弃她。我们交往已久，我想还要继续交往下去，舍弃了玛丽·克劳福德，就等于失去了几个最亲爱的朋友，就等于自绝于不幸时会给我带来安慰的房屋和朋友。我应该明白，失去玛丽就意味着失去克劳福德和范妮。如果事情已定，我当真遭到了拒绝，我想我倒该知道如何忍受这个打击，知道如何削弱她对我心灵的控制——在几年的时间内——可我在胡说些什么呀——如果我遭到拒绝，我必须承受得住。

在没有遭到拒绝之前，我绝不会放弃努力。这才是正理。唯一的问题是如何争取？什么是最切实可行的办法？我有时想复活节后再去一趟伦敦，有时又想等她回曼斯菲尔德再说。就是现在，她还乐滋滋地说六月份要回曼斯菲尔德。不过，六月份还很遥远，我想我要给她写信的。我差不多已经打定主意，通过书信来表明心迹。我的主要目标是早一点把事情弄个明白。我目前的处境实在让人烦恼。从各方面考虑，我觉得最好还是在信中解释。有好多话当面不便说，信里可以写。这样还可以让她从容考虑后再回答。我不怕她从容考虑后再答复，而怕她凭一时冲动匆匆答复。我想我就是这样的。我最大的危险是她征求弗雷泽太太的意见，而我离得太远，实在无能为力。她收到信后肯定会找人商量，在她没有下定决心之前，有人在这不幸的时刻出出主意，就会使她做出她日后可能后悔的事情。我要再考虑一下这件事。这么长的一封信，尽谈我个人的事，尽管范妮对我好，也会看得不耐烦的。我上次是在弗雷泽太太举办的舞会上见到克劳福德的。就我的耳闻目睹，我对他越来越满意。他丝毫没有动摇。他完全了解自己的心思，坚定不移地履行他的决心——这种品质真是难能可贵。我看见他和我大妹妹待在一间屋里，就不免想起你以前对我说的那些话，我可以告诉你，他们见面时关系并不融洽。我妹妹显然很冷淡。他们几乎都不说话。我看到克劳福德畏缩不前，张皇失措。拉什沃思太太身为伯特伦小姐时受过冷落，至今还耿耿于怀，使我感到遗憾。你也许想听一听玛丽亚婚后是否快活。看上去她没有什么不快活的。我想他们相处得很好。我在温普尔街吃过两次饭，本来还可以多去几次，但是和拉什沃思这样一个妹夫在一起，我觉得不光彩。朱莉娅似乎在伦敦玩得特别开心。我在那里就不怎么开心了——但回到这里就越发郁郁寡欢了。一家人死气沉沉。家里非常需要你。我无法用言语表达如何思念你。我母亲极其惦念你，盼你早日来信。她无时无刻不在念叨你，一想到还要过那么多个星期她才能见到你，我不禁为她难过。我父亲打算亲自去接你，但要等到复活节以后他去伦敦料理事务的时候。希望你在朴次茅斯过得快活，但今后不要每年都去。我要你待在家里，好就桑顿莱西的事情征求你的意见。我只有确知它会有一位女主人之后，才有心思去进行全面的改建。我想我一定要给你写信。格兰特夫妇已经确定去巴思，准备星期一离开曼斯菲尔德。我为此感到高兴。我心情不好，不愿和任何人来往。不过，你姨妈似乎有点不走运，曼斯菲尔德这么一条重大新闻居然由我而不是由她来写信告诉你。

你永久的朋友

"我永远不——我绝不希望再收到一封信，"范妮看完这封信后暗自声称，"这些信除了失望和悲伤还能给我带来什么？复活节后才来接我！我怎么受得了啊？可怜的姨妈无时无刻不在念叨我呀！"

范妮竭力遏制这些思绪，可不到半分钟工夫，她又冒出了一个念头：托马斯爵士对姨妈和她太不厚道。至于信里谈的主要问题——那也没有什么地方可以平息她的愤怒。她几乎对埃德蒙感到不快和气愤。"这样拖下去没有什么好处，"她说，"为什么定不下来呢？他是什么也看不清了，也没有什么东西能使他睁开眼睛。事实摆在他面前那么久他都看不见，那就没有什么东西能打开他的眼睛。他就是要娶她，去过那可怜巴巴的苦日子。愿上帝保佑，不要让他因为受她的影响而失去体面！"她把信又读了一遍。"那么喜欢我！完全是瞎说。她除了爱她自己和她哥哥以外，对谁都不爱。她的朋友们'多年来一直在把她往邪路上引'！很可能是她把她们往邪路上引。也许她们几个人在互相腐蚀。不过，如果她们喜欢她远远胜过她喜欢她们，那她受到的危害就应该轻一些，只不过她们的恭维对她没起什么好作用。'世界上我唯一想娶的女人！'这我完全相信。这番痴情将会左右他一辈子。不论对方接受他还是拒绝他，他的心已经永远交给她了。'失去玛丽就意味着失去克劳福德和范妮。'埃德蒙，你根本不了解我。如果不是你来做纽带，这两家人绝不会联结在一起。噢！写吧，写吧。马上结束这种状况，别总这样悬在那里。定下来，承诺下来，让你自己受罪去吧。"

不过，这种情绪太接近于怨恨，不会长时间地支配范妮的自言自语。过了不久，她的怨气就消了，只剩下了伤心。他的热情关怀，他的亲切话语，他的推诚相见，又深深触动了她的心弦。他对人人都太好了。总而言之，她太珍惜这封信了，简直是她的无价之宝。这便是最后的结果。

凡是喜欢写信而又没有多少话可说的人，至少包括众多女性在内，必然都会同情伯特伦夫人，觉得曼斯菲尔德出现格兰特夫妇要走这样的特大新闻，她居然未能加以利用，还真有些不走运。他们会认为，这消息落到她那不知好歹的儿子手里，被他在信的结尾寥寥几笔带过，实在令人生气。若是由做母亲的来写，至少会洋洋洒洒地写上大半张。伯特伦夫人还就善于写信。原来，她在结婚初期，由于闲着无事可做，加上托马斯爵士常在国会，因此便养成了写信的习惯，练就了一种令人称道的、拉家常似的、挥挥洒洒的风格，一点点小事就够她写一封长信。当然，完全无事可写的时候，她也是写不出来的。她总得有点东西可写，即使对外甥女也是如此。她很快就要失去格兰特博士的痛风病和格兰特太太的上午拜访为她写信提供的便利了，现在又要剥夺她一次报道他们情况的机会，这对她来说是很残酷的。

然而，她得到了很大的补偿。伯特伦夫人的幸运时刻来临了。范妮接到埃德蒙的信后没过几天，就收到了姨妈的一封来信，开头是这么写的：

亲爱的范妮：

我提笔告诉你一个非常惊人的消息，相信你一定非常关心。

这比提笔告诉她格兰特夫妇准备旅行的详情细节要强得多，因为这类消息真够她挥笔报道好多天的。原来，她从几小时前收到的快信中获悉，她的大儿子病情严重。

汤姆和一帮年轻人从伦敦到纽马克特[1]，从马上摔下来后没有马上就医，接着又大肆酗酒，结果发烧了。等众人散去，他已经

---

[1] 纽马克特：伦敦东北的市镇，以赛马著称。

不能动弹了，独自待在其中一个人的家里，病痛孤寂之中，只有仆人相陪伴。他原希望马上病好去追赶他的朋友们，不想病情却大大加重了。没过多久，他觉得自己病情严重，便同意了医生的意见，给曼斯菲尔德发来了一封信。

"你可以想象得到，"伯特伦夫人讲完了主要内容之后又写道，"这不幸的消息使我们深为不安。我们不由得大为惊骇，为可怜的病人忧心如焚。托马斯爵士担心他的病情危急，埃德蒙怀着一片深情，提出马上前去看护哥哥。不过，我要欣慰地告诉你，在这令人心急火燎的时刻，托马斯爵士不打算离开我，怕我会受不了。埃德蒙一走，我们剩下的几个人未免太可怜了。不过，我相信而且也希望，他发现病人的病情没有我们想象的那么可怕，能很快把他带回曼斯菲尔德。托马斯爵士叫他尽快把他带回来，他认为从哪方面考虑，这都是个上策。我希望能很快把这可怜的病人接回来，而又不至于引起很大的不便，或造成很大的伤害。我深知你对我们的感情，亲爱的范妮，在这令人焦心的情况下，我会很快再给你写信。"

范妮此时的感情还真比她姨妈的文风要热烈得多、真挚得多。她真替他们个个焦急。汤姆病情严重，埃德蒙去看护他，曼斯菲尔德剩下了可怜巴巴的几个人，她一心惦念着他们，别的什么也顾不得了，或者说几乎什么也顾不得了。她只有一点自私的念头，那就是猜测埃德蒙在接到消息之前，是否已经给克劳福德小姐写过信了，但是能久久盘踞在她心头的，都是纯真的感情和无私的焦虑。姨妈总是惦记着她，一封又一封地给她来信。他们不断收到埃德蒙的报告，姨妈又不断用她那冗赘的文体把情况转告范妮，信里依然混杂着推测、希望和忧虑，这些因素在乱糟糟地互相伴随，互相滋生。这是故作惊恐。伯特伦夫人没有亲眼看到的痛苦，对她的想象没有多大的影响。在汤姆没有被接回曼斯菲尔德，她没有亲眼看到他那变了样的容颜之前，她写起她的焦虑不安和可怜的病人来，心里总是觉得很轻松。后来，她给范妮写的一封信终于写好了，结尾的风格大不相同，用的是表达真实情感、真正惊恐的语言。这时，她写的正是她内心的话。"亲爱的范妮，他刚刚回来，已被抬到楼上。我见到他大吃一惊，不知道怎么办是好。我看得出他病得很厉害。可怜的汤姆，我真为他伤心，心里非常害怕，托马斯爵士也是如此。要是有你在这里安慰我，我该有多高兴。不过，托马斯爵士估计他明天会好一些，说我们应该把路途的因素考虑在内。"

这时候，做母亲的心中激起的真正忧虑，没能很快消失。大概是由于太急于回到曼斯菲尔德，享受一下没灾没病时从不看重的家庭舒适条件，汤姆给过早地接回了家里，结果又发起烧来，整整一个星期，病情比以前更加严重。家里人都大为惊恐。伯特伦夫人每天都把自己的恐惧写信告诉外甥女，而这位外甥女现在可以说是完全靠信来生活，一天到晚不是沉浸在今天来信的痛苦中，就是在期盼明天的来信。她对大表哥没有什么特殊感情，但是出于恻隐之心，她又怕他短命。她从纯道德的角度替他担忧，觉得他这一生（显然）太无用，太挥霍无度。

无论在这种时候，还是在平常的情况下，只有苏珊陪伴她，听她诉说衷肠。苏珊总是愿意听，总能善解人意。别人谁也不会去关心这么一件与己无关的事情——一个一百英里之外的人家有人生了病——就连普莱斯太太也不会把这件事放在心上,只不过在看到女儿手里拿着信的时候简短地问上一两个问题,或者偶尔平心静气地说上一声:"我那可怜的伯特伦姐姐一定很难过。"

这么多年互不相见,双方的处境又大不相同,血缘情谊早已荡然无存。双方的感情原来就像她们的脾气一样恬淡,现在只成了徒有其名。普莱斯太太不会去管她伯特伦夫人怎么样,伯特伦夫人也不会去管她普莱斯太太怎么样。假如普莱斯家的孩子被大海吞掉了三四个,只要不是范妮和威廉,随便死了哪个,哪怕都死光,伯特伦夫人也不会放在心上,而诺里斯太太甚至还会貌似虔诚地说,这对她们可怜的普莱斯妹妹来说是件大好事,是莫大的幸运,因为这几个孩子今后再不缺吃少穿了。

第十四章

汤姆被接回曼斯菲尔德后，大约过了一个星期，死亡的危险过去了，大夫说他平安无事了，他母亲也就完全放心了。伯特伦夫人已经看惯了儿子那痛苦不堪、卧床不起的样子，听到的完全是吉祥话，从不往人家的话外去想，加上生性不会惊慌，不会领会弦外之音，因而医生稍微一哄，她就成了世界上最快活的人。烧退了。他的病本来就是发烧引起的，自然要不了多久就会康复。伯特伦夫人觉得没事了，范妮也跟姨妈一样乐观。后来，她收到了埃德蒙的一封信，信里只有寥寥几行，是专门向她说明他哥哥的病情的，说汤姆烧退之后出现了一些明显的痨病症状，并把他和父亲从医生那里听来的看法告诉了她。他们认为医生的疑虑也许没有根据，最好不要让伯特伦夫人受此虚惊。但是，没有理由不让范妮知道真情。他们在担心他的肺。

埃德蒙只用寥寥几行，就向她说明了病人及病室的情况，比伯特伦夫人满满几页纸写得还要清楚，还要准确。在曼斯菲尔德大宅里，谁都能根据自己的观察把情况说得比她更清楚，谁都能比她对她的儿子更有用。她什么都干不了，只会悄悄地进去看看他。不过，当他能说话，能听人说话，或者能让人给他读书的时候，他都愿意让埃德蒙陪他。大姨妈问长问短使他心烦，托马斯爵士说起话来也不会低声细语的，不会让心情烦躁、身体虚弱的人好受一些。埃德蒙成了他最需要的人。范妮对此当然是置信不疑的，又见他那样关照、服侍、安慰病中的哥哥，肯定会对他更加敬重。他哥哥不仅身体虚弱需要照料，她现在才知道他的神经也受到很大刺激，情绪非常低沉，需要抚慰和鼓励。而且她还想象得到，他的思想需要适当的引导。

这一家人没有肺病的家史，范妮虽然也为表哥担心，但总觉得他会好的——只是想到克劳福德小姐的时候，心里就不那么踏实了。她觉得克劳福德小姐是个幸运的宠儿，上天为了满足她的自私和虚荣，会让埃德蒙成为独子。

即使待在病榻前，埃德蒙也没有忘掉幸运的玛丽，他在信的附言中写道："对于我上封信里谈到的那个问题，我其实已动笔写信了，但是汤姆一生病，我就搁笔去看他了。不过，我现在又改变了主意。我担心朋友们的影响。等汤姆好转后，我还要去一趟。"

曼斯菲尔德就是处于这样一种状况，直到复活节，这种状况一直没有什么变化。母亲写信时埃德蒙附上一句，就足以让范妮了解那里的状况。汤姆的好转慢得惊人。

复活节来到了——范妮最初听说她要过了复活节才有可能离开朴次茅斯，因而极其可悲地感到，今年的复活节来得特别迟。不过这一天总算到了，可她仍然没有听到要她回去的消息——甚至也没听到姨父要去伦敦的消息,而姨父的伦敦之行是接她回去的前提。姨妈常常表示盼她回去,但是起决定作用的是姨父,他可没有发话,也没有来信。范妮估计他离不开他的大儿子,可这样耽搁下去,对她来说却是残酷的、可怕的。四月就要结束了,她离开他们大家,到这里来过这清苦的生活,差不多快三个月了,而不是原来说的两个月。她只是因为爱他们,才不想让他们完全了解她的状况。谁能说得准他们什么时候才能顾得上考虑她,顾得上来接她呢?

她迫不及待地想要回到他们身边,心里无时无刻不在想着考珀《学童》里的诗句,嘴里总是念叨着"她多么渴望回到自己的家"。这句诗充分表达了她的思家之情,她觉得哪个小学生也不会像她这样归心似箭。

她动身前来朴次茅斯的时候,还乐意把这里称作她的家,喜欢说她是在回自己的家。当时,"家"这个字眼对她来说是非常亲切的。现在,这个字眼依然是亲切的,但它指的却是曼斯菲尔德。现在,那才是她的家。朴次茅斯只是朴次茅斯,曼斯菲尔德才是家。她在沉思默想中早就抱定了这样的观念。见姨妈在信里也采用了同样的说法,她心里感到莫大的欣慰。"我不能不告诉你,在这令人焦心的时刻你不在家,我感到非常遗憾,精神上很难忍受。我相信而且希望,真诚地希望你再也不要离家这么久了。"这是她最爱读的语句。不过,她对曼斯菲尔德的眷恋只能藏在心里。她出于对父母的体谅,总是小心翼翼,免得流露出对姨父家的偏爱。她总这样说:"等我回到北安普敦,或者回到曼斯菲尔德,我会如何如何。"她如此提防了很长时间,但是思归之心越演越烈,终于失去了警惕，不知不觉地谈起了回到家里该怎么办。她感到内疚，满面羞愧，忐忑不安地看着父母。她用不着担心。父母丝毫没有不高兴的迹象，甚至像是压根儿没听见她的话。他们对曼斯菲尔德丝毫也不嫉妒。她想去那里也好，回到那里也好，一概由她。

对于范妮来说，不能领略春天的乐趣是颇为遗憾的。以前她不知道在城里度过三月和四月势必会失去什么样的乐趣。以前她还不知道草木吐绿生翠给她带来多大的喜悦。乡下的春季虽然也变幻莫测，但景色总是十分宜人，观察它行进的脚步，欣赏它与日俱增的美姿，从姨妈花园多阳地区早绽的花朵，到姨父种植场及树林里的枝繁叶茂，这一切曾使她身心为之振奋。失去这样的乐趣本来就是不小的损失，而她现在又生活在狭窄、喧闹的环境中，感受到的不是自由自在的生活、新鲜的空气、百花的芬芳、草木的青翠，而是囚禁似的日子、污浊的空气、难闻的气息，这就越发糟糕透顶。但是，比起惦记最好的朋友对自己的思念，以及渴望为需要自己的人做些有益的事来，就连这些憾事也微不足道了！

她若是待在家里的话，就会对家里的每个人都有所帮助。她觉得人人都会用得着她。她肯定会给每个人分担一点忧愁，或者出上一份力气。单就给伯特伦姨妈带来精神鼓舞来说，有她在场也大有好处，她可以帮她消除寂寞，更重要的是，可以使她摆脱一个焦躁不安、好管闲事、为了突出自己而喜欢夸大危险的伙伴。她喜欢设想自己怎样给姨妈读书，怎样陪姨妈说话，既要使她感到现实生活的快乐，又要使她对可能的事情做好精神准备，她可以让她少上楼下楼多少次，可以上上下下送多少次信。

她感到惊奇的是，汤姆在时轻时重的病危状态下度过了几个星期，他的两个妹妹居然能心安理得地待在伦敦不回家。她们想什么时候回曼斯菲尔德都可以，旅行对她们来说没有什么难的，她无法理解她们两人为什么还不回家。如果说拉什沃思太太还可以设想有事脱不开身，朱莉娅肯定可以随时离开伦敦吧。姨妈在一封来信中说过，朱莉娅曾表示如果需要她的话她可以回去，但也仅是说说而已。显然，她宁愿待在伦敦。

范妮觉得，伦敦对人的感染与美好的情愫是格格不入的。她发现，不仅两位表姐的情况证明了这一点，克劳福德小姐的情况也证明了这一点。她对埃德蒙的钟情原本是可贵的，那是她品格上最为可贵的一点，她对她自己的友情至少也无可指摘。现在她这两份感情都跑到哪里去了？范妮已经很长时间没有收到她的信了，她有理由怀疑她过去津津乐道的友情。几个星期以来，除了从曼斯菲尔德的来信中得知一点情况外，她一直没有听到过克劳福德小姐及其亲友们的消息。她开始感到她跟克劳福德先生除非再相见，否则永远不会知道他是否又去了诺福克。她还认为今年春天她再也不会收到他妹妹的来信了。就在这时候，她收到了如下的一封信，不仅唤起了旧情，而且激起了几分新情：

　　亲爱的范妮，很久没有给你写信了，恳请见谅，并望表现大度一些，能立即原谅我。这是我并不过分的要求和期待，因为你心肠好，不管我配不配，你都会对我好的——我这次写信请求你马上给个回音。我想了解曼斯菲尔德庄园的情况，你肯定能告诉我。他们如此不幸，谁要是无动于衷，那就太冷酷无情了。我听说，可怜的伯特伦先生最终很难康复。起初我没把他的病放在心上。我觉得像他这样的人，随便生个什么小病，都会引起别人大惊小怪，他自己也会大惊小怪，所以我主要关心的是那些照料他的人。可现在人们一口断定，他的确是每况愈下，病情极为严重，家中至少有几个人意识到了这一点。如果真是如此，我想你一定是了解实情的几个人之一，因此恳请你让我知道，我得到的消息有几分是正确的。我无须说明，倘若听说消息有误，我会多么的高兴，可是消息传得沸沸扬扬，我不禁为之战栗。这么仪表堂堂的一个年轻人，在风华正茂的时候撒手人世，真是万分不幸。可怜的托马斯爵士将会多么悲痛。我真为这件事深感不安。范妮，范妮，我看见你在笑，眼里闪烁着狡黠的光，不过说实话，我这一辈子可从来没有收买过医生。可怜的年轻人啊！他要是死去的话，世界上会少掉两个可怜的年轻人[1]，我就会面无惧色、理直气壮地对任何人说，财富和门第将会落到一个最配享有的人手里。去年圣诞节他一时鲁莽做了蠢事[2]，但只不过是几天的错误，在一定程度上是可以抹掉的。虚饰和假象可以掩盖许多污点。他只会失去他名字后面的"先生"[3]。范妮，有了我这样的真情，再多的缺点我也不去计较。望你立即写信，赶原班邮车发出。请理解我焦急的心情，不要不

---

1 意指"可怜的汤姆"死去后，"可怜的埃德蒙"将成为家产和爵士称号继承人，变得不再可怜。
2 指埃德蒙做了牧师。
3 意指换成"爵士"头衔。

当一回事。把你从曼斯菲尔德来信中得来的实情原原本本告诉我。现在，你用不着为我的想法或你的想法感到羞愧。请相信我，你我的想法不仅是合乎常情的，而且是仁慈的，合乎道德的。请你平心而论，"埃德蒙爵士"掌管了伯特伦家的全部财产，是否会比别人当上这个爵士做更多的好事。如果格兰特夫妇在家，我就不会麻烦你，可我现在只能向你打听实情，跟他两个妹妹又联系不上。拉什沃思太太到特威克纳姆和艾尔默一家人一起过复活节了（这你肯定知道），现在还没有回来。朱莉娅到贝德福德广场附近的亲戚家去了，可我不记得他们的姓名和他们住的街名。不过，即使我能马上向她们中的哪一个打听实情，我仍然情愿问你，因为我觉得，她们一直不愿中断她们的寻欢作乐，对实情也就闭目不见。我想，拉什沃思太太的复活节假期要不了多久就会结束，这无疑是她彻底休息的假日。艾尔默夫妇都挺讨人喜欢，丈夫不在家，妻子便尽情玩乐。她敦促他尽孝道去巴思把他母亲接来，这事值得赞扬。但是，她和那老寡妇住在一起能和睦相处吗？亨利不在跟前，因此我不知道他要说些什么。埃德蒙若不是因为哥哥生病，早该来伦敦了，难道你不这样认为吗？

你永久的朋友玛丽

我刚开始叠信，亨利就进来了。但是他没带来什么消息，并不妨碍我发这封信。据拉什沃思太太说，伯特伦先生的状况怕是越来越糟。亨利是今天上午见到她的，她今天回到了温普尔街，因为老夫人已经来了。你不要胡乱猜疑，感觉不安，因为他在里士满住了几天。他每年春天都要去那里住几天的。你放心，除了你以外，他把谁都不放在心上。在此时刻，他望眼欲穿地就想见到你，整天忙着筹划如何跟你见面，如何使他的快乐有助于促进你的快乐。有例为证，他把他在朴次茅斯讲过的话又重复了一遍，而且讲得更加情真意切，说是要把你接回家，我也竭诚地支持他。亲爱的范妮，马上写信，让我们去接你。这对我们大家都有好处。你知道亨利和我可以住在牧师府，不会给曼斯菲尔德庄园的朋友们带来麻烦。真想再见到他们一家人，多两个人和他们来往，这对他们也会大有好处。至于你自己，你要知道那里多么需要你，在你有办法回去的时候，凭良心也不能不回（当然你是讲良心的）。亨利要我转告的话很多，我没有时间也没有耐心一一转述。请你相信：他要说的每句话的中心意思，是坚定不移的爱。

范妮对这封信的大部分内容感到厌倦，她极不愿意把写信人和埃德蒙表哥扯到一起，因而也不能公正地判断信的末尾提出的建议是否可以接受。对她个人来说，这个建议很有诱惑力。她也许三天内就能回到曼斯菲尔德，这该是无比幸福的事。但是，一想到这幸福要归功于这样两个人，这两个人目前在思想行为上有许多地方应该受到谴责，因而这幸福就要大打折扣。妹妹的思想，哥哥的行为——妹妹冷酷无情，野心勃勃；哥哥损人利己，贪图虚荣。他也许还在跟拉什沃思太太厮混调情，再和他好，那对她岂不是耻辱！她还以为他有所转变。然而，所幸的是，她并不需要在两种相反的意愿和两种拿不准的观念之间加以权衡，做出抉择。没有必要去断定她是否应该让埃德蒙和玛丽继续人分两地。她只要诉诸一条规则，就万事大吉了。她惧怕她姨父，不敢对他随便，就凭着这两点，她当即明白她应该怎么办。她必须断然拒绝这个建议。姨父若是想让她回去，是会派人来接她的。她自己即使提出早点回去，那也是没有正当理由的自行其是。她向克劳福德小姐表示感谢，但坚决回绝了她。"据我所知，我姨父要来接我。我表哥病了这么多个星期家里都不需要我，我想我现在回去是不受欢迎的，大家反而会觉得是个累赘。"

她根据自己的见解报道了大表哥的病情，估计心性乐观的克劳福德小姐读过之后，会觉得自己所追求的东西样样有了希望。看来，在钱财有望的条件下，埃德蒙当牧师一事将会得到宽恕。她怀疑，对埃德蒙的偏见就是这样克服的，而他还要因此谢天谢地。克劳福德小姐只知道金钱，别的一概无足轻重。

第十五章

范妮并不怀疑她的回信着实会让对方感到失望。她了解克劳福德小姐的脾气,估计她会再次催促她。虽然整整一个星期没再收到来信,但她仍然没有改变这个看法。恰在这时,信来了。

她一接到这封信,就能立即断定信写得不长,看上去像是一封匆忙写就的事务性信件。信的目的是毋庸置疑的。转眼间,她就料定是通知她他们当天就要来到朴次茅斯,不由得心中一阵慌乱,不知道该怎么办是好。然而,如果说一转眼会带来什么难处的话,那再一转眼就会将难处驱散。她还没有打开信,就觉得克劳福德兄妹也许征得了她姨父的同意,于是又放下心来。信的内容如下:

> 我刚听到一个极其荒唐、极其恶毒的谣言,我写这封信,亲爱的范妮,就是为了告诫你,假如此言传到了乡下,请你丝毫不要相信。这里面肯定有误,过一两天就会水落石出——不管怎么说,亨利是一点错都没有。尽管一时不慎,

他心里没有别人，只有你。请只字别提这件事——什么也不要听，什么也不要猜，什么也不要传，等我下次来信再说。我相信这件事不会张扬出去，只怪拉什沃思太蠢。如果他们已经走了，我敢担保他们只不过是去了曼斯菲尔德庄园，而且朱莉娅也和他们在一起。可你为什么不让我们来接你呢？但愿你不要为此而后悔。

永远是你的

范妮给吓得目瞪口呆。她没有听到什么荒唐、恶毒的谣言，因此也就看不大明白这封莫名其妙的信。她只能意识到，这件事必定与温普尔街和克劳福德先生有关。她只能猜测那个地方刚出了什么很不光彩的事，闹得沸沸扬扬，因而克劳福德小姐担心，她要是听说了，就会产生妒忌。其实，克劳福德小姐用不着替她担心。如果消息真会传这么远的话，她只是替当事人和曼斯菲尔德感到难过，不过她希望不至于传这么远。从克劳福德小姐的话里推断，拉什沃思夫妇好像是自己到曼斯菲尔德去了，如果当真如此，在这之前就不该有什么不愉快的事情，至少不会引起人们的注意。

至于克劳福德先生，她希望这会使他了解自己的癖性，让他明白他对世上哪个女人都不会忠贞不渝，让他没脸再来死乞白赖地纠缠她。

真是奇怪呀！她已开始觉得他真正在爱她，认为他对她的情意非同寻常——他妹妹还在说他心里没有别人。然而，他向她表姐献殷勤时肯定有些惹眼，肯定有很不检点的地方，不然的话，像克劳福德小姐这样的人还不会留意呢。

范妮坐卧不宁,而且在她接到克劳福德小姐的下封信之前,这种状况还要继续下去。她无法把这封信从她脑际驱除出去,也不能找个人说一说,让心里轻松一些。克劳福德小姐用不着一个劲地叮嘱她保守秘密,她知道表姐的利害关系所在,克劳福德小姐完全可以相信她。

第二天来了,第二封信却没有来。范妮感到失望。整个上午,她都没有心思去想别的事情。但是,到了下午,等父亲像平常一样拿着报纸回到家里,她全然没有想到可以通过这个渠道了解一点情况,因而才一时把这件事忘却了。

她沉思起别的事情来,想起了她第一天晚上在这间屋里的情景,想起了父亲读报的情景。现在可不需要点蜡烛。太阳还要一个半小时才能沉落到地平线下。她觉得她在这里确实待了三个月了。强烈的阳光射进起居室里,不仅没给她带来喜悦,反而使她感到更加悲哀。她觉得城里的阳光与乡下的完全不同。在这里,太阳只是一种强光,一种令人窒息、令人生厌的强光,只会使原本沉睡的污秽和浊垢显现出来。城里的阳光既不能带来健康,也不能带来欢乐。她坐在灼人的刺目的阳光下,坐在飞舞的尘埃中,两眼看到的只是四堵墙壁和一张桌子,墙上有父亲的脑袋靠脏了的痕迹,桌上被弟弟们刻得坑坑洼洼,桌上的茶盘从来没有擦净过,杯子和碟子擦后留下条条污痕,牛奶上浮着一层薄薄的蓝色灰尘,涂有黄油的面包,丽贝卡刚做的时候,就沾上了她手上的油污,现在这油污时刻都在增加。茶还没沏好,父亲在读报,母亲像平时那样在唠叨那破地毯——抱怨丽贝卡也不补一补。这时候,父亲读到一段新闻,哼了一声,琢磨了一番,然后把范妮唤醒了。"你城里的阔表姐家姓什么,范?"

范妮定了定神,答道:"拉什沃思,父亲。"

"他们是不是住在温普尔街?"

"是的,父亲。"

"那他们家可倒霉了,就是这么回事。瞧,(把报纸递给范妮)这些阔亲戚会给你带来许多好处。我不知道托马斯爵士怎样看待这样的事情。像他这样的达官贵人,不会不娇贵他的女儿的。不过,见鬼,她要是我女儿的话,我就拿鞭子把她抽个够。不管是男是女,用鞭子抽一抽,是防范这种事的最好办法。"

范妮念起报上的告示:"本报无比关切地向世人公布温普尔街拉先生家的一场婚姻闹剧。新婚不久、有望成为社交界女皇的美丽的拉太太,同拉先生的密友与同事、知名的风流人物克先生一起离开丈夫家出走。去向如何,连本报编辑也不得而知。"

"搞错了,父亲,"范妮马上说道,"肯定是搞错了——这不可能——肯定是说的别的什么人。"

她这样说是本能地想替当事人遮遮丑,这是绝望中的挣扎,因为她说的话连她自己都不相信。她在读报时就已深信不会有错,因而感到大为震惊。事实像洪水一样向她袭来。她当时怎么能说出话来,甚至怎么能透过气来——她事后想起来都感到奇怪。

普莱斯先生并不怎么关心这条报道,因而没有多问女儿。"也可能全是谎言,"他说,"但是,如今有许许多多阔太太就这样毁了自己,对谁都不能打包票啊。"

"哦,我真希望没这回事儿,"普莱斯太太凄怆地说,"那该有多吓人啊!我要是再跟丽贝卡说一次这条地毯的事儿,那我敢说我至少说了十几次了。对吧,贝齐?她要是动手补一补,费不了她十分钟。"

范妮对这桩罪孽已深信不疑,并开始担心由此而来的不幸后果,这时候她心里惊恐到何种地步,那是无法用言语形容的。一开始,她处于一种目瞪口呆的状态。接着,她迅捷地认清了这桩丑事多么骇人听闻。她无法怀疑这段报道,不敢祈望这段报道是不实之词。克劳福德小姐的那封信她不知道看过多少遍,里边的每句话她都能记得滚瓜烂熟,那封信与这条消息内容相符到可怕的程度。她迫不及待地替她哥哥辩护,她希望将这件事隐瞒下来,她显然为之忐忑不安,这一切都说明问题非常严重。如果世界上还有哪个良家女子能把这样的头等罪孽看作小事,试图轻描淡写地掩饰过去,想要使之免受惩罚,她相信克劳福德小姐就是这样一个人!范妮现在才明白她看信时理解错了,没有弄清楚谁走了,没有弄清信里说的是谁走了。不是拉什沃思夫妇俩一起走了,而是拉什沃思太太和克劳福德先生一起走了。

范妮觉得自己以前从没如此震惊过。她完全不得安宁,晚上都沉浸在悲哀之中,夜里一时一刻也不能入睡。她忽而感觉恶心,忽而吓得颤抖;身上一阵阵的时而发热,时而发冷。这件事太骇人听闻了,她简直难以接受,有时甚至产生一种抗拒心理,觉得绝不可能。女的才结婚六个月,男的自称倾心于另一个女人,甚至要跟她订婚——而这另一个女人还是那个女人的近亲——整个家族,两家人亲上加亲地联系在一起,彼此都是朋友,亲亲密密地在一起!这种猥杂不堪的罪孽,这种龌龊透顶的罪恶,实在令人作呕，人只要不是处于极端野蛮的状态，是绝对做不出来的！然而，她的理智告诉她，事实就是如此。男的感情漂浮不定，随着虚荣心摇摆，玛丽亚却对他一片痴情，加上双方都不十分讲究道德准则，于是就导致了事情的可能性——克劳福德小姐的来信印证了这一事实。

后果会怎么样呢？谁能不受到伤害呢？谁知道后能不为之震惊呢？谁能不为此而永远失去内心的平静？克劳福德小姐本人——埃德蒙。然而，照这个思路想下去也许是危险的。她限制自己，或者试图限制自己，去想那纯粹的、不容置疑的家庭不幸，如果这一罪孽得到证明，并且公之于众，这种不幸必然把所有的人都席卷进去。姨妈的痛苦，姨父的痛苦——想到这里，她顿了顿。朱莉娅的痛苦，汤姆的痛苦，埃德蒙的痛苦——想到这里，她顿的时间更长。这件事对两个人的打击尤为惨重。托马斯爵士关心儿女，有着高度的荣誉感和道德观，埃德蒙为人正直，没有猜疑心，却有纯真强烈的感情，因而范妮觉得，在蒙受了这番耻辱之后，他们俩很难心安理得地生活下去。在她看来，仅就这个世界而言，对拉什沃思太太的亲人们来说，最大的福音就是立即毁灭。

第二天也好，第三天也好，都没发生任何事来缓解她的惊恐之情。来过两班邮车，都没带来辟谣性的消息，报上没有，私人信件上也没有。克劳福德小姐没有再来信解释清楚第一封信上的内容。曼斯菲尔德那里也杳无音信，虽说姨妈早该来信了。这是个不祥的征兆。她心里还真没有一丝可以感到欣慰的希望，整个人给折磨得情绪低落，面色苍白，浑身不住地发抖，这种状况，凡是做母亲的——除了普莱斯太太外，只要心肠不狠，是不会看不到的。就在这第三天，突然响起了令人揪心的敲门声，又一封信递到了她手里。信上盖着伦敦的邮戳，是埃德蒙写来的。

亲爱的范妮：

你知道我们目前的悲惨处境。愿上帝给你力量，使你能承受住你所分担的那份不幸。我们已经来了两天了，但却一筹莫展。无法查到他们的去向。你可能还没听说最近的这次打击——朱莉娅私奔了。她和耶茨跑到苏格兰去了。我们到伦敦的时候，她离开伦敦才几个小时。假如这件事发生在别的什么时候，我们会感到非常可怕。现在，这种事似乎算不了什么，然而却等于火上浇油。我父亲还没有被气倒。这就算不错了。他还能考虑问题，还能行动。他要我写信叫你回家。他急于让你回家照顾我母亲。我将在你收到这封信的第二天上午赶到朴次茅斯，望你做好准备，我一到即动身去曼斯菲尔德。我父亲希望你邀请苏珊一起去，住上几个月。事情由你决定，你认为该怎么办就怎么办。他在这样的时刻提出这样的建议，我想你一定会感到他是一番好意！虽然我还弄不明白他的意思，你要充分领会他的好意。我目前的状况你会想象到一二的。不幸的事情在源源不断地向我们袭来。我乘坐的邮车明天一早就会到达。

永远是你的

范妮从来没像现在这样需要借助什么来提提精神。她从没感到有什么能像这封信这样令她兴奋。明天！明天就要离开朴次茅斯啦！就在众人一片悲伤的时候，她却担心自己极有可能喜不自禁。一场灾祸却给她带来了这么大的好处！她担心自己会对这场灾祸麻木不仁起来。这么快就要走了，这么亲切地来接她，接她回去安慰姨妈，还让她带上苏珊，这真是喜上加喜，令她心花怒放，一时间，种种痛苦似乎给抛到了脑后，连她最关心的那些人的痛苦，她也不能适当地加以分担了。相对来说，朱莉娅的私奔对她的影响不是很大。她为之惊愕，为之震撼，但这并非总是萦绕心头，挥之不去。她不得不勉强自己去想，承认此事既可怕又可悲，不然，听说要她回去，光顾得激动、紧张、高兴，忙于做着动身的准备，也就会把它忘掉。

要想解除忧伤，最好的办法就是做事，主动地做些必须要做的事情。做事，甚至做不愉快的事，可以驱除忧郁，何况她要做的是令人高兴的事。她有许多事情要做，就连拉什沃思太太的私奔（现在已百分之百被证实了），也不像原先那样影响她的心情了。她没有时间悲伤。她希望在二十四小时之内离去。她得跟父母亲话别，得让苏珊有思想准备，样样都得准备好。事情一件接一件，一天的时间几乎不够用。她也把这消息告诉了家人，他们个个兴高采烈，信中先前提到的不幸并没冲淡这份喜悦之情。对于苏珊跟她走，父母亲欣然同意，弟弟妹妹热烈拥护，苏珊自己欣喜若狂，这一切使她难以抑制愉快的心情。

伯特伦家发生的不幸，在普莱斯家并没引起多少同情。普莱斯太太念叨了一阵她那可怜的姐姐——但她主要关心的是用什么东西来装苏珊的衣服，家里的箱子都给丽贝卡拿去弄坏了。至于苏珊，真没想到会遇到这样的大喜事，加上跟那些犯罪的、伤心的人都素不相识，在这种情况下，她若是能有所克制，不是始终喜笑颜开的话，这对于一个十四岁姑娘来说，已是够难得的了。

由于没有什么事情需要普莱斯太太拿主意，也没有什么事情需要丽贝卡帮忙，一切都按要求准备得差不多了，两位姑娘就等着明天起程了。动身之前本该好好睡一觉，但两人却无法入睡。正在前来迎接她们的表哥，一直在撞击着她们激动不已的心怀，一个是满怀高兴，另一个是变化不定、不可名状的心绪不宁。

早晨八点，埃德蒙来到了普莱斯家。范妮听到后走下楼来。一想到相见在即，又知道他一定心里痛苦，她起初的悲伤又涌上了心头。埃德蒙近在眼前，满腹忧伤。她走进起居室时，眼看着要倒下去了。埃德蒙一个人在那里，立即迎上前来。范妮发觉他把她紧紧抱在怀里，只听他断断续续地说："我的范妮——我唯一的妹妹——我现在唯一的安慰。"范妮一句话也说不出来，埃德蒙也久久说不出话来。

埃德蒙转过身去，想使自己平静下来。接着他又说话了，虽然声音仍在颤抖，他的神态表明他想克制自己，决心不再提发生的事情。"你们吃过早饭了吗？什么时候可以起程？苏珊去吗？"他一个紧接一个地问了几个问题。他的主要意图是尽快上路。一想到曼斯菲尔德，时间就宝贵起来了。他处于那样的心情，只有在动中求得宽慰。大家说定，他去叫车，半小时后赶到门口。范妮负责大家吃早饭，半小时内一切准备就绪。埃德蒙已经吃过饭了，不想待在屋里等他们吃饭。他要到大堤上去散散步，到时候跟着马车一块来接她们。他又走开了，甚至不惜离开范妮。

他气色很不好，显然忍受着剧烈的痛苦，而又决计加以抑制。范妮知道他必定如此，但这又使她感到可怕。

车来了。与此同时，埃德蒙又进到屋里，刚好可以和这一家人待一会儿，好看一看——不过什么也没看见——一家人送别两位姑娘时是多么无动于衷。由于今天情况特殊，有许多不寻常的活动，他进来时一家人刚要围着早餐桌就座。马车从门口驶走时，早餐才摆放齐全。范妮在父亲家最后一餐吃的东西，跟刚到时第一餐完全一样。家里人送她走时像迎接她时那样，态度也完全相同。

马车驶出朴次茅斯的关卡时，范妮如何满怀喜悦和感激之情，苏珊如何笑逐颜开，这都不难想象。不过，苏珊坐在前面，而且有帽子遮着脸，她的笑容是看不见的。

这可能要成为一次沉闷的旅行。范妮常听到埃德蒙长吁短叹。假若只有他们两个人，他再怎么打定主意抑制自己，也会向她吐露苦衷的。但是，由于有苏珊在场，他不得不把自己的心事埋在心底，虽然也想讲点无关紧要的事情，可总也没有多少话好说。

范妮始终关切地注视着他，有时他也把目光投向她，深情地朝她微微一笑，使她颇感欣慰。但是，第一天的旅途结束了，他却只字没有提起让他心情沮丧的事情。第二天早晨，他稍微说了一点。就在从牛津出发之前，苏珊待在窗口，聚精会神地观看一大家人离店上路，埃德蒙和范妮站在火炉附近。埃德蒙对范妮的面容变化深感不安。他不知道她父亲家里的日常生活多么艰苦，因此把她的变化主要归咎于，甚至完全归咎于最近发生的这件事。他抓住她的手，用很低的但意味深长的口气说道："这也难怪——

你一定会受到刺激——你一定会感到痛苦。一个曾经爱过你的人，怎么会抛弃你啊！不过，你的——你的感情投入，比较起来，时间还不算长——范妮，你想想我吧！"

他们的第一段路程走了整整一天，到达牛津的时候，几个人已经疲惫不堪。但是，第二天的行程结束得比头一天早得多。马车进入曼斯菲尔德郊野的时候，离平时吃正餐的时间还早着呢。随着渐渐临近那心爱的地方，姊妹俩的心情开始有点沉重。家里出了这样的奇耻大辱，范妮害怕跟姨妈和汤姆相见。苏珊心里有些紧张，觉得她的礼仪风度，她新近学来的这里的规矩，现在可要经受实践的考验了。她脑子里闪现出有教养和没教养的行为，闪现出以往的粗俗表现和新学来的文雅举止。她不断默默地想着银餐叉、餐巾和涮指杯。范妮一路上处处看到乡下的景色已与二月份离开时大不相同。但是，进入庄园之后，她的感受尤为深刻，她的喜悦之情也尤为强烈。她离开庄园已经三个月了，足足三个月了，时节由冬天变成了夏天，触目皆是翠绿的草地和种植园，林木虽然尚未浓叶蔽枝，但却青嫩可爱，更加绮丽的姿容指日可待。景色纵然悦目，却也更加赏心。不过，她只是自得其乐，埃德蒙不能与她共赏。她望着他，可他靠在座位上，比先前更加郁郁不乐。他双眼紧闭，好像不堪这明媚的景色，他要把家乡的美景关在眼睑之外似的。

范妮心情又沉重起来。一想到家中的人们在忍受什么样的痛苦，就连这座时髦的、幽雅的、环境优美的大宅本身，也蒙上了一层阴影。

家中愁苦的人们中间，有个人在望眼欲穿地等待他们，这是她未曾料到的。范妮刚从一本正经的仆人身边走过,伯特伦夫人就从客厅里走来迎接她。她一反平常懒洋洋的样子,赶上前来,搂住了她的脖子说:"亲爱的范妮呀!我这下可好受了。"

第十六章

家里那三个人真够可怜的,他们人人都觉得自己最可怜。不过,诺里斯太太由于对玛丽亚感情最深,真正最伤心的还应该是她。她最喜欢玛丽亚,对她也最亲,她一手策划了她的那门亲事,而且总是以此为骄傲,沾沾自喜地向人夸耀。现在出现这样一个结局,简直让她无法承受。

她完全换了个人,少言寡语,稀里糊涂,对周围什么事都漠不关心。由她来照顾妹妹和外甥,掌管整个家务,这本是她的拿手好戏,现在却完全撒手不管了。她已经不能指挥,不能支使别人,甚至认为自己没有用了。当真正感到痛苦的时候,她也就变得完全无能为力了,无论是伯特伦夫人还是汤姆,都丝毫得不到她的帮助,她也压根儿不想去帮助他们。她对他们的帮助,还没有他们之间的相互帮助来得多。他们三人都一样孤寂,一样无奈,一样可怜。现在别人来了,她越发成了最凄惨的人。她的两个同伴减轻了痛苦,而她却没有得到任何好处。伯特伦夫人欢迎范妮,汤姆几乎同样欢迎埃德蒙。可是诺里斯太太,不仅从他们两人身上得不到安慰,而且凭着心中的一团无名怒火,还把其中一人视为制造这起祸端的恶魔,见到她越发感到恼怒。假如范妮早就答应了克劳福德先生,也就不会出这样的事。

苏珊也是她的眼中钉,一看见她就厌烦,觉得她是个密探,是个闯入者,是个穷外甥女,要多讨厌有多讨厌。但是,苏珊却受到另一个姨妈不声不响的友好接待。伯特伦夫人不能在她身上花很多时间,也不会跟她讲多少话,但她觉得她既是范妮的妹妹,就有权利住到曼斯菲尔德,她还真愿意亲吻她、喜欢她。苏珊感到非常满意,因为她来的时候就完全做好了思想准备,知道诺里斯姨妈不会给她好脸色看。她在这里真觉得快活,也特别幸运,可以避开许多令人不快的事,即使别人对她再冷淡,她也承受得住。

现在她有大量的时间可以自己支配,尽可能地去熟悉大宅和庭园,日子过得非常快活,而那些本可以关照她的人却把自己关在屋内,各自围着那个这时需要他们安慰的人忙碌。埃德蒙力图抛开自己的痛苦,尽量宽慰哥哥。范妮在悉心伺候伯特伦姨妈,以更大的热情做起了以往常做的事务,觉得姨妈这么需要她,自己做得再多也是应该的。

跟范妮讲讲那件可怕的事情,讲一阵,伤心一阵,这是伯特伦夫人仅有的一点安慰。她现在唯一需要的,就是有人听她说,受得了她,说过之后又能听到体贴同情的声音。并不存在其他的安慰方式。这件事没有安慰的余地。伯特伦夫人虽然考虑问题不往深处想,但是在托马斯爵士的引导下,她对所有的重大问题还是能准确把握的。因此,她完全明白这件事的严重性,既不想认为这不是什么大不了的罪行和丑事,也不想让范妮来开导她。

她对儿女的感情并不强烈,她的思想也不执拗。过了一段时间之后,范妮发现,把她的思绪往别的问题上引,重新唤起她对日常事务的兴趣,并非是不可能的。但是,每次伯特伦夫人一把心思撂在这件事上,她只从一个角度看待这件事:觉得自己丢掉了一个女儿,家门的耻辱永远洗刷不掉。

范妮从她那里获悉了已经透露出来的详情。姨妈讲起话来不是很有条理,但是借助和托马斯爵士的几封来往信件,还有她自己已经了解的情况,再加上合理的分析,她便很快如愿掌握了这件事的全部情况。

拉什沃思太太去了特威克纳姆,跟她刚刚熟悉的一家人一起过复活节——这家人性情开朗,举止和悦,大概在道德和规矩上也彼此相投——克劳福德先生一年四季常到这家来做客。克劳福德先生就在这附近,范妮早已知道。这时,拉什沃思先生去了巴思,在那里陪他母亲几天,然后把母亲带回伦敦,玛丽亚便不拘形迹地跟那些朋友一起厮混,甚至连朱莉娅都不在场。朱莉娅早在两三个星期之前就离开了温普尔街,到托马斯爵士的一家亲戚那里去了。据她父母现在估计,她之所以要去那里,可能为了便于接触耶茨先生。拉什沃思夫妇回到温普尔街之后不久,托马斯爵士便收到一位住在伦敦的特别要好的老朋友的来信。这位老朋友在那里耳闻目睹许多情况,感到大为震惊,便写信建议托马斯爵士亲自到伦敦来,运用他的影响制止女儿与克劳福德先生之间的亲密关系。这种关系已给玛丽亚招来了非议,显然也引起了拉什沃思先生的不安。

托马斯爵士准备接受信中的建议,但却没有向家里任何人透露信中的内容。正在准备动身的时候,他又收到了一封信。这封信是同一位朋友用快递发来的,向他透露说,这两个年轻人的关系已发展到几乎不可救药的地步。拉什沃思太太已经离开了她丈夫的家。拉什沃思先生极为气愤,极为痛苦,来找他(哈丁先生)出主意。哈丁先生担心,至少会有非常严重的越轨行为。拉什沃思老太太的女仆把话说得还要吓人。拉什沃思先生竭力想把事情悄悄掩饰起来,指望拉什沃思太太还会回来。但是,他这样做遭到温普尔街的坚决抵制,拉什沃思老太太硬是仗势跟他对着干,因此恐怕会出现极坏的结果。

这一可怕的消息没法瞒住家里的其他人。托马斯爵士动身了。埃德蒙要和他一起去。留在家里的人个个惶惶不安,后来又收到伦敦的几封来信,弄得他们更加愁苦不堪。这时,事情已经完全张扬开了,毫无挽回的余地了。拉什沃思老太太的女仆掌握了一些情况,而且有女主人为她撑腰,是不会保持沉默的。原来老太太和少奶奶到一起没过几天,便彼此不和。也许,老太太之所以如此记恨儿媳妇,差不多一半是气她不尊重她个人,一半是气她瞧不起她儿子。

不管怎么说,谁都奈何不了她。不过,即使她不那么固执,即使她对儿子没有那么大的影响力——她儿子总是谁最后跟他讲话,谁抓住了他不让他说话,他就听谁摆布,事情依然毫无希望,因为拉什沃思太太没再出现,而且有充分的理由断定,她和克劳福德先生一起躲到哪里去了。就在她出走的那一天,克劳福德先生借口去旅行,也离开了他叔叔家。

但托马斯爵士还是在伦敦多住了几天。尽管女儿已经名誉扫地，他还是希望找到她，不让她进一步堕落。

他目前的状况，范妮简直不忍去想。他的几个孩子中，眼下只有一个没有成为他痛苦的源泉。汤姆听到妹妹的行为后深受打击，病情大大加重，康复的希望更加渺茫，连伯特伦夫人都明显地看出了他的变化，她把她的惊恐定期写信告诉丈夫。朱莉娅的私奔是伯特伦爵士到了伦敦之后受到的又一打击，虽然打击的力量当时并不觉得那么沉重，但是范妮知道，势必给姨父造成剧烈的痛苦。她看得出来就是这样的。姨父的来信表明他多么为之痛心。在任何情况下，这都不是一桩令人称心的婚事，何况他们又是偷偷摸摸结合的，又选择了这么个时候来完成，这就把朱莉娅置于极为不利的地步，充分显示了她的愚不可及。托马斯爵士把她的行为称作在最糟糕的时刻，以最糟糕的方式，所做的一件糟糕的事情。尽管比起玛丽亚来，朱莉娅相对可以宽恕一些，正如愚蠢较之罪恶可以宽恕一些一样，但是他觉得朱莉娅既然走出了这一步，那她极有可能以后也得到姐姐那样的结局。这就是他对女儿落得这个下场的看法。

范妮极其同情姨父。除了埃德蒙，他没有别的安慰。其他几个孩子要把他的心撕裂。她相信，他和诺里斯太太考虑问题的方法不同，原来对她的不满，这下可要烟消云散了。事实证明她没有错。克劳福德先生的行为表明，她当初拒绝他是完全正确的。不过，这虽然对她来说是至关重要的，但对托马斯爵士来说未必是个安慰。姨父的不满使她深感害怕，可是她被证明是正确的，她对他的感激和情意，对他又有什么意义呢？他肯定是把埃德蒙视为他的唯一安慰。

然而,她认为埃德蒙现在不会给父亲带来痛苦,那是估计错了。他引起的痛苦,只不过没有其他孩子引起的那么激烈罢了。托马斯爵士在为埃德蒙的幸福着想,认为他的幸福深受他妹妹和朋友的行为的影响,他和他一直在追求的那位姑娘的关系势必会因此中断,尽管他无疑很爱那位姑娘,并且极有可能获得成功;如果这位姑娘不是有那么个卑鄙的哥哥,从各方面来看,这桩婚事还很合适。在伦敦的时候,做父亲的就知道埃德蒙除了家人的痛苦之外,还有自身的痛苦。他看出来了,或者说猜到了他的心事,有理由断定他和克劳福德小姐见过一次面,这次见面只是进一步增加了埃德蒙的痛苦,做父亲的基于这个考虑,也基于其他考虑,急于想让儿子离开伦敦,叫他接范妮回家照顾姨妈,这不仅对大家有好处,对埃德蒙自己也有好处,能减轻他的痛苦。范妮不知道姨父内心的秘密,托马斯爵士不了解克劳福德小姐的为人。假若他了解她对他儿子都说了些什么,他就不会希望他儿子娶她,尽管她的两万英镑财产已经成了四万英镑。

埃德蒙与克劳福德小姐从此将一刀两断,范妮觉得这是毋庸置疑的事。然而,在她没有弄清埃德蒙也有同感之前,她还有些信心不足。她认为他有同样看法,但是她需要弄个确切。他以前对她无话不谈,有时使她受不了,他现在若能像以前那样对她推心置腹,那对她将是极大的安慰。但是,她发现这是很难做到的。她很少见到他——一次也没有单独见到他——大概他是在回避和她单独见面。这意味着什么呢?这意味家中不幸,他忍受着一份独特的痛苦,而且创巨痛深,没有心思跟人说话。这还意味着他深感事情不光彩，不愿向人泄露丝毫。他一定处于这种状况。他接受了命运的安排，但他是怀着难言的痛苦接受的。要让他重提克劳福德小姐的名字，或者范妮想要重新和他推心置腹地交谈，那要等到遥远的将来。

这种状况果然持续了很长时间。他们是星期四到达曼斯菲尔德的，直到星期天晚上埃德蒙才和她谈起这个问题。星期天晚上——一个阴雨绵绵的星期天晚上，在这种时刻，谁和朋友在一起，都会敞开心扉，无话不讲——他们坐在屋里，除了母亲之外，再无别人在场，而母亲在听完一段令人感动的布道之后，已经哭着睡着了——在这种情况下，两人不可能一直不言不语。于是，他像平常一样，先来了段开场白，简直搞不清他要先说什么，然后又像平常一样，宣称他的话很短，只求她听几分钟，以后绝不会以同样的方式叨扰她——她不用担心他会旧话重提——那个话题绝不能再谈——他欣然谈起了对他来说至关重要的情况与想法，他深信会得到她的真挚同情。

范妮听起来多么好奇，多么关切，带着什么样的痛苦，什么样的喜悦，如何关注他激动的声音，两眼如何小心翼翼地回避他，这一切都是可想而知的。他一开口就让她吃了一惊。他见到了克劳福德小姐。他是应邀去看她的。斯托诺韦夫人给他来信，求他去一趟。心想这是最后一次友好见面，同时想到身为克劳福德的妹妹，她会深感羞愧，不胜可怜，于是他怀着缠绵多情的心去了，范妮顿时觉得这不可能是最后一次。但是，随着他往下讲，她的顾虑打消了。他说她见到他的时候，神情很严肃——的确很严肃——甚至很激动。但是，还没等埃德蒙说完一句话，她就扯起了一个话题,埃德蒙承认为之一惊。"'我听说你来到了伦敦,'她说,'就想见见你。让我们谈谈这件令人伤心的事。我们的两个亲人蠢到什么地步啊?'我无以应对,但我相信我的眼神在说话。她感到我对她的话不满。有时候人有多么敏感啊!她以更加严肃的神情和语气说:'我不想为亨利辩护,把责任推到你妹妹身上。'她是这样开始的——但是下面都说了些什么,范妮,可不便于——简直不便于学给你听。我想不起她的原话,就是想得起来,也不去细说了。她主要是憎恨那两个人愚蠢。她骂她哥哥傻,不该受一个他瞧不上的女人的勾引,去干那样的勾当,结果要失去他爱慕的那个女人。不过,可怜的玛丽亚还要傻,人家早已表明对她无意,她还以为人家真正爱她,放着这样的好光景不要,却陷入了这般的困境。你想想我心里是什么滋味吧。听听那个女人——只是不痛不痒地说了个'傻'!这么随意,这么轻巧,这么轻描淡写!没有一点羞怯,没有一点惊恐,没有一点女人气——是否可以说?没有一点起码的憎恶感!这是这个世界造成的。范妮,我们到哪里还能找到一个女人有她这样天生的优越条件呀?给娇惯坏了,娇惯坏了啊!"

略加思索之后,他带着一种绝望的冷静继续说道:"我把一切都告诉你,以后就永远不再提了。她只是把那看作一件傻事,而且只是因为败露了,才称其为傻事。缺乏应有的谨慎,缺乏警惕——她在特威克纳姆的时候,他不该一直住在里士满,她不该让一个用人操纵自己。总之,是让人发现了——噢!范妮,她责骂的是让人发现了,而不是他们做的坏事。她说这是贸然行事,走上了极端,逼着她哥哥放弃更美好的未来,跟她一起逃走。"

他停下来了。"那么,"范妮认为对方需要自己讲话,便问道,"你能怎么说呢?"

"什么也没说,什么也不清楚。我当时像是被打晕了一样。她继续往下说,说起了你。是的,她接着说起了你,极其惋惜失去了这样一位——她说起你的时候,倒是很有理智。不过,她对你一直是公道的。'他抛弃了这样一个女人,'她说,'再也不会碰到第二个了。她会给他带来安宁,会使他一辈子幸福。'最亲爱的范妮,事情都过去了,我还给你讲那本来有希望——可现在永远不可能的事情,是希望使你高兴,而不是使你痛苦。你不想让我闭口不言吧?如果你想让我住口,只需看我一眼,或者说一声,我就再不说了。"

范妮既没看他,也没作声。

"感谢上帝!"埃德蒙说,"我们当初都想不通——但现在看来,这是上帝仁慈的安排,使老实人不吃亏。她对你感情很深,讲起你来赞不绝口。不过,即使这里面也有不纯的成分,夹杂着一点恶毒——因为她讲着讲着就会惊叫道:'她为什么不肯答应他?这完全是她的错。傻丫头!我永远不会原谅她。她要是理所应当地答应了他,他们现在或许就要结婚了,亨利就会多么幸福、多么忙碌,根本不会再找别人。他就不会再费心去和拉什沃思太太恢复来往。以后每年在索瑟顿和埃弗灵厄姆举行舞会的时候,两人只不过调调情而已。'你能想到会有这种事吗?不过,魔法被解除了。我的眼睛开了。"

"冷酷!"范妮说,"真是冷酷!在这种时刻还要寻开心,讲轻佻话,而且是说给你听!冷酷至极。"

"你说这是冷酷吗？在这一点上我跟你看法不同。不，她生性并不冷酷。我并不认为她有意要伤害我的感情。问题的症结隐藏得还要深。她不知道，也没想到我会这样想，出于一种反常的心态，觉得像她这样看待这个问题是理所当然。她之所以这样说话，只是由于听惯了别人这样说，由于照她的想象别人都会这样说。她不是性情上有毛病。她不会故意给任何人造成不必要的痛苦。虽说我可能看不准，但我认为她不会故意来伤害我，伤害我的感情——范妮，她的过错是原则上的过错，是不知道体谅人，是思想上的腐蚀堕落。也许对我来说，能这样想最好——因为这样一来，我就不怎么遗憾了。然而，事实并非如此。我宁愿忍受失去她的更大痛苦，也不愿像现在这样把她往坏处想。我对她这样说了。"

"是吗？"

"是的，我离开她的时候对她这样说了。"

"你们在一起待了多长时间？"

"二十五分钟。她接着说，现在要做的是促成他们两个结婚。范妮，她说这话的时候，口气比我还坚定。"他不得不顿了几顿，才接着说下去，"'我们必须说服亨利和她结婚，'她说，'为了顾全体面，同时又知道范妮绝不会再跟他，我想他是有可能同意的。他必须放弃范妮。我想就连他自己也明白，像这样的姑娘他现在也娶不上了，因此我看不会有什么大不了的困难。我的影响还是不小的，我要全力促成这件事。一旦结了婚，她自己那个体面的家庭再给她适当的支持，她在社会上就可以多少重新站得住脚了。我们知道，有些圈子是永远不会接受她的，但是只要备上好酒好菜，把人请得多一些，总会有人愿意和她结交的。毫无疑问，在这种问题上人们会比以前更能宽容，更加坦率。我的意见是，你父亲要保持沉默。不要让他去干预，毁了自己的前程。劝他听其自然。如果他强行干预，引得女儿脱离了亨利的保护，亨利娶她的可能性就大大减少，还不如让她跟着亨利。我知道如何能让他接受劝告。让托马斯爵士相信他还顾惜体面，还有同情心，一切都会有个好的结局。但他若是把女儿拉走，那就把解决问题的主要依托给毁了。'"

埃德蒙说了这席话之后，情绪受到很大影响，范妮一声不响地非常关切地望着他，后悔不该谈起这个话题。埃德蒙很久没再讲话，最后才说："范妮，我快说完了。我把她说的主要内容都告诉了你。我一得到说话的机会，便对她说，我没想到，我以这样的心情走进这座房子，会遇到使我更加痛苦的事情，可是几乎她的每一句话都给我造成了更深的创伤。我还说，虽然在我们认识的过程中，我常常意识到我们有些意见分歧，对某些比较重大的问题也有意见分歧，但我从来没有想到我们的分歧会有这么大。她以那样的态度对待她哥哥和我妹妹所犯的可怕罪行——（他们两个究竟谁应负主要责任，我也不妄加评论）——可她是怎么谈论这一罪行的，骂来骂去没有一句骂得在理的，她认为对于这一罪行的恶劣后果，只有两个办法，或是勇敢地面对，或是用不正当、无耻的手段，把它平息下来。最后，尤其不应该的是，她建议我们委曲求全、妥协、默认，任罪恶继续下去，以求他们能结婚。根据我现在对她哥哥的看法，对这样的婚姻，我们不是要求，而是要制止——这一切使我痛心地意识到，我以前一直不了解她，而就心灵而言，我多少个月来总在眷恋的只是我想象中的一个人,而不是这个克劳福德小姐。这也许对我再好不过。我可以少感到一些遗憾,因为无论如何,我现在肯定失去了对她的友谊、情意和希望。然而,我必须承认,假如我能恢复她原来在我心目中的形象,以便继续保持住对她的爱和敬重,我绝对情愿增加失去她的痛苦。这就是我当时说的话——或者说是我说的话的大意——不过,你可以想象得到,我当时说这些话的时候,不像现在说给你听这样镇定,这样有条理。她感到惊讶,万分震惊——还不仅仅是惊讶。我看见她脸色变了。她满脸通红。我想我看出她的心情极其复杂——她在竭力挣扎,不过时间很短——一边想向真理投降,一边又感到羞愧,不过习性,习性占了上风。她若是笑得出来,准会大笑一场。她勉强笑了笑,答道:'真是一篇很好的讲演呀。这是你最近一次布道的部分内容吧?照这样发展下去,你很快就会把曼斯菲尔德和桑顿莱西的每个人改造过来。我下一次听你讲的时候,你可能已成为公理会哪个大教区的杰出传教士,要不就是一个派往海外的传教士。'她说这话时尽量装出一副满不在乎的样子,但她心里并不像她外表装的那样满不在乎。我只回答说我衷心地祝她走运,诚挚地希望她不久能学会公正地看问题,不要非得通过惨痛的教训才能学到我们人人都可以学到的最宝贵的知识——了解自己,也了解自己的责任——说完我就走了出去。我刚走了几步,范妮,就听到背后开门的声音。'伯特伦先生。'她说。我回头望去。'伯特伦先生。'她笑着说,但是她这笑与刚才的谈话很不协调,是一种轻浮的嬉皮笑脸的笑,似乎在逗引我,为的是制服我,至少我觉得是这样的。我加以抵制,那是一时冲动之下的抵制,只管继续往外走。从那以后——有时候——我会突然一阵子——后悔我当时没有回去。不过我知道,我那样做是对的。我们的交情就这样结束了!这算什么交情啊!我上了多么大的当啊!上了那个哥哥的当,也同样上了那个妹妹的当!我感谢你耐心听我讲,范妮。说出来心里痛快多了,以后再也不讲这件事了。"

范妮对他这话深信不疑,以为他们真的再也不讲这件事了。可是刚过了五分钟,又谈起了这件事,或者说几乎又谈起了这件事,直到伯特伦夫人彻底醒来,谈话才终于结束。在此之前,他们一直在谈论克劳福德小姐:她让埃德蒙多么着迷,她生性多么招人喜欢,要是早一点落到好人手里,她该会有多么好。范妮现在可以畅所欲言了,觉得自己义不容辞地要让表哥多了解一下克劳福德小姐的真面目,便向他暗示说,她之所以愿意彻底和解,与他哥哥的健康状况有很大关系。这可是个不大容易接受的暗示。出于本能难免要抵制一番。若是把克劳福德小姐的感情看得无私一些,那心里会感到惬意多了。但是,埃德蒙的虚荣心并非很强,对理智的抵挡没有坚持多久。他接受了范妮的看法,认为汤姆的病情左右了她态度的转变。他只给自己保留了一个可以聊以自慰的想法:考虑到不同习性造成的种种矛盾,克劳福德小姐对他的爱确实超出了可以指望的程度,就因为他的缘故,她才没怎么偏离正道。范妮完全同意他的看法。他们还一致认为,这样的打击必然在埃德蒙心里留下不可磨灭的印象、难以消除的影响。时间无疑会减轻他的一些痛苦,但是这种事情要彻底忘却是不可能的。至于说再和哪个别的女人要好,那是完全不可能的——一提就让他生气。他只需要范妮的友谊。

第十七章

让别的文人墨客去描写罪恶与不幸吧。我要尽快抛开这样一些令人厌恶的话题，急欲使没有重大过失的每一个人重新过上安生日子，其余的话也就不往下说了。

这时候，不管怎么说，我的范妮还真是过得很快活，这一点我知道，也为此感到高兴。尽管她为周围人的痛苦而难过，或者她觉得她为他们而难过，但她肯定是个快活的人。她有遏制不住的幸福源泉。她被接回了曼斯菲尔德庄园，是个有用的人，受人喜爱的人，再不会受到克劳福德先生的纠缠。托马斯爵士回来后，尽管忧心忡忡，但种种迹象表明，他对外甥女十分满意，更加喜爱。虽然这一切必然会使范妮为之高兴，但没有这一切，她仍然会感到高兴，因为埃德蒙已经不再受克劳福德小姐的迷惑了。

不错，埃德蒙本人还远远谈不上高兴。他感到失望和懊恼，一边为过去的事伤心，一边又盼望那永远不可能的事。范妮知道这个情况，并为此而难过。不过，这种难过是建立在满意的基础上，是与心情舒畅相通的，与种种最美妙的情愫相协调的，谁都愿意用最大的快乐来换这种难过。

托马斯爵士,可怜的托马斯爵士是做父亲的,意识到自己身为做父亲的过失,因而痛苦的时间最久。他觉得自己当初不该答应这门亲事,他本来十分清楚女儿的心思,却又同意这门亲事,岂不是明知故犯。他觉得自己那样做是为了一时的利益而牺牲了原则,是受到了自私和世俗动机的支配。要抚慰这样的内疚之情,是需要一定时间的。但时间几乎是无所不能的。拉什沃思太太给家中造成不幸之后,虽然没有传来什么令人欣慰的好消息,但是别的子女却给他带来了意想不到的安慰。朱莉娅的婚事没有他当初想象的那么糟糕。她自知理亏,希望家里原谅。耶茨先生一心巴望他能给接纳进这个家庭,便甘愿仰仗他,接受他的指导。他不是很正经,但是他有可能变得不那么轻浮——至少有可能变得多少顾家一些,多少安分一些。不管怎样,现已弄清他的地产不是那么少,债务不是那么多,他还把爵士当作最值得器重的朋友来对待、来求教,这总会给他带来一点安慰。汤姆也给他带来了安慰,因为他渐渐恢复了健康,却没有恢复他那不顾别人、自私自利的习性。他这一病反而从此变好了。他吃了苦头,学会了思考,这是他以前不曾有过的好事。他对温普尔街发生的痛心事件感到内疚,觉得都是演戏时男女过分亲昵造成的后果,他是负有责任的。他已经二十六岁了,头脑不笨,也不乏良师益友,因此这种内疚深深地印在他的心里,长久地起着良好的作用。他成了个安分守己的人,能为父亲分忧解难,稳重安详,不再光为自己活着。

这真令人欣慰啊!就在托马斯爵士看出这些好现象的同时,

埃德蒙也在自己以前让父亲担忧的唯一一点上有了改善——他的精神面貌有了改观，因此父亲心情更舒畅了。整个夏天，他天天晚上都和范妮一起漫步，或者坐在树下休息，通过一次次交谈，心里渐渐想开了，恢复了以往的愉快心情。

正是这些情况，这些给人以希望的现象，渐渐缓解了托马斯爵士的痛苦，使他不再为失去的一切而忧伤，不再跟自己过不去。不过，由于想到自己教育女儿不当而感到的痛心，则是永远不会彻底消失的。

玛丽亚和朱莉娅在家中总是受到两种截然不同的对待，父亲对她们非常严厉，而姨妈却极度放纵她们，迎合她们，这对年轻人的品格形成是多么不利，托马斯爵士对此认识得太迟了。当初他见诺里斯太太做法不对，自己便反其道而行之，后来清楚地发现，他这样做结果反而更糟，只能教她们当着他的面压抑自己的情绪，使他无法了解她们的真实思想，与此同时，把她们交给一个只知道盲目宠爱、过度夸奖她们的人，到她那里恣意放纵。

这样的做法实在糟糕透顶。但尽管糟糕，他还是逐渐感到，在他的教育计划中，这还不算是最可怕的错误。两个女儿本身必然缺点什么东西，不然的话，时间早该把那不良的影响消磨掉了许多。他猜想是缺少了原则，缺少了有效的原则，觉得从来没有好好教育她们用责任感去控制自己的爱好和脾性，只要有了责任感，一切都可迎刃而解。她们只学了一些宗教理论，却从来没有要求她们每天实践这些理论。在文雅和才华方面出类拔萃——这是她们年轻时的既定目标——但是这对她们并不能起到这样的有益影响，对她们的思想产生不了道德教育的效果。他本想让她们

整个夏天,他天天晚上都和范妮一起漫步,或者坐在树下休息

好好做人，却把心思用到了提高她们的心智和礼仪上，而不是培养她们的性情。他感到遗憾的是，她们从来没有听到可以帮助她们的人说过，必须克己，必须谦让。

他感到多么痛心，对女儿的教育上存在这样的缺陷，他到现在还觉得难以理解。他又感到多么伤心，他花了那么多心血、那么多钱来教育女儿，她们长大成人以后，却不知道自己的首要义务是什么，而他自己也不了解她们的品格和性情。

尤其是拉什沃思太太，她心比天高，欲望强烈，只是造成了恶果之后，做父亲的才有所省悟。无论怎么劝说，她都不肯离开克劳福德先生。她希望嫁给他，两人一直在一起，后来才意识到她那是痴心妄想，并因此感到失望，感到不幸，脾气变得极坏，心里憎恨克劳福德先生，两人势不两立，最后自愿分手。

她和克劳福德住在一起，克劳福德怪她毁了他和范妮的美满姻缘。她离开他时，唯一的安慰是她已把他们拆散了。这样一颗心，处在这样的情况下，还有什么比它更凄怆的呢？

拉什沃思先生没费多大周折就离婚了。一场婚姻就此结束了。这桩婚事从订婚时的情况来看，除非碰上意想不到的好运，否则绝不会有什么好下场。做妻子的当时就瞧不起他，爱上了另一个人——这个情况他也十分清楚。愚蠢蒙受了耻辱，自私的欲望落了空，这都激不起同情。他的行为使他受到了惩罚，他妻子罪孽深重，受到了更重的惩罚。他离婚之后，只觉得没有脸面，心里郁郁不乐，非得另有一个漂亮姑娘能打动他的心，引得他再次结婚，这种状况才会结束。他可以再做一次婚姻尝试，但愿这一次比上一次来得成功。即便受骗，骗他的人至少脾气好些，运气好些。而她呢，则必须怀着更加不胜悲伤的心情，忍辱含垢地远离尘世，再也没有希望，再也恢复不了名誉。

把她安置到什么地方，这是一个极其重要、极伤脑筋的问题，需要好好商量。诺里斯太太自从外甥女出事之后，似乎对她更疼爱了，她主张把她接回家，大家都来宽容她。托马斯爵士不同意她的意见，诺里斯太太认为他之所以反对是因为范妮住在家里，因而她就越发记恨范妮。她一口咬定他顾虑的都是她，但托马斯爵士非常庄严地向她保证，即使这里面没有年轻姑娘，即使他家里没有年轻的男女，不怕和拉什沃思太太相处有什么危险，不怕接受她的人品的不良影响，那他也绝不会给临近一带招来这么大的一个祸害，期待人们会对她客气。她作为女儿——他希望是个悔罪的女儿——那他就会保护她，给她安排舒适的生活，竭力鼓励她正经做人，根据他们的家境，这都是做得到的。但是，他绝不会越过这个限度。玛丽亚毁了自己的名声，他不会采取姑息罪恶的办法，试图为她恢复无法恢复的东西，那样做是徒劳的。他也不会明知故犯，还要把这样的不幸再引到另一个男人家里，来替她遮羞。

讨论的结果，诺里斯太太决定离开曼斯菲尔德，悉心照顾她那不幸的玛丽亚。她要跟她住到偏远的异乡——关起门来与世隔绝过日子，一个心灰意冷，一个头脑不清，可以想象，两人的脾气会成为彼此之间的惩罚。

诺里斯太太搬出曼斯菲尔德，托马斯爵士的生活就轻快多了。他从安提瓜回来的那天起，对她的印象就越来越差了。自那时起，在每次交往中，不论是日常谈话，还是办事，还是闲聊，他对她的看法每况愈下，觉得不是岁月不饶人，就是他当初对她的才智估计过高，对她的所作所为又过于包涵。他感到她无时无刻不在起不良的作用，尤其糟糕的是，除非她老死，否则似乎没完没了。她好像是他的一个包袱，他要永远背在身上。因此，能摆脱她是件极大的幸事，若不是她走后留下了痛苦的记忆，他几乎要为这件坏事叫好了，因为坏事带来了这么大的好处。

诺里斯太太这一走，曼斯菲尔德没有任何人为之遗憾。就连她最喜欢的人，也没有一个真正爱过她的。拉什沃思太太私奔以后，她的脾气变得非常暴躁，到哪里都让人受不了。连范妮也不再为诺里斯姨妈流泪——即使她要永远离开的时候，也没有为她掉一滴眼泪。

朱莉娅的私奔还没有玛丽亚搞得那么糟，这在一定程度上是由于两人性情不同，处境也不一样，但在更大程度上是由于这位姨妈没有那样把她当宝贝，没有那样捧她，那样惯她。她的美貌和才学只居第二位。她总是自认比玛丽亚差一点。两人比起来，她的性情自然随和一些；她尽管有些急躁，但还比较容易控制。她受的教育没有使她产生一种非常有害的妄自尊大。

她在亨利·克劳福德那里碰了钉子之后，能很好地把握自己。她受到他的冷落，起初心里很不好受，但是没过多久，就不再去多想他了。在伦敦重新相遇的时候，拉什沃思先生的家成了克劳福德的目标，她倒能知趣地撤离出来，专挑这段时间去看望别的朋友，以免再度坠入情网。这就是她到亲戚家去的原因，与耶茨先生是否住在附近毫无关系。她听任耶茨先生对她献殷勤已有一段时间了，但是从未想过要嫁给他。她姐姐出了事情之后，她越发怕见父亲、怕回家——心想回家后家里定会对她管教得更加严厉——因此她急忙决定要不顾一切地避免眼前的可怕命运,不然的话,耶茨先生可能永远不会得逞的。朱莉娅之所以要私奔,就是由于心里害怕,有些自私的念头,并没有什么更糟糕的想法。她觉得她只有那一条路。玛丽亚的罪恶引来了朱莉娅的愚蠢。

亨利·克劳福德坏就坏在早年继承了一笔丰厚的家产,家里还有一个不好的榜样,因此很久以来,就醉心于挑逗女性的感情,并以此为荣,做些薄情负心的坏事。他这次对范妮,一开始并没有诚心,也用心不良,后来却走上了通往幸福的道路。假若他能满足于赢得一个可爱女性的欢心,假若他能克服范妮·普莱斯的抵触情绪,逐步赢得她的尊重和好感,并能从中得到充分的快乐的话,那他倒有可能取得成功、获得幸福。他的苦苦追求已经取得了一定的效果,范妮对他的影响反过来使他对她也产生了一定的影响。他若是表现得再好一些,无疑将会有更大的收获。尤其是,假如他妹妹和埃德蒙结了婚,范妮就会有意克服她的初恋,他们就会经常在一起。假如他坚持下去,而且堂堂正正,那在埃德蒙和玛丽结婚后不要多久,范妮就会回报他的——而且是心甘情愿地回报他。

假若他按照原来的打算,按照当时的想法,从朴次茅斯一回来就去埃弗灵厄姆,他也许已决定了自己的幸福命运。但是,别人劝他留下来参加弗雷泽太太的舞会,说他能给舞会增添光彩,还可以在舞会上见到拉什沃思太太。这里面既有好奇心,也有虚荣心。他那颗心不习惯于为正经事做出任何牺牲,因此他抵御不住眼前快乐的诱惑。他决定推迟他的诺福克之行,心想写封信就能解决问题，再说事情也不重要——于是他就留了下来。他见到了拉什沃思太太，对方对他很冷漠，这本是大煞风景的事，两人之间本该从此井水不犯河水。但是，他觉得自己太没有脸面，居然被一个喜怒哀乐完全掌握在他手中的女人所抛弃，他实在受不了。他必须施展手腕，把她那自不量力的怨恨压下去。拉什沃思太太之所以气愤，是为了范妮的缘故。他必须刹住这气焰，让拉什沃思太太还像当姑娘时一样待他。

他怀着这种心态开始进攻了。他振奋精神，坚持不懈，不久便恢复了原来那种亲密交往，那种献殷勤，那种调情卖俏，他的目标原定到此为止。起初，拉什沃思太太余恨未消，火烛小心，若能照此下去，两人都可望得救，但这种谨慎还是被摧垮了，克劳福德成了她感情的俘虏，她的感情热烈到他未曾料到的地步。她爱上他了，公然表示珍惜他的一片情意，他想退却已是不可能了。他陷入了虚荣的圈套，既没有什么爱情作为托词，又对她的表妹忠贞不贰。他的首要任务是不让范妮和伯特伦家里的人知道这件事。他觉得，为拉什沃思先生的名誉考虑，固然需要保密，为他的名誉考虑，当然更要保密。他从里士满回来以后，本来并不希望再见到拉什沃思太太。后来的事情都是这位太太唐突行事的结果，克劳福德出于无奈，最后跟她一起私奔了。他甚至在当时就为范妮感到懊悔，而私奔的事折腾完之后，他更是感到无比懊悔。几个月过去了，他通过对比受到了教育，越发珍惜范妮那温柔的性格，纯洁的心灵，高尚的情操。

根据他在这一罪过中应负的责任，给以适当的惩罚，把他的丑事公之于众；我们知道，这并不是社会上保护美德的屏障。在当今这个世界上，对罪行的惩罚并不像人们希望的那样严厉。不过，像亨利·克劳福德这样一个有头脑的人，虽然我们不敢冒昧地期望他今后前途如何，但是公正而论，他这样报答人家对他的热情接待，这样破坏人家的家庭安宁，这样失去了他最好的、最可敬的、最珍贵的朋友，失去了他从理智到情感都深爱着的姑娘，这自然给自己招来了不少的烦恼和悔恨——有时候，这烦恼会变成内疚，悔恨会变成痛苦。

出事之后，伯特伦家和格兰特家深受其害，彼此也疏远了。在这种情况下，两家人若是继续做近邻，那将是极其别扭的。不过，格兰特家故意把归期推迟了几个月，最后出于需要，至少由于切实可行，幸好永久搬走了。格兰特博士通过一个几乎不抱什么希望的私人关系，在威斯敏斯特教堂继承了一个牧师职位。这既为离开曼斯菲尔德提供了理由，为住到伦敦提供了借口，又增加了收入来支付这次变迁的费用，因而不管是要走的人，还是留下不走的人，都求之不得。

格兰特太太生来容易爱上别人，也容易让别人爱上自己，离开久已习惯的景物和人，自然会有几分惆怅。不过，像她这样的欢快性格，无论走到哪里，来到什么人中间，都会感到非常快乐。她又可以给玛丽提供一个家了。玛丽对自己的朋友感到厌倦了，对半年来的虚荣、野心、恋爱和失恋感到腻烦了，她需要姐姐的真正友爱，需要跟她一起过理智而平静的生活。她们住在一起。等格兰特博士由于一星期内参加了三次慈善机构的盛大宴会，中风而死之后，她们姐妹俩仍然住在一起。玛丽决定不再爱上一个次子，而在那些贪图她的美貌和两万英镑财产的风流倜傥的国会议员或闲散成性的法定继承人中间,她久久找不到一个合适的人。他们没有一个人能满足她在曼斯菲尔德养就的高雅情趣,没有一个人的品格和教养符合她在曼斯菲尔德形成的对家庭幸福的憧憬,也无法让她彻底忘掉埃德蒙·伯特伦。

在这方面,埃德蒙的情况比她有利得多。他不必等待,不必期盼,玛丽·克劳福德给他留下的感情空缺,自会有合适的人来填补。他对失去玛丽而感到的懊恼刚刚过去,他对范妮刚说过他再也不会碰到这样的姑娘,心里突然想到,一个不同类型的姑娘是否同样可以,甚至还要好得多;范妮凭着她的微笑、她的表现,是否像玛丽·克劳福德以前一样,使他觉得越来越亲切,越来越重要;他是否可以告诉她,她对他那热烈的、亲密无间的情意足以构成婚爱的基础。

这一次我有意不写明具体日期,由诸位随意去裁夺吧,因为大家都知道,要医治难以克服的激情,转移矢志不渝的痴情,不同的人需要的时间是大不相同的。我只请求各位相信:就在那最恰当的时候,一个星期也不早,埃德蒙不再眷恋克劳福德小姐,而是急切地想和范妮结婚,这也正是范妮所期望的。

他长期以来一直很关心范妮,这种关心是建立在她那天真无邪、孤苦无靠的基础上,后来随着她越来越可爱,他对她也就越来越关心。因此,现在出现这种变化不是再自然不过了吗?从她十岁那年起,他就爱她,指导她,保护她,她的思想在很大程度上是在他的关心下形成的,她的安适取决于他的关爱。他对她特别关心,她觉得在曼斯菲尔德,他比任何人都更重要,比任何人都更亲。现在只需要说明一点:他必须放弃那双闪亮的黑色眼睛,来喜欢这双温柔的淡色眼睛。由于总是和她在一起，总是和她一起谈心，加上由于最近的失意心态出现了有利的转机，没过多久，这双温柔的浅色眼睛便占据了他的心灵。

一旦迈出了第一步，一旦觉得自己走上了幸福的道路，再也不用谨小慎微地半途而废，或者放慢前进的脚步。他无须怀疑她的人品，无须担心情趣对立，无须操心如何克服不同的性情来获得幸福。她的思想、气质、见解和习惯，他看得一目了然，现在不会受到蒙蔽，将来也不需他来费心改进。即使在他不久前神魂颠倒地热恋着克劳福德小姐的时候，他也承认范妮在心智上更胜一筹。那他现在该怎么想呢？她当然是好得他配不上。不过，谁也不反对要得到自己配不上的东西，因此他便坚定不移地追求这份幸福，而对方也不会长久地不给以鼓励。范妮虽说羞怯，多虑，易起疑心，但是她的柔弱性格有时也会抱着坚定不移的成功希望，只不过她要在稍后一个时候，再把那整个令人惊喜的真情告诉他。埃德蒙得知自己被这样一颗心爱了这么久之后，他那幸福的心情用什么语言形容都不会过分。那该是多么令人欣喜若狂的幸福啊！不过，在另一颗心里也有一种无法形容的幸福。一个年轻女人，在听到一个她求之不得的男人向她表白衷情的时候，她的那种心情，我们谁也不要自不量力地想去形容。

说明了他们的心意之后，余下的就没有什么难办的事情了，既无贫困之忧，也无父母从中作梗。托马斯爵士甚至早就有了这个意愿。他已经厌倦了贪图权势和钱财的婚姻，越来越看重道德和性情，尤其渴望用最坚固的纽带来缔结家庭的幸福。他早就在得意地盘算，这两个新近失意的年轻人完全可能相互从对方那里得到安慰。埃德蒙一提出来，他便欢欢喜喜地答应了。他同意范妮做自己的儿媳妇，那个兴奋劲儿犹如获得了无价之宝似的，和当初接受那可怜的小姑娘时相比，形成了多么鲜明的对照。时间总要在人们的打算与结果之间创造出一些花样，既可教育当事人自己，也好让邻居为之开心。

范妮真是他所需要的那种儿媳。他当年所发的善心为他孕育了最大的安慰。他的慷慨行为得到了丰厚的回报，他好心好意地对待她，也应该受到这样的报答。他本来可以使她的童年过得更快活一些，不过，那只是由于她判断错误，觉得他看上去很严厉，因此早年未能爱他。现在，彼此之间真正了解了，相互之间的感情也变得很深了。他把她安置在桑顿莱西，无微不至地关怀她的安适，几乎每天都来看望她，或者来把她接走。

长久以来，伯特伦夫人从自身的利益考虑，一直待范妮很亲，因此她可不愿意放她走。不管是为了儿子的幸福，还是为了外甥女的幸福，她都不希望他们结婚。不过，她现在离得开她了，因为苏珊还在，可以顶替她的位置。苏珊成了家中的常驻外甥女——她还就乐意这样做呢！而且她和范妮一样适合，范妮是因为性情温柔，有强烈的知恩图报之心，她则因为思想敏捷，乐意多做事情。家里是绝对缺不了苏珊的。她给安置在曼斯菲尔德，第一能让范妮快乐，第二能辅助范妮，第三能做范妮的替身，种种迹象表明，她会同样长久地住在这里。她胆子比较大，性情比较开朗，因而觉得这里一切都很适意。对于需要与之打交道的人，她很快便摸透了他们的脾气，加上她生来不会羞羞答答，有什么要求从不压在心里，于是大家个个都喜欢她，她对人人也都有用处。范妮走后，她自然而然地承担了时刻照顾姨妈的任务，渐渐变得也许比范妮更招姨妈喜爱。她的勤快，范妮的贤良，威廉依然表现突出，名誉蒸蒸日上，家里其他人个个身体健康，事事顺利，这一切相互促进，对托马斯爵士起着支持作用，因此他觉得他为大家做了这一切之后，就有充分的理由，而且永远有充分的理由，为之感到高兴，并且要认识到：小时候吃点苦，管教严一些，知道生下来就是要奋斗，要吃苦，乃是大有好处的。

有这么多真实的好品质，有这么多真实的爱，既不缺钱花，也不缺朋友，这一对表兄妹看来婚后过得十分幸福，真是世上少有。他们生来都同样喜欢家庭生活，同样陶醉于田园乐趣，他们的家是一个恩爱的家，安乐的家。他们婚后到了一定的时候，刚开始觉得需要增加一点收入，觉得离父母家过远不便的时候，格兰特博士去世了，埃德蒙便继承了曼斯菲尔德的牧师俸禄。这可谓是锦上添花了。

因此，他们搬到了曼斯菲尔德。那座牧师住宅，当初还在前两位牧师名下时，范妮每次走近都有一种畏缩、惊惧的痛苦心理，但是没过多久，她就觉得它变得亲切了，完美无缺了，就像曼斯菲尔德庄园视野内、管辖下的其他景物一样亲切，一样完美无缺。